原罪 3

拨云见日

一曲东风 著

云南人民出版社

图书在版编目（CIP）数据

原罪. 3, 拨云见日 / 一曲东风著 . -- 昆明 : 云南人民出版社 , 2020.10（2024.6 重印）
ISBN 978-7-222-19613-1

Ⅰ. ①原… Ⅱ. ①一… Ⅲ. ①长篇小说—中国—当代
Ⅳ. ① I247.5

中国版本图书馆 CIP 数据核字 (2020) 第 164205 号

责任编辑：刘　娟
策划编辑：仪雪燕
装帧设计：仙　境
版式设计：聚贤阁
责任校对：陈　迟
责任印制：李寒东

原罪 3：拨云见日
YUANZUI 3：BOYUN JIANRI
一曲东风　著

出版　云南人民出版社
发行　云南人民出版社
社址　昆明市环城西路 609 号
邮编　650034
网址　www.ynpph.com.cn
E-mail　ynrms @ sina.com
开本　710mm × 1000mm　1/16
印张　21.5
字数　308 千字
版次　2020 年 10 月第 1 版　2024 年 6 月第 2 次印刷
印刷　三河市新毅彩色印刷有限公司
书号　ISBN978-7-222-19613-1
定价　68.00 元

如有图书质量及相关问题请与我社联系
审校部电话：0817-64164626　印制科电话：0817-64191534

云南人民出版社公众号微信号

目录

Contents

第一章　新案

时光飞逝，破获“勾魂邪猫”案后的第五天，重案组的众人依照惯例举行了一场会议，只不过这次的会议与以往有些不同，并非市局表彰重案组的会议，而是专门为一件新案子所召开的讨论会议。

金陵市公安局，五楼会议室内。

会议室中央，那张巨大的椭圆形会议桌四周坐满了人，有郑祺、马浩然、影帝和拳王，也有苏天杰、程稳露、苏叶、冉潇和老李，还有许多连马浩然都叫不上名字的同事，总而言之，此时的会议室内已人满为患，却寂静无声。

会议室内坐在最上首的人，并非重案组组长郑祺，而是一名穿着老式中山装，年纪四五十岁，面目威严、短发微白的中年男人。

在炎炎夏日穿着长款的老式中山装，想想就觉得热，但那中年男人的额头并没有渗出汗珠，似乎早已习惯了这种穿法。

中年男人的腰杆挺得笔直，一动不动地坐在椭圆形会议桌的顶端，不过，他并没有发表任何言论，只是静静地坐在那里，巡视过众人。最后，他将目光落到马浩然的身上，看了足足三秒钟后，这才将视线转移到郑祺的身上。

“小郑，人我见了，第四医院发生的凶杀案，还是你来和大家说吧！”中年男人的声音很低沉，也很有磁性，但更多的是给人一种沉稳和踏实的感觉。

说完这句话，那中年男人便站起身，径直走出了会议室。

直到中年男人沉稳的脚步迈出会议室，郑祺才从座位上站了起来，很随意地朝那中年男人的背影摆了摆手，笑吟吟地喊道："吴局，慢走！"

吴局？

郑祺对中年男子的称呼，立刻引发了会议室内众人的遐想，只是碍于那位被称作"吴局"的中年男人还没走远，所以，众人并没有出声议论，直到走廊中的脚步声消失，会议室内的人才开始阵窃窃私语。

"那人该不会是我们市局的大领导吧？"

"我们大领导不就姓吴吗？"

几番议论之后，众人纷纷将目光投向了重案组资历最老的警员，也就是老李的身上，貌似，大家都想从老李那儿得到确切的答案。

成为众人焦点的老李有些不自然地轻咳了一声，这才说道："他就是我们金陵市局的大领导，吴方！"

老李话音落地，四周的议论声再次爆发了出来。

"果然是大领导！"

"大领导亲自来给我们开会？"

"开会是假的。你没听大领导说吗，让郑队给我们说新案子？"

"第四医院的凶杀案？"

说到这里，会议室内的众人便下意识地将目光定格在已经坐到了主位的郑祺身上。

郑祺没有说话，只是自顾自地点燃一支香烟，顺便还从会议桌的下面摸出一沓资料，大大咧咧地丢到了办公桌上。

"啪！"

资料落到会议桌上所产生的清脆声音，让会议室内的气氛一下子安静了下来。

郑祺深吸了一口香烟，表情淡然地扫了一眼众人，这才继续开口说道："你们也看见了，吴局亲自将这件案子交到了我们手上，那么，这件案子的严重性和重要性，你们心里应该也有了大概的了解。还是那句话，身为人民警察，我们的职责就是维护社会的长治久安。所以，这件案子不管有多难，我们都要迎难而上，漂亮地解决，完美地解决！”

“知道了！”

会议室内的一众警员，似乎被郑祺的这番话，以及吴方的到来，激起了骨子里的热血，纷纷扯开嗓子吼了起来。这声浪，估计市局一楼都能听见。

“我先说说我们接到的新案子。”郑祺的脸上，完全没有任何凝重和紧张的神色，就像平时一样，正气凛然之中还夹杂着一丝玩世不恭，“局里刚刚接到了报警电话，金陵市第四人民医院发生了凶杀案，因为案子有些诡异，所以吴局便在第一时间将案子转交到了我们重案组。”

“我们最近接连破获悬案，有诡异的案子出现，局里自然会第一个想到我们重案组。”说到这里，郑祺的脸上露出了心满意足的微笑，“这是上面对我们的信任，也是人民对我们的信任。所以，这件案子，我们同样也要全力以赴，就像破获之前的几件悬案一样！”

郑祺言罢，会议室内的气氛再次陷入了沉默，所有人的视线都集中到郑祺的身上，静静地等着他说出这件所谓的悬案。

郑祺说完这番话，略微停顿了一下，又从烟盒里摸出了一支香烟点上，悠然地吸了一口烟，这才心满意足地翻开了会议桌上的资料，继续开口说道：“由于这件案子发生在人口密集的第四人民医院，所以，有关这件案子的情况在民间传播得比较迅速，哪怕第四人民医院区域的干警已经出动，并且有效地控制好了现场，但消息传播的速度仍旧超出了我们的想象。毫不夸张地说，整个金陵市差不多都已经知道这件案子了！

“根据辖区干警传回来的情报显示，这件案子最诡异的地方并不是什么绝对密室，也不是什么阴魂索命，而是死者的伤口。

“死者的伤口在颈部，致命伤为两处手指粗细的血洞，而且这两处血洞的间隔为五厘米至六厘米，就像是……被咬过的牙印！

“案发现场没有任何打斗的痕迹，门锁和窗户也没有被破坏过的痕迹，死者的尸体上更是连一点挣扎的痕迹都没有，整个案发现场，根据目前的情形来看，留给我们的，只有遍地是血这一条线索而已。”

郑祺这番话音刚刚结束，会议室内的众人便立刻展开了小规模的议论。

“死者的颈部有两处血洞？”

“而且还很像被咬过的牙印？”

“你猜我想到了什么？”

“这还用问？当然是吸血鬼了！”

吸血鬼！

也不知道是谁说出了这三个字，旋即，整座会议室内突然安静了下来，这种安静，比之落针可闻的安静更甚，就仿佛会议室内的所有人都在这一刻不约而同地屏住了呼吸似的，静得让人发慌！

郑祺轻咳了一声，打破了会议室内的诡异沉静，然后耸了耸肩，颇为无奈地苦笑了一声，说：“你们说的没错，这件案子已经通过网络传遍了金陵市，更是在金陵市内引起了轩然大波，民众一致认为我们金陵市出现了吸血鬼，并在第四医院将死者咬死！”

“队长！”郑祺话音刚落，冉潇便怯生生地喊了一声，虽然他的声音很低，但在这仍旧寂静的会议室内，还是显得无比突兀。

冉潇一开口，众人便下意识地将目光落到了他的身上。同时，一个个的脸上还都浮现了狐疑的神色，毕竟，性格懦弱的冉潇几乎从来都不在会议上发言，如今却突然开口，这种异常，自然会引起大家的注意了。

“小冉，有什么问题，说吧！”郑祺也意外地看了冉潇一眼，然后仿佛是想鼓励冉潇一样，递给了他一个眼神，示意他大胆地说。

得到了郑祺的鼓励，冉潇那忸怩的神色也略微缓和了不少，当即站起身，鼓起勇气，提高了声调说道：“我觉得，这件案子并不是吸血鬼干的！”

“说出你的理由！”郑祺朝着冉潇笑吟吟地扬了扬手，示意他继续。

“吸血鬼，顾名思义，是一种吸食人血的生物。队长你刚才说了，案发现场没有留下任何痕迹，只有满地的鲜血，这是不是就能证明，这件案子不是吸血鬼干的？如果真的是吸血鬼，恐怕地上就不会有那么多鲜血了吧？”冉潇怯生生地说道。

冉潇语音刚落，会议室内的众人纷纷眨眼，一脸惊讶地凝视起了他。

谁也想不到，在电脑科技领域独树一帜的冉潇竟然也会推理了?

包括郑祺，以及从一开始就没说过一句话的马浩然在内，大家都被冉潇这出人意料的推理惊呆了!

“冉潇说得不错，这件案子的确不可能是吸血鬼干的！”马浩然出言，对冉潇的推理给予了肯定，“再退一步，我，或者是我们大家，身为人民警察，更加不应该去相信那些鬼神怪谈。我坚信，这件案子一定是人为的凶杀案！”

接连破获悬案的马浩然都开口认同了冉潇的推理，那么自然不会再有人怀疑冉潇。只不过，马浩然不开口还好，他一开口，立刻引来了苏天杰的攻击。

“身为人民警察，我们的确不应该去相信牛鬼蛇神的说法，但是……”苏天杰一边说着，一边缓缓从座位上站了起来，朗声说道，“那些虚无缥缈的事情并不一定就真的不存在，比如二十世纪九十年代的‘吸血鬼事件’，你又如何解释?”

苏天杰就好像是在刻意针对马浩然一样，而且还是那种从各个方面同时展开的针对，现在，为了继续针对马浩然，竟然把连他自己都不相信的“吸血鬼事件”给搬了出来!

没有人回答苏天杰的问题，大家的目光只是不断在苏天杰和马浩然的身上游移着。苏天杰对马浩然的敌意，重案组内无人不知，无人不晓，只不过，相比于近乎无稽之谈的“吸血鬼事件”，众人更关注的还是马浩然如何反驳苏天杰。

马浩然淡淡地瞥了苏天杰一眼，这一次他并没有无视苏天杰，而是毫不退让地反驳他：“九十年代的‘吸血鬼事件’，我们并没有经历过，但我查阅过资料，那只是精神病患者得了某种类似于恋血症的怪病，才会躲在阴暗处吸食人血，如果你相信这种无稽之谈，那么，你不配坐在这里！”

马浩然最后一句话可谓是针对性十足，使得苏天杰的脸色瞬间阴沉了下来。

正当苏天杰准备出言反驳马浩然的时候，一道出人意料的声音突然响起。

“我也不相信所谓的吸血鬼杀人事件！”苏叶突然出声，清脆的声音传进了所有人的耳中，“我们只要解开这件案子的所有谜题，将真相公之于众，我相信，民间也不会再有吸血鬼杀人这种说法了！”

苏叶的这番话，让苏天杰更下不来台了！

所有人都知道，苏天杰是苏叶的弟弟，而苏叶现在却帮着马浩然来反驳苏天杰，这反转，有些让人无法接受。

也许是因为苏叶也根本不相信所谓吸血鬼的存在吧？

也许吧！

苏天杰盯着自己的姐姐，欲言又止，脸上的愤怒更是毫不掩饰地表露了出来，他好像在气苏叶，为什么帮马浩然而不帮他，浑然忘却了，他所提出来的观点本就是无稽之谈，那根本不成立的吸血鬼事件，恐怕也只有他自己在意了。

忌妒，有时候真的会让人失去理智！

而苏天杰对马浩然，毫无疑问，就是忌妒！

会议室内。

众人看了看苏叶，又看了看马浩然，再看了看苏天杰，最终，没人出声。

“好了！”最后，还是郑祺一言定乾坤，只见他轻轻地挥手说道，“到底有没有吸血鬼，等我们破了这件案子就真相大白了。走吧，去第四人民医院！”

郑祺的话，算是结束了马浩然与苏天杰之间的暗斗，众人自然也不会再说什么。

随后，会议散了，众人也开始各忙各的工作了。

老李带着一众警员，准备去案发现场查案的工具和器械。

苏叶转身走出了会议室，应该是去取她所需要的工具去了。

冉潇一如既往地打开了电脑，开始从大数据库中调取信息。

马浩然、影帝、拳王、程稳露和苏天杰，则是静静地坐在办公室里，等待着郑祺下一步的指示……重案组中所有人当中，只有这几个人目前还顶着实习警员的头衔，一些细节和程序上的工作，自然轮不到他们，而且他们也不会懂。

“你们几个跟我先去第四人民医院！”郑祺摆了摆手道，“小苏和小程坐我的车，你们三个，自己想办法！”

说完，郑祺便走出办公室，苏天杰和程稳露则紧跟着郑祺的脚步离开了会议室。离开会议室之前，苏天杰还狠狠地瞪了马浩然一眼，似乎是在告诉马浩然，这一次，他苏天杰一定会率先破案的。

之前还人声鼎沸的会议室，此时只剩下了马浩然、影帝与拳王三人。

“队长怎么让我们三个自己想办法？”反正会议室里也没人，拳王说话自然没有顾忌，当即便有些不爽地说道，“就算想偏袒那个臭屁的苏天杰，也不至于如此吧？”

“这你就不懂了！”影帝一脸坏笑地搂住了拳王的肩膀，道，“队长的车坐不下我们这么多人，而且，队长也不想让苏天杰有机会和老大吵，所以就让我们三个自己解决了，最关键的是，队长今天来上班的时候，看见我是开车来的。”

“原来如此！”拳王这才释怀地点了点头，随即又问道，“对了，老大，影帝，大国最近和你们联系了吗？”

“没有！”影帝看了看面无表情的马浩然，摇头说道，“那家伙就像人间蒸发了一样，电话关机，所有能联系他的方式都无效，鬼知道他在忙些什么。”

“也许是有任务吧！”马浩然轻轻地说了一声，又道，“我们先去第四人民医院，尽快了解一下案情吧。”

“第四人民医院？”影帝突然念叨起了案发现场的名字，忽地，他的嘴角扬起，露出了一抹坏坏的微笑，“老大，我记得某人好像在第四人民医院工作吧？”

“某人……”马浩然听了影帝的话，先是一愣，随后仿佛想起了什么，轻轻念叨了一句，接着便不再理会影帝和拳王，径直走出了会议室。

在马浩然的身后，神经大条的拳王一边跟上马浩然的脚步，一边朝着影帝追问那个所谓的“某人”到底是谁。

只不过，影帝故作神秘，无论拳王如何死缠烂打，影帝就是不说，三人一边说闹，一边离开了金陵市局的办公大楼，坐上了影帝的越野车，直奔案发现场。

影帝驾驶着越野车，稳稳地行驶在金陵市的主街道上，虽然现在已经过了上班的高峰期，但金陵市的交通仍旧不算太通畅，金陵市局到第四人民医院只有五六公里的路程，影帝却足足开了半个小时，这才将越野车开进第四人民医院的停车场。

停车熄火一气呵成，随后，影帝打开了车门，和马浩然、拳王陆续走下了越野车。

郑祺的警车也在这时驶入停车场，并且稳稳地停在了马浩然三人的身边。

“吱呀”一声，警车停好了，郑祺带着苏叶、程稳露和苏天杰三人走下了警车。

“走吧，去案发现场，辖区的同事还守在那里等着我们呢！”郑祺朝马浩然三人挥了挥手，随后，便率先迈出了步子，走向第四人民医院的主楼。

郑祺与马浩然等众人浩浩荡荡地走进了第四人民医院的主楼，可是才刚走进去，众人便下意识地停下了脚步，不解地环视起了异常宽敞却只有寥寥数人的医院正厅。

“怎么回事？”影帝打趣道，“第四人民医院要关门了吗？怎么才这么几个人？”

“七个人，算上我们七个，一共才十四个人！”拳王眨了眨眼睛，憨憨地说道，“医院应该一直都是处于人满为患的状态吧？这么大的大厅，竟然只有十四个人，这也太夸张了吧？”

“很正常！”程稳露瞥了拳王一眼，冷言嘲讽道，“这里刚刚发生了凶杀案，你以为会有多少人来？最关键的是，这件案子在民间已经被认定是吸血鬼所为，在这种情况下，还有人敢来第四人民医院看病吗？”

憨厚老实的拳王并没有觉察到程稳露语气中的嘲讽之意，相反还像煞有介事地点了点头，说道：“换作是我，我也不会来这里看病了！”

对于拳王几人的议论，马浩然根本就没听进去，他只是自顾自地朝前迈出一步，对郑祺问道：“队长，案发现场在哪？”

“急诊室。”郑祺抽出了一支香烟，却并没有点燃，略微停顿了片刻，又将烟放回烟盒中，看来，这位烟鬼是想起了医院禁止吸烟的规定了。

郑祺转过头，讪讪地朝着苏叶笑了一下，这才迈开步子，引着大家朝急诊室走了过去。

马浩然等人跟在郑祺的身后，穿过了冷冷清清的正厅，又绕过了一条根本没人的走廊，这才出现在了急诊室的门外。

和墙同高的玻璃隔断上，贴着“急诊室”三个红色大字，下面还有一个红十字的标志。

急诊室的门外本应该是一幅忙忙碌碌的场景，此时却与正厅没有太大的区别，只有零零散散的几名护士在不断地进出，至于患者，是一名都没有见到。

“看来，这件吸血鬼杀人的案子在民间引起的恐慌，已经超出了我们的想象，连医院这种人气最旺的公共场所都变得门可罗雀，我们也要加快速度破案才行，不然的话，这件案子对民众日常生活所产生的影响还会不断地发酵，扩大！”郑祺微微叹了一口气，看得出来，他很想在最短的时间内破获这件案子，改变第四人民医院的现状，还民众一个太平安定！

就在郑祺说话之际，急诊室的玻璃隔断之内突然出现了一条婀娜高挑的倩影，三步两步之间，那条倩影已经走出了玻璃隔断的遮挡范围，出现在众人的视线之内。

当众人见到这条倩影的庐山真面目之后，纷纷一愣……来人原来是乔烟。

今天的乔烟将漆黑的长发梳到了脑后，扎成了一条简单的马尾，白色的医生长褂直接罩到了膝盖的位置，只露出半截光滑白皙的小腿，脚上踩着一双更加便于行动和工作的平底布鞋，与她梳的简单马尾倒是相得益彰，不过，她这一身简单的打扮，却让自身出尘的绝美，显得更加突出！

原来，乔烟就在第四人民医院工作，之前，她就对马浩然说过，她在第四人民医院担任急诊室临时主任医师。

“乔姑娘也在这里上班？”郑祺颇为意外地看了乔烟一眼，随后便和她打起了招呼。

“美女医生，我们又见面了！”影帝嘿嘿地坏笑了一声，说完还不忘朝着乔烟挤眉弄眼，眼神则总是会有意无意地飘向马浩然。

至于乔烟，仿佛马浩然和郑祺等人的到来并没有出乎她的意料，她的俏脸上始终保持着恬静与淡然。

乔烟朝着郑祺友好地点了点头，又冷冷地瞥了他一眼，由始至终，她的俏脸上都没有出现任何的表情波动，就像一座冰山一般。

可是，当乔烟将目光转移到马浩然身上的那一瞬间，那张吹弹可破的绝美俏脸上，却露出了难得的微笑。

乔烟将手中的资料本合上，微笑着对马浩然说道：“我就知道，最后会由你来接手这件案子。”

马浩然没有说话，只是盯着乔烟多看了几眼，便僵硬地点了点头。其实，马浩然并不是高冷，只是他不知道该和乔烟说什么。

“队长！”就在这时，苏叶突然出言打断了乔烟与马浩然的交流，语气之中竟然还夹杂着一丝愠怒的情绪，“我们先去案发现场吧！”

“说的对！”郑祺深深地看了苏叶一眼，仿佛捕捉到了什么新情况一样，突然扬起了嘴角，露出了一抹邪异的坏笑，然后转头对乔烟说道，“乔姑娘，既然你在这里工作，那你对这里的环境一定比我们熟悉了，就麻烦你带我们去案发现场吧！”

他之所以让乔烟带路，完全是抱着另外一种打算，只不过这种打算，全场似乎只有苏叶和影帝看透了。

影帝也坏笑了一声，附和道：“对！有美女医生相伴，我们查案的效率也会变得更高！”

“好！”乔烟看了马浩然一眼，随后便将目光转到了郑祺的身上，只不过，当她的目光离开马浩然之后，又变回了冰山美女，就像是当初在去往深山鬼楼之前，对待慕元昊的那种态度。

说完这句话，乔烟便悠然转身，朝着急诊室的深处走去。

还不待郑祺迈出步子，之前站在他身后的苏叶快步走了过来，不动声色地踩了郑祺一脚之后，又好像没事人一样径直跟上了乔烟，走进了急诊室。

影帝和郑祺的一唱一和，并没有引起众人的注意，包括苏叶最后那一脚，除了当事人郑祺，以及对苏叶有所留意的影帝之外，大家也都没有注意到，众人就像是什么都没发生过一样，鱼贯穿过了急诊室的玻璃隔断，跟着乔烟走向急诊室的深处。

刻意落在众人身后的影帝和郑祺，则一边行走，一边轻声地交流了起来。

“队长，你和美女法医有仇吗？竟然主动挑起战争？”影帝压低了声音，一脸的幸灾乐祸。

“我就是替小叶和小马着急，这两个人都属于冰冷型，不逼其中一个人主动打破僵局，恐怕得不到我想要的结果。”郑祺完全没有了传奇探长的形象，开始和影帝低声八卦了起来。

“你这样做，恐怕会引起那位美女医生的不满，到时候，你还是会遭殃。”影帝好像很有经验一般，摆出了情圣的样子，说道，“根据我的观察，美女医生看老大的时候，眼神和表情都不一样，还有美女法医最近的变化也值得商榷，总而言之，不管最后结果如何，黑锅，你都背定了！”

“背就背吧！”郑祺无奈地耸了耸肩，道，“谁让我和苏老关系好呢？小叶的人生大事，在我心中仅次于人民警察的职责！”

“好吧，勇气可嘉！”影帝夸张地轻拍起了巴掌。

就在影帝和郑祺不顾形象地胡乱八卦之际，乔烟已经引着众人走过了玻璃隔断，穿过了护士工作台以及一条不太长的走廊，走到了皮肤科急诊室的门外。

四名身穿警服的年轻警员笔直地站在门口，尽责地守护在警戒线的外围，不让任何人接近案发现场。

当几名警员见到郑祺一行人浩浩荡荡地走过来，并且停在皮肤科急诊室外围的时候，其中一名警员立刻穿过众人，径直走到了郑祺的身前，一脸崇拜地对郑祺说道："郑队长，我是金陵新区警局的警员，头儿让我们在这等候郑队长！"

"辛苦你们了，这里现在由我们重案组接管了。"郑祺拍了拍那名年轻警员的肩膀，微笑地说道。

那年轻警员仿佛得到了某种殊荣，一脸喜悦地招呼其他同事，快步离开了这里，不过，那几位警员的议论声，倒是毫无保留地传进了郑祺和马浩然等众人的耳中。

"他就是郑祺？我们警界的标杆人物？"

"那当然！就连我们头儿都将郑队长视为偶像！"

"我也要成为郑队长那样的警员！"

有关郑祺的议论声逐渐远去，但众人对于这些议论声似乎并没有多大的惊讶，因为，郑祺在金陵警界就是这样一个传奇人物。"我们先进去吧！"郑祺朝着那间皮肤科急诊室扬了扬食指和中指，轻松地说道。

郑祺一声令下，众人立刻弯下了腰，从警戒线下面钻进了案发现场……

刚刚走进案发现场，一股刺鼻的血腥味便扑面而来，除了郑祺、乔烟和苏叶三人之外，其余人几乎都下意识地皱起了眉头，包括马浩然！

再说案发现场的环境，这里是一间陈设和布置都很简单的急诊室，一扇与门相对的窗户，窗户前还有一张办公桌，办公桌的前面摆放着一张椅子，办公桌的另一侧还放了一张单人床，床头是一组小衣柜，除此之外，便只有办公桌后方，与窗户之间的那处位置露出的一双小腿，以及地上的一摊刺眼的血迹了。

环绕了案发现场一圈之后，马浩然突然发现，这里怎么看都不像是急诊室，更像是休息室。

衣柜是那种家居用的衣柜，而并非医院或者其他办公场所所使用的放置档案资料的柜子，还有办公桌，上面没有任何医疗设备，只有几瓶矿泉水，以及一些茶罐水壶之类的生活用品，再说那张单人床，上面有被褥，而且被折叠得并不算太规整，很显然，经常有人在这里休息，甚至是睡觉。

所谓的皮肤科急诊室里的一切陈设都与马浩然印象中的急诊室极其不相符。

不仅马浩然发现了这个问题，走进案发现场的所有人都发现了这处疑点。

当即，众人便将视线落到了乔烟的身上，也许，这个问题只有她能解释了。

“美女医生，这里真的是急诊室？”影帝眨了眨眼睛，将质疑的目光定格到了乔烟的身上。

“这里的确是皮肤科急诊室，只不过早在几年前，皮肤科急诊室就被取缔，变成值班医生休息睡眠的起居室了。”乔烟将那双莲藕玉臂环在胸前，俏脸上没有一丝的表情，冷冷地对影帝解释道，“在我们急诊室，有个不成文的规定，值班医生如果累了，可以在深夜之后来这里休息，所以，这里的布置和陈设看起来才不像你们印象中的急诊室。”

“原来如此！”影帝像煞有介事地点了点头，随后便抬手指向了办公桌后面只露出半截小腿的尸体，问道，“死者是昨天的值班医生？”

乔烟点了点头，继续冷冰冰地说道：“死者叫作秦山，男，四十岁，是外科医生，也是昨天晚上的值班医生。”

影帝还想提问题，却被郑祺直接挥手打断了，便听郑祺说道：“先看看尸体！”

说完这句话，郑祺便当先朝着办公桌的方向走去。

郑祺一动，其他人自然跟上，整个案发现场，只有乔烟仍旧保持着双臂抱胸的姿势，俏生生地站在门口，只不过，她的目光，始终定格在马浩然的背影上。

马浩然等人跟着郑祺绕到了办公桌的后方，直到此时，众人才真正见到尸体。

当众人看到尸体的第一眼，全都下意识地将目光停留在尸体的衣服上……那是一件白大褂，不对，应该叫红大褂，因为，那本应是白色的医生大褂，此时已经被染成了血红色，极具视觉冲击，让人一见，便有一种触目惊心的感觉！

“这得流多少血，才能将整个白大褂都染红了？还有死者的尸体，肌肉和身体明显都萎缩了，是不是体内的血都流干了啊？”影帝先是皱了皱眉，然后又皱了皱鼻。

没人搭理影帝，就连拳王都没有和他抬杠，因为，众人的注意力已经全部集中到那具尸体上了，马浩然也一样。

马浩然一言不发地盯着尸体，从头到脚、仔仔细细地来回打量了无数遍。

尸体倒在了血泊之中，那已经开始发暗的血液将尸体下的地面全部染红，甚至还形成了一道椭圆形状，仿佛蜘蛛网一般将尸体黏在上面似的。而且，根据马浩然的目测，尸体身下的血液超出了尸体七八厘米的距离，就好像是由下方将尸体完全吞噬到了血泊之中。

虽然血液已经凝固，但那种强烈的视觉冲击还是带给马浩然一种黏黏的错觉。

马浩然不再去打量那摊干涸的血迹，转而开始检查尸体。

这名死者乃是一名中年男子，短发，国字脸，双眼紧闭，脸上已经隐约出现了尸斑，而且面部肌肉看起来也非常地僵硬，这让马浩然无法辨别死者生前的真正模样。

顺着死者的头部往下看，马浩然看见了死者的脖颈处有两道手指粗细的血洞，就和郑祺说的一样，两道血洞的间距有五到六厘米，乍看之下，就像被牙咬过似的，只不过，马浩然通过那两道已经被凝固的鲜血封上了的血洞，大致看清楚了伤口的大小，那是两道直径皆为两厘米到三厘米的血洞！

这种大小的血洞完全超出了普通人牙齿的大小，倒是让马浩然之前所产生的那种被牙咬过的错觉画上了一个大大的问号。

再往下，就是那件被染红的医生大褂，以及死者暴露在空气中的胸膛。当然，胸膛那里同样有血迹，应该是在鲜血流淌下来的时候被染红的。

值得一提的是，死者的双臂、双手，乃至同样暴露在空气中的那半截小腿都没有染上鲜血，甚至连脚上踩着的拖鞋底部都没有一丝一毫的血迹。换言之，死者的四肢，只要没有与地面上的血泊接触的部位，都没有染上血迹。

这，又是代表了什么呢？

马浩然盯着尸体，微微地皱起眉头，随后，再次打量起了案发现场的四周，这一次，他看得更加仔细了。

案发现场的床上没有血迹，就连四只床腿都没有血迹！

办公桌上同样没有血迹，而且连一丝凌乱的迹象都没有，就像是这里什么事情都没发生过。

这里的墙壁，皆是普通的大白墙，虽然经过岁月的摧残，已经有些发黑，但是同样没有任何的血迹以及特殊的痕迹。

整个案发现场，除了这具尸体，以及尸体身下那摊血迹之外，干净让人没有兴趣再去查第二遍。

检查完案发现场四周的环境以及尸体之后，马浩然便缓步绕过了尸体与血泊，走到窗前。

窗户是老式的推拉铝合金窗户，此时，这扇窗户已经被推开了一半，案发现场与外面也只隔着一层遮挡蚊虫的纱窗。

值得一提的是，窗户很干净，窗沿同样干净，只有一层细密的灰尘，并没有细碎的脚印之类的可疑痕迹。

还有，透过纱窗，马浩然能看到外面的院墙，以及那条足够一辆车行驶通过的寂静小路。而且，根据观察，案发现场的窗外应该是医院的后方，这里通常都是人迹罕见的区域，很少有人会绕到偏僻的后院去。

也就是说，任何人都有可能，也有能力，通过推拉纱窗跳进案发现场。所以，也可以将这案发现场形容成谁都有可能随意进出的公共场所。毕竟，这里是一楼，而且又是区域。

所以说，这扇窗户，是完美的行凶出入口！

然而，就在马浩然全神贯注地检查案发现场的环境布局与死者的死亡线索时，苏天杰突然发出一声冷笑，颇为得意地说道："这件案子的疑点很少，但我却发现了其中几处关键点！"

苏天杰的话，很自然地将众人的注意力吸引到了他的身上，就连站在门口一言不发的乔烟都情不自禁地将定格在马浩然身上的目光，跳转到了苏天杰的身上。

见众人都将注意力集中到了自己的身上，包括那名颜值极高、与自己的姐姐不相上下的冰山型美女医生，苏天杰的脸上立刻浮上了得意的微笑。

也不知道是有意还是无意，苏天杰用余光扫了乔烟一眼，然后缓缓地竖起了一根手指，自顾自地开口说道："第一处疑点是案发现场中椅子的摆放位置。在正常人的生活中，椅子都会摆在办公桌的后面，也就是此时尸体所在的位置，可我们眼前的那把椅子，为什么会反其道而行之，摆在了办公桌的前面呢？

"第二处疑点是窗户。这扇窗户没上锁，而且还敞开着，上面的单薄纱窗就连小孩子都能推开，所以，这案发现场与大门敞开的公共区域并没有任何的区别，门锁是否破损根本就不需要看，再加上案发现场所处的位置应该是医院的后院，平时应该不会有人走，所以，这里算是一处完美的行凶场所了。"

说到这里，苏天杰故意顿了顿，得意看了看众人。最后，又有意无意地在乔烟的绝美俏脸上多停留了那么一瞬间。

可就是这一瞬间，让苏天杰慢了一分，还没等他开口，一旁的程稳露，立刻抢先一步开口了。

"第三处疑点是死者的伤口。根据我的观察，那根本就不是牙齿能够咬出的痕迹，虽然凶手在极力模仿牙齿咬出的样子与间距，但凶手忽略了一件事情，正常人的牙齿根本不可能有那么大的直径，这就是破绽之一！

"第四处疑点是尸体与血迹。尸体暴露在空气中的位置，诸如小臂和小腿，甚至是拖鞋，都没有染上血迹，这说明了什么？要知道，血在地面上，死者的拖鞋怎么可能不接触地面，可偏偏连拖鞋底都没有血迹，这是不是太奇怪了？”

说完之后，程稳露还藐视地瞥了苏天杰一眼，冷嘲热讽道：“发现疑点的人，并不只有你，所以，你不用摆出这种全天下只有你一个聪明人的模样，很讨人厌的！”

“你……”苏天杰的脸色立刻沉了下来，他用手指着程稳露，一时气急，竟然不知道该说什么好了。

“行了！”郑祺适时地站到了苏天杰和程稳露的中间，挥手打断了两人的争吵，随后便将话题转移，一边轻笑，一边说道，“除了四处疑点，你们还有什么发现？”

郑祺话音落地，一时间，整个案发现场都陷入沉寂，没人回答郑祺的问题，这就说明没人有新的发现。

可是，偏偏就在这时候，一道苏天杰和程稳露最不想听见的声音，毫无征兆地响了起来。

马浩然轻轻地揉了揉下巴，那双漆黑而清澈的眸子犹如风平浪静的大海，不起一丝涟漪，语气无比平静地说道：“第五处疑点是案发现场。这里实在是太干净了，甚至已经干净到了让我不想再查第二遍的程度，要知道，这里可是凶杀案的现场，这么干净有些不太正常，而且，死者乃是壮年男子，怎么可能会在无声无息间被残忍地杀死呢？先不说声音，就连挣扎的痕迹都没有，很不对劲！

“第六处疑点，窗户，包括窗沿，都很干净，最起码，我没有发现任何可疑的痕迹，就好像根本没人动过窗户似的。当然，这并不能排除凶手不是从窗户潜进案发现场的设想，我只是觉得，那里，应该仔细排查！

“还有一点，也是最重要的一点，那就是……凶器！

“既然我们已经差不多认定，死者的致命伤并非牙齿造成的，那么，凶器在哪？又是什么？我觉得，这一点，才是破解本案最重要的关键！”

马浩然的声音不断回荡在案发现场，其间，竟无一人出言打破这诡异的回声。

足足过了半晌，郑祺突然拍起了手掌，一阵阵清脆的掌声陡然在案发现场炸开："小马总结得很到位，凶器，才是破解本案的关键！

"拳王，你去给乔姑娘录一下口供，我要昨天晚上在医院的所有人的名单，尤其是急诊室和一楼各科室的值班人员。

"影帝，你去调一下医院的监控设备。

"小叶，开始验尸。

"小程，立刻联络老李，让他们加快速度，在最短的时间内赶到案发现场，让老李亲自来案发现场提取指纹和脚印，并且通知老李增派警力，给昨天晚上所有留在医院的人都录上口供。

"苏天杰，你去窗户的另一边，查找一下线索和痕迹。"

郑祺经验老到地为众人分派任务。

众人自然不会违背郑祺的命令，当即纷纷开始执行各自的任务。

反倒是影帝，这家伙悄悄地走到了郑祺身边，对郑祺耳语道："队长，让我给乔姑娘录口供如何？我也好套一套乔姑娘的话。"

影帝的声音很轻，只有他和郑祺能听见。

郑祺淡淡地瞥了影帝一眼，说了一句与他身份很不相符的话："以后机会多的是。"

"好吧。"影帝耸了耸肩，快步跑出了案发现场。

一时间，案发现场只剩下了躺在地上的死尸和正在验尸的苏叶，以及郑祺和马浩然。

苏叶专心致志地检查着尸体脖颈处的两道致命伤，而郑祺则时不时地将烟拿出来，放在嘴边咬几下，又放回烟盒里，看起来一副很纠结的样子，只有马浩然围着办公桌不断地转，似乎是在寻找什么。

"小马！"郑祺咬了咬牙，将香烟放回烟盒，扭头瞥了一眼围着办公桌不断转圈的马浩然，笑吟吟地说道，"你在找东西？"

"嗯。"马浩然点了点头，一边拉开了办公桌上其中一支抽屉，一边头也不抬地对郑祺说道，"我在找疑似凶器的东西！"

"能够造成这种伤口的东西其实并不太多，比如说，笔！"郑祺走到了马浩然的身边，若有所思地继续说道，“可是，笔这种东西，如果真的是凶器，那凶手的手法也太低端了吧？且不说，笔尖扎穿人的脖颈需要多大的力道，单说笔上的痕迹就有可能遗留在尸体的伤口上，再退一步，就算是没有油水的笔，也肯定会在死者的伤口上留下无法抹去的痕迹。”

“队长，我就是在找笔，找那种可以杀死人的笔！”马浩然抬起头，双目直视郑祺，略微失望地说道，“可是，我翻遍了办公桌，只有几支看起来和新的一样的笔，没有我想找的那种笔。”

“那你试试找一下螺丝刀，那种工具同样有可能造成死者脖颈处的致命伤。”郑祺说完，便走向了那组小衣柜。

正当郑祺准备打开衣柜的时候，马浩然的话也随之响起：“螺丝刀我也找过了，结果和笔一样，没有任何发现，包括现场的其他东西，只要是有可能造成死者脖颈处那种近乎圆形的伤口的疑似凶器，我都没有发现。”

“凶器……能造成圆形伤口的疑似凶器，其实不少，但仔细想想，又不多。最关键的是，我们目前根本无法确定凶器到底是什么东西，不像之前的几件案子，皆是利刃所为，这圆形致命伤，对于我们判断和确认凶器，的确造成了很大的困扰和影响。”

郑祺轻声念叨起来，随后，他毫不迟疑地拉开衣柜的门。当即，一件件新的或者是旧的，或者是带褶皱，或者是有污渍的白大褂便映入眼中，除此之外，衣柜里再无他物。

郑祺扫了一眼衣柜里的白大褂，然后伸出了手，每一件白大褂，他都会去摸几把。主要摸索的部位，自然是口袋，或者是能够藏东西的地方。

折腾了几分钟，郑祺一无所获地将衣柜关上，转过头，朝马浩然摇了摇头，道：“凶器应该不在案发现场。”

“如果找不到凶器，或者说无法确定凶器到底是什么，那这件案子的难度就要增大许多了！”马浩然缓缓摇头，随即下意识地将目光定格到了正在全神贯注检验尸体的苏叶身上。

不仅是马浩然，连郑祺也将目光投向了苏叶。

郑祺也好，马浩然也罢，二人都深知，这件案子想要有所突破，还得看苏叶的验尸结果。

没有任何痕迹的案发现场、脖颈处只有两处血洞的尸体、消失了的凶器，所有的一切，都让马浩然和郑祺等人举步维艰，如今，能够打破僵局的，也只有苏叶和地上躺着的那具死尸了。

就在这时，案发现场之外突然传来了一阵急促而杂乱的脚步声，马浩然和郑祺立即扭过头，朝着门口的方向望了过去。

脚步声越来越近，也越来越重，终于，老李引着一群警员风风火火地出现在了案发现场。

“队长！”老李虚抹了一把额头上的汗水，连忙说道，“你的命令我已经收到了，录口供的事也安排完毕了，我现在就开始排查现场！”

“开始吧！”

郑祺朝着老李点了点头，旋即又递给马浩然一个眼神，马浩然会意，与郑祺一同走出了案发现场。

急诊室的走廊里。

郑祺还没等站稳，便迫不及待地从身上摸出了一支香烟，点上，深深地吸了一口之后，这才长吐一口气，颇有些意犹未尽地说道：“小马，本案还有一个关键点，你发现了吗？”

“队长，你说的是尸体身上的异常血迹？”马浩然说完，看了郑祺一眼，见郑祺点头，这才继续说道，“尸体上的血迹的确算是本案的关键点之一，按照尸体现在的状态来分析，就好像凶手杀死死者的时候，死者根本没有挣扎，而是躺在地上，任由凶手用特殊的手法刺穿脖颈，然后没有任何反应地等着鲜血流干……”

“死者暴露在空气中的部位，全部没有沾染血迹，就连拖鞋底都没有。所以，你刚才的描述很正确！”郑祺又深吸了一口香烟，说道，“能够造成这种状况的条件，只有三种！”

郑祺缓缓地竖起了三根手指，继续说道：“第一种，死者在颈被洞穿之前，已经死了；第二种，死者故意不反抗、不挣扎，或者说不敢反抗，不敢挣扎；第三种，凶手在行凶的时候，死者正处于昏迷或者熟睡状态！”

说完这句话，郑祺正准备吸第三口烟，马浩然突然说道："队长，医院似乎是全楼禁烟吧？"

"是吗？我不知道！"郑祺讪讪地笑了一声，假装很淡定地将烟头在鞋底抹了一下，让火熄灭，然后将其放回到烟盒之中。

马浩然很无语地望着郑祺。

他怎么可能不知道医院全楼禁烟？

他分明就是想吸！

不过，马浩然也没在这个问题上和郑祺做过多的纠缠，只是继续将话题绕回到本案，说道："至于死者在临死之前，究竟是属于哪种状态，恐怕，我们要等苏警官的验尸报告出来才能做出结论了！"

"其实我们现在什么也干不了！"郑祺耸了耸肩，很无奈地说道，"等大家把线索都收集齐了，才能正式开始进行推理和分析。"

郑祺所言不假，如今，郑祺和马浩然的手上所掌握的线索与没有线索其实没什么区别，二人就算想破头，也不可能得出任何结论，现在，二人只能等，等着大家把线索收集到一起，才能展开下一步的调查。

这边郑祺话音刚落，那边苏天杰便绕过了急诊室的玻璃隔断，一路小跑地冲了进来。

"队长！"苏天杰气喘吁吁地轻喊了一声，"我们不能放弃任何可能，我建议，收集全市口腔医院的资料，排查所有牙齿比较大的人，这也是不算线索中的线索了。"

说完这句话，苏天杰已经跑到了郑祺的身边，而且很显然，马浩然与郑祺刚才的对话他都听见了，至于他所谓的气喘吁吁完全是假装出来的，毕竟，偷听人谈话可不是件好事。

"你觉得有用吗？"郑祺没有拒绝苏天杰，但也没有认可他的话。

"与其苦等线索，不如主动寻找！"苏天杰说得很坚决，随后，又说道："我刚才在窗户外面转了一圈，并没有发现任何可疑的痕迹，这就说明，凶手应该不是从窗户那边跳进案发现场的，所以，我们现在几乎没有掌握任何实质性的线索，与其苦等，不如主动出击！"

说完这句话，苏天杰便不再言语，只是满脸希冀地望着郑祺。

“想法很好！”郑祺深深地看了苏天杰一眼，轻声说道，“那你去办吧，尽快完成排查！”

“好！”苏天杰想也不想地就应下了，言罢便径直转身，跑出了急诊室。

“队长，排查牙齿较大的人，这应该不会有什么收获吧？”苏天杰走后，马浩然才狐疑地望向郑祺，说道，“且不说牙齿较大的那群人，会不会去齿科就诊，单说死者的伤口，我并不认为是牙齿撕咬所致！”

“我知道！”郑祺神秘兮兮地笑了一声，又对马浩然说道，“苏天杰那小子，刚才一直在玻璃隔断的另一边偷听我们谈话，他见我和你都没有任何头绪，这才想出了这么一个排查方法，虽然有点死马当成活马医的味道，但他却不得不如此而为，因为这样做，可以显示出他与众不同的刑侦嗅觉。没有线索也就罢了，倘若真的被他发现了什么，那么，这将是打败你的最好机会！”

听了郑祺的话，马浩然并没有任何回应，甚至连眼神都没有发生任何的变化，就好像苏天杰的所作所为，与他没有任何关系。

“你这小子，你难道就一点也不在意吗？苏天杰现在可是铆足了劲想要打败你，连偷听这种伎俩都使出来了。我看，他就是怕你获得了他不知道的情报，先他一步破案！”郑祺有些无语地盯着马浩然，“我和苏家是世交，我还是第一次见苏天杰这小子要手段。看来，他是真的急了，而且还是心急如焚，他怕这件案子也被你先一步破获。”

“谁先破案有什么关系吗？”马浩然终于在和苏天杰有关的事情上发表意见了，“我们的宗旨是将真相公之于众，将犯人绳之以法，而不是个人能力的较量和对抗，他走错路了！”

“的确！”郑祺异常郑重地点了点头，“苏天杰这小子，不适合做警察，他已经将人民警察的天职抛之脑后了。等这件案子结束，我就让他回家，重案组不允许有这种人存在！”

“队长……”马浩然颇为意外地看了郑祺一眼，他也没想到，郑祺对苏天杰此举的反应会如此之大！

“别看我！”郑祺摆了摆手，有些恨铁不成钢地说道，“苏天杰这小子竟然有时间来偷听我们谈话，那就说明他并没有仔细地检查窗外那片区域，这种工作不认真的家伙，把他踢出去，没人会有意见，也没人敢有意见……这小子越来越不长进了，那些富贵家庭的坏毛病，他怎么都学去了？”

马浩然没有再说话，对于苏天杰是否留在重案组，在马浩然的心中，其实与他一点关系都没有，他根本不在意，也不会去考虑这些事情，他的脑子里只有案件。

就在这时，冉潇抱着笔记本电脑快步走进了急诊室区域，直奔马浩然和郑祺这边而来。

“小冉，查到什么了？”郑祺朝着冉潇摆了摆手，又习惯性地摸出了一支烟，还没把那支烟放进口中就尴尬地笑了一声，又将烟放回了烟盒中。

而此时，冉潇也已经走到了郑祺和马浩然的身边。

“队长！”冉潇一边说着，一边翻开笔记本电脑，盯着电脑屏幕对郑、马二人说道，“死者名叫秦山，男，四十岁，是第四人民医院的外科医生，家住金陵市内，有一个儿子，今年刚刚考上大学，目前在放暑假，秦山的妻子叫钱芳，和秦山是大学同学，同样是学医的，只不过，钱芳在金陵市第二人民医院工作，是内科的主任医师。

“秦山在金陵市第二人民医院工作了五年，在这里又工作了十年，算得上是老医生了，收入和待遇都不低，而且钱芳的薪资也要高于普通的工薪阶层，孩子又刚刚考上大学，对秦山一家人来说，生活美满，衣食无忧，基本可以排除秦山自杀的可能。

“秦山的档案很干净，并没有任何的污点，若一定要找出污点，那就得提一提秦山的职场之路了。

“秦山是老医生，但工作了这么多年，始终无法升迁，在秦山工作的十五年中，一共有三次机会升迁，却都被否了。也许，我们可以从这方面入手查一查。”

冉潇说完便合上了笔记本电脑，静静地等着郑祺的下一步指示。

“秦山升迁的问题和本案应该没什么太大联系吧？既然你都已经调查出秦山屡次升迁都以失败告终，那几乎就可以排除竞争对手鬼迷心窍而杀人的可能了。因为，秦山似乎在这方面，无法对他的竞争对手造成太大的威胁。”郑祺若有所思地说了一声。

“队长，秦山的妻子钱芳和孩子都在我们市局，要不要去问一问他们？”冉潇怯生生地提议道。

“你联系市局，让市局的同事给二人录一份口供。不过，我想应该没有太大的价值。”郑祺微微皱起了眉头，仿佛忽然想到了什么似的，脱口而出道，“不过，秦山屡次升迁失败的原因，倒是真的可以查一查，这些内部资料都是大数据库中体现不出来的，说不定能给我们带来一些线索。”

“那就得找医院内部的人问一问了。”马浩然点头同意郑祺的提议，“队长，你在医院内部有熟人吗？”

“我？”郑祺似笑非笑地盯着马浩然，别有深意地说道，“我不认识第四人民医院的人。不过，小马，你有熟人啊！”

“你是说乔姑娘？”马浩然一下子就领悟了郑祺话中的意思，不过，他的脸上并没有流露出任何异常的表情，只是轻轻点了点头，道，“拳王为乔姑娘录完口供后，我们就去向乔姑娘打听一下！”

说曹操，曹操到。

马浩然这边话音刚落，案发现场隔壁病室的门便被推开了，拳王和乔烟一前一后地走了出来。

“队长，老大，口供录完了，倒是发现了一些有价值的线索！”拳王憨憨地笑了一声，说完，还朝着马浩然和郑祺扬了扬手中的资料本。

“不用看笔录，你说就可以了！”郑祺挥了挥手，示意拳王继续说下去。

“乔姑娘查了一下急诊室的值班记录，除了死者秦山之外，还有另外两名值班男医生，分别是内科的值班医生沈明旭，以及骨科的值班医生林远航。

“除了这二位之外，还有两名值班女护士，许小诺和冯月。

“再算上死者秦山，这些人就是昨天在急诊室里值班的全部人员。

“乔姑娘还说，医院的一楼除了急诊室之外，并没有任何检查室或者是诊察室。正厅里的挂号处、药房、收银处都没有人值班，包括保洁人员也不参与值班。除了上述四人与死者之外，昨晚在一楼的人，就只剩下保卫室的保安魏大宇了。

“也就是说，昨天晚上，在第四人民医院的一楼，只有这些人。”

拳王顿了顿，继续说道：“对于保安魏大宇，乔姑娘倒是不太了解，也给不了我们太多的信息，但是其余四人都是急诊室的人，所以，乔姑娘多多少少了解一些。

“比如说沈明旭，他家里的条件很不错，为人自然也狂妄一点，才来医院工作三年，就已经要提干了，如果乔姑娘升迁，那急诊室主任医师的位置就是他的了。当然，因为学历的缘故，他只能是临时的。不过，这已经足够让沈明旭自傲了，据乔姑娘所言，沈明旭经常会调侃秦山，这也让二人的关系很紧张。

“大概一周前，秦山和沈明旭爆发了比较激烈的冲突，因为沈明旭调侃秦山的工作待遇和收入都比不上秦山的老婆钱芳，这就触及了秦山最脆弱的地方，二人爆发了争吵，差点动手，当时乔姑娘也在场，是劝架人之一。

“事后，乔姑娘从护士许小诺和冯月口中听说，秦山对沈明旭很不满，开始暗中使坏，在领导那里打沈明旭的小报告，并且经常有意无意地从其他同事那里获取一些对沈明旭工作方面比较不利的信息。

“纸包不住火。就在前天，沈明旭知道了这件事，他很愤怒，在急诊室里打了秦山一巴掌，随后二人上演了全武行。因为沈明旭比较瘦弱，吃了亏，于是扬言让秦山等着，要给秦山好看。这件事，乔姑娘同样在场，据说当时的气氛很僵。

“林远航倒是一个比较老实的医生，平时一声不吭，只知道埋头苦干，而且也没有任何想要往上爬的意思，或者说，上面根本就没准备提拔林远航，这家伙年纪比秦山都大，已经没有任何提升空间了，他就等着退休了。

“沈明旭平时也会调侃林远航，但林远航只是一笑了之，不会与沈明旭纠缠，而秦山在沈明旭那里吃了瘪，也会调侃林远航，好像是在找存在感似的，同样，林远航也不会反驳秦山。

“再说那两名值班护士，许小诺和冯月。据乔姑娘讲述，前天沈明旭和秦山打架的时候，那两名护士因为拉住了秦山，导致秦山被沈明旭踢了几脚，后来秦山挣脱了许小诺和冯月拉架的手臂，这才在最后找回面子，把沈明旭揍了一顿。只不过，这两名小护士被秦山记恨上了，就在昨天，秦山向上面打了小报告，想把这两名小护士调离急诊室。

“急诊室，对护士来说是个好地方，许多护士挤破头都想进来，如果许小诺和冯月被调走，恐怕再也没机会回来了，二人自然不想这样。”

拳王洋洋洒洒说了这么多话，之后急促地喘了几口气，这才继续说道：“乔姑娘的口供中，侧面体现了一件事情，那就是，除了我们并不了解的保安魏大宇之外，其余几人都与死者有过节。大概就是这样子。”

“也就是说……四人都有足够的杀人动机，对吧？”郑祺冷冷地笑了起来，仿佛想到了什么。

“郑队长，这几个人只是因为工作中有些摩擦，就演变成杀人动机，似乎有些太牵强了吧？”这时候，乔烟突然出言说道，“我对查案没什么研究，但急诊室内部的一些情况，我还是比较清楚的。沈明旭、林远航、许小诺和冯月的确与秦山有些过节，但这并不足以构成杀人动机吧？而且，我们急诊室从医生到护士二十几人，几乎都与秦山有或大或小的矛盾，包括我在内，难道我们急诊室的人，都有杀人动机不成？”

很明显，乔烟对于郑祺的说法有些不满意，毕竟，沈明旭和林远航也好，许小诺和冯月也罢，或者其他的急诊室工作人员，都是乔烟的同事，乔烟不愿意相信，那些和她整日相处的同事会是杀人凶手！

其实，乔烟的反应也是人之常情，换作马浩然，如果有人说他的同事是杀人凶手，他也不愿意相信。

当然，乔烟的反驳并没有引起郑祺的任何不满，因为，这只能从侧面反映乔烟的心地善良和与人为善。

“乔姑娘，我只是站在警察的角度，主观地评价一下几名嫌疑人罢了！”郑祺无所谓地朝着乔烟摆了摆手，笑吟吟地说道，“至于杀人动机这方面，你没干过警察，不知道人心的复杂，我们之前破获的几件案子，导火索其实比众人与秦山之间的摩擦还要小，可偏偏就引发了命案。人心，谁也说不清楚！”

乔烟冷冷地看了郑祺一眼，没说话。

乔烟的反应，倒是没有让郑祺产生任何异样，因为她好像对除了马浩然之外的人都是这副冷冰冰的模样。

想到这里，郑祺便用手肘轻轻碰了一下马浩然。

马浩然微微侧过头，狐疑地看了郑祺一眼，当看到他不断朝着自己挤眉弄眼之后，这才反应过来。

当即，马浩然便对乔烟开口说道：“乔姑娘，我们想了解一下有关秦山的一些事情。”

“你问吧！”乔烟转过头，望向马浩然，嘴角微微翘起，牵引出一个迷人的小梨涡。

“秦山工作经验丰富，而且也没有出现过医疗事故，那为什么秦山屡次升迁都以失败告终？”马浩然问出了他和郑祺之前研究过的问题。

“这就要从秦山的为人说起了。”乔烟顿了顿，仿佛是在整理语言，数秒之后才开口说道，“秦山的人品很不好，最起码，我们医院各个科室的人都很讨厌他，这一点，从他去领导那里打沈明旭的小报告，以及为了公报私仇想把冯月和许小诺调离急诊室，就能看出来。

“每次工作调动，只要名单上有秦山的名字，我们医院绝大多数人都会默默地把票投给秦山的对手，包括我们的几位领导，都很不喜欢秦山。

“秦山之前之所以从第二人民医院调到我们第四人民医院，我听说就是因为他的人缘太臭了。

“我在这里工作的日子不太长，也只知道这么多了。”乔烟轻轻耸了耸香肩，略带歉意地对马浩然说道，“不知道能不能帮上你们？”

第二章　口供

“可以了！”马浩然朝着乔烟微微点头，难能可贵的是，他的嘴角还扬起了一抹僵硬的微笑，似乎是在感谢乔烟。

微笑从马浩然的脸上一闪而过，随后，他便扭头望向郑祺，道：“队长，按照乔姑娘的说法，急诊室内部的所有人，包括第四人民医院绝大多数的工作人员都很不喜欢死者秦山。那么，我们调查的范围也要扩大一下了，不能仅仅局限于沈明旭等数人，包括嫌疑人的锁定也要扩大范围，不能排除值班室之外的人走进医院行凶的可能。”

“不错！”郑祺微微皱眉，正色地点了点头，“这件案子，表面上看很简单，但其中牵扯的人数太过广泛，其难度远要比我们之前的几件案子复杂。而且，一旦处理不好，就有可能引起民众的恐慌和公愤，我们还是谨慎为好！”

马浩然深以为然，道：“队长，我们先去后院查一查吧。”

“好！”郑祺应了马浩然一声，也不废话，径直朝着急诊室外走了去。

“我带你们去吧！”乔烟淡淡地提议道，“你们对第四医院还不太熟。”

说罢，乔烟便快步追上了郑祺，然后一刻不停地走到了郑祺的身前，摆出了领路人的架势。

就这样，郑祺、马浩然和拳王三人跟在乔烟的身后，快步走出了第四人民医院的主楼，绕过了一座停车场，直奔与案发现场相对的后院。

众人约莫走了五六分钟的光景，在宽敞的停车场尽头一拐弯，随之，众人眼前的场景也瞬间发生了翻天覆地的变化。

空旷宽敞的停车场不见了，取而代之的是狭窄阴暗的羊肠小道。

这羊肠小路的一侧是医院主楼，另一侧是布满了绿植的高墙。

这里给人的第一感觉，是压抑。

第二感觉，便是阴森。就仿佛那不明绿植的后面会突然蹿出某种生物似的。

高挑的乔烟迈着轻碎脚步，一边走进了这条充满了未知与神秘的羊肠小路，一边回头为郑祺和马浩然三人解释道："因为这条小路一面靠着医院主楼，一面靠着高大的院墙，会使人在潜意识中产生情绪上的压抑，所以，很少有人会走这里，这是很久之前心理科的胡主任说的话，最关键的是……"

说到这里，乔烟不仅停下了话语，就连脚步都下意识地停住了，只见她满脸神秘地扫了众人一眼，最后，将目光定格在了马浩然的身上，神神秘秘地扬起了嘴角，勾勒出一抹让人无法捉摸的笑意，"关于这条小路，还有一段闹鬼传说呢！

"据说，二十几年前，医院还处于建设中的时候，发生了几起意外事故，可死于事故中的人的尸体却突然不见了。直到十年前医院翻修，把这面墙壁打破准备重新建造新的墙壁之时，才在被打破的墙壁中发现了白骨。

"所以，医院翻修结束之后，院方便在这面墙壁上种了一些爬山虎等绿植，而且，我们医院的工作人员也从来都不会走这条路，久而久之，这里也就变成人迹罕见的地方了。"

说完这句话，乔烟还指了指脚下已经产生了一片片龟裂痕迹，并且布满了灰尘泥土以及包装纸等垃圾的老式水泥地面，轻声说道："就连医院负责打扫卫生的叔叔和阿姨都不愿意来这里打扫，所以，这里要比医院的其他区域脏得多，你们想来这里查线索，难度会很大！"

乔烟说完，马浩然和郑祺、拳王三人立刻相互对视了起来，只不过，三人的眼神各不一样。

拳王眼中所流露出的情绪，是那种既惊恐又好奇的复杂神色；而马浩然则是面无表情、双眼无波，就好像根本没听见乔烟的话似的；郑祺更是满眼的笑意，很显然，他根本不相信乔烟口中的医院闹鬼传闻！

“乔姑娘！”拳王挠了挠头，憨憨地说道，“这就是医院的闹鬼传闻吧？据说医院里面总是会不断地有闹鬼传闻流传出来。对了，上次去鬼楼的时候，慕元昊好像说过！”

一提到慕元昊，拳王的话匣子就打开了，也不知道他是有心还是无意，愣愣地说道：“我记得当初慕元昊还想让乔姑娘讲一讲医院的闹鬼传闻呢，想不到，慕元昊没听到，我们倒是听到了。”

“还好吧！”乔烟收起了俏脸上的神秘笑意，只是淡淡地回了拳王一句莫名其妙的话，而她的目光总是有意无意地在马浩然身上游移，似乎想对马浩然表达某种情绪一般……

当然，马浩然不可能会注意到乔烟的神色变化，甚至，他连乔烟刚才所说的闹鬼传闻都没有去听，他早就已经进入查找线索的状态了。

只见马浩然缓步走到案发现场的窗外，透过窗户，马浩然能清晰地看见案发现场内，老李正引着几名警员忙碌地进行着采集工作，而场中唯一的女人苏叶，则独自一人蹲在地上验尸，全神贯注的苏叶似乎根本就不知道窗外有人正站在那里盯着她看。

马浩然盯着苏叶，又顺理成章地联想到了苏叶的亲弟弟苏天杰，二人的反差和对比实在是太鲜明了，一时间，在马浩然的心中，对苏叶的评价又高了几分。

“看什么呢？”郑祺悄无声息地走到了马浩然的身边轻声道，将马浩然的视线从苏叶的身上拉回现实之中。

“没什么。”马浩然收回了之前落在苏叶身上的目光，微微摇头说道，“希望苏警官能为我们带来重要的线索！”

“会的！”郑祺拍了拍马浩然的肩膀，深深地看了一眼正努力在撬开尸体僵硬的嘴的苏叶，又道，“干活吧！”“好！”马浩然回了郑祺一句，随后便蹲在地上，从地面开始检查了起来。

地面很脏，不仅有泥污，还有不知道从什么地方吹来的塑料包装等垃圾，不过，马浩然并不在意这些，他的注意力已经全部集中到了窗户下面的泥尘之上。

现场的环境，其实远比马浩然想象的还要乱。

就算马浩然瞪起了双眼，努力地想要从泥尘之中发现一些零碎的脚印或者是痕迹，都很困难！

马浩然盯着窗下那片区域足足看了数分钟，最终，他仍旧没有发现任何的脚印与痕迹。

“这种人迹罕见的地方，想要找到线索，的确太难了！”郑祺悄无声息地蹲到马浩然的身边，指着窗下那处区域，中肯地说道，“就算凶手是通过窗户进入的案发现场，可是，凶手留下的痕迹也会在这段时间，被风或者是那些生活垃圾和包装纸之类的东西抹去或者破坏，我想，苏天杰应该也是看到了现场的环境，才在简单查看了一番后，便迫不及待地回到了案发现场……”

“队长，再乱的环境，凶手也会留下破绽，前提是，凶手真的来过这里。”马浩然的声音很坚决，就像他本人一样，无论面对什么样的悬案，他都不会选择退缩，而是迎难而上！

说完这句话，马浩然便自顾自地站起了身，开始检查窗户下方的墙壁……

第四人民医院是老建筑了，外墙上粘贴着 100×300 规格的白色外墙砖，外表光滑，就算真的有人在上面踩上几脚也不会留下任何的痕迹，最重要的是，经过岁月摧残，这些外墙砖早就已经被雨水或者污迹渗透，表面上已经失去了曾经该有的洁白，在这种客观状况的影响下，马浩然的侦破工作难度又提高了不少！

马浩然的目光沿着墙壁向上扫视了起来，当他的双眼落到了窗沿上的时候，不由得叹了一口气，窗沿上也铺设了那种老式外墙砖，还是那句话，就算凶手真的踩在窗沿上，通过窗户进入了案发现场，那么，只要凶手事后用鞋底或者其他什么带有灰尘的东西在窗沿上简单的一抹，就能抹去所有的痕迹。

马浩然的叹息声虽然很轻，在这种安静的环境下，却清晰地传入了其他人的耳中，当即，众人纷纷围了过来。

“马浩然，没有发现线索吗？”乔烟颇为关切地对马浩然说道，“没关系的，这里没有发现线索，还有其他方向，总不可能一点线索都没有吧？你说过，只要凶手真的存在，那么就一定会留下破绽的！”

乔烟的安慰，倒是引来了马浩然真正意义上的第一次注视。

马浩然转过头，双目直视乔烟，虽然那双眼瞳仍旧清澈，没有任何的情绪波动，但他的嘴角却微微地翘起了一抹弧度，真诚地对乔烟说道：“谢谢！”

“不用谢我！”乔烟莞尔一笑，诚挚地说道，“只要破获了这件案子，那吸血鬼出没的传言也就不攻自破了，群众也不会闹得人心惶惶，社会也会变得井然有序。其实，应该说谢谢的是我们！”

嘭嘭……

忽地，一阵敲窗户的闷响声从案发现场那边响起，透过纱窗，传入了马浩然和郑祺等人的耳中。

这阵敲窗户的声音自然打断了马浩然和乔烟的交谈，马浩然倒没什么，只是自然而然地将视线投向了窗户的位置，但乔烟的一双美目之中，却闪过了一抹愠怒。

再说马浩然，他定睛一看，站在窗户另一侧的不是别人，正是之前蹲在尸体旁边全神贯注进行验尸的苏叶。

毫无疑问，刚才敲窗户的人就是苏叶，而且，马浩然和乔烟刚才的对话，苏叶也全都听见了，毕竟案发现场和后院只隔着一扇纱窗。

苏叶瞥了马浩然一眼，又扫了乔烟一眼，这才将视线落到了郑祺的身上，说道：“队长，初步验尸报告出来了，李哥那边的现场采集也结束了，还有那家伙……”

说到这里，苏叶的话停了下来，只是朝着身后的方向指了指，当即，众人的目光循着苏叶手指的方向望了去……只见，影帝一脸苦笑地朝着郑祺和马浩然等人招了招手。

“都结束了？”郑祺先是一愣，旋即走到了窗边，敲了敲窗户，将众人的注意力都吸引了过来，这才轻声说道，“就在这里说吧，把你们调查的结果都说一遍。”

“我先来吧！”影帝自告奋勇地走到了窗边，颇为无奈地耸了耸肩，对纱窗另一边的郑祺和马浩然说道，“队长，老大，我刚才去了医院的监控室，但结果很让我失望。由于医院是比较特殊的存在，经常会有病患衣衫不整，对，衣衫不整地出现，尤其是急诊室，所以，急诊室内外都没有安装监控设备。

“在医院外部，只有正门口和停车场有监控设备，你们所在的后院没有。

“医院内部，一楼的收银台和正厅、电梯里有监控设备，其余的地方，诸如走廊、楼梯间之类的地方，都没有安装监控设备。

“监控信息不全，给我们查案造成了很大的影响，尤其是急诊室内外那片区域！”

影帝说完，还撇了撇嘴，似乎是在对第四人民医院监控区域的狭小不满。

“你不用不满意！”乔烟望着影帝的表情立刻猜到了他心中所想，当即脸色便微微冷了下来，颇有愠怒地说道，“我们医院属于老医院，最近一次翻修都是在十年前，监控设备布置得比较少也在情理之中，尤其是我们急诊室区域，更加不可能安装监控设备，这是对患者的基本尊重！”

“我又没说什么，美女医生，不用这么生气吧？”影帝说着，做出了举手投降的姿势，让乔烟俏脸上的愠怒略微减少了一点点。

郑祺可不打算让影帝和乔烟继续斗嘴，立刻出言打断了二人的口角，直接对案发现场中的老李和苏叶说道：“下一个！”

“队长！”

老李喊了一声，便朝前迈出了数步，走到了影帝的身后，影帝很识趣地把位置让给老李。毕竟，窗户口就那么大，也就能容纳两个人并肩站立，而苏叶并没有想动的意思，让路的人就只能是影帝了。

影帝这一举动倒是获得了老李赞赏的眼神，没办法，在为人处事这方面，影帝绝对是人精级别的。

旋即，老李脸色一正，便开始向郑祺汇报起了他调查的结果。

首先是指纹，案发现场内的完整指纹或是零碎指纹已经不是“很多”两个字能够形容的了，而是非常多，乱出了新高度！

老李经过了简单的初步排查，已经获得了接近二十种完全不同的指纹，这就说明，在案发现场活动过的人，不下于二十个人！

接着是脚印，案发现场的完整脚印和零碎的脚印同样繁多，无比混乱，与指纹差不多，也有接近二十个人的脚印痕迹留在了案发现场。

最后是尸体四周的痕迹，根据老李等众警员的排查，案发现场内的确没有任何打斗或者挣扎过的痕迹，就好像死者秦山睡着睡着，自己跑到了地上，然后突然死了一样！

老李介绍完了之后，忽地，神秘兮兮地凑到了纱窗前，抬起戴着手套的手，小心翼翼地将纱窗打开，说：“队长，我们这边，并不是没有收获，而是有一点不算收获的收获……”

说完这句话，老李便抬起手指，朝着下方纱窗滑道的凹槽指了指，说道：“我们在这里发现了一滴污迹，而且根据我的经验判断，应该是最近一段时间留下来的，是一种类似油渍的东西。”

被老李这么一说，无论是站在窗外的郑祺和马浩然等人，还是站在窗内的苏叶，甚至是老李身后的影帝都踮着脚朝着老李所指的方向望去。

在纱窗滑道的凹槽中，马浩然定睛一看，的确见到了一滴直径比烟嘴还要小的污迹，黄中有黑，黑中有黄，就如老李所说，这滴污迹貌似最近几天留下来的新痕迹。

如果不仔细查看的话，这点小线索还真不一定会被人发现，因为滑道凹槽中已经堆满了灰尘，随着岁月的侵蚀，那些灰尘和污迹，已经变成了黑色或者灰色，唯独这滴疑似油渍的东西，颜色略有不同。

还有一点，如果这滴疑似油渍的东西真的与本案有关联的话，那么，这就是凶手留下的破绽之一！

就算凶手可以通过瓷砖这种先天条件抹去他（她）进入案发现场所留下的痕迹，但这滴疑似油渍的东西让凶手的如意算盘落空了！

因为，这滴疑似油渍的东西出现在了纱窗滑道的凹槽之中，这就足以充分地说明，凶手打开过纱窗，并且进入过案发现场，然后在凹槽中，留下了这么一丁点的痕迹。

以上，乃是马浩然根据那一滴疑似油渍的东西联想到的所有线索，自然而然地，马浩然想到的东西，郑祺也想得到！

"想办法把这东西弄出来，哪怕弄出一丁点碎渣也行，立刻送到鉴定科鉴定，我要在最短的时间内知道这东西的成分，最好能知道这东西是什么时候留下的。"郑祺指着凹槽中那一滴疑似油渍的东西，低喝了一声。

"知道了，队长！"老李应了一声，旋即招呼起了警员，开始执行郑祺安排的工作。

这边老李忙了起来，而另一边，苏叶则是清了清嗓子，开始简单地阐述她的初步验尸报告。

"根据尸体的眼瞳变化和尸斑、尸僵等因素分析，死者秦山最有可能死亡的时间是昨天晚上十一点到今天凌晨一点之间的两个小时，尸体表面除了脖颈上的两处血洞之外，并没有其他的致命伤，所以，死者的死因初步判定为颈动脉被刺穿而导致的失血过多。

"还有死者的尸体表面，连一些明显的伤痕或者是痕迹都没有，非常干净！

"为了避免像上一件案子那样，尸体的死亡时间被某些药物或者客观因素推延或者提前，我想申请解剖验尸。还有，尸体指甲中的一些东西，我也要用警局里的设备化验一下才行。"

苏叶说完这番话，便不再言语，等着郑祺做最后的决定。

"秦山的妻子钱芳现在就在警局，你让警局的同事与钱芳联系一下。"郑祺对苏叶说完，略微缓了一口气，思考了数秒，这才继续说道，"影帝，把医院的监控录像，从昨天晚上十一点到今天凌晨一点之间的那部分，都拷贝出来，带回警局研究，老李继续录口供，除了昨天留在一楼的五人之外，凡是昨天留在医院内部值班的人，还有急诊室所属的人，都要录上口供，着重盘问案发那段时间各人的去向和不在场证明，再通知冉潇把急诊室内出现过的指纹，全都从大数据库中给我找出来。”

郑祺一口气下达了数道命令，而老李和苏叶等人则井然有序地执行了起来，一时间，刚刚度过了短暂平静的众人又重新忙碌了起来。

站在窗外的郑祺发布完了各项命令之后，情不自禁地抬起手揉起了太阳穴，别有深意地对马浩然说道：“小马，这件案子其实并不是无懈可击，凶手最大的保护伞是一个‘乱’字，你发现了吗？”

马浩然细细地品味了一下郑祺所说的这番话，出言应道：“的确如此，不管凶手行凶的过程多么完美，终究会留下蛛丝马迹，就算案发现场没有，尸体上也或多或少会留下线索。更何况，案发现场中我们还发现了那一滴疑似油渍的东西，虽然现在还无法确定是否与本案有关，但最起码我们找到了线索，而不是像无头苍蝇一样乱撞。”

马浩然顿了顿，继续说道：“至于队长所说的那个‘乱’字，的确是凶手最大的保护伞，我还没经历过涉及二十几人，甚至整个医院所有值班人员的案子，人数太多，案子也就显得乱了起来……”

“一步一个脚印，慢慢查，我就不相信，世界上会有完美犯罪！”郑祺说完，抽出一支香烟，点上深吸一口之后，还不忘发一句牢骚，“这破案子，乱得我连抽烟都忘了！”

郑祺的话倒是引得案发现场内外的人轻笑不断，霎时间，那种毫无头绪的苦恼一下子烟消云散了，气氛也变得稍微轻松了一些。

“对了，小马。”郑祺又吸了几口烟，好像突然想起了什么事情，突兀地对马浩然说道，“这件案子的确很乱，但我们自己不能乱，正所谓打蛇打七寸，我们只要抓住这件案子的关键点，屏蔽那些会影响我们判断和推理的事情，那么这件案子也就不乱了。”

郑祺就像一位导师，总是会根据现场的各种变化，临场为马浩然并不算充实的经验填充内容。

马浩然深以为然地点了点头，正色对郑祺说道："我知道了，队长！"

得到了马浩然的肯定回答，郑祺这才满意地点了点头，紧接着，他话锋一转，就像提问似的对马浩然说道："那你说说，我们这件案子，目前掌握了哪些线索？"

"疑似油渍的东西算一条线索……五名嫌疑人也应该算一条线索……还有我们没有任何头绪的凶器……看过医院的监控录像之后，我们应该也会掌握一些线索，还有……"说到这里，马浩然那双眸子突然闪出了亮光，"死者生前的一些行为！"

"说说看，死者生前的哪些行为会成为我们的线索？"郑祺心满意足地朝着马浩然笑了一声。

"我们之前说过，死者就好像是突然死在了案发现场，没有任何挣扎和打斗的痕迹，死者暴露在空气中的身体，也没有接触遍地的血迹，就像是死者任由凶手行凶似的，这很奇怪，最大的可能应该是死者根本无力去反抗，或者处于昏迷状态。"

"可苏警官刚刚检查过死者的尸体，并没有任何明显的捆绑痕迹。那么，死者会出现这种情况只有一种解释，也就是死者进入了深度昏迷的状态，连睡着都不足构成本案的所有客观因素，因为，就算是睡着的人，当颈部大动脉被刺穿，也会被剧烈的疼痛弄醒，进而发出声音或者做出挣扎，所以，也只有那一种解释了。"

马浩然的话音刚落，郑祺便立刻接话道："分析得不错！"

郑祺扫了一眼四周，指着羊肠小路的另外一边，继续说道："先回案发现场，一边走，一边说，这次，我们走这边。"

言罢，郑祺便当先迈出了脚步，朝着前方，也就是和他们来时相反的方向走去，众人紧随其后。

"这条路和我们来时的路一样，通向另外一处停车场。"乔烟一边走，一边为郑祺等人解释，"我们医院的布局很简单，主楼在中央靠后的位置，主楼的两侧是停车场，前面是正门，后面就是我们现在所在的小路。"

被乔烟这么一说，郑祺立刻冷冷地笑了一声，双眼也下意识地眯了起来："也就是说，这条小路的两端连通着两座停车场，而且，这条小路与医院一楼所有靠后的办公室或者是诊察室相连，对吧？"

"不错！"乔烟点了点头，继续保持着高冷冰山美女的形象，淡淡地对郑祺说道，"你们怀疑凶手通过窗户进入了案发现场，如果事实果真如此，那么，我们医院的一楼有十几间诊察室和办公室，只要打开窗户跳出来，都能进入这条小路，进而完成杀人！"

"这就有意思了！"郑祺耸了耸肩，道，"不愧是最乱的案子，对吧，小马？"

走在郑祺和乔烟的身后，与拳王并肩行走的马浩然，并没有听见郑祺喊他，他只是揉着下巴，皱眉苦思。

拳王想出言提醒马浩然，但又怕打断马浩然的思路，故而最终没发出任何声音。

滴答……

一滴水从空中滴落，滴到了马浩然的脸上，而这滴水也成功地将马浩然的思绪从思考中拉回现实。

马浩然停下脚步，缓缓仰头，朝着上方望去，只见医院外楼体密密麻麻地挂着数不尽的空调外机，就像是马蜂窝一样，几乎每个窗户的下方都挂着一台空调外机，连一楼也不例外。

"是空调水……"马浩然呢喃自语了一声，旋即，朝着前面的郑祺问道，"队长，你刚才叫我了？"

"我和乔姑娘的谈话你没听见？"郑祺反问了马浩然一句。

"我听见了。"马浩然呆呆地回了郑祺一句，随后便将目光投向乔烟。

乔烟正一脸轻笑地凝视着马浩然，仿佛是因为马浩然之前愣愣的模样而发笑一般。

马浩然望着乔烟，完全没有任何不好意思的表情，就好像刚才发傻的人不是他似的："乔姑娘，从医学方面来分析，有什么东西或者药品能够让人陷入深度昏迷吗？"

乔烟听了马浩然的问题，不由得皱起了柳眉，俏脸上也闪过了思索的神色，沉思片刻，这才回答道：“你说的那种东西，应该是乙醚吧？”

“乙醚……是这种东西吧？我对这方面不太了解。”马浩然继续追问道，“能说说乙醚是什么东西吗？”

“乙醚是一种无色透明液体，它的气味不仅特殊，而且具有很大刺激性，略微有些发甜，极其容易挥发，这种东西可以制造炸药，也是我们医学领域麻痹药品的主要组成部分，或者干脆可以直接用乙醚来进行浅度麻醉。

“不过，乙醚这种东西很难搞到，哪怕是我们医院，控制和管理的也非常严格。因为，乙醚这种东西是制造非常规药品之中不可或缺的一部分。”

非常规药品是什么，大家都心知肚明。如果说，乙醚这种东西还有这种特殊的功效，那么，几乎可以将其排除在外了，我们国家对于非常规药品的打击力度一直很大，这种有可能制造成非常规药品的东西当然不会轻易搞到手了。

说到这里，乔烟停顿了一下，又继续说道：“如果你怀疑死者是闻了乙醚而导致昏迷，那么，我可以帮你悄悄查一下医院乙醚的储存量是否变少，这样的话，你们在不打草惊蛇的情况下就能获得线索，怎么样？”

“那就多谢乔姑娘了！”马浩然朝着乔烟微微颔首，以示感谢。

这边，马浩然话音刚落，拳王便无比好奇地凑了上来，对乔烟问道：“乔姑娘，你所说的乙醚，闻了就能让人陷入昏迷之中？那我们小时候听说的，坏人给你个手帕让你闻，或者说什么卖茶叶让你闻，闻了之后就会昏迷，进而被抢劫或者杀害的传言，都是真的了？”

乔烟看了拳王一眼，高冷的俏脸上没有一丝表情，就像是一座拒人于千里之外的冰山，只不过，表面上看，乔烟是冰山，但其实那仅仅是表面而已，乔烟的内心还是很热情的，最起码，对马浩然身边的这些朋友是这样。

“你所说的那种一闻就昏迷的药品，其实是不存在的，就算是乙醚，也不可能闻了之后马上晕倒，其间会有一至三个小时左右的缓慢发作期。”乔烟虽然面无表情，却很细致地为拳王讲解起了有关于医学方面的常识，“我们实验室用小白鼠做实验的时候，是将乙醚滴在手帕上，等一段时间，让乙醚挥发，将小白鼠迷晕之后，我们还要将手帕放在小白鼠的鼻息处，不断地向手帕上滴乙醚，这样，才能保证小白鼠始终处于昏迷的状态。”

“原来是假的！”拳王如释重负地说道，“那我就放心了！”

“怎么？”郑祺也插上了话，又好气又好笑地盯着拳王，道，“你怕别人把你迷晕之后，真把你解剖了不成？”

“万一谁看好了我的器官，把我迷晕解剖了，怎么办？”拳王像煞有介事地瞪起了眼睛，对郑祺说道。

郑祺和乔烟倒是被拳王的举动引得轻笑连连，就连马浩然都有些忍俊不禁。

不知不觉间，众人已经绕过了医院另一边的停车场，走回医院主楼内，在乔烟的引路下又一刻不停地返回急诊室，也就是案发现场。

案发现场内，尸体已经不见了，应该是被老李安排的人运回了警局，而苏叶正在整理工具，甚至连影帝、冉潇、程稳露、苏天杰也都回到了案发现场。

“都在啊？”郑祺颇为意外地扫了一眼老李等人，说道，“各项工作进展得如何？”

“队长，昨天晚上十一点到今天凌晨一点之间的监控视频已经截取完毕！”影帝第一个站了出来，说道，“已经被冉潇传到他的电脑里了！”

“那就别等回局里再看了，现在就放出来看看，其他人继续汇报工作！”郑祺听了影帝的话，便朝着冉潇招了招手。

冉潇立刻会意，捧着笔记本跑到了郑祺身边，开始操作电脑。

众人自然围到了笔记本的四周，就在这刚刚死过人的案发现场，调看起了监控录像。

“队长，排查牙齿的事情还在进行，目前没有什么结果。”苏天杰说完，便紧盯着电脑显示器，仿佛生怕错过什么线索。

“队长，尸体已经被运回局里，鉴定科的同事现在也应该拿到了我们想要鉴定的东西，他们承诺会在最短的时间内把结果送过来。”老李说道。

老李说完，程稳露立刻跟上：“队长，口供还在录，我们人手不够，我把医院区域派出所的人都借来了，正在抓紧给其他楼层的人录口供，队长关注的五个人，魏大宇、沈明旭、林远航、许小诺和冯月的口供，已经录完了！”

程稳露话音落地，冉潇也调试好了笔记本电脑，屏幕上立刻出现了九宫格，这是以九个不同的摄像头为视角，一次性展现在众人眼前的一种方式，不仅能节省时间，也能让众人一目了然。

“队长，除去医院坏掉的监控设备之外，目前只有这九个摄像头可以正常使用，分别是正门两支，停车场两支，一楼正厅一支，二楼正厅一支，三部电梯各一支。”冉潇调试完毕解释了一句。

“小程，先念一遍那五个人的口供，其他人盯着监控设备，看看能不能查出什么蛛丝马迹。”郑祺头也不抬地说了一句，接着便全神贯注地盯着电脑的显示屏幕看了起来。

而另一边，程稳露则是简单地为众人复述起了那五个人的口供。

第一个人是保安魏大宇，他的口供很简单，根据魏大宇讲述，昨天晚上十点半，他开始锁门，将医院各个旁门偏门全都上锁，只留下保卫室旁边的正门不锁，一直忙碌到十一点三十分才返回保卫室。

魏大宇刚回到保卫室，就有人送来了外卖，说是急诊室订的，接到外卖后，魏大宇就将外卖送到了急诊室，碰巧，正在给病人处理外伤的许小诺和冯月就在急诊室玻璃隔断的后面，魏大宇把外卖随手放到了桌上，十一点四十分左右返回了保卫室，自这以后，他就没离开过保卫室，迷迷糊糊地睡了一夜。

程稳露念的第二份口供是林远航的口供。

根据林远航的口供，十点三十分之前，他和沈明旭、秦山一直待在值班室，虽然三人没什么交流，但谁都没有离开过。

十点三十分之后，秦山说有些犯困，就离开值班室去了休息室，也就是案发现场。没多久，沈明旭说饿了，就让林远航订外卖，在这期间，沈明旭和林远航都没有离开值班室。

直到十一点四十分左右，许小诺和冯月送来了外卖，之后，沈明旭去了一趟卫生间，五分钟之后返回值班室，而这时候，林远航也去了卫生间，同样用了五分钟的时间。

十一点五十分左右，林远航将外卖分别送到了护士值班室与休息室，当时，许小诺和冯月已经回到了值班室，而秦山则好端端地躺在休息室的床上看书。

分别将两份外卖送到了护士值班室和医生休息室之后，林远航也返回值班室，和沈明旭吃起了外卖。

大概是十二点十分左右，沈明旭和林远航开始肚子疼，由于急诊室的卫生间只有一个格子能用，另外一个已经坏掉了，所以，林远航就让沈明旭去急诊室的卫生间，而他则是去了二楼的卫生间。

十二点三十分左右，林远航回到了值班室，而那时候，沈明旭已经回来了。

后来，二人吃过药，肚子好了许多，也就再没离开过值班室。

第三份口供是沈明旭的，内容和林远航的口供几乎一模一样，唯一不同的就是，沈明旭去一楼急诊室的卫生间后，回来的速度要比林远航快那么一点，大概是十一点二十五分左右返回了值班室。

并且，根据沈明旭的阐述，他返回值班室的路上，并没有听见急诊室里有任何异常声音。

第四份口供是许小诺的，根据许小诺讲述，当天晚上的急诊室并不算太忙碌，只是在十一点十分左右处理了两个受了外伤的病人。十一点三十分左右，那两个病人离开急诊室之前，魏大宇送来了外卖，并且将外卖放到了桌上，当时许小诺和冯月轮流为那两名病人包扎伤口，没有太在意外卖，直到全部处理完之后，十一点四十分左右，才将外卖送到了医生值班室，之后，二女就一直待在护士值班室。

值得一提的是，二人吃完了林远航送来的外卖之后，在十二点左右也开始肚子疼，但二人不敢一起去卫生间，害怕临时有病患无人处理，所以二人就轮流去了卫生间。

许小诺先去的卫生间，十二点十分左右，回到了护士值班室，替换冯月，冯月在十二点二十五分左右回到了值班室。

至此，许小诺和冯月二人再没有离开过护士值班室。

最后一份口供是冯月的，内容与许小诺一模一样，连去卫生间的时间都对得上，程稳露只是随意地提了一嘴，并没有详细说明。

直到程稳露转述完了这五个人的口供，郑祺那边通过快进模式，也将九支监控设备的影像全部看完了。

随后，老李便做起了总结。

“队长，监控设备显示，十一点十分左右，两名病人通过正门进入了医院，十一点三十分多一点，又通过正门离开了医院，与那两名护士的口供完全吻合。

“还有那两名护士，的确是在她们所说的时间穿过了一楼正厅，去了一楼的另一侧。而且，我打听过，第四医院的一楼，男卫生间在西侧，也就是急诊室转角那边，女卫生间在东侧，距离这里比较远，这两名护士的口供，没有太大的异常。

“值得我们注意的地方有两处，电梯和停车场的监控录像。

“三部电梯之中，并没有在相对应的时间内出现林远航的身影，这一点是值得怀疑的，也可能林远航是通过楼梯去了二楼，毕竟，电梯在正厅处，而楼梯就在一楼男卫生间的转角处，上去了是二楼的男卫生间，如果林远航选择走楼梯去二楼的卫生间，也是很有可能的。”

“再说停车场，昨天晚上十一点到今天凌晨一点的这段时间，停车场内别说有汽车进出了，就连影子都没有一个，我们可以肯定，案发时间段的停车场并没有人进出过，这就对我们的侦破工作产生了不小的影响。”

老李一口气说完了这么一大番话，不由得缓了一口气，然后，便静静地站在郑祺身后，等着郑祺做下一步指示。

而郑祺并没有着急说话，倒是一声不吭地思索了起来。

片刻之后，郑祺恍若自言自语一般，不断地呢喃着：“五名嫌疑人，在死者的死亡时间之内，全都有过独自行动的经历，尤其是魏大宇，他根本就没有任何不在场证明，也就是说，这五个人，谁都不能洗脱嫌疑！”

“队长，连在监控设备中出现过的许小诺和冯月也不能洗脱嫌疑吗？”老李茫然地问了郑祺一句。

“当然不能！”郑祺抬起头，双目直视老李，“你之前说过，停车场的监控录像显示，案发时间段没有人出现过，那么，那两名护士完全有可能借助上卫生间的空隙，随便找一间靠后的房间，然后打开窗户，直接跳出窗户，出现在后院的小路之中，再通过案发现场的窗户进行行凶！

“还有沈明山和林远航也能做到，而魏大宇同样可以用这种手法，而且，魏大宇的行凶时间，要比任何人都充裕！

“上了二楼的林远航，不排除会绕到二楼东侧，从东侧楼梯下来，通过东侧的某间房跳进小路，进入案发现场行凶！

“我观察过医院的内部布局，是一个‘回’字形，也就是说，一楼和二楼的监控设备，只能监控正厅范围，也就是‘回’字中间的‘口’字，这几个人如果行凶的话，都有路线可以完美地绕开监控设备，而出现在后院的小路中！”

郑祺的话异常坚决，似乎他已经确定五人之中必有凶手似的。

“而且……”郑祺略微停顿了片刻，神秘兮兮地竖起了一根手指，“本案还有一大疑点，也是关键点，那就是外卖！

“吃过外卖之后，大家都肚子疼，那这外卖到底是怎么一回事？是有人刻意而为之，还是做外卖的饭店有问题？

“而且，许小诺、冯月、魏大宇、林远航和沈明山，在吃外卖之前，都曾经单独接触过外卖，所以，大家都有机会悄悄地在外卖里下泻药，这种可能，我们也一定要计算在内，毕竟，这几人肚子疼的那段时间，就是案发时间段内！

“而且，外卖呢？”郑祺说到这里，陡然提高了声调，“我们差不多把案发现场都翻遍了，也没发现所谓的外卖，这就说明，那外卖，可能真的有问题，而且很有可能已经被凶手处理了！”

案发现场内，众人听了郑祺的一番分析之后，纷纷皱着眉头，苦思冥想了起来，似乎大家都在努力把所有的疑点串联到一起，形成一个有说服力的新话题，或者是新线索！

就在这时，老李猛地一拍大腿，直接朝着门外冲了出去，消失在走廊中，只留下一道声音。

“队长，我这就去找医院保洁，看看能不能找到其他人昨夜吃的外卖。”

“队长，你说，李哥能找到昨天晚上的外卖吗？”冉潇怯生生地问了郑祺一句。

郑祺还没说话，一旁的乔烟便淡淡地说道：“现在都中午了，昨天晚上的垃圾早就被清理干净了，在卫生方面，我们医院做得还是很不错的，只可惜，整洁的卫生清理却给你们侦破案子带来了麻烦。”

“没关系。”郑祺摆了摆手，脸上的神态也恢复往昔的从容淡定，“案子虽然乱了一点，但我们只要把所有的蛛丝马迹都串联起来，我相信，绝对能够解开所谓的吸血鬼杀人之谜！”

这时候，苏叶出人意料地，似乎想让大家快点从乔烟引出的话题进入另外一个话题似的：“队长，要见一见五名嫌疑人吗？”

“见一见也好！”郑祺说完，便朝着乔烟扬了扬头，道，“乔姑娘，那五个人应该还没离开医院吧？能带我去看看他们吗？尝试一下，能不能从他们身上找到线索。”

乔烟还没说话，程稳露便抢先一步开口说道：“所有和本案有关的人都没有离开医院，那个沈明旭最开始很嚣张，不怎么配合我们工作，想要回家洗澡，说是要洗去一身晦气，后来妥协了。”

“妥协？怎么妥协的？”郑祺盯着程稳露，隐约中，他的心头浮上了一抹不太好的预感。

“我当着沈明旭的面，一脚踢断了椅子的一根腿，他就老实了！”

一脚，踢断了一根椅子腿。

一时间，所有人都将视线定格到了程稳露的身上，就连乔烟都下意识地眨起了美目，上上下下地仔细打量起了程稳露，就仿佛想找到程稳露这么瘦弱的身体为什么会拥有如此巨大力量的答案那般。

“我可是江北省五十公斤级自由散打冠军！”程稳露颇为自傲地扬了扬下巴，得意地晃了晃和正常少女没什么区别的莲臂。

“难怪你能用消防斧轻而易举地劈开黄狼诡影案中的防盗门，原来你还是散打冠军？”影帝咋舌，发出了“啧啧”的声音，戏谑地揭了程稳露的黑历史。

“你们继续吵，我去见一见嫌疑人，说不定见了他们之后，还会有新的疑点出现呢！”郑祺可没心情理会影帝和程稳露的争吵，一边说着，一边朝门外走了去。

郑祺身后，乔烟、马浩然，还有苏天杰和苏叶，都默默地跟了上去。

影帝和程稳露见状立刻停止了争吵，与拳王一起，紧跟上了前面几人的脚步，众人浩浩荡荡地走出了案发现场。

至于冉潇，他只能留在案发现场充当看守人，顺便完成郑祺交给他的任务，从大数据库中调取案发现场出现过的所有指纹，并且一一核对，这可是一项非常复杂的任务，一时半会儿做不完。

再说离开了案发现场的郑祺等人，在乔烟的引导下走出案发现场，朝着右边走去……

路上，乔烟倒是为几人介绍起了急诊室的结构，这急诊室区域，呈倒“T”形，走过玻璃隔断之后的竖形区域是急诊区域，而横形区域与竖形区域的交会点就是岔路，岔路的东边是案发现场和医生办公室，西边是杂物室和护士休息室。

乔烟简单地为众人介绍起了急诊室区域的基本布局，介绍完毕，众人出现在了医生办公室的门外。

“这里就是医生办公室了。”乔烟指了指木门紧闭的休息室，轻声说道，“进去吗？”

郑祺没说话，只是缓缓点了点头。

乔烟自然不会和马浩然之外的人多说什么话，当即抬起白皙纤细的手掌，扭开了办公室的门。

吱呀——

休息室的老旧木门发出了一道尖锐的声音，随后，便被乔烟推开了。

乔烟第一个走进了办公室，郑祺与马浩然等人紧接着走了进去。

急诊室区域的办公室要比案发现场宽敞许多，大概有三个案发现场那么大。

不过，办公室内摆满了办公座椅，而且里面的人还不少，再加上郑祺等众人的突然闯入，一时间，倒是让这间还算宽敞的办公室变得局促起来。

进入办公室之后，郑祺和马浩然等人自然会下意识地将目光落到办公室内的众人身上，只是，办公室内可不止有五个人那么简单。

除了一名身穿保安制服的中年男子，以及两名年轻的女护士之外，还有四名穿着医生白大褂的男子，一共七人。

先说那中年保安，皮肤黝黑，圆脸，身形和拳王差不多，脸上布满了皱纹，但是很符合保安的形象。此时的他正拘谨地坐在办公室的角落里，双手不停地搓着，好像在想些什么似的。

两名女护士，一名身材高挑，颜值颇高，乌黑的长发随意扎在身后，只不过，那张姣好的俏脸上写满了疲惫；另外一名女护士微胖，模样也很普通，脸上还有星星点点的雀斑。

这两名女护士此时正聚在一起，说着悄悄话。

毫无疑问，保安模样的人自然是魏大宇，而这两名护士就是许小诺和冯月了，至于二者谁是谁，暂时还无法确认。

办公室的另外一边，四张办公桌跟前，分别坐着四名身穿白大褂的医生，这四个人之间没什么交流，只是各自忙着各自的工作，互不搭理，甚至连郑祺等人走进办公室，那四人也只是淡淡地扫了一眼而已。

“各位，打扰你们一下，我是金陵市局重案组队长，我叫郑祺。”郑祺的目光扫过了办公室内的七人，最后落到了那四名穿着白大褂的医生身上，“四位，谁是林远航和沈明旭？”

“我是林远航。”一名看起来四十多岁的短发中年男人从座位上站了起来，挺了挺腰杆，脸上还露出了和善的微笑。

林远航的模样很普通，国字脸，留着短胡须，看起来慈眉善目，而且，他的白大褂还向上挽了起来，暴露在外的小臂，结实而粗壮。

这边，林远航话音刚落，坐在他对面办公桌的一名年轻人，看起来年纪只有二十七八岁，连站都没站起来，只是将椅子转向了郑祺这边，一边上下打量郑祺，一边不耐烦地说道：“我是沈明旭！我什么时候才可以离开医院？今天晚上还有夜班，不赶紧回家补充睡眠，晚上的急诊如果出了医疗事故，你负责吗？”

沈明旭的态度很不好，而且在他说话的时候，眉毛还不经意地往上挑了挑，下意识地摆出了一副高高在上的模样，虽然这家伙长得还算不错，但人品似乎不怎么样，再加上他那瘦弱的身体，倒是给人一种狂妄而奸诈的印象。

“我有几个问题想问你们，问过之后，你们就可以做自己想做的事情了。”郑祺并没有被沈明旭的态度激怒，相反，倒是笑吟吟地安抚起了众人。

“那就赶紧问吧！”沈明旭不耐烦地回了郑祺一句。

就在这时，坐在沈明旭身边的一名戴着眼镜的中年医生从自己的座位上站了起来，推了推眼镜，随手拿起了一沓类似病志的资料，一边往外走，一边阴阳怪气地对沈明旭说道：“小沈，乔医生还没调走呢，你就把自己当成急诊室主任了？警察办案，我们要全力配合才对，你这么不配合，是不是怕被警察查出什么？”

“我有什么可怕的？”沈明旭一听，顿时急了，霍然从座位上站了起来，指着刚才说话的中年医生道，“廖壮，你这话什么意思？给我说清楚！”

“没什么意思！”那名叫作廖壮的医生已经绕过了郑祺等人，走到了办公室的门口，不过，被沈明旭一叫，他倒是停了下来，回头对沈明旭阴阳怪气地继续说道，“你和秦山之间的恩怨，大家都知道，说不准秦山就是你杀的！”

“廖医生，说话可要讲证据！”这时候，坐在廖壮对面，也就是林远航身边的中年男子也站起了身，做着和廖壮一样的动作，从桌子上拿起了一沓病志，一边往外走，一边帮沈明旭反驳廖壮，道，“无凭无据，你凭什么说秦山是明旭杀的？难道就不能真的是吸血鬼杀的吗？”

“贺岚，你想帮沈明旭开脱？你以为沈明旭坐上了急诊室主任的位子，你也能跟着升天？吸血鬼什么的，就是胡说八道，我看，说不准秦山就是你们两个合谋杀死的！”廖壮继续阴阳怪气地指着贺岚说道。

“我和明旭杀了秦山？”贺岚怒极反笑，“秦山前几天刚在领导那里打了你的小报告，把你的那点破事抖了出来，现在，你没办法和明旭竞争了，就想用这种方式来打压明旭？依我看，说不定是你记恨秦山才杀了他！”

说完这番话，贺岚已经走到了沈明旭身边，轻轻地拍了拍沈明旭的肩膀，说道：“明旭，你也要小心，如果廖壮真的是杀人凶手，那他很有可能还想对你下手！”

说完这番话，贺岚便自顾自地走出了办公室，而廖壮则是不依不饶地追了上去，二人在走廊中继续争吵。

无关人士离开了办公室，剩下的五人也就是郑祺想要见的人了，当然，郑祺对于急诊室内部的矛盾没什么兴趣，廖壮与贺岚的话，郑祺也就听听罢了，如果这件案子真的像二人说的那么简单，郑祺等人也就不用这么苦恼了。

“五位，我们还是尽快开始吧！”郑祺轻轻地拍了拍巴掌，将办公室内那五个人的注意力吸引到了他的身上，接着，郑祺扫了五人一眼，便开门见山地说道，“昨天晚上的外卖，是谁提议要吃的？”

“是我提议要吃的！”沈明旭似乎有些怒气，连说话的口气都是半吼的声调。

“那么，沈明旭医生，你点外卖，是真的饿了，还是有其他目的呢？”郑祺继续追问。

“当然是饿了，难道点外卖来看吗？”沈明旭没好气地答了郑祺一句。

站在郑祺身后的程稳露见状，立刻竖起了柳眉，当即朝前踏出一步，不过，却被郑祺微微抬手拦了下来。

随后，郑祺继续发问：“那昨天的外卖，是从哪家饭店点的呢？”

“外卖是明旭提议要吃的，但是我叫的，从医院后门的那家私房菜叫的。”这次答话的是林远航，他的脸上仍旧挂着和善的微笑。

这边，林远航话音刚落，那边，沈明旭好像故意找碴儿似的，又好像想要发泄一下心中的怒气，毫无顾忌地对林远航破口大骂了起来，“都怪你，叫的什么破外卖，害我拉肚子！”

对于沈明旭的喝骂，林远航没有多说什么，只是朝着他歉意一笑。

可是，对于林远航的声讨，却并没有结束。

另外一边，那两名女护士也是你一言我一语开始声讨起了林远航。

“林医生，你也真是的，怎么偏偏选了那家外卖，如果你换一家，说不定就没事了。”微胖的护士白了林远航一眼。

“就是！人家最近夜班本来就多，再这么一折腾，身体更虚弱了。”那名面容姣好的护士则是娇嗔一声，言罢，还不忘照一下墙上的镜子，抱怨道，“看我现在的脸色多差劲！”

对于两名护士的抱怨，林远航并没有反驳，只是对二人报以歉意的微笑，看得出来，林远航的脾气很好，被护士嘲讽都不反驳。

郑祺那双深邃的眼瞳一一扫过了众人，最后落到了一声不吭的魏大宇身上，忽然说道：“魏大宇先生，送外卖的人把外卖交给你之后就离开了，对吧？”

“对！”魏大宇可能没想到郑祺会突然问他，当即便脱口而出。

“你确定吗？”郑祺又问了一句。

魏大宇轻轻地皱起了眉头，思考了一两秒，这才用力点了点头，道：“我亲眼看见他走出正厅的。”

“好！”郑祺挥了挥手，说道，“大家可以离开了。”

郑祺话音落地，沈明旭第一个脱下白大褂，快步走出了办公室，临走之前，还不忘瞪了程稳露一眼。

随后是魏大宇、林远航和两名护士。

待众人离开办公室之后，办公室内就只剩下郑祺等人了。

乔烟反手将办公室的门关上，并且对郑祺等人解释道：“那名微胖的护士叫作冯月，说话娇嗔的是许小诺。”

“乔姑娘，我看你们急诊室内部的矛盾还真不少！”郑祺倒是没有在冯月和许小诺的问题上和乔烟纠结，只是半开玩笑半正式地说了这么一句话。

乔烟深深地看了郑祺一眼，顺着郑祺的话继续说道：“其实，每个单位内部都有矛盾，而在医院体系中，尤其是急诊室中，因为我们这里是岗位变换最频繁的地方，最近一段时间，又碰巧把那些相互有矛盾的人都调到了急诊室。”

“是吗？那你能和我说说，除了秦山之外，这几个人之间的矛盾吗？我看，贺岚和廖壮心中似乎也有怨气吧？”郑祺说完，便随手拉来一把椅子，丝毫没有想要走的意思。

听了郑祺的话，乔烟的俏脸上不由闪过了一抹异色。

其实，乔烟并不想把急诊室内部的这些矛盾公开，她认为，这些人就算平时再怎么吵闹，也不会发展到杀人的地步。而郑祺现在的模样，摆明了就是认定这件案子是急诊室内部的人行凶的可能性最大。这让乔烟自然地产生了一些不满的情绪。

不过，乔烟用余光扫了一眼已经坐到了郑祺身边，也摆出了一副倾听架势的马浩然，最终还是选择将各人之间的矛盾说出来。

“就像贺岚所说的，廖壮是沈明旭升迁的最大竞争者，他的医术水平完全符合要求，资历也足够老，可在关系人脉上，廖壮不如沈明旭，就算和沈明旭竞争，也必败无疑，所以，廖壮对沈明旭一直抱有敌意。

“而且廖壮这个人有一个缺点，他从来不会考虑别人的感受，简单地说，就是廖壮口上无德，说话很难听，正因为如此，他树敌不少，贺岚就是其中之一。

“而贺岚，别看他支持沈明旭，其实急诊室里的人都知道，他就是典型的墙头草，谁占优势，他就支持谁，如果换成我和沈明旭竞争，贺岚会毫不犹豫地支持我。

“贺岚和廖壮，都看不起秦山，二人与秦山也没少发生冲突，毕竟以这二人的性格，和秦山是做不成朋友的。”

说完这些，乔烟便不再开口，而郑祺则是轻声一笑道："听你这么一说，这两个家伙也有杀秦山的动机，只不过，二人昨天并不是急诊室的值班医生，对吧？"

乔烟看了郑祺一眼，并没有说话，因为郑祺这番话，她真的不知道该如何回答。

让乔烟承认她的同事就是嫌疑人吗？

在拿出真实凭证之前，乔烟暂时还做不到这一点。

见乔烟不说话，郑祺也没有继续追问，只是慢悠悠地从座位上站了起来："对了，乔姑娘，第四医院还有后门？"

"有！"乔烟点了点头，道，"后门在停车场的拐角那边，就是我们从后院回到医院的那处停车场，只不过，十点之后是会被锁上的。"

"知道了。"郑祺摆了摆手，头也不回地走出了医生办公室。

众人见郑祺离去，自然纷纷跟随，一时间，之前还喧闹无比的办公室，只剩下乔烟一个人。

再说离开的郑祺和马浩然等人，大家只是一言不发地跟着郑祺离开了办公室，并且快步走出急诊室，绕过正厅，走出了办公楼，最后，郑祺根据乔烟的描述，带着众人找到了那处所谓的后门。

后门是一道只能容纳一辆车出入的门，而且还是那种普通工厂所使用的推拉式栅栏铁门，高度大概两米左右，这种铁门，这种高度，随便一个成年人都能轻松翻过来，而且还不会产生任何的声响。

值得一提的是，医院的后门位于一处很偏僻的角落，而这角落恰好避过了停车场的那个摄像头所监控的范围，只要从后门进入医院，就可以直接绕到后院的那条无人小路之中。

马浩然的目光不断在停车场、后门还有那条阴森小路之间游移，忽地，马浩然用一种充满矛盾的语气对郑祺说道："队长，这后门完美地避开了监控设备的控制范围，而且又与那条小路相通，就算晚上会上锁，可这锁与不锁其实没什么区别，谁都能轻而易举地翻过来，进而出现在那条行凶之路上。也就是说，嫌疑人的范围恐怕还要扩大！"

“你说的没错，比如说贺岚和廖壮，如果二人没有案发时间段的不在场证明，那这二人按照正常逻辑来说，也可以纳入嫌疑人的范围。”郑祺说完这句话，突然笑出了声，用力地拍了拍马浩然的肩膀，别有深意地说道，“小马，有些时候，判断某些事情不要太在意那些和障眼法差不多的线索，沉淀一番，你的眼界会更开阔！”

马浩然闻言，若有所思地点了点头，用一种疑问的语气对郑祺发问道：“队长，你刚才询问那几名嫌疑人的时候，忘记了问一个问题……”

马浩然的话还没说完，郑祺便出言直接将其打断：“你想说的是昨天晚上的外卖都点了什么菜？又是谁点的菜，对吧？”

马浩然没有说话，只是点了点头。

“其实，这个问题，我们不如直接问私房菜的老板，至于谁点了什么菜，这个问题留到这件案子彻底解开的时候再问出来，会更加的精彩。”郑祺神秘一笑，随后，便轻轻地挥了挥手，对一言不发的众人笑道，“已经下午了，大家也都没吃饭，我请客，就去那家私房菜吃一顿！”

说完，郑祺便当先迈出了脚步，从后门走出了第四人民医院，众人紧随其后。很快，郑祺便找到了那家私房菜饭店。

由于已经过了饭时，饭店内只有两桌食客，而郑祺等一行人浩浩荡荡地走进来，自然会受到饭店的重视，哪怕众人之中没有人穿警服。

郑祺找了一间包房，众人随之坐定，待点完了饭菜之后，郑祺便和服务员闲聊起来。

“昨天晚上医院发生了命案？”

“死的是一名医生，听说是被吸血鬼杀死的！”那名年纪轻的男服务员很八卦地搭上了话。

“我听说，死者临死之前从你们家饭店叫过外卖？”郑祺看似随意地问了一句。

郑祺这一问，立刻引起了服务员的警觉，不由得，那服务员多看了郑祺几眼，可就是这几眼，服务员认出了郑祺。

“你是郑祺队长吧？”服务员吃惊地喊了出来，“我在电视上见过你！”

“太出名也不是什么好事。”郑祺无奈地耸了耸肩，便继续说道，“既然你认出了我，那就把你知道的告诉我吧！”

“好！”服务员很热心，当即向郑祺介绍起了当时的情况。

这年轻人是饭店老板的儿子，巧的是，昨天晚上接了林远航点的那单外卖的人就是他，而且外出送餐的人也是他！

根据年轻人的讲述，林远航点了三道菜，要求分装成三份，这三道菜分别是清炒苦瓜、清蒸扇贝，以及油焖大虾。

“你们饭店的卫生情况怎么样？根据我们的调查，昨天吃过你们饭店饭菜的人都有腹泻的情况出现，是不是你们的东西不新鲜啊？”郑祺假装严肃地问了一声。

被郑祺一问，那年轻人连忙解释道：“郑队长，我们这是小饭店，厨房的卫生情况肯定比不上大酒店，但也还算整洁，而且我保证，我们饭店的东西，不论是海鲜、蔬菜，还是肉类，都是最新鲜的，在医院附近干饭店这行，如果连这都不能保证，那我们的生意也就做到头了。”

“是吗？”郑祺挑了挑眉毛，有些怀疑地嘀咕了一声。

“郑队长，我承认，一星期之前，的确有几名食客在我们这里吃坏了肚子，但是，从那之后，我们饭店就进行了彻底的整改，我敢保证，昨天晚上的饭菜都是最新鲜的，肯定没毛病！”那年轻人拍着胸脯信誓旦旦地说道。

“算了，相信你一次！”郑祺朝年轻人挥了挥手，那年轻人如蒙大赦，立刻跑出了包厢，准备饭菜去了。

第三章　连环

年轻人走后，苏天杰便摆出了一副看透一切的模样，冷冷地说道："昨天晚上的饭菜一定有问题，我记得冯月说过，她说林远航怎么偏偏选了那家外卖，这就说明，饭店是林远航选的，而且他们还都知道一周之前，有人在这里吃坏了肚子。"

"你想说，林远航是凶手，故意点了这家饭菜有问题的饭店，让大家都拉肚子，然后趁机杀人？"程稳露冷笑连连，"告诉你一个坏消息，当队长提出盒饭这个疑点之后，我就从医院的工作人员那边调查过附近的饭店，这里的饭店关门特别早，十点之前就全部关门了，只有这家私房菜，为了挽回一周之前那件事的颜面，才会坚持开到半夜，也就是说，那个时间段，沈明旭饿了，只能点这家饭店的外卖。"

程稳露话音刚落，影帝也出言嘲讽起了苏天杰："站在商人的角度来说，有一次恶性事件发生，那就绝对会避免发生第二次，否则的话，这生意也就垮了。"

程稳露继续接话道："这次我同意你的观点，所以说，急诊室的人昨天晚上之所以会点这家饭店的外卖，那是因为别无选择。而且，这家饭店的人也绝对不可能再用有问题的食材烧菜，一切应该只是巧合而已。"

"至于那些人为什么会腹泻，我想，是因为点了海鲜的缘故吧？这个季节的海鲜很难保存，吃了腹泻，也很正常！"影帝像煞有介事地分析起来。

影帝和程稳露这一唱一和，让苏天杰的脸色越来越阴沉，最让苏天杰气愤的是，他还偏偏找不出话来反驳二人。

就在这时，年轻人端着大托盘走进了包房，开始上起了菜，倒是打破了包房内尴尬的气氛，但是，吸血鬼杀人案的阴云，却并没有因此散去，这团阴云仍旧笼罩在众人的心头……

待到饭菜全部上齐之后，年轻人退出了包房，并且关上了房门。

“开始吧！”郑祺第一个拿起了筷子，说道，“我们一边吃，一边说，先说小程那边，你刚才说，第四人民医院附近的饭店十点之前就全部关门，为什么？医院附近的饭店应该很火爆才对吧？”

“很简单！”程稳露一边微笑，一边说，“为了应付环境卫生、市容市貌等各项检查，第四医院这边好像在很久之前就划入了某项规划区域，好像是为了评选什么优秀医疗示范区，具体细节我就不知道了，反正是领导们决定的事情，让附近的饭店十点之前全部关门歇业，避免发生喝酒闹事的不良事件，但后门区域不算，因为这里属于小路，不在规划区，碰巧，后门还就只有私房菜这么一家饭店，其余的都是小规模的早餐店，晚上根本不营业。”

“原来如此！”郑祺深有体会地点了点头。

对于这种所谓的示范区和各项检查，郑祺，或是其他人，已经见怪不怪了，甚至已经成为一种独特的习惯。

而后门这边的门市的确太小，又都是老旧的楼房，不太适合开大饭店，只适合经营小本生意，比如早餐店、超市之类。

这样的话，就说得通了。

郑祺没有在这个问题上和程稳露有过多的交流，很快便将问题转到了和本案有关的事情上：“贺岚和廖壮的口供，录了吧？”

“没有！”程稳露想也不想地摇起了头，说道，“那两个人并不是昨晚的值班人员，所以也不在我们录口供的范围之内，队长如果对那两个人好奇，我这就回去给他们录口供！”

“有干劲儿是好事，但也要吃饭！”郑祺朝程稳露摇了摇筷子，制止了程稳露想要起身返回医院的举动，“你给冉潇打个电话，他在医院，让他去录一下，录完口供过来吃饭！”

“好！”程稳露应了一声，便拿出了电话拨通了冉潇的手机，将郑祺交代的事情对冉潇转述了一遍，这才开始安心吃饭。

众人都没喝酒，而且也都有心事，自然不会在吃饭这件事上浪费太多的时间，所以，这顿饭吃得很快，不过，在众人吃完之前，冉潇赶来了。

冉潇入席之后，一边吃饭，一边将廖壮和贺岚的口供复述了出来。

根据冉潇的讲述，廖壮目前处于离异独居的状态，而且晚上有夜跑的习惯，通常都是晚上十点出发，凌晨十二点之前回家，昨天晚上，廖壮仍旧延续着他的夜跑习惯。

最关键的是，廖壮的家就在第四人民医院附近，而他夜跑的路线，也是在第四人民医院到廖壮自己家的这片范围之内。

换言之，廖壮有作案动机，有作案时间，而且，他没有不在场证人。

说完廖壮，冉潇又说起了贺岚，贺岚这家伙也住在第四人民医院附近，平时没事的时候会和林远航一起健身，只不过，贺岚健身纯属娱乐，而林远航健身才是真的健身，因为昨天林远航值班，所以健身自然也就取消了。

巧合的是，贺岚的妻子因公出差，最近不在家，孩子也被贺岚送到他爷爷和奶奶家里，至于昨天晚上，贺岚说他始终留在家里，并没有外出过，当然，贺岚的这番说辞，同样无法作为不在场证明。

最关键也最巧合的是，贺岚也有作案时间和动机！

冉潇说完这番话之后，包房内突然安静了下来。

众人面面相觑，但始终没有人开口打破沉默，整个包房内只有冉潇轻微的吃饭声还在不断地回响着。

“案子，越来越乱了！”最后打破沉默的人是郑祺，只不过，郑祺这番话的语气虽然有些感叹，他的那双眼瞳中，却始终保持深邃而清澈的光芒，就仿佛这件乱到极点的案子并没有给他造成任何影响。

“的确很乱！”马浩然语气平淡，轻吟道，“这件案子牵扯的嫌疑人已经超出了常规案件的范畴，而且，这件案子发生在第四人民医院这种人群密集的公共场所，对我们查案也造成了一定的影响和束缚……”

仿佛不想让马浩然自己出风头似的，马浩然的话还没说完，苏天杰便立刻接话道：“而且，我们目前所有怀疑的对象，相互之间都有矛盾，不管是看起来异常老实的林远航、目中无人的沈明旭、尖酸刻薄的廖壮、表面随和的贺岚，还是许小诺和冯月，所有人之间都有矛盾，如果硬要说哪几个人之间没矛盾，那就只能是沈明旭与贺岚了。”

“你还漏了一个人。”程稳露几乎是在苏天杰话音落地的第一时间就反驳起了他，“林远航！林远航可是老好人，逆来顺受，表面上看，他与谁都有矛盾，但其实，他又好像与谁都没矛盾。”

“小程，被你这么一说，我想起来了……”郑祺若有所思地揉了揉下巴，轻声说道，“根据口供显示，林远航酷爱健身，而且还有模有样，在现场的时候，我也见过林远航，这家伙的体格的确很健壮，我想说的是，我从国外的一本心理书上，看到过这样一个案例……”

郑祺说到这，众人便下意识地停止了争吵，纷纷将目光定格到了郑祺的身上。

“有些人会承受不住来自生活的压力、环境的压力、工作的压力，以及人与人之间的压力，所以，就会选择健身，而且还是疯狂健身，想要借此来发泄深压抑在内心中的情绪，我想，林远航应该就是这种人。”郑祺侃侃而谈道。

“队长是想说，林远航之所以健身，是想发泄？”程稳露快速地眨了眨眼睛，似乎没有听懂郑祺想要表达的真正含义。

只不过，郑祺却没有过多地解释，只是朝程稳露微微一笑，旋即，便自顾自地站起了身，挥了挥手道：“走吧，回局里！”

说完这句话，郑祺便一马当先走出了包房，而其余众人自然是紧随其后，就连刚刚吃完饭的冉潇，都来不及擦嘴便跟着众人走了出去。

郑祺结过账，便与众人驾车返回了警局，至于案发现场，郑祺只是将车内早就准备好了的封条交给了马浩然、影帝和拳王三人，由三人负责去贴封条，将急诊室的休息室封起来。

马浩然三人从后门走进了第四人民医院，再回急诊室的时候，乔烟已经不在了，整个急诊室，只有廖壮和贺岚两个相互不搭理的医生在值班，至于患者，根本就没有。

贴好了封条，马浩然三人也不停留，径直离开了急诊室，去往停车场，找到了影帝的那辆越野车，三人鱼贯钻进了车里，随后，汽车便咆哮一声，驶出了第四人民医院，朝着金陵市局的方向驶去。

车内。

影帝一边驾车，一边闲谈道："老大，这件案子，你有头绪吗？"

"没有！"马浩然摇了摇头，很干脆地回了影帝一句。

马浩然回答得如此干脆，倒是让健谈的影帝一时语塞，瞬间车内的气氛也变得沉闷了起来。

从第四人民医院到金陵市局的这一路上，除了影帝和马浩然的那句对话之外，没有出现过第三句话，马浩然三人只是各有所思地坐在座位上，要知道，这种尴尬的气氛可从来都不会在马浩然几人之中出现，由此可见，本案的复杂程度已经让马浩然等人无心闲聊了。

当马浩然三人到达金陵市局时，已经是下午两点五十分了。

将车停好，马浩然三人便快步走进了市局大楼，直奔重案组办公室而去。

此时的重案组已经人满为患，不仅郑祺等人回来了，就连之前跟随老李一起办案的警员也都聚集在了这里，再加上最后赶到的马浩然三人，一时间，向来宽敞的重案组竟然也变得局促了起来。

人多了，自然会有嘈杂声，只不过，嘈杂声却被一道突如其来的闷雷打断了。

轰!

一道闷雷从云层中传了出来，无比沉闷，无比压抑，就像众人此刻的心情。

重案组内瞬间安静下来，只有那道闷雷的回音还在扩散，直至消失无踪。

"各位。"郑祺歪过头，瞥了一眼不断压低的黑云，淡然说道，"外面快要下雨了，正好，都别走了，全员加班！”

对于“加班”这个词语，重案组的人并不陌生，但凡碰见大案悬案，都会加班，所以，郑祺的话，并没有在人群中激起一丝的涟漪。

郑祺满意地扫了一眼众人，这才出言问道：“局里有什么新进展吗？”

“队长！”苏叶从人群中走了出来，面无表情地说道，“局里这边已经和死者秦山的妻子钱芳沟通完毕，钱芳同意我们警方对秦山的尸体进行解剖验尸。”

“好！”郑祺朝着苏叶点了点头，道，“马上开始解剖秦山的尸体！”

郑祺言罢，苏叶也不说话，只是径直转身走出了重案组。

苏叶开了个头，后续汇报的人自然也多了起来。

“队长！”老李出言说道，“鉴定科那边的结果已经出来了。”

老李的话立刻将郑祺的注意力吸引了过去，不仅是郑祺，重案组内的所有人，只要是接触过这件吸血鬼杀人事件的人，也都默默地将目光转移到了老李的身上。

“说。”郑祺脱口而出道。

“经过鉴定科的同事们鉴定，那滴疑似油脂的东西，可以肯定是一种油，而且还是菜油，虽然经过了很长时间的沉淀，其中的各种元素有所变化，但是，鉴定科的同事们还是利用现代的高科技，解开了那滴疑似油脂的凝固液体的秘密。”老李一边说着，一边竖起了三根手指，缓缓说道，“结合我们之前的调查，急诊室在案发当时点了三道菜，分别是清炒苦瓜、清蒸扇贝，以及油焖大虾。这三道菜中，唯一可以产生菜油的菜品，也只有清炒苦瓜了，换言之，我们可以肯定，有人通过窗户离开了案发现场，而且走的时候还带走了外卖，不巧的是，天网恢恢，疏而不漏，外卖的一滴菜油溅到了窗沿上，给我们提供了新的线索！

“除此之外，鉴定科的同事还有其他的发现。”

老李顿了顿，缓口气，这才继续说道：“通过精密仪器的化验和分析，鉴定科的同事还从那滴菜油中提取到了另外两种元素残留，一种是类似盐酸之类的残留成分，另外一种则是暂时还无法确定的化学元素，对，应该是化学元素吧，鉴定科的同事暂时无法确认。”

老李说完这番话，重案组内的众人倒是下意识地闭上了嘴巴，甚至开始相互对望了起来，只不过，众人眼中所流露出的目光全部都是疑惑和不解。

可以确定，案发现场中的那滴疑似油脂的东西是菜油，通过这一关键点，可以认定，有人，或者说，就是凶手本人，通过窗户离开了案发现场，并且带走了外卖，这是一条很明显的线索，可以通过这条线索，找出很多关键点。

比如说，确定了凶手进入案发现场的路线，再比如说，凶手之所以会拿走外卖，是因为凶手不想让外卖出现在警方的视野之中。

可随之而来的，却是新的疑点，比如，清炒苦瓜这道菜中为什么会出现类似盐酸这种东西的成分？这道菜就是这种口味？还是另有原因？

第二处疑点，化学元素。

鉴定科无法确定的隐藏在那道菜中的另外一种元素，究竟是不是化学元素，如果不是化学元素，那会是什么？如果是化学元素，那么这种化学元素为什么会出现在菜品之中？是有人有意为之，还是无意之失？

不知不觉间，众人的心头蒙上了一层阴霾，就像外面的天气一样阴沉。

哗哗哗……

外面突然下起了雨，雨滴很大，拍打在玻璃和墙体上的声音也很强烈。

鸦雀无声的重案组办公区域，也只剩下了外面的雨声还在不断回荡，肆意冲击着众人的耳膜。

诡异的沉寂持续了数分钟，忽地，郑祺出言打破了重案组办公区域内的沉寂气氛。

“好了，鉴定科那边给出的疑点，大家先放一放，眼下，我们手里掌握的资料还不完善，先完善了基础信息，再去探究鉴定科给出的那些疑点吧！”郑祺一边摆手，一边提高了声调，对众人轻喊道，“因为这件案子涉及的人员比较广泛，所以大家各自分组，详细调查所有人的资料，记住，急诊室全员的资料都要调查！”

郑祺话音落地，重案组全员就立刻忙碌了起来，一时间，翻书声、写字声、敲击键盘的声音、走路的脚步声，以及轻微的议论声，陡然乍现，很快便将窗外的雨声掩盖了下去。

郑祺扫了一眼开始忙碌的众人，表情轻松地耸了耸肩，最后，他将目光跳转到了正站在窗前遥望窗外连绵细雨的马浩然身上，接着毫不犹豫地迈出了步子，走向了马浩然。

重案组内的所有人都有各自的工作，包括影帝和拳王在内，唯独马浩然，郑祺没有给他安排任何工作，所以，马浩然才会站在窗前望雨，只不过，他并不是真正在望雨，而是在思考！

郑祺悄无声息地走到了马浩然的身边，可是，对此，马浩然并没有任何反应，他的双眼始终一眨不眨地望着窗外那片黑压压的阴云。

“有什么想法吗？”郑祺轻咳了一声，出言打断了马浩然的思绪。

马浩然闻言，并没有扭头去看郑祺，而是仍旧盯着天穹中的黑云，微微摇头说道：“我觉得，我接近真相了，但还缺少一根串联全部线索和疑点的线……”

“接近真相了？”郑祺听了马浩然的话，神情不由一滞，可下一瞬间，郑祺脸上的表情就转变成了微笑，“这么乱的案子，你已经理顺了吗？”

这边，郑祺话音落地，那边，马浩然也缓缓地转过了头，只不过，这一次，马浩然的脸上已经没有了往昔的冷漠，而是一脸正色地盯着郑祺，说道：“队长，你说过，无论案件如何混乱，但案件本身是不会变乱的，这就是一起杀人案，就像外面的雨，虽然雨滴很多，多到数之不尽，但终归只是雨罢了，这件案子也是如此，很乱，但它只是一件杀人案，再混乱的案情，再多的嫌疑人，也终究只是杀人案，我们只要盯准嫌疑人、杀人手法、作案凶器，以及那滴菜油这几点去查，案子也就不乱了。”

“说得不错！”郑祺欣慰地点了点头，又用力地拍了拍马浩然的肩膀，这才出言说道，“那你继续寻找那根能够将所有的一切都串联到一起的线吧！”

说完这些，郑祺深深地看了马浩然一眼，便径直走进了属于他的办公室，而马浩然则是继续站在窗前，凝视着已经完全变黑的夜空。

时间一分一秒地流逝着。

夜凉了。

天黑了。

重案组内的众人依旧在对本案进行如火如荼的排查和调查，而马浩然仍旧一动不动地站在窗前。

影帝和拳王一边活动着筋骨，一边走到了马浩然的身边，这二人一左一右站在马浩然的身后，脸上同时露出了欲言又止的神色。

“你们有事吗？”马浩然没有回头，但他通过玻璃反射的灯光以及模糊的影像，看清楚了站在他身后的影帝和拳王二人。

“没什么大事。”影帝挠了挠头，讪笑道，“老大，都快午夜十二点了，你站了这么久，不累吗？”

“不累！”马浩然摇了摇头，轻声回了影帝一句。

“那老大，你有什么进展吗？”拳王试探性地问了马浩然一句。

“暂时没有实质性的进展，不过，我想我很快就会解开案件背后隐藏的真相了！”马浩然眺望天穹，虽然入眼之处皆是一片无尽的黑暗，但马浩然仿佛看见了真相所散发的微弱光芒。

听了马浩然的话，影帝和拳王对视了一眼，二人的眼中并没有任何怀疑的神色，因为他们对马浩然有信心，这种信心，甚至已经达到了一种盲目的程度！

“等解决了这件案子，我们去看电影，卢倩刚给我发了微信，《蜘蛛侠》要上映了。”影帝顺理成章地想到了破案之后的活动。

“蜘蛛侠？就是外国的超级英雄？能在楼外乱飞乱跳那个？”拳王撇了撇嘴，颇为鄙视地说道，“都是假的，有什么可看的？”

“这你就不懂了……”

影帝正准备反驳拳王，可就在这时候，马浩然却突然抬起了手，将影帝要说的后半句话直接给压回到了喉咙里！

“拳王，你刚才说什么？”马浩然猛地转过身，双目死盯着拳王，深邃的眼瞳甚至还闪出了一抹精光！

“蜘蛛侠就是那个能在楼外乱飞乱跳的超级英雄吗？”拳王干涩地眨了眨眼睛，茫然地将刚才的话重复了一遍。

“蜘蛛侠……”马浩然呢喃重复起了这三个字，话音未落，马浩然便疯狂地冲进了郑祺的办公室。

马浩然的异常举动引来众人的侧目，当即，重案组内的所有人都不约而同地停下了各自手上的工作，将目光投向了马浩然的方向，尤其是程稳露和苏天杰，这两个将马浩然当成对手的年轻人更是下意识地跟上了马浩然的脚步，走向了郑祺的办公室，他们想知道，喜怒不形于色的马浩然，到底因为什么事而如此失态。

刹那间，重案组内，变得针落可闻……

然而，就在马浩然冲进郑祺办公室的同一时间，重案组的电话突然响了起来……

叮铃铃……

嘈杂而繁乱的铃声打破了马浩然制造出的静谧气氛，同时，也将众人的思绪拉回现实。

反应最快的老李三步并作两步地冲到了电话旁边，不由分说地抬手抓起了电话。

“这里是重案组……”老李报了一下家门便停了下来，静静地聆听电话另一边所要表述的内容。

电话中的声音很轻，轻到只有老李自己能听清。

十几秒之后，老李有些失神地将电话放回话机，犹如梦呓一般地说道：“第四人民医院的急诊室发生了第二起凶杀案！”

老李的话就像晴天霹雳，直接砸进了每个人的内心最深处，包括办公室内的郑祺和马浩然，以及站在办公室门口的程稳露和苏天杰，还有靠在窗边的影帝和拳王。

第四人民医院的急诊室发生了第二起凶杀案！

简单的一句话，却给众人带来了极大的震撼和冲击。

鸦雀无声的重案组办公区域，所有人都盯着老李，仿佛有些无法接受老李所说的这番话。

“李哥，你刚才说什么？”影帝一边说着，一边挠了挠耳朵，好像没听清老李刚才的话。

“我说……”老李深深地吸了一口气，脸上的震撼之色仍未消散，反倒更盛，旋即，他提高了声调，大声喊道，“第四人民医院的急诊室发生了第二起凶杀案，案发现场仍是第一起命案的休息室，而且死者的死状与第一名死者秦山一模一样，刚刚的报警电话是乔姑娘打来的，让我们马上过去。”

老李的声音很大，大到能够让所有人都听清楚。

当然，在听清楚之后，随之而来的就是死一般的沉寂。

一天之内接连发生两件凶杀案，而且还是发生在医院这种人群密集的公共场所，最夸张的是，还都是类似吸血鬼杀人的案子，这对金陵市来说，绝对是头版头条的大事件，也绝对是足以引发民间动乱的导火索！

这些连锁反应，重案组众人都心知肚明，所以，当老李说出第四人民医院发生了第二起凶案之后，重案组内才会出现这种死寂的气氛。

最终打破沉闷的人，仍旧是郑祺，也只能是郑祺。

“凶手未免太看不起我们了吧？竟然敢连续作案？”郑祺的声音从办公室内传了出来，而且，郑祺的声音之中还夹杂着一丝暴怒的味道，“老李，马上带人去案发现场！”

“是！”

老李吼了一声，便径直奔了出去，其余众人则有条不紊地做出发的准备，一时间，重案组办公区域也变得忙碌了起来，只不过，这种忙碌的氛围之中隐藏着一丝不易察觉的怒火。

郑祺说的对，凶手接连犯案杀人，不仅扰乱了宁静的金陵市，破坏了稳定的社会，更是对警方的一种挑衅，叫人不能忍耐的挑衅！

再说郑祺的办公室之内，郑祺坐在转椅上，双脚搭在办公桌上，阴沉着脸，盯着已经走进来的马浩然，道：“小马，有什么事吗？”

马浩然深深地吸了一口气，似乎是在努力让他自己的心绪平静下来，毫无疑问，这突如其来的第二起凶案，也出乎了马浩然的意料!

接连几次深呼吸之后，马浩然这才轻声对郑祺说道：“队长，你手上有第四人民医院的内部房间分布图吗？”

郑祺没说话，只是淡淡地看了马浩然一眼，旋即，郑祺便将手中捏着的那张图纸放到了桌子上，然后朝着马浩然的方向推了过去。显然，郑祺也在看第四人民医院的内部分布图。

“这张就是！”郑祺一边说，一边站起了身，对马浩然继续说道，“你先拿着，到车上再看，我们抓紧时间先赶到案发现场，第二起凶案一定刚发生没多久，那里一定有凶手留下的痕迹，来不及抹去的痕迹！”

“好！”马浩然将图纸折了起来，随后，便跟着郑祺走出了办公室。

郑祺径直走出了重案组，直奔市局之外快步奔跑而去，在郑祺的身后，冉潇、程稳露、苏天杰、影帝、拳王和马浩然纷纷紧跟着他的脚步，一众人浩浩荡荡一路小跑地离开了市局的办公大楼。

外面，雨，早就停了，天，也彻底地黑了。

离开了市局主楼的郑祺等人钻进了警车，数辆警车开启了警灯和警笛，朝着第四人民医院急驰而去。

刺耳的警笛和闪耀的警灯，打破了深夜的宁静，带着人民赋予的使命和责任，去往通向审判裁决的最终之地。

郑祺驾驶的警车内，马浩然坐在副驾驶座，影帝和拳王坐在了后排。

车内，无人说话，郑祺专心地驾驶着警车，而马浩然则是全神贯注地盯着手中的图纸在看，至于影帝和拳王，二人只是各自望着车窗外不断倒退的夜景，虽然在雨后的深夜中可见度很低，但这并不妨碍二人观赏车窗外的无尽黑暗，反正二人现在也帮不上什么忙。

就在这时候，郑祺的手机突然响了起来，刺耳的铃声打破了车内的沉寂，一时间，马浩然等人的注意力倒是同时被郑祺的手机吸引了过去。

郑祺按了一下车载电话的接听键，当即，苏叶的声音便从车内的音响中传了出来。

“队长！你们出发了吗？”苏叶的语气，有些急促。

“已经在路上了！”郑祺回了苏叶一句，“你那边有什么新发现吗？”

因为苏叶始终在解剖尸体，所以，这次的行动，苏叶并没有跟来，仍旧留在警局。

“我刚刚完成解剖验尸，听说第四人民医院又发生了第二起凶案，就立刻给你打了电话。”苏叶顿了顿，略微缓了一口气，这才继续说道，“我这边有新发现，也许会对你们侦破此案有很大的帮助！”

“说！”郑祺闻言立刻来了兴致，就连音调都下意识地提高了几分，还有马浩然三人，听了苏叶的话之后也都不约而同朝着汽车中控台这边凑了过来，就好像，离中控台越近，便越接近真相似的。

电话的另一边，苏叶并没有着急说出她的新发现，而是莫名其妙地问了一句：“马浩然在你旁边吗？”

说完这句话，电话另一边的苏叶似乎感觉到了一丝不妥，连忙补充一句，道：“如果马浩然在你旁边，那我就不用再复述第二遍了。”

“小马在我旁边。”郑祺突然笑了一声，他的笑声充满了深意。

不过，苏叶似乎并不想在这个问题上纠缠，而是立刻岔开了话题，聊起了她的新发现。

“我刚刚完成了解剖验尸，有几处新发现。

“第一处新发现是尸体的伤口，我解剖了尸体之后，在伤口深处发现了一种杂质，经过化验，可以证实就是铁的粉末，只不过，残留在尸体中的铁粉末很少，如果不仔细检验，根本无法发现。”

“第二处新发现，在尸体的胃里，我发现了残留的药物元素，经过化验，得出了最终的结果，这种药物元素，属于……安眠药！”

“安眠药？”

马浩然和郑祺异口同声地喊了出来。

“死者的胃里有安眠药的残留，这就说明，死者生前曾经服用过类似安眠药的药物，虽然残留的痕迹很少，但我可以百分之百地确定，就是安眠药！”

“小叶，你辛苦了！”郑祺长长地舒了一口气，表情也立刻变得轻松了下来，“你提供的新发现，对本案来说至关重要，剩下的就交给我们吧！”

“好的，队长！”电话另一边的苏叶也长吐一口气，用充满疲惫的语气回了郑祺一声，随后，挂断了电话。

结束了和苏叶的通话之后，马浩然那张没有表情的脸上，竟然也浮现出了一抹淡笑。

“队长，如果死者生前服用过安眠药，那么，没有挣扎痕迹的案发现场也就有了合理的解释，包括那三道菜，以及菜油中的化学元素，凶手为什么要带走外卖，这些问题也就都迎刃而解了。”马浩然靠在座椅上，双目直视前方散发着微弱光芒的路灯，仿佛已经看到了最终真相一般，“安眠药，市面上可以很轻松地买到，在医院里更是很常见的药物，相比于乙醚，更容易搞到手，也更容易用其实施犯罪！”

“没错！”郑祺接上了马浩然的话，道，“小叶给出的两个新发现，就是串联所有疑点的线！”

马浩然和郑祺的一唱一和，倒是让坐在后排的拳王和影帝越来越迷茫了。

“队长，老大，你们两个说什么呢？是不是已经解开了这件案子的所有谜题？”影帝迫不及待地追问了一句。

“差不多……”马浩然随口回了影帝一句，旋即便将目光定格在了手中的图纸上，呢喃自语道，“最开始，我只是怀疑，但是，苏警官说，她在死者的伤口深处发现了极少量的铁粉末，那么，破解本案的关键，应该就是这里了。”

说完这句话，马浩然便抬起一根手指放到了平面图上，那里是第四人民医院的二楼，急诊室的休息室正上方，再往西数三间房间，也就是二楼最边缘的那间房，图纸上面标注了“杂物室”这三个字！

“杂物室？”影帝凑了过去，盯着图纸看了一眼，疑惑地问道，“杂物室怎么了？”

郑祺微微一笑，淡淡地说道：“我最开始只是有些怀疑，但并不敢确定，直到小叶说出了铁粉末，我就可以确定，凶手，就是用了那件东西杀死了死者，而且，整个二楼，有那件东西的地方也只有杂物室了。”

“你们两个到底在说什么？”影帝不满地嘀咕了一声，“我听不懂！”

“你不需要现在懂！”郑祺一边说着，一边控制着警车，缓缓驶入第四人民医院之内，将车直接停在了医院正门前。之后，郑祺将车熄了火，并且打开车门，这才微微侧过头，对后排座位上的影帝说道，“等我们抓了凶手，你就全都明白了。”

言罢，郑祺径直走下了警车，马浩然紧随其后，二人一前一后快速跑进了医院主楼，就像是两名正在冲刺的运动员，义无反顾地冲向终点……

第四人民医院，急诊室。

郑祺、马浩然、影帝、拳王、程稳露和苏天杰，还有老李与冉潇等一众警员，浩浩荡荡地鱼贯冲进了急诊室。

而在急诊室的玻璃隔断之后则早已经站满了人，有乔烟、廖壮、林远航、贺岚、许小诺、冯月，还有保安魏大宇，以及数名马浩然不认识的医生，人数超过十名。

两批人汇聚到了一起，急诊室内，玻璃隔断之后的区域，立刻变得局促了起来。

马浩然和郑祺相互对视了一眼，随后，便不约而同地将目光落到了等候在急诊室中的众位医护人员的身上。

“今天急诊室值班的医生还真不少！”郑祺有意无意地嘀咕了一声，言罢，他的目光便一一扫过了众人，仿佛想要将众人脸上所有的细微表情变化都捕捉到一般。

当然，郑祺并没有发现他想要看到的表情变化，急诊室的一众医护人员皆是脸色惨白无比，神情萎靡不振，好像受到了很大的刺激，不论是精神状态还是身体反应，看起来都受到了很大的影响。

最终，身为急诊室领导的乔烟站了出来，虽然惊魂未定，但她仍旧能保持最基本的冷静以及一如既往的冰山气质，她轻声解释道：“因为昨天深夜发生了命案，所以，今天晚上值班的人院方就多安排了一些，上午我们就已经得到通知了。”

郑祺没有多说什么，只是朝着乔烟点了点头，随后，便扭头对老李说道："老李，你留在这里，为众位医护人员录口供，还有，从现在开始，任何人不得离开你或者同事们的视线范围！"

"懂了！队长！"老李朝着郑祺重重地点了点头。

其实，郑祺这道命令所要表达的含义很简单，让老李监视所有人，也就是说，郑祺认定，凶手就在众人之中！

郑祺话中的弦外之音，众人又怎么会听不出来？

只不过，没有人会反驳郑祺，毕竟，这里刚刚发生了第二起命案！

而乔烟，她的俏脸上竟然出人意料地没有露出不满的神色，与之前极力维护同事的那个乔烟，形成了极其鲜明的对比。

乔烟深深地看了郑祺一眼，并没有多说什么，只是例行公事一般地对郑祺说道："我带你们去案发现场吧！"

言罢，乔烟便自顾自地转身，朝着急诊室的深处走了去。

乔烟是个聪明的女孩，她不会做没有意义的事情，就比如说现在，郑祺等人经过白天的调查，对急诊室内部的结构已经是了如指掌，可乔烟却还要多此一举地引着郑祺等人去案发现场，这说明什么？

说明，乔烟有话要对郑祺等警察说。

郑祺自然不会把乔烟的心思说出来，他只是一言不发地跟在乔烟身后，与马浩然、影帝、拳王、程稳露、苏天杰等几人，鱼贯地走过了长廊，来到案发现场的门外。

"郑队长！"乔烟站在案发现场的门外，背对着敞开了门的案发现场，冷冰冰地注视着郑祺，"我是第一个发现死者尸体的人，在我发现尸体之后，我可以保证，没有人进入过案发现场，而且，说来奇怪，这起案子的经过，与上一起案子的经过出乎意料地相似。"

"出乎意料地相似？你先说说！"郑祺倒是没着急进入案发现场，只是和众人一起站在门口，和乔烟聊了起来。

乔烟看了郑祺一眼，又将目光落到了全神贯注聆听的马浩然身上，美目中登时绽放出了一抹异色，盯着马浩然看了几眼，乔烟的冰山俏脸也终于闪现出一抹柔和的微笑，这才继续说道："死的人是沈明旭，伤口的位置与秦山一模一样，都是由两处血洞引发的失血过多，包括尸体身上的痕迹，也都与秦山的死亡状况高度一致，身上没有血迹，室内没有挣扎的痕迹，就连鞋底都没有任何的血迹，这是第一处相似点！

"第二处相似点，是我们今天晚上值班的众人也都吃了外卖，还是私房菜那家的外卖，而且，我们所有人都闹了肚子。

"第三处相似点，休息室里的外卖不见了！"

乔烟缓言叙述起了两起命案的相似点，整个过程中，郑祺等众人并没有发出任何声音，所有人在这一刻似乎都变成了完美的倾听者，就连苏天杰都是如此。

直到乔烟的最后一个字音落地，郑祺才问出了心中的疑惑。

"案发现场我不是已经贴上了封条吗？为什么还有人会进去？而且，你说休息室里的外卖不见了，难道，有人在休息室里吃外卖了？"郑祺的眉头微微皱了起来，似乎对这群胡闹的医护人员很不满意。

"沈明旭今天没有休息好，有些累，大概在晚上九点想去睡觉，于是，他就自作主张撕了封条，去休息室睡觉了。"乔烟有些无奈地耸了耸香肩，"沈明旭平时也是这样，以自己为中心，从不顾忌他人的感受和外在的束缚！"

乔烟话音落地，程稳露便气冲冲地说道："这家伙胆子也太大了，刚死过人的地方也敢去睡？而且连我们警方的封条都敢撕？他不知道案子还没破，他的做法已经属于破坏现场，扰乱办案了吗？"

"先不说这些事！"郑祺挥手打断了程稳露的话，再对乔烟发问道，"乔姑娘，把你经历的过程，详细地给我们说一下！"

乔烟点了点头，继续说道："晚上十一点左右，沈明旭从休息室中给林远航打了一个电话，让林远航订外卖，说他有些饿了，十一点三十分，外卖送到，林远航把外卖分好之后就送进了休息室，不到一分钟就回到了大办公室，这段时间，沈明旭应该没有死，而且林远航也没有足够的时间犯案。

“大概十一点四十五分，我们吃过外卖之后开始闹肚子，大家就各自去了卫生间，一楼二楼，甚至三楼都有人去，在去卫生间的过程中，我没见到沈明旭，而其余人相互之间应该也没有不在场证明，毕竟我们人多，医院内的卫生间分布在各个区域，有几个人看不到同伴也是正常的。

“当大家再度聚齐到大办公室，已经是十几分钟之后的事情了，而沈明旭则没有出现在我们的视线之中。

“因为今晚所发生的事情，和第一起命案发生之时的那些事太过相似，也太过巧合，所以，我莫名其妙的感觉有些不对劲，就想找找沈明旭，毕竟，当时的我已经有好几个小时没见到沈明旭了！

“当走到休息室门口的时候，我们闻到了血腥味，这种气味对于医生来说并不陌生，所以，我们一起打开了房门，就看见了倒在血泊之中已经断了气的沈明旭……”

乔烟洋洋洒洒地说完了案件的大概经过之后，下意识地缓了几口气，并且做出了几个深呼吸的动作，看得出来，第二起命案的发生对于乔烟的触动很大，甚至已经让乔烟改变了最初的看法……她似乎已经同意了郑祺的观点，凶手，就在急诊室的众医护人员之中！

“凶手似乎吃定了我们无法解开那些谜团，竟然再次明目张胆地杀人？”郑祺眯起了双眼，沉声说道，“这凶手，真的很嚣张！”

“嚣张？队长，我怎么感觉凶手是个变态？而且还是心理扭曲的变态！”程稳露啐了一口，咒骂道，“命案的布局虽然周密，但犯案的方式太过火了，就像是要一下子将积压在心中的怨气全都释放出来似的。”

“心理扭曲的变态……”马浩然出人意料地发出了声音，“过度的心理扭曲会让人产生人格分裂，干出平时不敢想、更不敢做的事情，就比如，杀人！”

马浩然的话将众人的注意力全都吸引了过来，只不过，他却并没有多说什么，只是扭头望向乔烟，问了一个让众人摸不着头脑的问题，“乔姑娘，医院这边的雨，大概什么时候停的？”

“十一点左右，我们叫外卖的时候就停了。”乔烟如实答道。

“看来，这场突如其来的大雨，并没有洗去凶手犯罪的铁证。”马浩然朝着乔烟点了点头，又说了一句莫名其妙的话。随后，他便迈出了坚定的脚步，自顾自地走进了案发现场。

众人跟着马浩然鱼贯地走进了案发现场，只有郑祺和乔烟没走。

乔烟不进去，是因为她已经进去过了，没必要再进去了，而郑祺没进去的原因，很可能是他已经知道了最终的谜底。

“郑队长，你不进去排查现场吗？”乔烟收回了定格在马浩然背影的目光，转而望向了郑祺，好奇地问道。

“已经没有进去的必要了。”郑祺耸了耸肩，微微一笑，“我和小马已经知道了凶手的身份，也破解了所有的谜题，只是，我和小马都没有想到，凶手竟然敢在如此短的时间内连续杀人，如果凶手正常一点，恐怕沈明旭也就不会死了！”

郑祺和乔烟的对话，已经进入了案发现场的众人并没有听到，所以，惊讶的人也就只有乔烟自己！

乔烟瞪着美目，一眨不眨地盯着郑祺，冰山俏脸上也出现了惊讶的神色，要知道，这可是乔烟除了面对马浩然之外，第一次出现表情变化，由此可见，郑祺的话给了乔烟多么巨大的震撼！

“郑队长，你说，你和马浩然已经解开了全部谜团？”乔烟不敢相信地重复说道。

“差不多吧。”郑祺抽出了一支香烟，但没有点燃，只是叼在嘴上不断地咬着，“现在，需要小马确认两件事情，即凶手遗留下的铁证，以及凶器是否如我们想的那样……”

“铁证？凶器？”乔烟的俏脸上，茫然之色越来越浓郁。

“指认凶手的铁证，是这场意外的雨，以及凶手迫不及待的意外行凶所产生的，如果凶手今天没有行凶，如果今天没有下雨，那么，这铁证也就不存在了！”郑祺脸上的表情与乔烟相反，他的笑意越来越盛，“而凶器，是我和小马根据小叶的验尸报告，以及死者致命伤口的形状，进行推理之后所得出的猜测，至于能不能在那里找到凶器，我就不知道了，不过，我认为，凶手第二次犯案的时间太过仓促，他应该没有时间处理这些东西。”

说完，郑祺便不再理会一脸迷茫的乔烟，而是将目光投向了已经进入案发现场的马浩然身上。

马浩然走进案发现场之后，只是略微地打量了一下与白天差不多一模一样根本没有任何变化的案发现场，随后，便直奔躺在办公桌和窗户之间，位置几乎与第一起案件中的秦山的尸体位置完全一致的沈明旭尸体而去！

蹲在尸体旁边，马浩然瞥了一眼地上尚未干涸的血迹，随后，他的目光便落到了尸体上。

由于死亡时间比较短，所以，沈明旭的模样与生前没有太大的变化，甚至于，他的表情也都和秦山一样没有任何的挣扎和痛苦，就像是熟睡了之后突然暴毙一样！

随后，马浩然的目光便在沈明旭的尸体上来回游移了起来。

沈明旭的尸体，面朝穹顶，躺在地上，暴露在空气中的身体部位与上一起命案的死者秦山一样，除了胸膛和衣领这两处部位之外，都没有沾染血迹，最可疑的位置仍旧是鞋底，就像乔烟所言，沈明旭的鞋底同样没有一滴鲜血！

还有沈明旭脖颈处的致命伤也与秦山保持高度的一致，两处血洞触目惊心地呈现在了马浩然的视线之内。

那是两道手指粗细的血洞，间距仍旧保持在五厘米到六厘米。

马浩然盯着这两处血洞，凝视了接近一分钟，最终，马浩然在心中暗暗下了结论，沈明旭脖颈处的致命伤与秦山完全一致，从伤口大小和直径再到位置，几乎没有任何的出入，完全就是高度复制，真的就像被牙咬过似的。马浩然盯着尸体，一言不发，而其余众人也都默默地围在了尸体旁边。忽地，耿直的拳王不由叹了一口气，想都不想，便将他自己的看法说了出来。

“老大，虽然我对这家伙没什么好感，但突然就这么死了，我还是有些接受不了！”

“的确很突然！”马浩然一边说着，一边站起了身，口中说着话，脚下却开始朝着窗户移动去，“沈明旭敢撕毁封条，住进刚刚死过人的休息室，不仅出乎我们警方的意料，我猜，连凶手恐怕都不会想到，所以这第二起命案，应该是凶手临时起意，仓促而为。毕竟这对凶手来说，虽然太过意外，却也是一个杀人行凶的最佳时机！”

话音落地，马浩然已经走到窗前了。

窗户与白天的时候一模一样，只有一扇可以轻易推开的纱窗，将案发现场与后院的阴森小巷隔开。

马浩然从身上摸出手套，将其戴好之后，便一把将纱窗拉开，他这一次并没有查看窗户，而是直接跃上窗沿，整个人都站在了窗户之上！

马浩然的异常举动引得众人纷纷，尤其是一筹莫展的程稳露和苏天杰，更是满眼异色地盯着马浩然。

“马浩然，你干什么？你这样做，很容易破坏凶手遗留在案发现场的线索！”就在马浩然跳上窗沿的一瞬间，苏天杰沉声喊了起来。

只不过，并没有人理会苏天杰，就连马浩然都没有转过头去看他一眼。

尴尬无比的苏天杰只能紧握双拳，双目紧紧地注视着马浩然……其实苏天杰也很好奇，马浩然到底想干什么，只不过他那颗高傲的心却不允许他发问，所以才会喊出那么一嗓子。

再说马浩然，他站在窗沿上，弯着腰，一边用手扶着窗户侧面的墙壁，一边缓缓地将身体探出窗外，马浩然控制着身体的平衡，努力将头朝着距离案发现场窗口最近的空调外机凑了过去。

空调外机常年挂在外面，自然饱经风霜，上面不仅落满了灰尘，更是残存着些许的泥污，而今天的这场雨，则又将空调外机的上部填上了一层薄薄的犹如镜面一般的水层，当然，马浩然关注的焦点并不是这些，而是空调外机上部的中间位置。

在空调外机上部的中间位置，本应是均匀分散在那里的灰尘和泥污，却显得有些不自然，虽然雨水冲刷掉了大部分的痕迹，但是，马浩然仍依稀可以辨认出一道模糊脚印的轮廓。

当即，马浩然的嘴角便下意识地扬了起来，露出了一抹胸有成竹的微笑。

马浩然没有在窗口逗留太长时间，当他找到了他想要寻找的痕迹之后，便在第一时间果断地从窗口跳回案发现场之内。

马浩然跳回案发现场之后，众人自然也看清了马浩然嘴角上的淡淡笑容，当即，最了解马浩然的拳王和影帝便异口同声地发问道：“老大，你是不是发现了可疑的痕迹？”

“可疑的痕迹？”马浩然的心情似乎很不错，甚至于，那张冰山脸上的笑容也浓郁了几分，“不是可疑的痕迹，而是指认凶手的铁证！”

马浩然话音落地，众人脸上的表情随之出现了颠覆性的变化。

拳王和影帝的脸上则露出了和马浩然一样自信的笑容，而苏天杰和程稳露则是一脸骇然地盯着马浩然，甚至，这二人还在马浩然话音落地的第一时间跑到了窗户旁边，学着马浩然的模样，一左一右地跳上了窗沿，也开始朝着外面的空调外机张望了起来。

而马浩然并没有理会程稳露和苏天杰，只是气定神闲地对拳王发问道：“刚才在警局的时候，你说过蜘蛛侠的能力，那么，拳王，如果借助悬挂在楼体外面的那些空调外机，你能不能做到从二楼的某间房中爬回到一楼的案发现场，然后再爬回二楼？”

拳王略微沉吟了片刻，这才说道：“外面的空调外机悬挂得太过密集，就像蜂巢，如果空调外机足够结实，我完全可以做到你刚才说的。”

“绝大多数的空调外机都相当的坚固，这是无须否认的。”拳王话音落地，一旁的影帝便立刻，惊呼道，“老大，你该不会是说，凶手踩着空调外机，从二楼向下攀爬，通过案发现场的窗户进入其中，再杀人。杀了人，再通过空调外机爬回二楼吧？”

“事实应该就是如此！”马浩然一边说，一边朝着案发现场外迈出了步子，“两起命案都发生在午夜时分，那时候，大部分人都应该睡觉了，就算没睡觉的人也不会闲到站在窗前，朝着充满了灵异传说的医院后院张望吧？这也就确保了凶手在犯案的时候，不会有附近的民众成为目击证人，况且，凶手选择利用空调外机在楼体外攀爬，除了想要隐藏行凶的踪迹之外，还有一个特殊的前提，那就是……凶器！”

说到这里，马浩然已经走出了案发现场，出现在郑祺和乔烟的身前。

“啪啪啪”……

郑祺缓慢而有节奏地鼓掌，一边拍手，一边说道：“小马说得不错，悬挂在楼体外面的，那些犹如蜂巢一般的空调外机，便是破解本案谜团的关键点之一，凶手完全可以利用空调外机的支撑，或是踩踏，或者拉拽，都可以达到借力的目的，只要身体素质不是太差，或者不是大胖子，那就可以完成小马刚才所说的行为。”

“只不过，我们之前并没有注意到这一点罢了，那些空调外机密集而坚固，倒是组成了一条暴露在我们视野之中，但又隐藏得很好的楼梯，足以定人生死的楼梯！”

郑祺的这番话，很自然地将众人的思绪带入了无限遐想的境地之中……

扫了一眼若有所思的众人，郑祺当即轻笑一声，出言将众人的思绪拉回了现实之中：“现在，凶手犯罪的痕迹已经浮出了水面，我们还需要找到那件凶器，出人意料的凶器！”

“出人意料的凶器？”案发现场内，苏天杰有些茫然地轻吟一声，言罢，快步走出了案发现场，来到了走廊之中，神色复杂地对郑祺问道，“队长，你所说的凶器到底是什么？”

“你很快就会知道了。”郑祺轻描淡写地回了苏天杰一句，双瞳之中尽是平淡，毫无波澜。

旋即，郑祺的目光又落到了马浩然的身上，而这一次，郑祺眼中尽是赞赏，这倒是与望向苏天杰的目光形成了极其强烈的对比，自然而然地，这也引得苏天杰妒火中烧，对马浩然怒目而视！

不过，此时已经没有人会关注苏天杰愤怒的眼神了，大家的注意力都集中在了马浩然的身上。

“小马，去找凶器吧！”郑祺抬起手，用力地拍了拍马浩然的肩膀，就像是在进行某种责任和担当的转接那般，“找到凶器之后，将凶手杀人的所有谜团公之于众！”

“我知道了，队长！”马浩然朝着郑祺重重地点了点头，言罢，他便当先迈出了步子，朝着急诊室的玻璃隔断处走了去。

众人见马浩然动了，自然纷纷紧随其后，包括乔烟和郑祺。

就这样，一行人又浩浩荡荡地离开了案发现场，重新回到了众人聚集的玻璃隔断那边。

见郑祺和马浩然等人从案发现场那边走了回来，老李便立刻迎了上去，对郑祺询问道：“队长，我们的口供还没录完，小叶也在赶来的路上，验尸方面可能会稍微晚一点，还有案发现场的指纹我们还没去提取……”

老李的话还没说完，郑祺便轻轻地挥了挥手将老李的话打断了，言道：“不用了，接下来的事情交给小马就行了！”

郑祺这番话，直接将玻璃隔断区域内的气氛引爆了！

警察也好，医护人员也罢，所有人都将目光牢牢地锁定在了马浩然的身上，无数双眼瞳之中更是泛起了惊讶、不解、困惑、震撼等多种复杂情绪。

一时间，玻璃隔断区域内竟变得鸦雀无声，针落可闻！

而马浩然，很显然，他还没有完全适应这种狗血的万众瞩目，那张几乎不会出现任何表情的冰山脸，此时，也悄悄爬上了一抹不自然的神色。

“我们先找凶器吧！”马浩然轻咳了一声，继续说道，“大家跟我来吧。”

话音落地，马浩然便当先迈出了步子，按照之前看过的那张平面图所绘制的路线，沉稳而冷静地离开了急诊室，登上了楼梯，出现在了第四人民医院的二楼。

其余众人一路尾随马浩然，跟着马浩然一起登上了二楼，只不过，登上二楼之后，马浩然脚步不停，转了一个弯之后，便直奔西边而去。

几分钟之后，马浩然引着众人走到了二楼西侧的一间房外，这才站定。

马浩然抬起头，瞥了一眼房门上方挂着的牌子，确认上面写的是“杂物室”这三个字之后，马浩然看也不看身后的众人，只是自顾自地从身上摸出了手套，戴在手上，这才轻轻地拧开了门。

门打开了，里面传出了一股轻微的霉味，很显然，这里并不经常有人来，而且，房内的通风工作也不是特别好。

马浩然轻轻地抽了抽鼻子，闻了闻空气中弥散的霉味，这才开始打量起杂物室内部。

这间杂物室的面积不算太大，最多只有一楼急诊室一半的大小。而且，杂物室之中与房门正对的那扇窗户是紧闭着的，窗户两侧的墙壁已经完全被两道简易货架占据了，在货架上，还摆满了各色工具和器械，凌乱而繁多，让人产生一种杂物室无比狭小的错觉。

马浩然打量着杂物室的同时，其余众人，警察也好，医护人员也罢，也都在做着相同的动作，只不过，大家都不清楚，马浩然为什么会把大家引到二楼的杂物室。

“你来杂物室干什么？”乔烟忍不住发问，出声打破了沉默。

“找凶器！”马浩然轻声回答，言罢，他便头也不回地走进了杂物室。

这一次没有人跟着马浩然走进去，因为，杂物室的门口就那么大，只能容一人进出，况且，站在杂物室门前的是郑祺，他故意用半个身体挡住了杂物室的门口，为的就是不想让马浩然之外的第二个人进去！

不过，对众人来说，这些细节已经不重要了，因为此时的大家，都在全神贯注地注视着马浩然的一举一动。

再说马浩然。

当马浩然走进杂物室之后，便一刻不停地直奔窗口的方向而去。

走到窗前，马浩然站定，小心翼翼地拉开了紧闭的铝合金窗户，并且做出了上半身向前探的动作，双目紧盯窗下的几台空调外机，似乎在寻找什么。

十几秒之后，马浩然的眼瞳终于定格在了距离窗口，大概有一米远的那台空调外机之上，在空调外机的上部，马浩然发现了一个类似于脚印形状的轮廓，由于下雨，那道由泥沙组成的脚印形状的轮廓固定得很好，并没有遭到破坏。

“找到了！”马浩然轻声地自言自语了起来，随后，便转过身不再去看窗外的空调外机，而是走到了墙壁两侧的货架前，开始仔仔细细地进行第二轮的搜索……

这一次，马浩然搜索的耗时就比较长了，足足持续了接近二十分钟的时间。

而在马浩然进行搜索的这段时间，杂物室外的一众人并没有发出一丝一毫的响动，就仿佛所有人都进入了石化状态一般，只是怔怔地站在原地，目光跟随着马浩然的脚步而移动。

二十分钟之后，马浩然终于停止了搜索，他站到墙壁西侧的货架前，然后蹲下了身体，在最角落的那格摆放处找到了一柄老旧的小铁锤。

小心翼翼地将铁锤从货架上拿出来，马浩然继续伸手朝着货架探了过去。

经过几番摸索，最终，马浩然又从货架的深处摸出了一支圆头凿子，就是那种做石雕、木雕，或者是凿石板所用的凿子。

这凿子的尖头部位已经被磨成了白灰色，看得出来，这东西存在的时间应该很长，算是老物件了。

马浩然缓缓地将凿子从货架中拿了出来，马浩然终于舒了一口气，脸上也出现了放松的神情……

在众人的注视下，马浩然将铁锤和凿子平铺到地上，犹如无波古井一般的眼瞳一一扫过了众人充满复杂神色的脸庞，忽地，马浩然扬起了嘴角，露出了一抹生硬的笑容。

“马浩然，你面前的锤子和凿子，该不会就是凶器吧？”乔烟轻皱秀眉，有些不敢相信地问道。

“为什么不是呢？”马浩然的心情似乎很不错，竟然在开始推理之前，就解释起了凶器这处关键点，“死者的致命伤口呈圆形，而且，死者伤口处的圆形要远大于正常人的牙齿痕迹，最重要的是，第一起命案的死者秦山与第二起命案的死者沈明旭，脖颈处的两道血洞大小几乎一致，试问，就算真的有人生了那么大的牙齿，可是，两颗虎齿生得几乎一样大小，这种牙齿痕迹，或者说这种异人，几乎不存在！”

“所以，我打从一开始就不认为，伤口是被牙齿咬出来的！”

马浩然说完这番话，站在门外的苏天杰便情不自禁地冷哼了一声，毕竟，当初苏天杰为了先马浩然一步破获此案，可是提出过要排查本市所有牙齿有异常的人的提议，马浩然这番话，无疑是在打苏天杰的脸，只不过，马浩然本人并没有这种想法，他只是在如实叙述他的推理罢了。

“而我们眼前的凿子，是圆形……”说到这里，马浩然便小心翼翼地捏起了凿子，放在身前比画了一番，继续说道，“如果仔细看的话，不难发现，这凿子的直径大小，倒是与两名死者的致命伤口差不多，而且，如果用这东西来行凶的话，还可以轻而易举地让死者脖颈上的两处伤口一样大，就像我们之前见到的尸体致命伤那样。

“只要将凿子放在死者大动脉的位置，再用锤子轻轻地捶几下，锋利的凿子就能轻而易举地刺进死者的脖颈，进而造成模仿吸血鬼獠牙的血洞。

“法医苏警官说过，她在解剖尸体伤口的时候，在伤口深处发现了一些铁屑，我想，应该是凶手锤击凿子，使凿子刺入死者脖颈中的时候，由于力的作用与震动，将凿子表面的铁屑震了下来，所以才会遗留在伤口的深处。

“我也是听了苏警官详细的验尸报告之后，才想到了这件在生活中并不常用的东西。

“所以，我可以确定，我们眼前的凿子和锤子就是本案的凶器。

“虽然这两件东西表面上并没有血痕，但是，只要拿回去化验一下，就一定会在这两件东西上面化验出两名死者的血迹和细胞，毕竟，如果没有特殊的洗涤工具，血迹和细胞是无法彻底消除的。”

杂物室内外，寂静无声，针落可闻！

听了马浩然的这番推理之后，所有人都将视线从马浩然的身上转到了摆放在他身前的锤子和凿子之上。

就在这时，苏天杰突然发出一声冷笑，似乎是在嘲讽马浩然有关于凶器方面的推理似的：“马浩然，就算锤子和凿子是杀人凶器，就算上面有死者的血迹，但是，你忽略了一个问题……”

第四章　宁宇

苏天杰一句话就顺理成章地将众人的注意力吸引到了他的身上。

见众人纷纷对自己投来了疑惑不解的目光，苏天杰不由得扬起了嘴角，得意地笑了一声，这才继续说道："你别忘了，锤子和凿子，都是由铁构成的，这两件东西如果碰撞到一起，那么一定会发出声音，在寂静无声的深夜急诊室，这种铁与铁碰撞的声音就算不大，但也绝对会显得很突兀，其余值班的医护人员不可能听不到一丝一毫的响动。这，你又如何解释？"

"很简单！"苏天杰的话音刚刚落地，马浩然立刻出言说道，"在案发现场内，有书，有档案本，有衣服，也有棉被，只要将任意一样东西放在凿子上，然后用铁锤敲击，就可以将声音降到最低，甚至，可以达到无声犯案的效果！

"而且，因为锤子和凿子的碰撞所产生的那股作用力，也可以将凿子尖头位置的残留铁屑震至脱落，进而留在尸体的伤口深处，这也是苏警官会在尸体的伤口深处发现铁屑的原因，也是启发我确认凶器的关键点。"

"哼！"

听了马浩然的话，苏天杰不由得冷哼了一声，因为，马浩然的解释完全合乎常理，苏天杰根本无从反驳，他也只能阴沉着脸，退到了众人的身后。

"可是，我还有个问题……"苏天杰退走，程稳露又站了出来，只不过，此时的程稳露，相比于趾高气扬的苏天杰来说要客气很多，也许是经历了这么多的案子，在程稳露的内心，已经在不知不觉间习惯了马浩然先人一步的超强推理，“就算锤子和凿子就是凶器，那么，这种残忍的杀人手法，两名死者不可能一声都不喊吧？如果凶手杀人的过程真的如你所言那般，我只是单单想想都觉得疼，更不要说脖颈被凿穿的死者了！”

“这个问题我会解释清楚的，只不过，在此之前，我们先一点一点剥开凶手的犯罪面纱，让所有的谜题都浮出水面！”马浩然朝着程稳露摆了摆手，轻声说道。

被马浩然这么一说，众人立刻竖起了耳朵，呼吸无法屏蔽，仿佛生怕错过任何推理似的，杂物室再次变得宁静无比！

“各位，有关这两起命案的所有谜底，我已经全都解开了！”马浩然蹲在地上，进入了推理状态，继续说道，“现在，我就将本案的所有谜底公之于众！”

“第一起命案发生之后，我们警方发现了许多疑点，比如说，案发现场中椅子的摆放位置、只有一扇纱窗的窗户、死者的伤口、尸体与血迹、没有任何痕迹的案发现场，还有，凶手很有可能借之进入现场并逃离现场的窗户太过整洁等……”

马浩然微微停顿了片刻，仿佛是在整理思绪和语言，又像是在深呼吸，为接下来的长篇大论做准备。

“先说椅子的摆放位置，这个其实很好解释。我们之前通过消失的外卖和窗口上的残留油脂可以确定，凶手进入现场或离开现场，都是通过那扇窗户，而椅子最开始摆放的位置，其一，影响凶手进出案发现场；其二，影响了凶手营造出的杀人气氛！

“试想一下，当发现尸体的人一进门，没有见到尸体，却只见到了一双探出办公桌的腿，是不是有些诡异惊悚？凶手只是想单纯地营造出灵异气氛，再配合诡异的伤口，将本案推向吸血鬼杀人的误区！

“窗户的问题已经不需要解释了，凶手就是通过窗户进出案发现场进行杀人的！

“而之前提出的第三处疑点，模仿牙齿痕迹的伤口，我也解释过了，只要用锤子和凿子进行行凶，那就一定会出现这种伤痕，或者，等我的推理结束，我们可以带着凿子去一楼急诊室，和尸体的伤口进行比对，我想，结果一定是完全吻合的。

“值得详细说明的是第四处疑点，尸体上的血迹……”

说完这番话，马浩然便抬起了手，分别指了指自己的双臂、双腿，还有双脚，做完这些动作之后，马浩然才继续开口说道：“两起命案的死者尸体，身上都有诡异的血迹，暴露在空气之中的身体并没有沾染血迹，甚至连脚底板都没有血迹……四肢没有血迹，倒是可以接受，但是，连走路的脚底板都没有血迹，这就有些不正常了。

“直到我们发现了窗口的菜油，并且送往了鉴定科去鉴定，虽然鉴定科得出的结论并不完美，却让我心中起疑，直到苏警官的解剖验尸报告完成之后，我终于确定了凶手的杀人手法以及造成这种异常血迹的根源。

“鉴定科的同事说过，那滴菜油中含有盐酸之类的元素，这个倒是没什么可说的，菜里有酸的口味很正常，值得一提的是，菜油中含有一些不知名的化学元素，我想，那应该就是安眠药的残留成分，只不过，鉴定科的同事没有确认罢了。

“还有苏警官的验尸报告重点说过，她在死者的胃里发现了少许残留的安眠药成分，这与鉴定科给出的结果不谋而合，这样的话，我就可以确定，死者在死前曾经服用过安眠药，而且还是通过菜油，也就是那盘清炒苦瓜，进入死者口中的。

“至于药量多少，我们暂时无法确定，但我猜测，量应该不会少。

“还有，我们眼前的线索，已经足够我完成接下来的推理了。

“安眠药是一种易溶于盐酸，微苦的药品，服用之后，可以让人的大脑产生放松的感觉，进而进入深度睡眠，鉴定科得出的结论，以及那道清炒苦瓜，恰好可以满足我的推理——凶手把安眠药放入那道清炒苦瓜之中，凭借苦瓜的苦味来掩盖安眠药的微苦味道，还有菜油中的盐酸成分，可以让安眠药在菜品中自行溶解，通过菜品进入死者的体内，进而，可以达到让死者进入深度睡眠的条件！”

马浩然深深地吸了一口气，已经进入了推理状态的他，就像是话痨，一开口便停不下来似的，继续说道："凶手在杀人之前，进行过一番精细的谋划，比如说，外卖！

"我们之前调查过，私房菜那家的菜品，经过了上次的恶性事件之后，已经进行了整改，并无问题，那么安眠药又是如何进入清炒苦瓜之中的呢？

"其实，进入菜品中的药物并非只有安眠药一种，还有另外一种药品被我们忽略了，那就是……泻药！

"值班的那群医生，吃过外卖之后全都有拉肚子的反应，这不是突发事件，而是凶手故意而为，目的就是给自己创造出杀人的时间和空间。

"外卖，所有人都经手过，所有人都有足够的时间下泻药，毕竟这里是医院，任何人都有医学常识，也特别容易弄到药效极强的泻药，所以，大家都有嫌疑，但是，只要我们冷静下来思考，就会发现，有时间和空间行凶的人只有一个……"

马浩然话音一停，猛地抬起了手臂，手指直指杂物室门外站在人群后排的林远航，冷喝一声道："凶手，只能是唯一去过二楼卫生间的你，林远航！"

一刹那，所有人都循着马浩然手指的方向，朝着人群后方的林远航望去。

"我？"林远航一脸无辜地苦笑了起来，一边用手指指着自己，一边摇头，无奈地说道，"这位警官，我怎么可能会是凶手？就算我是唯一来过二楼卫生间的人，那你也不能认定我就是凶手啊！"

林远航的辩解并没有让这群精神高度紧张的医护人员松懈，相反，他的话音一落，这群医护人员便立刻四散，仿佛在他们的潜意识之中，想要与林远航拉开距离！

"你们怎么了？我没有杀人！"林远航望着躲避自己的众人，不由得苦笑了一声，双手一摊，目视马浩然，道，"这位警官，你说我是凶手，那么，证据呢？如果你不能拿出证据，那就不要影响我的名誉，不然的话，我以后还如何在第四人民医院工作？”

被林远航这么一说，众人似乎也从最初的惊愕之中反应了过来……

“林医生那么老实，怎么可能杀人呢？而且还接连杀死了两个人？”

“就是，你说林医生是凶手，那就拿出证据来！”

嘈杂的议论声很快便将马浩然之前的推理掩盖了……

对于四周那些突然爆发的质疑声，马浩然的脸上并没有露出任何异样，相反，他嘴角上的僵硬笑容又浓郁了几分。

“我有证据，只不过，在拿出证据之前，我先说一下林远航的杀人过程和手法！”马浩然冷冷地盯着林远航，一字一顿道。

听了马浩然的话，众人便下意识地闭上了嘴巴，静静地等待着马浩然的下文。

“首先，第一起命案发生的当天，林远航避开众人的视线，将泻药和安眠药分别下入菜品之中，这件事，任何在场的人都能做到，你也可以，我就不多说了。

“泻药发作后，所有人都去了卫生间，这也为你的行凶创造了时间和空间，当然，你之所以把一楼的卫生间让出来，那是因为，你本就想去二楼，只不过，你并不是去卫生间，因为你并没有吃被你下了泻药的饭菜，你之所以去二楼，是想来杂物室拿凶器，然后行凶。

“来到二楼之后，你放入秦山的菜品之中的安眠药应该已经发作了，当死者进入深度睡眠的状态后，你来到这里找出锤子和凿子，通过窗户离开杂物室，再借助空调外机向下攀爬，通过案发现场的窗户进入案发现场，将死者拖下床，用锤子和凿子杀死死者，行凶之后，你将外卖处理了，目的就是不想让我们发现外卖之中的秘密，而后，你通过窗户离开案发现场，再借助空调外机回到这里，走出杂物室，按照来时候的路，回到一楼的急诊室。

“这就是你杀人的过程，其实很简单，只不过利用了环境盲区罢了！

“然后是之前程稳露提出的疑惑，你在行凶的过程中，死者没有发出叫喊声，那是因为，死者误食的安眠药已经发作，进入深度睡眠中的死者，根本无法发出叫喊声。

“而死者身上的诡异血迹之所以会形成，是因为你是事先将昏睡的死者拖下床，再行凶，所以，死者的四肢和脚底才没有沾染血迹，其实，这也是破获此案的关键点，只要把那些杂乱的线索全都串联到一起，我的推理也就成立了！”

马浩然说完这番话，站在杂物室之外的众人纷纷露出了震撼以及不敢相信的神色！

足足过了半晌，程稳露才茫然地嘀咕了起来：“这件案子，就这么简单？”

“没错，就是这么简单！”郑祺笑吟吟地接上了一句，“凶手故意弄出了许多的疑点，又创造出了许多迷惑我们的线索，比如，急诊室全员的指纹以及恩怨，还有杀人动机，为的就是想让我们将嫌疑人的范围扩大到整个急诊室，还有私房菜那家饭店的餐饮问题，案发时的三道菜中，就有容易引起腹泻的海鲜，以及没有监控设备的后院和后门，都是凶手故意弄出来的疑点，为的就是让我们警方自乱阵脚，其实，这件案子非常简单，只要能够无视那些障眼法，真相自然就会出现在我们的眼前了！”

郑祺话音落地，杂物室再次陷入了死一般的沉寂之中，只不过这一次，众人的目光已经不再注视马浩然或者是郑祺了，大家已经将视线定格在了林远航的身上。

“你说了这么多，可证据在哪里？”林远航一边耸肩，一边摇头，而他的语气一如既往地平静，或者是，怯懦！

“证据……”马浩然突然扬起了嘴角，抬手指向了窗外，说道，“指认你的证据就在窗外的空调外机上！”

说完这句话，马浩然便不再理会众人，径直走到了窗口的位置，抬手指着窗外，双目直视林远航，说道：“空调外机经过长年累月的风吹日晒，上面早就布满了灰尘和泥土，再加上今天的这场雨，更是让空调外机上的尘土变成了泥，泥有什么作用？可以凝固你的脚印！而你，就算行凶的过程中戴了手套又如何？你的脚印轮廓已经印在了空调外机上，但凡是你踩过的空调外机，都有零零散散的脚印轮廓，我们警方只要将这些凌乱的脚印轮廓收集起来，再进行拼凑，我想，一定会得出你的脚印！

“这场雨，并没有洗去你的罪恶，反而成了指认你的关键！

“连老天都不希望你脱罪！

“林先生，我们要不要试一试？”

马浩然眯着双眼，一言不发地盯着林远航，他在等林远航发作，因为，马浩然已经将所有的底牌都亮了出来，现在，就看林远航认不认罪了。

认罪，皆大欢喜，省去了很多麻烦；不认罪，也无妨，马浩然自信，空调外机上残存的脚印，已经足以定林远航的罪了！

仿佛凝固一般的空气，似乎丧失了所有的运动能力，杂物室之外的众人也好像被施加了定身魔法一般，一动不动地盯着林远航。

忽地，林远航笑了，他发出了一阵近乎癫狂的大笑。

“哈哈哈……”林远航单手捂脸，仰头狂笑，他的笑声，划破了漆黑的夜空，不断回荡在第四人民医院的二楼。

林远航好像疯子一般肆意地狂笑，与他之前懦弱的形象形成了极其鲜明、极其强烈的对比！

林远航足足笑了两三分钟，这才停下狂笑，只不过，他的面目表情变得狰狞无比，完全没有了之前的和蔼与怯懦！

“如果，我今天晚上没有杀沈明旭，你是不是就无法拿出证据指认我？”林远航认罪了，在铁证面前，林远航，最终选择了低头。

“就算你今天晚上不动手，我也揭开了所有的谜底，哪怕空调外机上面没有你的脚印，我也会想办法找出其他的证据来指认你！”马浩然盯着林远航，义正词严地说道，“天网恢恢，疏而不漏，任何罪犯都无法逃脱法律的制裁！”

“也许吧！”林远航微微侧过了头，透过窗户，望向漆黑无尽的夜空，仿佛自言自语一般地说道：“我本不想在今天动手杀沈明旭，可那家伙竟然自投罗网，主动撕开了休息室的封条，我知道，我的机会来了，如果今天不动手，那么，我杀沈明旭的计划，恐怕就要再等很久了。”

“第二起命案发生的时间，并不是最完美的作案时间！”马浩然好像在和林远航聊家常似的，随口说道，“第一起命案中，你的布局，你的安排，都非常出色，可第二起命案却犯下了致命的错误，那就是，犯案时间太接近，而且手法太过雷同，简直就是自掘坟墓般的行凶！”

“我等不了了！”林远航突然发疯似的狂吼了起来，“我想让沈明旭死，我想让秦山死，我想让所有看不起我的人，还有羞辱我的人都去死！”

“我知道。”马浩然好像非常了解林远航似的，继续对其说道，“你之所以酷爱健身，那是因为，你想通过健身来发泄你心中的不满和怨恨，而这种怨恨和不满，来自社会的大环境，也来自你身边这些人的踩低。可是，当健身已经无法完全宣泄你心中愤怒的时候，你就选择了最极端的方式——杀人！

“我在一本心理学的书上，看到过和你类似境况的人，这种情况，我们通常都称为人格分裂！

“懦弱的你，一旦人格分裂，就会变成狂躁而极端的另外一个你！

“你说的不错！”林远航颇为意外地看了马浩然一眼，狂笑了起来，“这就是我杀人的目的，我要报复所有人，让所有人都受到惩罚，甚至是付出生命！”

“林远航，你已经病入膏肓，无药可救了！”马浩然叹了一口气，缓缓地摇起了头，“你内心中犯罪的根源，其实只是被扭曲的心理操控着，可偏偏你无法摆脱内心中那道催促你杀人的声音的控制……你，不仅仅是人格分裂，更是心理变态的杀人狂！”

“都是被那些人逼的！”林远航歇斯底里地咆哮了起来，似乎，他并不接受马浩然对他的评价，又好像，他的杀人行为，在他心中并没有错似的。

“没人逼你，真正逼你的人是你自己，如果你的心胸能再宽阔一些，结局可能就不会这样了！”马浩然说完这句话，便不再理会林远航，而是自顾自地转身，走到了窗前，摸出了那本随身携带，已经泛黄了的笔记本，用笔在上面写下了一段话。

“吸血谜案，凶手林远航内心中的原罪，乃是时常受到身边人的欺压，久而久之，产生了逆反和扭曲的心理，进而想要报复社会，报复身边的那些人，可他从不在自己身上寻找毛病和不足，这样的人，怨天尤人，不努力，不上进，属于那种喜欢将自身的悲哀迁怒到社会的人，现实世界中，这种人数不胜数，而一旦这一类人做出了出格的举动，将会是最疯狂的举动！

“到了最后，等待他们的，只能是法律的制裁！”

林远航认了罪，由老李亲自为其戴上了手铐，并且押送回了金陵市局，等待林远航的，只能是任何罪犯都逃不过的法律的制裁！

案件结束了，众人该散的，散了，该忙的，去忙了，却有这么几个人，并没有离开杂物室：马浩然、乔烟、影帝、拳王、郑祺、程稳露，还有苏天杰……

苏天杰盯着马浩然的背影，欲言又止，而他的神态举止，都被郑祺看在眼里。

当即，郑祺缓步走到了苏天杰的身边，轻轻地拍了拍苏天杰的肩膀，颇为玩味地对苏天杰轻声说道：“很不甘心，对吧？”

听了郑祺的话，苏天杰的双肩没来由地一抖，一双手掌也情不自禁地握成了拳头，毫不隐瞒地如实回答郑祺道：“不甘心！”

“不甘心也没办法，事实就是如此，你不如马浩然，从各个方面来说，你都不如他！”郑祺压低了声音，丝毫不顾及脸色已经变得铁青的苏天杰，仍旧我行我素地继续说道，“马浩然的逻辑、思维、分析和推理能力，都在你之上，不过，这些都不重要，最重要的是，马浩然的心中没有那么多杂念，在他的心中只有一个信念，那就是解开所有的谜团，将真相公之于众，这就是你和马浩然之间最大的区别，也是你输给马浩然的关键！”

说完这番话，郑祺又用力地拍了拍苏天杰的肩膀，而这一次，郑祺的语气也转变成了严肃的口吻：“也许，你听不懂我说的话，但我相信，总有一天，你会懂的……”

“队长……”苏天杰回过身，神色复杂地盯着郑祺，他想争辩，想反驳，却发现无言以对！

“好了，回学校吧！”郑祺摆了摆手，打断了苏天杰的话，“你现在的状态和内心，还不适合警察这个身份。”

言罢，郑祺便悠然地抽出了一支香烟，叼在了嘴上，只不过，他并没有点燃，就这么叼着香烟，慢悠悠地走向了通往一楼的楼梯，直至他的身影彻底消失在苏天杰的视线之内，苏天杰才从惊愕的状态中清醒了过来。

微微叹了一口气，苏天杰犹如斗败的公鸡，连看都没看马浩然一眼，颓然地迈出了脚步，悄无声息地消失在了二楼。

郑祺和苏天杰之间的这段谈话，其余人并没有听到，甚至，大家连郑祺和苏天杰什么时候离开的二楼都不清楚，因为，几人的注意力全都集中在站在窗边一言不发的马浩然身上了。

凝视着马浩然挺拔的背影，一抹淡笑，悄无声息地爬上了嘴角，乔烟缓缓抬起了笔直修长的美腿，朝着马浩然的方向迈出了步子。

“马浩然！”乔烟声如银铃，语若清风，倒是将站在窗边的马浩然拉回了现实。

马浩然闻言，缓缓转身，迟疑地望着乔烟那张吹弹可破的俏脸，只不过，他并没有回应乔烟，只是静静地站在原地，等待着乔烟的下文。

“你真厉害！”乔烟毫不掩饰对马浩然的推崇，“只凭那么点儿线索，竟然找出了凶手……我问你，如果林远航今天晚上没有动手杀沈明旭的话，你能找到指认他的证据吗？”

马浩然没有直接回答乔烟的问题，而是露出了思索的表情，似乎在思考乔烟提出的问题。

这边，马浩然没有回答乔烟，并不代表其他人也不会回答乔烟，就比如影帝。此时影帝凑到了马浩然和乔烟中间，坏坏地笑了起来：“乔姑娘，就算林远航不杀沈明旭，老大也有办法将林远航绳之以法！难道你没发现吗？第二起命案，老大根本就不需要验尸和排查现场之类的程序，只是在空调外机上看了几眼就直接开始推理了，这就说明，老大早就吃透了林远航的犯罪手法。”

乔烟瞥了影帝一眼，没搭理影帝，倒是让影帝碰了个软钉子。

不过，影帝是什么人？

他会感到尴尬吗？

不会！

影帝根本就不知道尴尬是什么东西！

“嘿嘿！”影帝嘿嘿地坏笑了一声，“乔姑娘，你是不是有什么事想单独对老大说啊？没关系，你现在就可以说，反正我和拳王是不会离开老大的。”

影帝这模样，摆明了就是不想走，就是要听乔烟和马浩然之间的谈话内容。

“无聊！”乔烟凶巴巴地瞪了影帝一眼，说完这两个字，便转身朝着楼下的方向走了去，可是，当乔烟走到转角处的时候，突然停下了脚步，朝着影帝回眸一笑，道，“我可以给马浩然发微信，我想，他应该不会给你们看内容的。”

说完，乔烟便快步穿过了走廊，没多久，楼梯口那边便传来了下楼的脚步声。

乔烟离开之后，影帝立刻八卦地对马浩然挤眉弄眼道：“老大，凭我多年的经验来分析，这位美女医生肯定是对你有意思！”

而马浩然呢？

他好像根本就没听见影帝所说的这番话似的，只是怔怔地站在原地，盯着乔烟消失的方向，呢喃自语道：“我并不厉害，最起码，队长要比我厉害得多……”

“老大，你说什么呢？”拳王也凑了过来，用胳膊碰了碰马浩然的手臂，狐疑地问道，“队长怎么就比你厉害了？”

被拳王这么一碰，马浩然也回过了神，目光一一地扫过了影帝和拳王之后，正色道：“林远航就是凶手，这件事，队长在我知道之前，就已经知道了！”

“不会吧？”

拳王和影帝，异口同声地低呼了起来，看样子，二人对于郑祺的了解，并不深刻。

“好了！”马浩然摆了摆手，刀削一般的脸庞没有任何表情，“案子结束了，我们也该走了！”

“忙了这么久，我急需补充睡眠！”影帝活动了一下腰和肩膀，语气轻松地说道。

“被你这么一说，我想起来了，是不是快要轮到我们值班了？”拳王随口一问。

“不知道！”

马浩然面无表情地应了一声，言罢，便朝着楼梯口的方向迈出了脚步，影帝和拳王二人见状，立刻快步跟上。

众人陆续离开了杂物室，不对，还有一个人却是静悄悄地站在杂物室外的走廊中，由始至终，这人都没有说过一句话，甚至连呼吸都被她下意识地压到了最低的限度……程稳露，她还没走！

幽暗的医院长廊中，程稳露就这样一动不动地站在走廊的角落中，暗淡的黑色遮挡住了她的半边身子，直到马浩然三人的脚步声完全消失在了程稳露的听觉范围内，程稳露才如释重负一般地叹了一口气。

“马浩然……”程稳露轻声念叨起了这三个字，她的声音中，没有任何的情绪和感情，就像是梦呓那般，只不过，她那双漆黑深邃的眸子中，却是泛起了一抹异样的神色，虽然这一抹神色很复杂，但其中，已经没有了往昔的敌意。

吸血谜案，结束了。

林远航受到了应有的法律制裁，而重案组再次成为金陵市各大媒体争相报道的头版头条，不仅如此，金陵市局为了表彰重案组，还特意召开了一次全局大会！

警界标杆、人民卫士、正义部门，无数殊荣，全都落到了重案组这边，而且，重案组全员接连破获奇案悬案，三番五次粉碎牛鬼蛇神的谣传，更是为人民重新诠释了“警察”二字的含义！

不论是在警界还是民间，重案组的声望都达到了一个前所未有的新高度！

还有，马浩然这个名字通过这次闹得满城风雨的吸血谜案，也真正意义上出现在了报纸和电台之中，而且，只要是有重案组的报道，他的名字都会出现在郑祺的后面。

破获吸血谜案的半个月之后。

夜，漆黑。

月，黯淡。

金陵市局办公大楼，重案组办公室内。

马浩然坐在座位上，捧着一本《犯罪心理学》，全神贯注地品读着，而拳王和影帝则凑到了窗边，一边遥望外面漆黑的天穹，一边调试着手机。

“沙沙沙！”

影帝手中的手机，不断发出类似忙音的声音。

“你到底会不会弄啊？”拳王一边埋怨着影帝，一边抬头看了一眼墙壁上悬挂的石英钟，“今天是我们第一天值夜班，为了保证不在值班的过程中睡着，我还特意查了一下深夜电台的播放内容，马上就午夜十二点了，《深夜鬼话》节目就要播放了，要是听不见开头，那就没意思了！”

“别急！”影帝含糊地回了拳王一声，“电台这种东西已经有些落伍了，现在听这种东西的人太少了，我得慢慢调试才能收到信号。”

“是不是你手机不行啊？”拳王瞥了影帝一眼，鄙夷地说道。

“我手机不行？我这可是最新款的华为手机，定制版，七千大洋呢！”影帝头也不抬地反驳了拳王一句。

就在这时，手机中的“沙沙”声突然消失了，取而代之的，是一道充满了磁性的低沉男声……

“欢迎收听深夜电台，即将为您播放的栏目，叫作《深夜鬼话》……”

“来了！”影帝颇为兴奋地一指手机，低吼了一声。

“别吵，听听今天播什么故事！”拳王拍了影帝一下，示意他安静。

静悄悄的重案组办公室，只有手机中的低沉男声，在不断地回荡着……

“今天为大家带来的故事，叫作……死人的手环！”

重案组办公室内。

马浩然仍旧在全神贯注地品读着手中的书籍，而拳王和影帝则是在聚精会神地听着手机中传出的低沉声音。

“深夜，某医院。

“值班医生小李刚刚完成了一场手术，他拖着疲惫的身体，走进了电梯，打算回休息室换一身衣服就回家休息。

“突然，电梯停了，门，也缓缓地打开了。

“一名身穿白衣的人，低着头，踏着极其缓慢的脚步，走进了电梯。

“疲惫的小李只是扫了那人一眼，便靠在电梯墙上，目不转睛地盯着电梯内部的显示器。

“楼层的数字在不断地变换着，小李突然觉得有些发冷！

“小李也不知道为什么，竟然鬼使神差地转过身，望向了那名进了电梯后便直接走到他身后的白衣人。

“那白衣人，看不清脸，就连双脚都被那身宽大的白衣覆盖了起来，全身上下，除了头发是黑色的，都是白色的！

“不对！还有个地方，是红色的！

“那就是，白衣人手腕上戴着的手环！

“像鲜血一样殷红，让人一见，便觉得触目惊心！

“当小李看到了白衣人手腕上的手环之后，整个人情不自禁地打了一个冷战，因为，在医院工作的小李，知道那手环代表着什么……

“医院的停尸间里，每一具尸体手腕上都有一道红色的手环，上面写着死者的姓名和生卒年等信息！

“一想到这里，小李全身立刻抖了起来，那是由恐惧所引发的颤抖！

“这白衣人的手腕上戴着尸体的手环，说明了什么？小李不敢往下想了。

“可是，就在这时，那白衣人却突然抬起了头，漆黑的长发被一双惨白的手撩了开，露出了一张恐怖狰狞的鬼脸！

“你……知道……回太平间的路……怎么走吗？那白衣人用诡异的长音，对小李说出了这么一句话！”

随着手机中的声音不断地变换声调，再加之，手机中还时不时地会传出一道道惊悚的背景配乐，重案组办公室内的气氛变得无比诡异，无比惊悚。

忽地，影帝撇了撇嘴，直接按下了手机上的暂停键，瞬间，手机中的诡异声音停止了，重案组的办公室之内也立刻变得安静了下来。

“什么鬼东西？”影帝不满地嘀咕了一声，“这都是老掉牙的鬼故事了，现在竟然还会有人播？”

“这节目真不怎么样！”拳王深有同感地点了点头，附和起了影帝的抱怨，“这故事，我十年前就听过了！”

“无聊！”影帝打了个哈欠，自顾自地走到了办公室的角落，开始和卢倩煲起了电话粥。

百般无聊的拳王则是跑到了马浩然的身边，有一搭没一搭地和马浩然聊了起来：“老大，刚才那么吵，你也能看得进去吗？”

马浩然抬起了头，目光从书本上转移到了拳王的身上，语气平淡地说道：“我已经习惯了，这种程度的声音对我不会有影响的。”

“还是老大厉害！”拳王讪讪地笑了笑，旋即，这家伙好像和影帝学坏了似的，脸上突然浮上了影帝式的坏笑，“对了，老大，乔姑娘联系你了吗？”

“你好像很好奇我和乔烟之间的关系？”马浩然的声音仍旧没有任何的波动，就像是机械音那般。

“我就是问问。”拳王挠了挠头，有些不好意思地说道。

马浩然看了拳王一眼，没理会他，只是将目光重新聚焦到了手中的书籍上。

影帝在角落里嘀嘀咕咕地煲着电话粥，而马浩然又在全神贯注地看书，重案组办公室内，便只剩下了拳王自己，百般无聊的他，自然不会轻易地放过马浩然，如果没人和他聊天的话，他真的会睡着，第一次值班，拳王可不希望自己睡着！

于是乎，拳王再次找起了话题：“老大，这几天苏叶警官倒是经常找我和影帝聊天，而且聊天的内容大多数都是和你有关的，要知道，苏叶警官可是出了名的冰山警花，平时根本不搭理我们，这次却主动找我和影帝聊天，而且聊的都是你，你说，这是怎么回事？”

马浩然抬起了头，淡淡地看了拳王一眼，随后，他的目光又重新落到了书籍上，貌似马浩然并没有想要和拳王闲聊的打算，在他眼里，手中这本书远比拳王和他讨论的话题，更有吸引力。

“老大，你说句话啊！”拳王不依不饶地继续追问，“你说，会不会和苏天杰有关？苏天杰被队长开除了，苏叶警官是不是想给她弟弟报仇，找你麻烦？”

马浩然仍旧没有理会拳王。

非常迫切地想要找人聊天的拳王，终于急了，继续絮叨道：“还有程稳露，那小姑娘最近一段时间也改变了很多，竟然不针对我们了，老大，这又是怎么回事？”

这一次，马浩然终于将目光从书籍上转到了拳王的身上，只不过，他所说的话让拳王很无奈，也很苦恼：“如果你无聊的话，就去睡觉吧！”

说完这句话，马浩然直接将椅子转了半圈，用后背对着拳王，然后继续看书。

百般无聊的拳王重重地叹了一口气，最后，他只能无奈地趴到了桌上，一个人发呆。

可是，发着发着呆，拳王只感觉眼皮越来越重，迷迷糊糊之间就睡了过去。

影帝的电话粥仍在继续，而马浩然也依旧活在书的世界之中。

随着时间的不断推移，外面的天露出了鱼肚白。

就在这时，重案组办公室内的电话，突然响起了一阵急促的铃声！

“铃铃铃！”

电话铃声好像催命的乐符，急促而刺耳，在黎明时分的寂静环境中显得更甚！

这边，电话铃声一响，那边，煲了差不多一夜电话粥的影帝、看了差不多一夜书的马浩然，以及睡了差不多一夜的拳王，三人几乎同时从各自的世界中清醒了过来，目光纷纷落到了电话之上。

马浩然微皱眉头，将手中的书放到了身前的桌案上，这才抬手抓起了电话。

“这里是重案组。”马浩然的声音很平静，带着些沙哑，这是长时间没有开口说话而产生的后遗症。

马浩然话音刚落，电话中便传来了一道急促的声音：“重案组的同事，你好，我是金陵市新城区分局的警员，我们接到了一名环卫工人的报案电话，在金陵市市医院旁边的蓝天小区发现了一具尸体，因为现在还没到上班时间，我们的警力有些不足，所以，希望重案组的同事们能给予我们现场增援！”

“可以！”马浩然想都不想就应下了新城区分局的救援请求，只不过，略微思考了片刻之后，又提出了一个问题，“这位同事，你们需要现场增援，可以找邻近的分局，为什么会找距离比较远的重案组呢？”

的确，就算需要增援，新城区分局的警察也应该找最近的几处分局求援，为什么要找位于市局大楼，距离相对较远的重案组呢？

而且，重案组的案子，一般都是上面直接分派，如果不是重案组碰巧遇上，这种案子通常会由辖区分局来接手，而不是发生命案就直接找上重案组。

以上两点不符合常理，所以马浩然才会有此一问。

电话那边的警员，听了马浩然的问题之后，先是欲言又止地沉吟了片刻，几秒之后，这才出口说道：“其实，我们在昨天晚上大概十二点三十分的时候，接到过一通诡异的电话，电话接通之后，里面并没有任何的声音传出来，只有几道非常诡异的‘呼呼’声不断地在电话中响起，像是人的呼吸声，但又有些不像，持续了几秒之后，电话中突然发出了一道很刺耳，很尖细，而且还拉着长音的笑声，连是男是女都分不清楚！

“最夸张的是，电话中的诡异声音还说出‘死了’这两个字！

“然后电话就挂断了，等我们追查电话来源的时候，却发现那是一张没有实名的黑卡，而且，那电话也处于关机状态！”

说完这番话，电话中的警员深深地吸了一口气，这才继续对马浩然说道：“我和同事都觉得这通诡异的电话有问题，至于哪里有问题却说不出来，直到刚才我们接到了环卫工人的报案电话之后，才突然察觉到了问题的所在！

“我和同事们一致认为，那通诡异电话和这起突发的命案都有些不对劲，甚至，二者之间还有可能存在着某种联系！

“所以，我们想请你们重案组的同事帮帮忙，毕竟，这案子有些诡异，也只有屡破诡案的重案组才能帮上我们了！”

听了电话另一边那名警员的叙述之后，马浩然沉默了下来。

按照新城区分局的警员的说法，他们先接到了一通诡异的电话，电话中还说出了“死了”这两个字，天亮之后，又接到了报警电话，说是发生了凶案，有人死在了蓝天小区。

按照正常的逻辑分析，恐怕所有人都会将这起突发的凶案和那通诡异的电话联系到一起。

所以，新城区分局的警员向最近风头正盛、屡破诡案的重案组求救，也在情理之中！

“我知道了，我们这就去案发现场！”

马浩然说完便直接挂断了电话，与此同时，拳王和影帝，也纷纷凑到了马浩然身边。

“老大，怎么回事？什么诡异的电话？我还听见，有凶案发生了？”拳王睡意全无，憨厚的脸上尽是凝重。

“有命案发生，新城区派出所向我们求援。”马浩然一边说着，一边站起了身，也不管睡眼蒙眬的拳王，还有困意正盛的影帝，自顾自地朝着门外飞奔而去。

“老大，等等我！”

拳王和影帝异口同声地喊了起来，二人尽管状态不佳，但还是飞快地朝着马浩然的方向追了过去。

马浩然三人快速地跑出了市局大楼，来到了停车场，并且迅速坐上了影帝的那辆越野车，旋即，影帝发动了越野车，这辆越野车便化身为猛兽，风驰电掣一般，迎着初升的朝阳，在无人的公路上狂奔了起来！

在马浩然三人赶往案发现场的路上，马浩然还给郑祺打了一个电话，将这件案子简单地和郑祺复述了一遍，毕竟，马浩然也没去过案发现场，对这件案子也是一知半解而已，他给不了郑祺太详细的案情介绍，只能算是打个招呼。

在电话中，郑祺让马浩然三人先去案发现场，他召集其余人随后就到。

简单沟通了一番之后，马浩然便挂断了电话，而与此同时，坐在后排座位上的拳王也朝前凑了过来，好奇地追问起了案子……

"老大，你还没告诉我这件案子到底是怎么回事呢！"拳王好奇地追问道，"什么诡异的电话？这电话和凶杀案，又有什么联系？"

"事情是这样的……"马浩然顿了顿，随后，便将新城区分局那名警员对马浩然说过的话，重新向拳王和影帝复述了一遍。

听了马浩然的复述之后，正在开车的影帝倒是没什么太大的反应，反倒是拳王，立刻瞪起了双眼，假模假样地分析了起来。

"老大，你说那通诡异的电话中，提到过'死了'这两个字，暗示的对象是不是这起命案的死者？还有，这通诡异的电话，是不是凶手打来的？凶手是想向我们警方挑衅？"

"你这家伙什么时候突然变聪明了？"影帝习惯性地抬杠道，"再说，你怎么知道那通电话肯定就与这起命案有关？现代社会中，给警方打骚扰电话，或者报假警的人还少吗？说不定这就是两件碰巧撞到一起的突发事件而已！"

拳王闻言，立刻梗起了脖子，正打算出言反击影帝，马浩然却挥手打断了影帝和拳王的争吵，轻声说道："现在说什么都有些为时过早，我们先去案发现场查看一番，再下结论吧。"

"马上就到！"影帝潇洒地打了一圈方向盘，越野车来了一个漂亮的飘逸甩尾，直接驶进了一处小区，“市医院附近的蓝天小区到了！”

仿佛为了印证影帝所言不假，他的话音才刚刚落地，马浩然等人的视线之内，便出现了三名穿着警服的年轻男子，以及一名穿着橙色环卫服的老先生，这四人正站在蓝天小区内的羊肠小路边，踩着马路牙子，手搭凉棚地朝着越野车这边张望呢！

当即，影帝将越野车开到了路边，停稳之后，马浩然三人便风风火火地跃下了越野车，朝着警察的方向快步走了过去。

走到三名警察和一名环卫工人身前，影帝抢先一步亮出了他的证件，并且对那三名警察说道：“我们是重案组的人，尸体在哪？”

“我是新城区分局的孟浩，打给你们重案组求援电话的人，就是我！”一名看起来二十多岁的年轻男子朝前迈出了一步，和马浩然等人打过招呼之后，便朝着蓝天小区内的绿化草坪那边指了过去，“尸体在草坪那边。”

“你们进行现场排查了吗？”马浩然扬起了头，朝着青年警员手指的方向眺望了一番，隐约见到一具尸体躺在高密的青草坪上。

“排查过……”那名叫作孟浩的年轻警员欲言又止，而且神色也有些不正常。

当然，孟浩的不正常也被马浩然三人尽收眼底，当即，三人便将目光锁定到了孟浩的身上，马浩然率先出口发问道：“有什么不对劲的事情吗？”

“有！”孟浩坚决地点了点头，随后，他便指着脚下的马路牙子说：“根据我们的初步判断，这里应该是第一案发现场，我们在柏油路上发现了血迹！”

马浩然三人循着孟浩手指的方向低头看去，便见几摊面积很小的暗红色血迹不规则地散布在马路牙子附近。

而另一边，孟浩顿了顿，又微微地侧过了身体，指着与小区内的马路相邻的绿化草坪，继续说道：“这片绿化带，青草生长得很茂盛，而我们在绿化带中发现了明显的拖痕！”

“这很正常！”影帝不以为然地说道，“这里，也许是第一案发现场，凶手杀人之后，将尸体拖到了草坪中，这才会在草坪上留下拖痕，如果我猜得没错，草坪那边就是第二案发现场，而且，凶手这么做很有可能是想掩饰某个线索！”

经过了这么多的案件，影帝也不再是当初的影帝了，他的头脑变得更加清晰，判断也更加准确！

就像影帝曾经所说的，成为人民警察，维护社会稳定，让他找到了属于自己价值，以及生命存在的意义，所以，影帝十分热爱这份工作，也很希望自己能够帮到马浩然！

“你说的这些，的确很有可能就是凶手的目的，只不过……”孟浩看了影帝一眼，脸上的表情却越来越难看，“我们在第二案发现场，也就是死者尸体目前躺着的位置，发现了一件东西……”

“什么东西？”影帝来了兴致，几乎是在孟浩的话还没说完的时候，便出言打断了孟浩的话。

“手环！”孟浩艰难地咽了口唾沫，眼瞳之中闪动着惊恐的神色，“死人的手环！”

“死人的手环？”

这次，影帝和拳王异口同声地喊了起来，二人说完，还相互对视了一眼，眼中尽是惊骇！

“没错！就是死人的手环！”孟浩坚决地点了点头，又指着尸体的方向，说道，“你们可以去看一下！”

孟浩的话音未落，马浩然便当先跨出一步，避开草坪上那几处明显的拖痕，直接冲向了尸体！

马浩然动了，影帝和拳王也从各自的震撼之中清醒了过来，当即，二人也紧跟在马浩然的身后，朝着尸体的方向狂奔而去！

先是一通看起来与本案没什么关系，但好像又有关系的诡异电话，紧接着，案发现场又出现了死人的手环，接踵而来的悬念，让马浩然等人不得不重视这起命案。

没多久，马浩然三人便跑到了尸体附近，而那三名辖区警员和那名环卫工人也先后跟了过来，只不过，马浩然并没有将注意力放在他们身上，而是全神贯注地观察起了尸体，以及案发现场。

死者是一名中年男子，根据马浩然的初步推算，年龄应该在四十岁至四十五岁之间，短发，圆脸，身材很胖，脖子上还挂着一条手指粗细的金链子，只不过，金黄的项链上已经染了血，为这件奢侈品平添了几分凄惨。

随后，马浩然蹲下身体，盯着尸体的脸，仔细地观望起来……死者双眼暴凸，瞳空散大，口、唇和脸，都呈紫青色，而且连舌头都伸了出来，最关键的是，死者的脖颈处有明显的紫青勒痕，根据以上种种，马浩然初步判断，死者是被绳索勒至窒息，进而死亡！

窒息而死？

那血迹又从何而来？

第一案发现场的不规则血迹也好，第二案发现场中尸体颈部的金项链上血迹也罢，又是怎么回事？

马浩然轻轻地皱起了眉头，很快，他的目光便落到了尸体头部的下方，那里，有一块巴掌大小、形状很不规则的石头。

石头出现的位置，刚好在尸体的头部下方，也就是后脑的位置，而且，暗红色的血迹几乎染满了石头，就连石头下方的草坪都被沾染上了暗红色的血液！

"石头？"马浩然自言自语地嘀咕了一声，"会不会是凶手移尸的时候，不小心让尸体的头部撞到了石头上，这才会出现血迹？不对！那第一案发现场的血迹，又该如何解释？"

马浩然越说，眉头拧得越紧。

随后，马浩然便将视线从尸体的头和颈，转移到了身体和四肢上。

死者身穿一件黑色的衬衫，下身穿着黑色西裤，脚上踩着一双略脏的皮鞋，死者身上的衣服和裤子并不凌乱，换言之，差不多可以确定，死者在临死之前，并没有激烈的挣扎动作。

包括尸体四周的草坪，也没有太明显的那种被压过的痕迹，当然，除了那道明显的拖痕之外，尸体四周并没有很明显的脚印以及其他痕迹。

“没有挣扎的痕迹，也没有脚印……”马浩然的目光不断在尸体的四周以及他自己的脚下游移着，同时，口中继续喃喃自语道，“这里的草本就茂盛，而且异常柔软，我们踩过的地方，很难会形成脚印或者其他痕迹，所以，这并不能说明现场没有人来过，相反，如果没有人来过，尸体又怎么会被拖到这里呢？”

“表面上看起来，这案发现场没有任何的痕迹，可实际上，这完全是一起凶杀案，死者身亡的时候，案发现场一定还有第二个人，甚至有更多的人在，不然的话，根本无法完成搬尸的行动！”马浩然好像疯子一样，不断地自言自语，“死者脖颈上的金项链价值不菲，为什么凶手没有拿走？由此可见，这起命案应该不是劫财引发的凶案！”

说完这些，马浩然突然仰头望向了那名环卫工人，客气地问道：“大叔，是你报的警，对吧？”

“是我！”环卫工人点了点头，眼里尽是惊恐，“我是小区的环卫工人，负责这片区域的卫生工作，天刚亮，我就来上班了，还没干多少活，就发现草地里躺了一个人，最开始，我以为是醉汉，可等我走过来之后，却发现，人已经死了，然后我就马上报警了！”

“这么说，你是在这里发现的尸体，而不是在马路边，对吧？还有，从你发现尸体到我们赶来的这段时间，有人来过这里吗？案发现场又是否被人动过？”马浩然继续追问。

“大清早的，除了我们这些环卫工人，谁会起这么早呢？我发现尸体的时候，尸体就已经躺在草地上了，一直到你们赶来这里的这段时间内，我都一直守在附近，我肯定，没有任何人接近这里，更不可能接触到案发现场的一切，就连我都是站在远处观望。”

环卫工人的情绪虽然有些紧张害怕，但说这番话的时候，他用了十分肯定的语气。

马浩然听了环卫工人的话之后，便朝着他点了点头，继续自言自语道：“看来，尸体的确是被人搬到这里的，而且，那个人很有可能就是凶手……这不是意外，而是真正的凶杀，只是，杀人动机又是什么呢？”

不知不觉间，马浩然皱起了眉头。

就在马浩然皱眉苦思之际，另一边，影帝和拳王的注意力似乎并不在马浩然所说的这些话上面，二人的目光已经锁定在了静静躺在尸体右手边草地上的红色手环之上了！

“老大，这手环，主色为红色，而且上面还有一行密密麻麻的小字，是白色的字体……”影帝蹲下了身体，用胳膊轻轻地碰了碰马浩然，压低了声音，沉声喝道，“我之前跟着苏警官学验尸的时候，去过一次停尸间，停尸间里的尸体也戴着这种红色的手环，而且每具尸体的手环都是特定的，上面写着死者的姓名、年龄、生卒年之类的简单资料。”

影帝话音刚落，站在一旁愁眉不展的孟浩便接上了话，“不仅是金陵总局的停尸间有这种手环，我们新城区分局的停尸间同样用这种手环来辨别尸体的身份，而且，我们发现尸体手边的红色手环之后，我给我在市医院的朋友打过电话，根据我朋友的讲述，市医院的停尸间，也采用这种红底白字的手环。”

“市医院的停尸间也是这种类型的手环？”影帝回过头，望向孟浩，“该不会，我们金陵市所有的警局和医院，都是统一采用这种类型的手环吧？”

影帝一句话，倒是将马浩然的思绪又带入了另外一团迷雾之中。

尸体旁边，为什么会出现这种死人专用的手环？

是意外？

还是有人刻意为之？

包括这件案子，又到底是意外，还是一场布局精密的凶杀案？

马浩然闭口不言，而是麻利地摸出了电话，直接拨通了乔烟的手机。

手机响了接近二十几秒的时间才被接通，然后，马浩然的手机听筒之中便传出了乔烟既意外又疲倦的声音。

“马浩然同志，不找我的时候，几天都没有消息，找我的时候，竟然这么早就打电话，你也不看看现在才几点……”乔烟的声音很好听，像黄莺一般地清脆，虽然话语之中充满着难以掩饰的疲惫，却没有一丝一毫的愠怒，仿佛根本就没有因为马浩然大清早打来的这通电话而恼怒。

不过，马浩然这种人可不会在没有营养的问题上浪费时间，他很果断地单刀直入，对电话另一边的乔烟问道："我想问你一件事情，你们医院的停尸间是不是也会给尸体戴上手环？而且手环都是那种红底白字的？"

电话另一边的乔烟听了马浩然的问题之后，略微停顿了两秒，这才柔声说道："我们医院的停尸间也采用了这种手环，而且，不仅是我们医院，包括你们警局、金陵市的其他医院，都是采用这种手环，这是我们金陵市统一制作发放的，怎么，有问题吗？"

"金陵市统一制作发放的手环？"马浩然微微错愕了片刻，便对乔烟说道，"我知道了，谢谢你！"

说完这句话，马浩然根本不给乔烟说话的机会便直接挂断了电话。

一旁的影帝实在有些看不下去了，便下意识地小声嘀咕了一句，"老大，你这种人，活该你没谈过恋爱！"

马浩然对于影帝的挖苦已经完全无视了，他的注意力全都集中在了眼前的尸体上，以及尸体手边的手环上面。

马浩然的视线所及之处，自然逃不过影帝的双眼，当即，影帝便明白了马浩然的意思。

影帝快速戴上了排查现场的时候所用的警用橡胶手套，朝着尸体手边的红色手环，摸了去。

影帝这个拿手环的动作虽然简单，却牵动着场中所有人内心中的弦，众人几乎全都下意识地将目光聚集到了影帝的手上。

很快，影帝毫无阻拦地拿起了手环，并且将其放在眼前，仔细地打量了一番之后，开口念道："姓名，宁宇，性别，男，生于一九九五年三月十七日，卒于二〇一八年八月十一日……"

"很年轻，只有二十几岁！"拳王伤感地闭上了双眼，默默说道，"这么年轻就去世了，会不会有什么隐情？况且，案发现场为什么会出现宁宇的手环，而不是其他人的？是某人刻意安排，还是碰巧而已？"

没有人回答拳王的问题，大家只是保持沉默，似乎是在为这条年轻的生命祈祷。

“哎呀，可以啊！”影帝极其意外地朝着拳王眨了眨眼睛，用玩笑的方式来缓解众人心头的悲伤，“你竟然都会推理了？”

被影帝这么一打岔，众人心中的悲伤情绪也减弱了不少。

随后，马浩然说道：“我们需要从手环的主人，也就是宁宇着手查起，还有死者的身份我们也需要确定一下，最关键的是，宁宇的手环为什么会出现在这里？那宁宇尸体上的手环还在吗？”

“这些事情，就要等队长他们来了之后才能进行排查了！”影帝捏着鲜红的手环，无奈地耸了耸肩，“我们不是冉潇，不能通过大数据库在最短的时间内查出这些线索！”

“等一下！”

影帝话音刚落，就在这时，孟浩突然低呼一声，打断了马浩然几人的交谈。

自然而然，马浩然三人，包括环卫工人和另外两名警员，都将视线集中到了孟浩的身上！

“兄弟，你怎么了？”影帝朝着孟浩狐疑地问了一声。

“你刚才说，手环上的名字是宁宇，对吧？而且宁宇很年轻，只有二十几岁，死于二〇一八年八月十一日，对吧？”孟浩盯着影帝，机械地问道。

“没错！”影帝重重地点了点头，说完，还将手环递到了孟浩的跟前，“手环上的内容的确是这样！”

孟浩皱着眉头，略微思索片刻，急促地说道：“我想起了一件事，十天前，也就是八月十一日那天，我们新城区分局接到一起报警电话，新城区内，一处正在进行建筑封顶的小区，叫作丽水湾，发生了意外事故，有一名年轻男子当场死亡，我记得，死的那个人好像就叫宁宇！”

新城区，一处在建小区，八月十一日那天，有一名叫作宁宇的年轻人发生了建筑意外，死于工地！

孟浩说出的这则消息让马浩然三人眼前一亮！

毫无疑问，从任何角度来分析，孟浩口中的宁宇都很有可能就是这只手环的主人——宁宇！

可是，问题又回到了最初的方向，宁宇尸体的手环为什么会出现在案发现场？

这和死者又有什么关系？

一时间，案发现场内的众人全部闭口沉思……

沉默，仍在发酵！

就在这时，影帝的漆黑修长的剑眉突然拧到了一起，盯着躺在草地上一动不动的尸体一顿猛看，忽地，影帝指着尸体轻声说道："丽水湾小区，被你这么一说，我突然发现眼前的死者有点眼熟！"

"眼熟？"马浩然顿时来了精神，一步跨到了影帝的身边，急切地追问道，"你认识死者吗？"

"我再看看……"影帝说罢便蹲在地上，强忍着尸体散发的异味，盯着尸体那张面目狰狞的脸庞仔仔细细地看了好一阵，忽地，影帝低呼一声，用一种无比确定的语气说道，"是他！丽水集团的老板，卢定山！"

"你真的认识他？"马浩然指着草地上的那具男尸，无比意外地对影帝问道。

"我倒是不认识他！"影帝不好意思地笑了笑，旋即便缓缓讲述起了有关卢定山的事情。

"大概一年前，我和我老爸去参加一个酒会，在酒会上，卢定山还找过我老爸，要和我们家谈些生意，不过，我老爸并没有同意和卢定山合作。

"酒会结束后，我问过老爸，为什么不和卢定山合作，因为，当时卢定山提出的条件对我们家很有利。

"我老爸说，卢定山这家伙，包工头出身，没什么文化，和他谈不成什么大生意。最重要的是，这家伙人品不太好，在外面养了不少小四、小五、小六之类的女人，所以，我老爸才不想和卢定山合作。

"至于卢定山的丽水集团，主要是做房地产生意的，在金陵市，只能算是中流企业，那个丽水湾小区就是卢定山的产业，而且，好像还是卢定山最看重的项目。

“如果宁宇真的是丽水集团旗下的员工，并且死于丽水湾工程的意外事故，那么，宁宇的手环出现在案发现场就可以解释了。

“宁宇发生意外之后，卢定山一定拿了不少钱出来赔偿，很有可能，是因为宁家人对赔偿金额不满而导致了卢定山悲剧的发生。

“你们看卢定山脖子上的金项链都没被摘走，这就说明，杀死卢定山的人，并非抢劫，很有可能是仇杀，当然，情杀也不排除，毕竟卢定山这家伙私生活很混乱！”

影帝一口气说完了这么一大番话，呼吸也不由变得急促了起来。

这边影帝话音刚落，那边拳王便若有所思地说道：“可是，如果真的是宁家人行凶，那在案发现场留下宁宇的手环，是不是有些太明显了？还有，停尸间里，戴在尸体手上的手环，宁家人又是如何搞到的？”

“那你说说，应该是怎么回事？”影帝撇了撇嘴，挑衅似的看了拳王一眼，似乎很想听拳王接下来的分析。

“我觉得……”拳王顿了顿，脸上倒是露出一副欲言又止的神色，经过了几秒的沉淀之后，拳王似乎下定决心要将心中的话说出来，咬牙说道，“会不会是宁宇的阴魂来找卢定山报仇，行凶之后，故意把手环遗落在了案发现场？”

“你是说，阴魂杀人？”影帝盯着拳王，干涩地眨了眨眼睛。

影帝怎么也没想到，拳王会说出这么一番话，不过，仔细想想也就释然了，拳王本就不擅长推理和分析，能够说出这么多话，已经足以证明，拳王非常努力地学习过，只不过，最后的阴魂杀人，却是让拳王将他内心中最深处的恐惧和忌惮说了出来。这边，影帝和马浩然对于拳王所说的阴魂杀人的言论，倒是没有太过激烈的反应，可是，那边的环卫工人，以及孟浩等三名警员，却是情不自禁地打了一个寒战。

“这位重案组的同事，你确定，你是认真的？”孟浩下意识地将双臂环抱在了胸前，好像很害怕的样子，还向后退了一步，“这起命案，难道真的是阴魂杀人？对了，还有昨天午夜我接到的那通诡异的电话，会不会就是阴魂打来的？宁宇的阴魂，是不是在告诉我们警方，他要报仇了？”

孟浩说完这番话，案发现场四周的空气仿佛凝固了，甚至，众人连呼吸都忘记了！

“午夜的诡异电话……死人的手环……开发商与民工之间的恩怨……英年早逝的怨气……”

“我的天！会不会真的是阴魂索命？”

孟浩身边的两名年轻警员，一边嘀咕，一边下意识地退到了孟浩的身后，似乎二人心中对这起命案十分地恐惧。

第五章　预谋

就在这时，几道刺耳的刹车声打破了清晨的宁静，以及案发现场的诡异气氛。

与此同时，众人的视线皆被那几道刺耳的刹车声吸引了过去，只见郑祺、苏叶、冉潇、程稳露和老李等人迈着急匆匆的脚步，大步流星地朝着马浩然几人走来。

“小马，怎么回事？”郑祺一马当先地快步走到了马浩然的身前，看了一眼草地上的尸体之后，便将视线锁定在了马浩然的身上。

“队长，事情的经过是这样的……”马浩然扫了众人一眼，目光在苏叶的身上多停留了那么一秒的时间。

今天的苏叶虽然起了个大早，但那张吹弹可破的俏脸上并没有任何的疲惫，反倒是化上了一层精致的淡妆，雪白的大褂之中，露出了一件碎花衣领的衬衫，以及一截纤细笔直、白皙无瑕的小腿，再加上苏叶冰冷的气质，对异性当真是充满了吸引力！

马浩然盯着苏叶看的同时，苏叶也在偷偷地瞄着马浩然，虽然二人的四目没有正式碰撞在一起，但二人都知道，对方在看着自己。

忽地，一股莫名其妙的感觉突然涌上了马浩然的心头，这种感觉马浩然也说不出个所以然来，他只知道，他的心跳正在加速！

“咳！”马浩然有些尴尬地轻咳了一声，为了让自己乱跳的心脏恢复正常，马浩然直接岔开了话题，将这件案子的始末原原本本一字不漏地说给了郑祺等人听。

在马浩然复述的过程中，郑祺等人脸上的表情也在阴晴不定地变幻着，尤其是得知了宁宇和卢定山的身份与关系之后，郑祺几人脸上的凝重就没有减弱过。

许久之后，马浩然将整个案件的经过都说了出来，而听了马浩然复述的郑祺等人，却陷入了无尽的沉默。

“嘀嘀！”

蓝天小区外的公路上响起了一阵零零散散的汽车鸣笛声，这是早班出租车司机出车所发出的声音。

当然，这阵鸣笛声也自然而然地将众人的思绪拉回现实。

“这案子……还蛮有意思的！”回过神来的郑祺忽然扬起了嘴角，露出了一抹冷冽的微笑，就好像他接下了某人的挑战，旋即，郑祺转过身，朝着孟浩三人挥了挥手，道，“我是重案组组长郑祺，回去和你们新城区分局的领导老许说一声，这案子我们重案组接了！”

“是！”孟浩显然听过郑祺的名字，二话不说直接朝着郑祺敬了个礼，转身就带着另外两名警员，离开了蓝天小区。

孟浩三人离开之后，郑祺也正式进入了状态。

“拳王，你先给这位环卫大爷录一份口供！

“小叶，马上开始验尸！

“老李，你和小程先封锁现场，然后仔细搜查一遍现场，再联系市局，让局里多派点人手过来，对了，把这个死人的手环给我查清楚，尤其是制造手环的厂家，给我仔细地查，狠狠地查，我记得，局里好像有备案。

“冉潇，给我查查这个手环来自哪个停尸间，还有宁宇和卢定山的详细资料，包括丽水集团的竞争对手，以及和卢定山有私仇的人，都要查，我要最详细的资料。

“影帝，去联系物业，把监控录像给我弄出来。

“马上开始工作！”

郑祺大手一挥，极具威严地低喝了一声。

郑祺一声令下，众人纷纷忙起了各自的工作，只有马浩然仍旧没有被郑祺分派任何的任务。

不过，马浩然好像早就习惯了郑祺的这种安排方式，倒是没多说什么。

再说郑祺，众人都开始忙碌起来之后，他便径直走到了马浩然和卢定山的尸体中间，一边蹲下身子打量着卢定山的尸体，一边头也不抬地对马浩然问道："小马，你来的比我早，先说说你的发现和想法吧！"

郑祺话音落地，另一边，负责验尸的苏叶也悄悄地用余光偷瞄起了马浩然，只不过，马浩然并没有发现罢了。

"暂时没有任何的想法！"马浩然摇了摇头，语气平淡地说道："不过，我绝对不相信这是宁宇的阴魂前来索命而导致的悲剧！"

"我也是！"郑祺回过头，朝着马浩然凛然一笑，"这件案子之中，一定隐藏着某些我们暂时还没发现的隐情和线索，一旦我们找到了突破口，那么，这件案子的真相也就会随之浮出水面了！"

说完这句话，郑祺便指着卢定山脖子上挂着的大金链子，淡淡地说道："你们之前的分析很对，这件案子可以排除谋财害命的可能，而且，根据这条线索，我还想到了另外一件事……凶手很有可能是来找卢定山寻仇的，而且，凶手应该是一个新手，连伪造现场都不会，如果凶手将卢定山身上的财物洗劫一空，倒是会给我们警方制造一些麻烦！"

"伪造现场吗？队长，如果凶手如你所言是个新手，连伪造现场都不会，那么，他为什么要移动尸体，把案发现场分成两部分？难道，凶手有什么秘密不想让我们发现吗？"马浩然微微皱眉，轻声询问起了郑祺。

"你说的这件事，应该是破解此案的关键点之一，可以着重追查！"郑祺一边说着，一边站起了身，环顾起了不断有人走过的小区马路，说道："新的一天开始了，大家也都准备投入各自的工作了。那么，问题来了，卢定山昨天深夜为什么会出现在这里？他家住这？还是有什么亲戚朋友住这？既然他的尸体直到今天早上才被环卫工人发现，这就说明，卢定山遇害的时候一定是深夜，而那时候，小区里已经没有来往的行人了，换言之，本案应该不会有目击证人。

“队长，看来我们只能等大家将线索收集齐了之后，再进行分析推敲了！”马浩然颇为无奈地对郑祺说了一声。

郑祺倒是没多说什么，只是自顾自地朝着老李和程稳露那边迈出了步子。这样的话，尸体这边，就只剩下马浩然和苏叶二人了。

也不知道郑祺是有意，还是无意。

“马浩然！”郑祺走后没多久，苏叶一边验尸，一边突然开口喊了马浩然一声。

而正在聚精会神思索案情的马浩然，被苏叶这么突如其来地一喊，神色上出现了一瞬间的错愕，不过，很快马浩然脸上的错愕便被往昔的冷静和沉稳取代了，“苏警官，有事吗？”

苏叶停下了手上的工作，微微地扬起了头，一双灵动的美目一眨不眨地盯着马浩然，忽地，她嘴角微扬，露出一抹仿佛冰山融化一般的微笑，笑吟吟地对马浩然轻声说道：“谢谢你，让天杰认清了自己！”

“我好像没帮上什么忙吧？”马浩然不解地挠了挠头，语气中隐有波动。

毕竟，曾经的苏叶很少对马浩然心平气和地讲话，更不要说对马浩然露出这种恬静温雅的微笑了！

苏叶此时所表现出的一切，都让马浩然有一种猝不及防的感觉。

“不！”苏叶缓缓地摇了摇头，坚决地说道，“如果没有你，天杰不可能乖乖地离开重案组，并且提前离开金陵去找爷爷，在这几件案子中，你所做的一切已经触动了天杰内心的最深处，你的头脑、推理能力、心中的执念，以及为了解开真相而忽略自身的拼搏精神，都让他意识到了自身的不足，并且打算改正，这是最好的结果！”

“如果你一定要认为这是我的功劳，那就算是我的功劳吧。”马浩然不知道该如何回答苏叶，或者说，他不知道该如何与苏叶继续交谈，所以，他也只能选择这种方式来回答苏叶声情并茂的感谢了。

“作为感谢，等忙完这件案子，我请你吃顿饭吧！”苏叶说完，俏脸上立刻爬上了两朵红晕，这一刻，冰山警花变成了忸怩的小姑娘。

“好吧！”马浩然没有理由拒绝苏叶，或者说，他内心最深处潜意识不想拒绝苏叶，拒绝这位让他心脏乱跳过的美女法医！

就在这时，最让苏叶讨厌的影帝却率先完成了郑祺交给他的任务，并且回到了尸体这边……其实，影帝是因为看见了马浩然和苏叶单独待在一起，好像还在交谈什么，所以，这家伙抱着八卦光荣的理念，很不识时务地凑了过来。

“哎呀？二位聊什么呢？”影帝一脸坏笑地凑到了马浩然和苏叶二人的中间，眼神还不断地在二人身上游移着。

“和你有关系吗？”苏叶冷冷地瞪了影帝一眼，完全没有之前的恬静温雅，言罢，苏叶便自顾自地继续验尸。

这边，马浩然和苏叶的交谈因为影帝的突然出现而中断，那边，郑祺也很是时候的回到了第二案发现场，也就是尸体这边。

“影帝，让你查的事，有结果了吗？”郑祺随手摸出了一支香烟，为自己点燃。

“队长，让你失望了，蓝天小区是五六年前建成的小区，里面的监控设备早就老化破损了，而且物业公司也是前前后后换了好几批，根本没人修，所以，整个蓝天小区内的监控设备都无法正常使用了！”影帝耸了耸肩，撇嘴说道。

“这就有些麻烦了！”郑祺深深地吸了一口烟，又对影帝问道，“保安那边，你询问过吗？”

“我和这里的保安聊过，午夜十二点之前，那几个值班的保安就都下班了，因为这里的物业不太靠谱，经常会拖欠工资，所以，小区里的保安自然也不会太尽责。”

“守门的保安都不在这里吗？”郑祺继续发问。

“守门的保安在，不过没什么用，根据那名保安的口供，午夜十二点之后，他有些困，就打了个盹，睡了过去，他根本没有发现什么可疑的人进入小区。而且，根据守门保安的讲述，蓝天小区乱得很，很多围墙栅栏都有破损，也就是说，只要凶手有心，完全可以通过三四处破损的栅栏围墙，避开守门保安的眼睛，进入蓝天小区。”影帝如实说道。

“也就是说，任何人都可以畅通无阻地在深夜时分进入蓝天小区，进而行凶，对吧？”郑祺撇了撇嘴，说道。

这次，影帝没有说话，只是缓缓地点了点头。

“这个方向，看来是没有路了！”郑祺狠狠地吸了一口烟，随后便将烟头扔到了马路那边，接着对正在朝他走过来的冉潇喊了一声，“冉潇，帮忙踩一下！”

冉潇二话不说踩灭了烟头，又弯腰将烟头捡起来，扔进了最近的垃圾桶里，这才再次快步朝着郑祺这边跑来。

“队长，你要的资料我已经查到了！”冉潇抱着那部几乎从不离身的笔记本电脑，一边说着，一边推了推鼻梁上的高度近视眼镜。

“说。”郑祺又抽出了一支香烟。

“根据大数据库显示的资料，可以确定死者就是卢定山，丽水集团老板，身家过亿，算是金陵市的中层富豪。

“卢定山是包工头出身，五年前，卢定山拿下了一个大工程，工程结束之后，卢定山耍了个阴招，坑了合作伙伴赵德阳，逼得赵家一家人血本无归，远走东广省，而卢定山则一夜暴富，这才有了丽水集团。

“因为卢定山发财的过程太快，所以，卢定山花钱如流水，任何暴发户该有的恶习，他都有，比如说嗜酒、赌博、养女人等！

“根据我的调查，蓝天小区里面就有卢定山数个情人之中的一位，而且，案发之前，大概是昨天晚上十点钟的时候，卢定山和几个朋友就在附近的大排档喝酒，这样的话，卢定山为什么会在深夜出现在蓝天小区也就有了合理的解释……喝完酒，找情人来了！

“至于和卢定山有过节的人倒是还真不少，早年的合作伙伴、如今的竞争对手，还有一些看不惯卢定山的人，以及十天前意外死于丽水湾的宁宇家属。”

说完这些，冉潇缓了一口气，又操控了一下电脑，这才继续说了下去。

“再说手环的主人，也就是宁宇，他是丽水集团的员工，因为十天前在丽水湾小区内发生的意外事故而死亡，尸体目前保存在距离丽水湾最近的金陵市医院。

“宁宇的尸体之所以还没有火化，是因为宁宇的家属和卢定山在宁宇意外死亡的赔偿问题上还没有达成一致。不过，根据我们警方的资料显示，宁宇那起案子的确是意外，再加上卢定山愿意赔钱私了，宁宇的家属也不起诉卢定山，自然也没人去抓卢定山，而且，就算抓了，也得无罪释放。”

“宁宇的尸体还没有火化？而且就停放在市医院的停尸间？”郑祺念叨了一声，“市医院就在蓝天小区和丽水湾中间，看来，我们有必要去一趟市医院的停尸间，查一查宁宇的尸体了，看看宁宇的尸体上是否还有这突然出现在案发现场的手环……”

对于郑祺这番话，马浩然和苏叶倒没有出现太过激动的反应，包括影帝也只是心不在焉地环顾着四周的环境，而冉潇却被郑祺这句话吓得打了一个激灵！

“队长！如果，我是说如果，市医院的停尸间里，宁宇的尸体上没有了手环，那我们……”冉潇的声音很低，而且语气之中，充满了怯懦。

“没有手环？”郑祺不由得咧嘴一笑，用力地拍了拍冉潇的肩膀，正想说话，却被程稳露突如其来的声音打断了。

程稳露轻轻地撩起了额前的一缕秀发，凝重地说道：“队长，我刚刚和局里核实过，负责制造尸体手环的工厂，可以百分之百地肯定，这种手环，他们每个对应的尸体，只生产一只，绝对不会有第二只一模一样的尸体手环从工厂流出，对于这方面，工厂方表示，他们的整个流水线都有监控设备，而且管理也特别严格，每生产一只手环，都会有档案登记和备份，绝对不可能有任何纰漏！”

听了程稳露的话，郑祺的嘴角上不由浮上了一抹冷笑：“如果事实如此，那么，市医院的停尸间里，宁宇的尸体上是绝对不会有手环的，那就只有一种可能了，凶手先去停尸间偷了宁宇的手环，然后再将手环故意遗留在现场！”

“没错！”程稳露接上了郑祺的话，继续说道，“我刚才已经将手环的照片发给了局里，局里的同事和工厂那边确认过，这只手环的确出自工厂，因为，在手环的背面有防伪标识，工厂那边可以确定，这就是前几天他们给市医院提供的手环！”

“这就有意思了。”郑祺轻笑了一声，又道，“走吧！去市医院的停尸间看看！”

“从目前我们所掌握的线索来看，市医院的停尸间是我们非常重要的调查地点！”马浩然赞同郑祺的提议。

几个人你一言我一语，倒是将冉潇给晾到了一旁，不过，冉潇并没有生气，他只是虚抬了抬手，怯生生地说道：“队长，各位，你们说，会不会是……”

冉潇开口后，这才将众人的注意力集中到了他的身上……冉潇就是这样的人，存在感很低的那种。

影帝走到了冉潇的身边，直接揽住了冉潇的肩膀，戏谑地说道：“小妹，你是不是想说，这起案子会不会是宁宇的阴魂因为冤死，心有不甘，所以才会来索卢定山的命？”

冉潇没有说话，只是艰难地吞了吞口水，然后重重地点了点头，高度近视镜后面的双眼写满了惊惧。

“在场的几个人，你说，哪个会相信世界上有鬼这种说法？”影帝拍了拍冉潇的肩膀，笑嘻嘻地指了指马浩然和郑祺等人，“他们绝对不会认为是宁宇的阴魂前来索命，而导致了这起凶案的发生。”

冉潇犹豫了一下，最终，他还是选择不再继续说下去。

“行了！”郑祺挥了挥手，对冉潇说道，“查一下宁宇家人的资料，还有卢定山的对头们的资料，对了，去找一下卢定山的情人，录一份口供。”

说完这句话，郑祺便迈出了步子，径直朝着草坪外走去，马浩然、程稳露和影帝则紧跟着郑祺的脚步，一同走向了草坪外的小区的马路那边。

“队长！”老李的声音从郑祺的身后响了起来。

郑祺停下脚步，回身望向老李，道：“怎么了，老李？”

“队长，案发现场的排查结果出来了！”老李快步走到了郑祺等众人的身边，自顾自地说起了他排查现场的结果，“根据我初步的排查，可以确定，马路这边有血迹的地方是第一案发现场，凶手在这里和死者卢定山有过接触，甚至是直接谋杀。而草坪那边，也就是现在尸体躺着的位置，可以确定是第二案发现场，有可能是凶手在第一案发现场这里杀死了死者，然后将死者的尸体拖到了草坪中，目的是不让人发现。

“至于第一和第二案发现场的四周，由于环境的特殊，所以，我并没有发现任何指纹或者是脚印之类的可疑痕迹，包括其他可疑的物件，我也没有发现，总的来说，案发现场很干净。”

听了老李的话，郑祺只是轻轻地点了点头，旋即便道：“如果还有什么有价值的线索需要查看，那就封锁案发现场；如果没有，那就清理现场，回局里待命，还有拳王那边的口供，录完就先给我留着，我要去一趟市医院。”

“好！”老李应了郑祺一声，随后就跑到拳王那边帮忙录口供去了。

郑祺正准备带着众人去市医院的停尸间查看一番，草坪那边却传来了苏叶的声音。

“队长，初步的验尸报告出来了！”

苏叶的声音让郑祺再次停下了脚步，当郑祺回过身来，便见苏叶已经摘下了验尸手套，缓步朝着这边走来。

苏叶莲步轻移，款款而来，同时，她一边走，一边说起了验尸结果。

“初步判断，死者的死亡时间是在今天凌晨零点三十分至一点三十分这一个小时之内，死因是窒息，死者的脖颈上有明显的勒痕，只不过，在勒痕处有少量的抓痕，从角度以及死者指甲缝里的残余皮屑来分析，抓痕应该是死者留下的。

“可以确定，凶器应该是一条手指粗细的麻绳。

“还有死者头部的伤口，与草坪上那块染血的石头几乎吻合，可以确定，那块石头曾经撞击过死者的头部，至于是在死者被绳索勒住之前，还是被勒死之后，这就无法确定了。

“至于第一案发现场的血迹，以及第二案发现场的那块石头上的血迹，都要将血样带回局里才能做进一步的确定。”

“那就把这些东西，连同尸体一起带回局里！”郑祺朝着苏叶摆了摆手，末了，还自言自语地嘀咕了一声，“明明能勒死死者，为什么还要弄出一块石头来节外生枝呢？难道，是因为那块石头本就在草坪上，只是凶手拖行尸体的时候，碰巧将死者的头部磕到了石头上？”

郑祺一边呢喃自语，一边走向了警车。

打开车门，郑祺坐在了驾驶位置上，将警车发动，与此同时，马浩然和影帝坐到了后排座位上，而程稳露则坐到了副驾驶的位置。

待到众人坐定，郑祺轰了一脚油门，警车风驰电掣般地驶出了蓝天小区，朝着不远处的金陵市医院狂奔而去。

经过初步的现场排查和验尸，马浩然和郑祺等人倒是得到了不少的线索，而几人在收获线索的同时，也收获了许多的疑点。

比如说，遗留在案发现场的手环到底是怎么回事？

还有案发现场为什么会被分割开？

凶手又是抱着怎么样的目的对案发现场进行分割呢？

那块染血的石头，究竟是巧合，还是凶手刻意而为？

如果是凶手刻意而为，那凶手又想隐藏什么破绽呢？

其实，除了这些疑点之外，马浩然心中还有几个疑问始终在困扰着他，那就是，凶手怎么会知道卢定山一定会来蓝天小区？

根据冉潇提供的资料，卢定山情人不少，为什么昨夜就一定会来找蓝天小区内居住的情人？

难道，只是因为蓝天小区距离卢定山昨晚喝酒的大排档最近？

而死者卢定山出现在蓝天小区的时间，凶手又是如何确定的？

莫不是，凶手始终都在跟踪卢定山？

这样的话，凶手一定会浪费很多时间，甚至在案发之前的几小时之内，凶手都没有不在场证明，所以，本案中的凶手，他的不在场证明，绝对会存在致命的漏洞！

不在场证明，对行凶的杀人者来说，可是最大的要点，凶手既然选择杀人，那么，不会完全不在乎不在场证明这一点吧？

还有一个谜团，就是今天凌晨十二点三十分左右打给新城区分局的那通诡异电话，和本案真的有关联吗？会不会真的是低素质人弄出来的恶作剧，只不过和这起命案碰巧撞到一起罢了。

如果那通诡异的电话和这起命案真的有关，那么，凌晨十二点三十分正好是苏叶判断的案发时间的起始点，再往更深层次去思考的话，就会联想到，这次杀人很有可能是凶手早有预谋，并且非杀卢定山不可，不然，也就不会拨打那通诡异的电话，更加不会说出“死了”这两个字！

可是，凶手这样做的目的又是什么？

马浩然静静地坐在后排座椅，心不在焉地盯着车窗外不断倒退的景象。

除了马浩然之外，车内的众人也纷纷选择了沉默，就连平时话最多的影帝都没有出言打破车内这诡异的气氛。

线索与疑点共存，只不过线索太少，而疑点又毫无头绪，这，便是困扰众人的问题所在！

没多久，郑祺驾驶着警车驶入了金陵市医院，找了一个停车位将车停好之后，郑祺便引着众人走下了警车。

“谁知道市医院的停尸间在哪？”郑祺回头，茫然地问向几人。

“停尸间……”听了郑祺的话，马浩然脑中灵光一闪，还不待众人回答郑祺的话，便呢喃自语地嘀咕了起来，“我们来市医院，是去停尸间找宁宇的尸体，并且确认手环，而那通神秘的电话，如果我们真的将这两件诡异的事联系到一起，无疑会给查案的警务人员造成心理压力，甚至是心理暗示，暗示这件案子与鬼神有关！”

马浩然状若癫狂地自言自语，也自然而然地将众人的注意力吸引了过去，当即，影帝便脱口问道：“老大，你嘀咕什么呢？什么与鬼神有关？”

“没什么，只是在想一些事情。”马浩然摆了摆手，似乎他并没有想要将心中的想法全都说出来的意思，因为他现在也没有完全解开手环与午夜电话之间的谜团。

程稳露一脸狐疑地看了马浩然一眼，旋即便自告奋勇地对郑祺说道：

“队长，我去问问通往停尸间的路。”

说完，程稳露便急匆匆地离开了。

而另一边的郑祺则是别有深意地盯着马浩然看了一眼，当然，郑祺也没有选择刨根问底地对马浩然进行追问，而且从郑祺脸上的淡定微笑来看，郑祺要么不在乎这件事，要么他早就注意到了这件事，甚至他的心中已经有了自己的计较。

大概过了三五分钟的光景，去问路的程稳露健步如飞地朝着郑祺和马浩然这边跑了过来。

“队长！”程稳露奔到郑祺身前，但并没有任何停留的意思，只是略微放缓了一下脚步罢了，“我打听到去停尸间的路了，跟我来！”

话音刚落，程稳露便当先朝着市医院的后院跑了过去，而郑祺等人自然不会怠慢，纷纷跟上了程稳露的脚步，一行人一路小跑地跑向了市医院的后院。

郑祺等众人在程稳露的指引下，绕过了市医院的主楼，又从两栋病房大楼中间的小路穿了过去；最后，众人走过了一条狭窄阴暗、光线极度不足的羊肠小路，又转了个九十度的弯后，一座破旧低矮、采光非常不好的老式砖房呈现在了眼前。

砖房正门的墙上挂着一块很老旧的正方形牌子，上面写着——太平间！

也不知道是因为这里存放的尸体过多导致里面的冷气外泄，还是因为这里终年不见阳光，总之，当众人到达医院的太平间门外之时，几乎全都下意识地打了个冷战。

“这里就是市医院的停尸间了！”程稳露指着那块老旧的小牌匾，声调有些微颤。

不仅是程稳露的状态有些异常，就连影帝和马浩然也有些不对劲。

影帝是因为太过紧张而左顾右盼，而马浩然则是轻轻地皱起了眉头。

貌似在传说中的停尸间门外，除了郑祺之外，几个人都产生了不同程度的紧张和顾忌。

郑祺倒是没着急走进去，而是扫了一眼三人，打趣地问道：“你们很少接触这种地方，或者说，根本就没来过，对吧？”

“我和苏警官来过一次！”影帝耸了耸肩，紧张的情绪似乎并没有完全被化解，“警局的停尸间，阴森无比，估计市医院的停尸间要比警局的停尸间还恐怖！”

“我没来过这种地方！”马浩然摇了摇头，而他的神色也恢复到了最初的冷静和淡然，似乎，他已经成功地从太平间带给他的诡异氛围中挣脱了出来。

“我也没来过。”程稳露吐了吐舌头，如实说道，“我不怕凶手，也不怕案发现场的尸体，但太平间，这地方传说太多，而且里面肯定躺着不少尸体，很容易给人造成心理压力。”

“一百具尸体和一具尸体，有区别吗？”郑祺咧开嘴，轻描淡写地笑了一声，“不要给自己太大的压力，世界上又没有鬼，有什么可怕的？”

然而，就在郑祺话音刚落之际，太平间的内部却突然传出了一道极其沙哑、极其低沉，听起来就像是两个铁块在不断摩擦所产生的刺耳之音。

“年轻人，你真的能确定世界上没有鬼吗？你没见过，并不代表它们不存在！”

这道声音很诡异，尤其是突如其来地从太平间内响起，更是直接吓了本就紧张的影帝和程稳露一大跳。

再说那道诡异的声音，回声尚未消散，紧接着，太平间的那扇老旧木门便被推开了。

“吱呀！”

老旧的木门发出了一道拉着长音的痛苦哀嚎声，尖锐又缓慢，并且还在不断地折磨着众人的听觉神经。

终于，木门被打开了，而里面走出了一位上身穿着黑色衬衫，下身穿着黑色粗布长裤，脚踩黑色的老式布鞋，花白的头发与全身的黑色衣物形成鲜明对比的老人。

这老人满脸褶皱，双眼混浊，枯瘦如柴，嘴角上更是挂着一抹若隐若现的诡异微笑，再加上他全身上下都穿着黑色的衣物，就像是去参加西式葬礼的人一般，再配上太平间的诡异氛围，当真让人有些害怕！

对于这位怪异的老人，郑祺和马浩然倒是没有什么太过激的表现，二人只是狐疑地打量起了他，可另外两位就无法做到郑祺和马浩然这样淡定了。

"你是谁？"影帝脱口而出，甚至连他的声音都出现了一丝轻颤。

而程稳露，就在影帝喊话的那一瞬间，她已经悄悄地后退了一步，退到了郑祺的身后……不管程稳露多么能打，多么像汉子，但她终究是个女孩子，在这种未知而恐惧的环境之下，她最终还是暴露出了隐藏在内心最深处的弱点。

"我是这里的打更人，不过，外人更喜欢称呼我为，守尸人！"老人的声音仍旧那般刺耳，甚至是难听，言罢，老人便狐疑地打量起了郑祺和马浩然等四人，反问道，"你们是谁？来这里是想认领尸体吗？"

"我们不是认领尸体的人！"老人话音刚落，郑祺便朝前踏出一步，随手拿出了自己的证件，在老人眼前晃了晃，"我们是警察，想来太平间调查一些事情！"

"警察？"老人那双混浊的眼瞳就像无尽的深渊，没有流露出一丝的感情色彩，甚至连眼皮都没抬，只是随口说道，"既然是警察，那就进来调查吧！"

言罢，老人便退回到了停尸间里面，为郑祺等人让出了一个身位，示意郑祺等人进去。

郑祺倒没什么，无论是面对太平间还是面对尸体，他都早就习惯了，当即，便毫不犹豫地迈出了步子，走进了太平间。

郑祺之后，马浩然也是不假思索地跟了进去，而程稳露和影帝，二人相互对望了一眼，仿佛下定了某种决心似的，也鱼贯地走进了太平间。

郑祺和马浩然等人刚刚走进太平间，便被一阵冷气袭遍了全身！

这是太平间里面的制冷设备散发出的冷气，毕竟这里是太平间，存放尸体的地方如果温度太高，那尸体也就没法儿保存了。

待到郑祺几人稍微适应了太平间内的温度之后，几人便开始打量起了太平间内部的布置。

其实，太平间的内部构造很简单，正对着正门的是一条足够三人并肩而行的笔直通道，而通道的一端连接着正门，另一端则连接着另外一道破旧的木门，只不过，那扇木门是紧闭的！

正门和木门之间的通道两侧，整齐划一地排列着大小相同的格子，一直通到棚顶，而那些格子的边缘部位还会时不时地溢出一丝丝的白气，中间部位更是写着一些不同的名字……毫无疑问，格子里面存放的就是尸体！

由于太平间内部的光线比较暗，所以，郑祺和马浩然等人找了半天，也没发现写着宁宇名字的格子。

“对了，你叫什么名字？”郑祺朝着守尸人随口问了一句，毕竟，总叫人家守尸人可不是有礼貌的行为，而且，郑祺要问的问题还很多，总不能在以后的交谈中一口一个守尸人叫着吧？

“你叫我老林头就可以！”守尸人老林头淡淡地回应了郑祺一句。

“老林头，我们这次来，主要目的是为了调查宁宇的尸体，你能帮忙把宁宇的尸体找出来吗？”郑祺很有礼貌地说了一句。

“可以。”老林头的语气仍旧没有任何变化，包括他的表情亦是与之前的诡异没有半分差别。

说完这句话，老林头便轻车熟路地走到了最里面，也就是太平间内的那扇老旧木门之前，最后，老林头在他的左手边由下往上数的第三个格子之前停了下来，随手按了一下格子边缘的按钮，当即，那格子便缓慢地朝外探了出来。

“咯吱咯吱！”

因为格子的移动而产生的齿轮转动声不绝于耳。

“现在还真是高科技的时代，连医院的太平间都全自动化了！”影帝好像是为了缓解内心中的紧张，半开玩笑地说了一句。

当然，没人理会影帝调节气氛的话语，众人的视线全都落到了那格子之上。

“咔嚓！”

一道清脆的声音响起，已经外探出了一米左右的格子停了下来！

“我这里，也只有这么一具叫作宁宇的尸体，是十天前送来的，你们要调查的宁宇应该就是这具尸体吧？”老林头的声音一如既往的怪异、冰冷。

“十天之前，那就没错了！”郑祺点了点头，言罢，便和马浩然一起朝着格子走去。

郑祺和马浩然走到了格子的两边，二人几乎是在第一时间探着头朝着宁宇尸体的双手位置望了去，二人甚至连宁宇的脸都没有去看！

而这次，映入郑祺和马浩然眼帘的却是一双空空如也的手，不仅手指和手掌上没有郑祺和马浩然想要找的东西，就连手腕上也没有！

宁宇的手环不在尸体的手上！

见到此景，马浩然和郑祺不由得相互对望了一眼，之后，二人又同时将目光落到了老林头的身上。

“老林头，存放在太平间的尸体，手上都应该有一只特定的手环吧？”郑祺一边问老林头，一边指着宁宇的尸体，继续说道，“宁宇尸体的双手上为什么没有手环？”

“没有手环？”听了郑祺的话，老林头脸上的表情第一次出现了变化，那是一种叫作吃惊的表情，甚至，老林头那双混浊的双眼都不由得瞪到了一个极限的范围！

话音落地，老林头立刻迈出脚步走向了存放宁宇尸体的格子。

老林头走到格子之前，那双混浊的眼瞳直接盯着尸体双手的位置猛看了起来，就好像不相信郑祺所说的那些话。

老林头盯着宁宇的尸体足足看了一分钟的时间，随后，老林头还直接上手，将宁宇尸体披着的那件让人不寒而栗的寿衣衣袖给翻开了，一直翻到了胳膊肘的位置，这才停下。当然，最后的情况，仍是如郑祺和马浩然所见那般，尸体特有的手环并没有出现在几人的视线之内。

“这是怎么回事？尸体送来的时候，是我亲手给尸体戴上的手环，怎么会不见了呢？”老林头很惊讶地嘀咕了一声。

随后，老林头猛地向后退了两步，神色异常地慌张，甚至是，惊悚！

老林头此时的表情，与之前的冷漠和诡异倒是形成了极其鲜明的对比。

而老林头这番嘀咕，倒是让郑祺和马浩然听出了问题的关键点。

宁宇的手环是老林头亲自戴上的，这说明宁宇的手环是真真切切存在的，只不过，因为某种原因，宁宇的手环不见了，这一点，就连老林头这个守尸人都不知道！

“老林头，你确定宁宇的手环不见了？”郑祺歪着头，眯着双眼，紧盯老林头。

“我确定！”老林头叹了口气，又点了点头，“十天前，宁宇的尸体被送到了这里，是我亲手将手环戴在了尸体右手的手腕上，然后就封进了格子里，直到你们出现之前，没有再打开过，而且，这里的打更人，只有我自己，平时更是没人会来这晦气的太平间。”

“那么，宁宇的手环会不会是被某人偷走了？”郑祺再次发问，只不过，他的双眼仍旧紧盯老林头，没有一丝一毫的松懈。

“偷走？”老林头突然咧开了嘴，露出一抹狰狞可怖的笑容，“警官，谁会来偷一具尸体的手环？况且，谁又敢来偷？这里可是市医院的太平间，平时存放的尸体，最少的时候也有三四十具，难道，来偷手环的人不怕被阴魂缠上吗？”

老林头说完这番话，一旁的影帝和程稳露全都下意识地打了一个激灵，甚至二人还情不自禁地向后退了几步，一直退到了太平间的正门前，这才停下脚步，紧张兮兮地四下张望。

“被阴魂缠上？”郑祺轻挑起了嘴角，随口问道，“老林头，你相信世界上有鬼吗？”

“鬼神之说，不可信其有，却也不可认其无……”老林头一边摇着头，一边嘀咕道，“就说眼前的这件事，宁宇尸体的手环不见了，而且我可以确定，我在太平间打更的这段时间，根本没人来过。十天前，我将尸体封进格子里之后，就再没打开过，那么，这个问题又该如何解释？如果不是宁宇的鬼魂显灵，手环为什么会丢？”

老林头说这番话的时候，表情很严肃，也很认真，似乎，他已经先入为主地判断，宁宇尸体的手环是因为宁宇灵魂显灵而消失的。

“你平时几点上班，几点下班？”郑祺再问。

“我吗？”老林头咧开了嘴，露出了零零散散的几颗牙齿，阴恻恻地笑了起来，“我没有具体的上下班时间，因为我就住在这里！”

老林头竟然住在太平间？

这一事实，让郑祺四人大大地吃了一惊！

尤其是老林头最后露出的那抹诡异笑容，再配上他本就丑陋的模样，以及太平间内的诡异气氛，倒是吓得影帝和程稳露直接一步退出了太平间。

见郑祺等人不语，老林头便自顾自地迈开了步子，走到了太平间最里面的那扇木门前，抬手推开了木门，旋即，木门之后的景象便映入郑祺和马浩然等人的视线之内。

正对着木门方向的是一扇满是泥渍的窗户，窗户外，是车水马龙的街道，喧闹的长街与冷清的太平间仅有一墙一窗之隔，却恍若两个世界，好似光明与黑暗一般，完全是两种极端的景象。

再说房内，一张破旧的木床上面整齐地叠着几床被子，一组老式的大衣柜几乎占据了房间五分之一的面积，再加上一张简单的小饭桌和一把椅子，桌子上还摆着电磁炉、碗、筷、锅、盆，和一些剩饭剩菜……这些东西，差不多将木门内的房间塞满了。

“你真的住在这里？”郑祺随口地问了老林头一句，说完，他和马浩然便下意识地迈出了步子走向了太平间内的里屋。

对于马浩然和郑祺的举动，老林头倒是没有做出阻拦的动作，只是一言不发地目送着马浩然和郑祺走进他的起居室。

“每天和尸体睡在一起，老林头，你胆子还挺大的！不过，话说回来，老林头，你的儿女呢？怎么就忍心让你和尸体睡在一起？”郑祺走进房间，上下打量起了房间内部的陈设，以及早就没了本色的黑灰墙壁。

房间很小，而且东西摆放得又特别满，马浩然和郑祺几乎是扫了几眼便将房间看了个遍，只不过二人并没有发现任何的异常。

“我的家人都不在了，只剩下老汉自己了！”老林头微微叹息一声，说道。

“对不起！”郑祺道了个歉，随后，便走出了老林头的起居室。

在郑祺和老林头交谈的这段时间，马浩然始终一言不发，因为他的注意力都集中在了那扇窗户之上，不对，准确地说，马浩然是在观察窗外车水马龙的长街。

透过窗户朝着窗外看了好一阵，马浩然才微微摇头，转身走出了老林头的起居室。

见郑祺和马浩然都离开了起居室，老林头也就随手将木门关上了。

等到木门关严实了之后，郑祺才开口对老林头问道：“这里有监控设备吗？”

“监控设备？”老林头摇了摇头，说道，“市医院早在三十几年前就存在了，最近的一次翻修也是八年之前的事情了，就算有监控设备，恐怕也都坏得差不多了，更何况，谁会在太平间装监控设备？就不怕在监控设备中看见不该看的东西吗？”

说完这句话，老林头还露出了一抹极其诡异的冷笑。

“你的意思是，宁宇尸体的手环丢了，而你并不知道这件事，太平间内外也没有监控设备，查无可查，对吧？”郑祺道。

“事实就是如此！”老林头用力点了点头，随后，又反问了郑祺一句，“我现在可以把这具尸体放回原位吗？”

“可以！”郑祺朝着老林头摆了摆手，待到老林头按下了开关之后，郑祺却突然出言问出了一个出人意料的问题，“老林头，今天凌晨十二点三十分到一点三十分这段时间，你在哪里？在干什么？”

被郑祺突如其来地一问，老林头表情有些呆滞，下一瞬间，老林头回过神来，出言回答道：“我当然是在里屋睡觉了！”

“那你有不在场证人吗？”郑祺又问。

老林头惨然一笑，一边说着，一边指着摆满墙壁的那些格子，“不在场证人我倒是没有，除非这些尸体能显灵，证明我在睡觉，否则的话，没人能为我证明，警官你说的那段时间，我在睡觉……不过，警官，你们来太平间找宁宇的手环，又问了我这么多问题，我能问一句，发生了什么事情吗？”

“市医院附近的蓝天小区，今天凌晨十二点三十分至一点三十分之间发生了一起命案，而且我们在死者的身边发现了宁宇的手环！”郑祺如实说道，只不过，他并没有将案子的详细情况说给老林头听，也没必要这么做。

当然，郑祺在说话的过程中，始终都在盯着老林头那张满是褶皱的可怖老脸，只不过，由始至终，老林头的脸上都没有出现任何的表情变化。

可就在郑祺盯着老林头的脸仔细观望的时候，老林头却突然笑了起来，他的笑容很阴森，也很冰冷，就像电影中被鬼附身的人那般：“警官，你问我这么多问题，该不会怀疑我就是杀人凶手吧？”

“我的确是在怀疑你！”郑祺双手一摊，毫不隐瞒地对老林头说道，“出现在案发现场的手环来自市医院的太平间，而你，又是唯一一位负责管理太平间的守尸人，如果你监守自盗，拿走了宁宇的手环，是不是非常容易？再加上你没有不在场证明，而且太平间这里又没有监控设备，这也为你犯案创造了完美的时间和空间！”

郑祺此言一出，站在太平间门外的影帝和程稳露纷纷大吃一惊！

而距离郑祺和老林头最近的马浩然却是微微点头，同时，他的目光也在紧盯着老林头，似乎不想放过老林头一丝表情变化，以及一毫细微动作。

“我是杀人凶手？”老林头仰头大笑了起来，状若癫狂，笑够之后，老林头缓缓地抬起了双手，将那双干瘦如柴，满是泥污和褶皱的手掌呈到了郑祺的眼前，“警官，我一个六十多岁的老头子，怎么杀人？我哪来的力气去杀人？除非，死者是一个比我还老，比我还弱的人！”

郑祺没有说话，只是紧盯着老林头那双混浊的双眼一顿猛看。

大概与老林头对视了十几秒的时间，郑祺终于收回了目光，淡淡地笑了一声，“死者是一名中年男人，而且是包工头出身，身材很强壮，案发之前，曾与朋友喝过酒，当然了，除非是死者喝到不省人事的程度，否则的话，以你的身体条件的确不太可能杀死他。”

说完这句话，郑祺便挥了挥手，转身朝着太平间外走去。

马浩然缓步跟上了郑祺的脚步，只不过，在踏出太平间的一瞬间，马浩然停下了脚步，侧过头，望向了面无表情的老林头。

而这时候，老林头也在盯着马浩然，二人四目相对。

不等马浩然开口，老林头却先一步开口冷笑道：“这位警官，你也怀疑我就是凶手吗？”

马浩然仍旧没说话，只是静静地站在太平间的门前，凝视着老林头。

“我已经说过了，以我的身体条件，怎么可能杀死年轻力壮的中年男子呢？就算那人喝醉了，我也不可能打得过他吧？”老林头摊了摊手，阴恻恻地朝着马浩然笑了起来。

马浩然深深地看了老林头一眼，旋即便转过身去，径直走出了太平间，并且关上了太平间的门。

郑祺看了看马浩然，又摆了摆手，这才引着影帝、程稳露和马浩然三人朝着市医院的正院走去。

穿过了两栋病房大楼之后，影帝先是回过身朝着身后太平间的方向看了一眼，确认没人之后，这才如释重负一般地开口说道：“医院的太平间，气氛可要比我们警局的太平间恐怖多了，尤其是还有这么一个和尸体睡在一起的守尸人，我真怀疑那家伙到底是不是鬼？”

“是不是鬼我不知道，我只知道，队长对守尸人老林头好像很感兴趣的样子。”程稳露白了影帝一眼，似乎对于他在太平间里的懦弱表现很不满意似的。

“不仅仅是感兴趣……”郑祺一边走着，一边抽出了一支香烟，“我现在最怀疑的人，就是老林头！”

“队长，我觉得老林头说得有道理，你看他，六十多岁的年纪，身体却像是七八十岁的垂暮老人，就他这种身体条件，能勒死五大三粗的卢定山吗？况且，卢定山在案发之时，应该还没到不省人事的地步，不然的话，他也就不可能独自走进蓝天小区了，卢定山当时的神志应该还在清醒范畴之内，这样的话，老林头的确是最不可能犯案的人！”影帝装模作样地分析了起来，而他分析得倒是还蛮有道理的！

“我也赞同沈家辉的说法！”程稳露瞥了影帝一眼，继续说道，“宁宇尸体的手环出现在了案发现场，老林头的确是最有嫌疑的人，可偏偏他却又是最没有犯案能力的人。所以，我倒是倾向于凶手不是老林头！”

“详细说说你的看法！”郑祺并没有出言反驳程稳露和影帝，反而想听听程稳露的看法。

“手环是老林头亲手戴上的，不过，那是十天前的事情了，在这十天之中，老林头没打开过存放尸体的格子，也就是说，手环很有可能在九天之前，八天之前，或者是七天之前，就已经丢失了！

“还有，这十天之中，老林头不可能二十四小时待在停尸间吧？我刚才看过了，停尸间并没有卫生间，老林头想方便，肯定要走出停尸间，想盗取手环的凶手肯定不会放过这个机会，然后，潜伏在暗处的凶手，就可以堂而皇之地走进没有监控设备的太平间！

“而且，太平间内的设备都是现代化的高科技，只需要按一下按钮就能打开宁宇尸体所在的格子，随后，凶手拿走手环，再将格子恢复原貌，最后离开太平间。

“这一系列的行为，只要是有心的人都能完成！”

程稳露洋洋洒洒地说了这么一大堆的话，而郑祺这一行人，也在程稳露推理的时候，回到了警车旁边。

郑祺打开了车门，几人陆续坐上了警车。

“小程的分析也不是没有道理。”郑祺笑吟吟地看了程稳露一眼，话锋一转，接着说道，“不过，这并不能打消我对老林头的怀疑！”

“那队长你想怎么办？”程稳露问了一声。

“监视他！”郑祺又抽出了香烟，叼在嘴上，“影帝，你留下，全天候盯着老林头！”

“我？”影帝瞪大了眼睛，一边用手指着自己，一边惊呼道，“队长，你让我留在太平间，全天候地盯着一个和尸体睡在一起的守尸人？”

“当然！”郑祺一脸坏笑地对影帝说道，“你该不会是怕了吧？要不，我把拳王喊来，你们两个一起监视，也算是有个照应。”

“我怕？我会怕吗？”影帝挺了挺胸膛，好像是在给自己打气似的，不过下一秒，影帝就㞞了，满脸堆笑地对郑祺说道，“队长还是把拳王派来和我一起执行任务吧！一个人怪无聊的！”

“呵呵！”程稳露白了影帝一眼，露出了一抹极其鄙视的笑容。

“没问题，你先在这执行任务，拳王很快就会过来陪你了。”郑祺一边说着，一边将影帝赶下了车。

“队长，你这话说得有些不太好听。”影帝苦着一张脸，极不情愿地打开车门，走下了警车。

“我觉得队长的话说得很是时候！”程稳露按下了车窗，朝着影帝露出了一抹嘲讽的微笑。

“轰隆隆”……

程稳露话音刚落，郑祺便一脚油门踩上，警车缓缓地朝着市医院的正门驶了去。

而影帝则孤零零地站在市医院的停车场，目送郑祺驾驶的那辆警车驶离了市医院。

警车内，郑祺先给拳王打了一个电话，内容自然是让拳王来市医院配合影帝监视老林头，并且郑祺还嘱咐拳王，一定要盯紧老林头的一举一动，全天二十四小时不允许老林头的身影消失在二人的视线范围之内，回到太平间的时间段不算！

郑祺挂断了和拳王的通话之后，程稳露便十分不解地问道：“队长，你对老林头未免也太在意了吧？”

“不是在意，而是必须这么做！”郑祺还没开口，马浩然便接上了程稳露的话，“宁宇尸体的手环是本案的关键点之一，手环为什么会出现在案发现场？难道，凶手只是为了迷惑我们警方，这才去太平间盗取了宁宇的手环？

“说实话，如果我是凶手，我不会这么做，这可是杀人的行动，这种节外生枝的事情，能少一件就应该少一件，况且，如果单单是为了营造出宁宇阴魂索命的场景，凶手未免多此一举，营造出阴魂索命的方法很多，没必要犯险来太平间偷盗手环，万一被发现，岂不是前功尽弃？”

马浩然说完，程稳露便下意识地反驳道：“你的解释有些牵强！”

马浩然并没有因为程稳露的反驳而出现任何的表情波动，他只是自顾自地继续讲起了他对这件案子的看法。

“回到本案来说，我不相信阴魂索命之说，而手环确确实实被遗落到了现场，最有可能将手环带出太平间的人就是老林头，光是这一方面，老林头就值得我们监视。当然，队长并不是认定了老林头就是凶手，我也不这么想，我和队长只不过是将老林头列入了嫌疑人的范畴之内，和宁宇的家属、卢定山的仇家一样。

“而且，还有最关键的一点，是我在太平间的内室发现的一处疑点……”

马浩然说到这里，双眼突然眯了起来，瞳孔之中隐有精光闪烁！

听了马浩然的话，程稳露情不自禁地向他投去了好奇的目光，甚至，就连正在开车的郑祺，嘴角上都不由浮现了一抹淡淡的笑容……

“小马说得对，虽然我们暂时没有证据指认老林头就是凶手，而且老林头无论是身体条件，还是作案动机，都不太符合一个凶手需要具备的条件，但是，光是手环这一点，老林头就值得和其他嫌疑人一样，重点关注！”郑祺说到这里，突然冷笑了起来，“而且，在太平间的内室，也就是老林头居住的那间屋子，我和小马一样，也发现了一件很有意思的事情，这也是我下决心，要将影帝和拳王派去市医院监视老林头的根源所在！”

“你们发现了什么？是同一件事吗？”程稳露追问了起来。

“我觉得是同一件事！”马浩然点了点头，便自顾自地说起了他的发现，“我在进入太平间的内室之后，一直在盯着那扇窗户看，而那扇窗户的另一边是闹市区，就算太平间再怎么偏僻，那也是市医院的太平间，而市医院四周绝对不会偏僻……我想说的是，我发现，太平间内室窗户正对面的长街是一条餐饮街，而且，据我所知，这条餐饮街到了晚上，会有很多商家将桌椅搬到外面摆放，久而久之，这里也就形成了所谓的大排档。”

“我的发现，和小马一样。”

“如果卢定山昨天晚上是在那条街上的大排档吃饭，那老林头就可以坐在家里监视卢定山了，只要卢定山一有快要喝完吃完的苗头，老林头就可以立刻行动，尾随卢定山，或者干脆就去蓝天小区的案发现场等着！”

“不论是太平间的位置，还是案发现场的手环，都值得我们对老林头展开调查！”郑祺说道。

程稳露还是有些不相信地说道：“你们该不会是想说，昨天晚上，死者卢定山碰巧就在那条餐饮街的大排档吃饭，然后碰巧就被老林头看见了，再碰巧，老林头起了歹心，想杀卢定山吧？况且，老林头怎么就知道卢定山当天晚上会回到蓝天小区？你们两个的推理，破绽太多了！”

“有破绽是好事，证明我们的推理还没有到完美的程度，既然如此，那我们就更应该调查老林头了！”郑祺不以为然地说了一声，旋即，他便给冉潇拨了一个电话，让冉潇开始调查老林头的资料。

通话结束，郑祺驾驶的警车也缓缓地驶入了市局的大院之内。

与马浩然和程稳露走下了警车，郑祺便引着二人径直走进了市局的办公大楼，直奔重案组的办公区域而去。

郑祺刚刚走进重案组的办公区域，一群人便围了过来。

“队长，这是报警人的口供。”

“队长，鉴定科的报告出来了。”

“队长，我这边已经查到了和死者卢定山有关的一些信息。”

“队长，这是居住在蓝天小区的薛云女士的口供，她是卢定山的情人之一。”

一众人七嘴八舌地围着郑祺，同时，一本本资料也被大家一股脑儿举到了郑祺的面前……

“老李呢？把资料都收起来，送我办公室去！”郑祺大喊一声，言罢，便钻出了众人的包围圈，直接跑进了属于他的办公室。

有线索是好事，但这些线索一起来，可就有些让郑祺头疼了，尤其是现在，深陷老林头带给他的迷惑泥沼中尚未完全自拔，郑祺的内心本就有些乱，再被这群重案组的警员七嘴八舌地一吵，就更乱了。

马浩然和程稳露跟着郑祺走进了办公室，而郑祺才刚刚点上一支香烟，老李便捧着一沓资料风风火火地跑进了办公室。

“队长，你要查的资料都在这里了！”老李言罢，还朝郑祺晃了晃手中的资料本。

“你一个一个说说吧！”郑祺深吸了一口烟，随后，便闭上了双眼，好像是在养神一般。

“好！”老李应了一声，便翻开了其中一本资料，说道，“这是鉴定科同事拿过来的资料，根据我们提供的血迹样本，经过鉴定，蓝天小区第一案发现场上遗留的血迹，与第二案发现场的石头上遗留的血迹完全一致，两处血迹均是来自卢定山，而且，血迹中并没有第二人的血迹杂质出现！

“我们从案发现场将宁宇的手环和那块石头都带了回来，经过排查我们发现，宁宇的手环上只有一个人的指纹，冉潇特意查过大数据库，是一个叫作林北的人的指纹，林北，冉潇也调查过，目前在市医院打更，更详细的资料还在查。

“而那块石头上没有任何的指纹，甚至连表面的灰尘和泥土都只有极少量存在，这说明，石头被人精心处理过，不然的话，风吹日晒的石头，怎么可能只有少量的灰尘和泥土呢？

“而且，根据报警人的口供，我们也有必要注意一下这块石头，因为，口供上说过，报警人，也就是环卫工人说，他昨天晚上下班之前最后一次收拾草坪，大概是九点三十分的时候，那时并没有见到那块石头，因为蓝天小区的草坪近期要进行修剪，所以，环卫工人们早就把草坪中诸如石头之类的杂物清理过了。

“然后是薛云的口供……薛云是卢定山的情人，住在蓝天小区三号楼一单元三楼，根据薛云讲述，她在昨天中午的时候就已经和卢定山约好了，晚上去她那里过夜，刚好卢定山要和几个朋友吃饭，也就直接将吃饭的地点定在了蓝天小区附近一家名叫“美味烧烤”的大排档，大概是午夜十二点三十分，卢定山和他的朋友们酒足饭饱，这才各自散去，卢定山自然是回到了蓝天小区，只不过，他还没见到薛云就被杀死了。

“这里还有一份口供，是来自卢定山的司机汪毅的口供，昨天晚上，汪毅也跟着卢定山参加了大排档的酒局，而且，根据汪毅讲述，卢定山酒量很好，昨天晚上的酒局，卢定山并没有喝多，最起码意识是清醒的，而且也没有丧失自主行动能力。

“酒局之后，卢定山还让汪毅把车开走，第二天早上八点来这里接他呢。”

念完这些资料，老李便走到了郑祺的办公桌前，将另外一沓资料放到了郑祺的办公桌上：“队长，这些是和卢定山有恩怨的那群人的资料。”

郑祺睁开了双眼，瞥了一眼办公桌上的资料，将手中的香烟狠狠地按在了烟灰缸里，这才转过头对马浩然问道：“小马，你有什么想说的？”

马浩然点了点头，说道：“根据老李大哥提供的这些线索，我发现了几个新的疑点。”

“说来听听。”郑祺眼前一亮，一边又为自己点燃了一支香烟，一边靠在椅子上等着马浩然的下文。

“第一处疑点是那块石头，根据报警人的口供来分析，那块石头是在昨天晚上九点三十分之后出现在第二案发现场的，也就是说，之前那块石头根本不存在，那么，我差不多可以认定，那块石头是凶手带来的，尤其是石头上没有指纹，连尘土都很少，这就更让我好奇，那块石头在本案之中究竟扮演了什么样的角色？

“第二处疑点还是手环，上面的指纹属于林北，而且只有林北一人的指纹，如果林北不是凶手，那么，应该就是太平间里的守尸人，老林头！

“可是，如果凶手不是老林头，为什么不直接抹去手环上的指纹呢？难道凶手还想通过指纹嫁祸给老林头不成？

“用老林头的话说，他那么大年纪，怎么可能杀死尚有行动能力的卢定山呢？

“第三处疑点，薛云，她会不会和某人串通起来，想要对付卢定山？毕竟，是薛云约了卢定山晚上去蓝天小区过夜，而且，也正是因为薛云的约定，卢定山才将酒局安排在了距离蓝天小区很近的美味烧烤，进而才有了后面因为距离蓝天小区太近，不需要司机相送的情况，这才导致卢定山独自一人在小区里被谋杀。

“如果薛云没有约卢定山，那卢定山就有可能将饭局安排到别处，这样的话，喝了酒之后的卢定山就会坐司机的车返回到某个家中，也就会避免惨剧的发生。

“第四处疑点，美味烧烤、太平间和老林头！”马浩然说到这里，语气不由得加重了起来，“我在太平间的内室，也就是老林头的房间之内，通过那扇窗户，清晰地看见了马路对面有家饭店，就叫作美味烧烤，我想，我所看见的美味烧烤和资料中提到过的美味烧烤应该是同一个地方，那么，我和队长之前在市医院所说的推理，也就值得我们仔细地推敲了！”

所有人，都有嫌疑。

马浩然此言一出，程稳露和老李皆是露出了震撼的表情！

第六章　暗示

卢定山临死之前所在的那家饭店，竟然就在太平间内室中的窗户对面！

这一切未免也太过巧合了吧？

办公室内的几人相互对望着，似乎都在思索各自在意的事情。

就在这时，郑祺的办公室外，一阵急促的脚步声突然响起，没多久，脚步声便消失了，而冉潇的身影也随之闯进了办公室内。

“队长，你让我查的人，有消息了！”冉潇抱着笔记本电脑，几个箭步就跨到了郑祺的办公桌之前，将笔记本电脑放到了郑祺的办公桌上，并立刻开口说道，“队长，你说的那个老林头，我查过，这家伙，就是林北！”

“果然如此！”郑祺一拍桌子，整个人立刻从椅子上站了起来，“还查到了什么？”

“林北，金陵市本地人，普通的工薪阶层，今年六十五岁，现已退休，并且在市医院的太平间打更，每月有八百元的退休金，以及市医院的一千五百元工资。

“林北育有一女，名叫林晓楠，只不过，在五年之前，林晓楠出了车祸，当场死亡，当时的交通部门已经做出了认定，车祸乃是意外。

“林晓楠意外去世之后，林北的妻子承受不住打击，重病不起，短短三个月，林北花光了所有积蓄，仍旧没能救回妻子的命，他的妻子也离开了人世。

“无亲无故的林北，随后去了金陵市医院的太平间工作，因为，他的女儿和妻子的尸体都存放在太平间，一直到现在，仍旧被保存于太平间，而林北拿出了所有工资和退休补助金，包括曾经的老房子也卖了，目的就是让他的女儿和妻子的尸体能够得以保存！”

说完这番话，冉潇深深地吸了一口气，叹息一声，道：“林北，是一个可怜的人！”

“老林头，果然就是林北！”郑祺眯着双眼，眼瞳之中隐有光芒闪动，“冉潇，继续查林北，我要他所有的资料，包括他女儿在五年前发生的那起车祸的资料！”

“知道了，队长！”冉潇点了点头，抱着笔记本跑出了办公室。

“队长，你还是怀疑林北？”程稳露试探性地说道，“其实，我倒是有些开始怀疑薛云，甚至是卢定山的司机汪毅，如果薛云和汪毅串通，一个是卢定山的情人，一个是卢定山的司机，那么，想杀卢定山简直轻而易举，而且还不会留下任何把柄和痕迹，因为这二人对卢定山太了解，也太容易左右卢定山的行踪和时间安排了。”

“等一下！”老李云里雾里地一挥手，打断了程稳露的话，随即，老李问郑祺：“队长，你们在市医院的停尸间是不是发现了什么？还有老林头，也就是林北，又是怎么回事？”

老李并没有跟着郑祺等人去市医院，更不可能知道郑祺几人在停尸间和老林头之间所发生的那些事情，毕竟，郑祺自从返回警局之后就没说过有关市医院一行的事，所以，听了郑祺和程稳露的对话，老李才有些摸不着头脑。

老李发问之后，郑祺便原原本本地将市医院之行的所有发现都说给了他听，包括最后派遣拳王和影帝二十四小时监视老林头的事情，郑祺也说了出来。

听了郑祺的讲述之后，老李这才恍然大悟地点了点头，一边揉着下巴，一边沉思，片刻后，开口说道：“队长，你和小马的分析并不是没道理，尤其是得知了太平间内的窗户，正对着美味烧烤这条线索之后，你们的分析就更加值得重视了，而小程，她的分析也有一定的根据，但我想说的是，队长，你应该先看一下桌子上的那些资料。”

说完这番话，老李便指了指之前被他放到桌子上的那沓资料，根据老李所讲，这些资料都是卢定山的竞争对手，甚至是仇家的资料。

“我不看了，你直接说出来就是了，正好，也让小马和小程一起听听！”郑祺摆了摆手，又坐回到了椅子上，言罢，还自顾自地点上了一支香烟，又扔给了老李一支。

老李倒是不客气，接过郑祺扔过来的香烟，并且点燃之后，这才拿起桌上的资料，开始念了起来。

“徐蓉，女，三十岁，曾经是丽水集团的白领，一路爬到了卢定山秘书的位置，半年前离职，目前无业，根据我们的调查，徐蓉也曾是卢定山的情人之一，只是因为争风吃醋，被卢定山一脚踢开了，因此，徐蓉怀恨在心，离职的这半年经常会去丽水集团闹，甚至，还曾经在大庭广众之下扬言要杀了卢定山！

“还有一点，很值得我们关注，那就是，汪毅是徐蓉的远房表哥，二人之间有亲属关系。

“张远峰，远峰地产的老板，卢定山最直接也是最主要的竞争对手，丽水湾那处楼盘，就是卢定山和张远峰之间最大规模的争斗，只不过，最后是卢定山胜出。

“张远峰对卢定山的恨，已经达到了商人之间的极致，丽水湾那块地的失利，导致张远峰的远峰地产损失了一笔巨款，连带着，也使得整个远峰地产的资金链断裂，并且到了半瘫痪的地步，张远峰绝对有杀人动机。

“宁世泽，宁宇的父亲；宁海，宁宇的哥哥，这两个人，不用多说什么了，和卢定山也有着极其强烈的矛盾，尤其是宁海！

“我查过宁海，这家伙今年才二十八岁，却已经是三进宫了，可这三次进号子，全都是为了维护宁宇，所以，宁海和宁宇的感情非常好，因为宁宇的意外死亡，以及赔偿不到位这几点，都足以促使宁海杀人！

“碰巧，卢定山死亡的消息传出去之后，宁海就消失了，最起码，今天一整天我都在派人寻找宁海，可就是找不到人！”

说完这些，老李便将那一沓资料放回郑祺的办公桌上，之后，又做出了最后的总结："队长，以上几人也有充足的杀人动机，尤其是目前失踪的宁海！"

"这就有意思了！"郑祺微微地扬起了嘴角，冷冷地笑道，"所有人都有杀人的嫌疑……"

"宁世泽一家，除了尚未露面的宁海，所有人都已经被我们监视了起来，还有徐蓉、汪毅、薛云、张远峰，也都被我们不同程度地采取了手机监听，或者是派人跟踪的方式，控制了起来，这几个人，需要请回局里询问一番吗？"老李向郑祺请示道。

"请回来干什么？你不怕浪费重案组的茶叶吗？"郑祺半开玩笑地朝老李挥了挥手，说道，"我们现在掌握的线索，不足以对那些人采取行动，最起码，我们连凶手杀人的手法都还没有解开，请他们来局里，和打草惊蛇有什么区别？先监视着吧！"

"好吧！"老李耸了耸肩，无条件地听从郑祺的指挥，"可是，队长，我们现在应该干什么？"

"等！"郑祺挪动了一下身体，又往宽大的椅子上舒舒服服地靠了过去，摆出了一副准备睡觉的样子，"先等几个小时，等冉潇的调查结果，也等各路盯梢人马的消息……"

说完这句话，郑祺便挥了挥手，示意几人先出去。

马浩然、老李和程稳露三人相互对视了一眼，虽然大家都有一种有力无处使的感觉，但此时此刻，郑祺的提议的确是最好的解决办法。

当即，马浩然三人便鱼贯退出了郑祺的办公室，最后离开办公室的马浩然随手将郑祺办公室的门关上了。

离开郑祺的办公室之后，老李很快就进入了工作状态，毕竟，他是郑祺的左膀右臂，重案组大小事务都需要他去处理，他可不能和马浩然以及程稳露这两名实习警员相提并论，老李，很忙的！

而另外二人，马浩然和程稳露，则是一动不动地站在郑祺的办公室门口，因为，二人都不知道自己应该去干什么工作。

“马浩然！”程稳露突然叫了马浩然一声。

“有事吗？”马浩然面无表情地侧过头，望着程稳露。

程稳露盯着马浩然，欲言又止，不过，再三犹豫之后，程稳露开口问道：“你对这件案子，有什么想法？”

经历了这么多案件，程稳露对于马浩然的看法和意见，打从苏天杰离开了重案组之后，便发生了改变，因为，当初在第四人民医院的二楼，郑祺对苏天杰所说的那番话，其实，程稳露也依稀听到了一些，郑祺的这番话对苏天杰造成了很大的内心触动，对程稳露亦是如此！

桀骜如苏天杰，都被马浩然的光芒所掩盖，火暴如程稳露，同样如此！

所以，程稳露才会换了一种方式来和马浩然相处，最根本的原因是，马浩然的头脑、坚韧、心智已经得到了程稳露的认可，甚至是……佩服！

再说马浩然，听了程稳露的问题之后，他并没有着急回答，而是略微沉吟了几秒的时间，这才淡淡地说道：“这件案子，其实并没有我们想象中那么复杂，只不过是因为所有的线索都太过零碎，暂时无法拼凑成一条完整的线，而且，又碰巧发生了一些让卢定山树敌的事件，导致嫌疑人不断增多，进而扰乱了我们警方查案的思维。

“想要破解所有谜团，关键点就是凶手杀人的手法和过程，只要解开了这个谜团，那么，一些无关紧要，或者无法完成杀人行动的嫌疑人也就会被自动排除，剩下的就是真正的凶手了！”

说完这些，马浩然便不再言语，只是静静地站在原地，眉头轻皱，似在思考。

而马浩然在说话的过程中，程稳露不仅一言不发，相反，她竟然还很认真地在听，这倒是有些出乎马浩然的意料，只不过，马浩然并不会将这份意外表露在脸上。

马浩然似乎并没有想要继续和程稳露聊下去的想法，当即，便见他摸出了电话，并且拨通了影帝的手机号码。

电话没响几声便被影帝接通了。

“老大，什么事？”

“老林头有什么异常举动吗？”马浩然开门见山问道。

“异常举动？”电话另一边的影帝略微思考了片刻，便出言说道，“离开市医院，去小公园找一些无聊的老人聊天，算异常举动吗？”

“老林头和那些老人聊了什么？”马浩然继续追问。

“就是聊一些旧社会的见闻……对了，他们还聊起了卢定山的那件案子，老林头还对那些老人说，我们警方怀疑他就是凶手，他还说，他这么大年纪，这么弱的身体，怎么可能杀死一个五大三粗的中年男人呢？”

“我知道了，你们继续监视。”说完，马浩然便挂断了电话。

一双剑眉差不多已经拧到一起了，马浩然仿佛根本没有察觉一般，仍旧在苦思，不知不觉，马浩然拧眉的动作又加重了几分。

马浩然不说话，程稳露也没有再开口发问，二人就这样，安静地站在郑祺的办公室门前。

就在这时，苏叶踩着急匆匆的步伐跑进了重案组的办公区域，而后，又一刻不停地直奔郑祺的办公室这边。

有些着急的苏叶并没有发现郑祺办公室门前的这两位门神，直到苏叶跑到了郑祺的办公室正门前，正准备直接推门的时候，才发现马浩然和程稳露一左一右地站在这里。

“你们站在这里干什么？”刚刚回过神来的苏叶被马浩然和程稳露吓了一跳。

“不知道该做什么！”马浩然如实回了苏叶一句。

“那就一起进来吧。”苏叶说完，便轻轻地敲响了郑祺办公室的门，“我这边刚好有最新的验尸报告出来。”

苏叶话音刚落，办公室之内便响起了郑祺懒洋洋的声音：“进来吧！”

郑祺声音落地，苏叶便毫不迟疑地推开了办公室的门，当先走了进去，而马浩然和程稳露则是相互对视了一眼，最后，二人也跟在苏叶的身后走进了郑祺的办公室。

才刚走进办公室，马浩然便发现，郑祺的双眼有些微红，而且整个人是瘫靠在椅子上的……毫无疑问，郑祺在睡觉。

“队长，你竟然还有心思睡觉？”苏叶将手中的一沓资料拍在了桌子上，颇为不满地对郑祺说道，“你知道外面都乱成什么样子了吗？我刚刚在来的路上看见了吴局，吴局正准备去应付记者呢！你不去找线索，竟然还在这里睡觉？”

“吴局去应付记者了？太好了！”郑祺一边说着，一边直了直身子，还朝办公桌前的几把椅子摆了摆手，示意马浩然和苏叶三人先坐下，待到众人坐定之后，郑祺才整了整表情，饶有兴趣地问道，“对了，小叶，你刚才说，外面乱成什么样子了？”

苏叶很不客气地白了郑祺一眼，丝毫没有那种你是队长你就可以嚣张的敬畏之心，反倒是埋怨起了郑祺，道：“卢定山这件案子，已经传遍了整个金陵市，百姓们都认为，卢定山是被宁宇的阴魂索了命，将死人手环遗留在案发现场，就是宁宇的阴魂为了泄愤，才如此为之！”

“意料之中。”郑祺有些失望地摆了摆手，“我以为有什么大事件发生呢！”

“这还不算是大事件？丽水湾工程全面停工，宁宇和卢定山的死亡消息接连传开，现在，金陵市其他的在建小区，有百分之八十的工程也都停工了，工人不愿意干了，害怕发生意外，你知道这些工程停工一天，对我们金陵市的经济会造成多大的影响吗？”

“停工了倒也不错，最起码这几天会减少一些意外事故，没准儿，这次事件之后，各家工地还能重视一下工人的安全问题呢！”郑祺耸了耸肩，一脸无所谓地说道，“这是好事！”

“我真是服你了！”苏叶柳眉一挑，满脸的无可奈何，言罢，她便将手边的那一沓资料推向了郑祺，道，“回到局里之后，我用局里的设备重新进行了一次更详细的验尸，这是最新的验尸报告，你看一下！”

郑祺根本没有伸手去接的意思，只是淡淡地说道：“我没有看这些东西的习惯，你念一下就行了。”

“真拿你没办法！”苏叶嘀咕了一声，旋即，便拿起了那一沓资料，缓言念道，“回到局里之后，我将死者头部伤口区域的头发全都剃光了，然后，我发现了一处疑点。

“死者头部伤口部位的血迹虽然已经干涸，但我却在干涸的血迹中发现了一小块很奇怪的痕迹，上面就像是被什么东西印上去似的，有不少细细的麻点，而且那些麻点还很规整，就像是……就像是……某种布料的，而且还是那种很粗糙的布料！”

“布料？印在了死者头部伤口的血迹上？”郑祺突然坐直了身体，双眼直勾勾地盯着苏叶。

与此同时，坐在苏叶身边的马浩然和程稳露也下意识地转过头，只不过，马浩然和程稳露并没有看苏叶，而是紧盯着苏叶手上的报告本。

“就是这种形状！”苏叶见马浩然和郑祺三人都来了兴致，索性将报告本摊开，放到了办公桌的正中央，上面赫然是一张彩色照片。

照片中，是一处呈暗红色的伤口，在伤口的边缘，有一处暗红色的血迹，与附近的血迹不太相同，那是一片范围极小，但遍布颗粒状的血迹，横平竖直很整齐，也很有规律，就像是织布机织出来的一般，所以，苏叶才会将其形容成像是布料印上去的痕迹。

而那块特殊的痕迹四周的血痕，则是那种因为血液凝固而产生的涟漪形态，与那块特殊的血痕形成了极其鲜明的对比！

“这是怎么回事？”程稳露盯着照片，呢喃自语了起来。

“应该是凶手在拖死者的时候，遗留在死者伤口之上的，也就是凶手将死者的尸体从第一案发现场转移到第二案发现场时遗留下来的。”马浩然若有所思地说道，“可是，这有些说不通……”

“说不通？”程稳露好奇地问道，“你指的说不通，是什么意思？”

“根据这张照片中所显示的怪异血痕来分析，凶手将死者从第一案发现场转移到第二案发现场的时候，死者的头部就已经受到了伤害，并且流出了血，不然的话，那好像布料一样的血痕不会印在死者的伤口处，而且，我猜测，这应该就是布料的痕迹，凶手拖死者的时候，身上的衣物无意间碰到了死者伤口所流出的血液……可凶器呢？对死者的头部造成伤害的凶器在哪？”马浩然茫然地自问了起来。

“也有另外一种可能，在第一案发现场，凶手还没对死者下手，等到第二案发现场，凶手将死者勒死之后，死者的头部碰撞到了那块石头，将头磕破了，而凶手恰好蹲下身体布置宁宇的手环，这才会将身上的某处衣服纹路印在死者的伤口上……”程稳露说道。

“不可能！”马浩然非常坚决地摇起了头。

“我们在第一案发现场的马路边也发现了血痕，并且，鉴定科那边已经给出了结论，第一案发现场的血痕来自死者卢定山，所以，我敢肯定，死者在第一案发现场就已经遭到了凶手的攻击，并且流出了鲜血，滴落在了第一案发现场。

“死者全身能够出现流血情况的伤口，只有头部。

“那么，死者头部的怪异血痕一定是凶手在拖行死者的时候，无意间印上去的。

“布置第二案发现场的手环，凶手根本就没必要接近死者，甚至，只要凶手将手环摸出来，随意地朝尸体身边一丢，就可以了。

“甚至，凶手有无数种角度，既能避开死者的伤口，避免自己身上的衣物与死者的伤口接触，又能完美地布置手环。

“所以，凶手在处理手环的过程中，身上的衣物触碰到了死者的伤口这一点，应该是不成立的！”

听马浩然这么一说，程稳露也不再反驳了，反倒是追问了一句：“你的意思是，死者在被勒死之前，头部就已经受到过重创？而且就在第一案发现场？”

程稳露话音落地，苏叶和郑祺也同时将目光定格在了马浩然的身上，只不过，二人的眼神透露出了两种截然不同的信息：苏叶的眼神是惊讶又惊喜，而郑祺则是一脸的淡定，甚至，他的嘴角还牵扯起了一抹神秘的弧度。

“没错！”马浩然倒是没太在意众人的眼光，而是自顾自地继续说道，“如果我的推理成立，那么，死者在第二案发现场，头部撞击石头的景象，应该是凶手故意布置的假现场，目的应该是隐瞒一件事情……”

马浩然越说越激动，仿佛他已经通过那张照片上的诡异血痕，抓住了这件案子的关键点一般，竟然直接从座位上站了起来，双掌压在了办公桌上，犹如话痨一般地继续说道："凶手想要隐瞒的事情就是，那块石头真正的作用！"

"那块石头真正的作用？"

程稳露和苏叶几乎是异口同声地重复了马浩然刚才说过的话。

"之前的环卫工人说过，那块石头，在他下班的时候并没有出现在两处案发现场，那么，我就有理由怀疑，那块石头是凶手带入案发现场的！"马浩然斩钉截铁地说道，"而且，那块石头应该就是凶手袭击死者的凶器之一，也就是说，凶手在第一案发现场袭击了卢定山，用那块石头将卢定山的头部砸出了一道伤口，然后卢定山头部的血液洒在了第一案发现场。

"被凶手袭击之后，卢定山或者直接昏迷，或者丧失战斗力，毕竟卢定山喝了不少酒，况且就算意识清醒，也受不住被坚硬的石头狠砸一下的冲击……就算正常人被石头狠砸一下都会眼冒金星，更别说喝了酒的卢定山了。

"凶手一击得手之后，便将卢定山拖到了第二案发现场，那诡异的血痕，也就是在这时候留下的！

"凶手拿出绳子，在第二案发现场将卢定山勒死，之后，又将那块石头放在了卢定山的头下正对着伤口的位置，伪造成了卢定山是因为倒地才磕到了石头的假现场。

"做完了这一切之后，凶手将手环扔到了卢定山的尸体旁边，然后拿着勒死卢定山的绳索离开了案发现场。

"这，就是凶手行凶的全过程！"

马浩然话音刚落，程稳露和苏叶二女的脸上立刻闪过了一抹恍然大悟的神色。

只不过，在恍然大悟过后，程稳露与苏叶二女的眼中却又出现了一丝迷茫。

"那么，马浩然，凶手究竟是谁？杀死卢定山的动机又是什么？"苏叶迟疑地问道。

马浩然微微侧过了头，看了苏叶一眼，正当他准备开口之际，郑祺的办公室外面却突然传来了一阵急促的脚步声，下一瞬间，冉潇和老李几乎是同时冲进了郑祺的办公室！

“队长，有新发现！”老李才一进门就低吼了起来，看得出老李很兴奋。

“队长，我这也有新发现！”与老李铿锵有力的声音形成鲜明的对比，冉潇的声音很低，他那张写满了怯懦的脸却是涨得通红，由此可见，冉潇现在的内心也是极其不平静的。

“一个一个来！”郑祺缓缓地从椅子上站了起来，一脸的淡笑，“老李先说吧！”

“好！”老李定了定神，仿佛是在压制内心中的兴奋，可不知道为什么，兴奋之后，老李好像想起了某件扫兴的事情，下意识地叹了一口气，“队长，今天早上报警的那名环卫工人为了配合我们警方查案，发动了他的同事，几十名环卫工人以蓝天小区为中心，开始搜索可疑的物件，就在刚才，报警的那名环卫工人在蓝天小区一处破旧围墙外的垃圾桶中找到了一条染血的绳索，并且送到了警局，鉴定科的同事已经帮忙鉴定过了，血迹是属于死者卢定山的，而且，我刚刚从停尸间回来，对比了一下卢定山脖颈处的勒痕，与那条绳索一模一样。”

“那就是说，凶器找到了？”郑祺仍旧面带微笑，仿佛一切都逃不出他的掌控一般。

“找到是找到了，只不过，我们并没有在绳索上发现任何指纹……”说到这里，老李不由得低下了头，这应该就是老李刚才突然叹气的原因。

这边，老李话音刚落，马浩然便立刻出言问道：“李哥，环卫工人们除了找到那条杀死卢定山的绳索之外，还找到其他可疑的物品了吗？比如说，血衣之类的东西？”

“那倒是没有。”老李摇了摇头，对马浩然说道，“环卫工人们几乎将蓝天小区一公里范围内的垃圾箱都翻了个遍，并没有找到你所说的血衣之类的东西。”

“是吗？”听了老李的话，马浩然突然扬起了嘴角，“这应该就是凶手致命的失误，现在，只缺少杀人动机了！”

马浩然说完这句话之后，并没有接着说下去，而是将目光落到了冉潇身上。

被马浩然这么一看，冉潇下意识地开起了口，“我这边也有新发现，是关于林北的……”

“说！”冉潇的话还没说完，郑祺便直接大声断喝了一声，看得出来，一提到林北，郑祺的情绪就有些激动。

“林北的女儿林晓楠，竟然就是赵德阳的妻子！”冉潇说出了这么一条石破天惊的线索，“五年前，赵德阳被卢定山坑了之后，去了东广省谋生，而赵德阳在去东广省之前，他的妻子，也就是林晓楠发生了意外，死在了金陵市，这也更加坚定赵德阳离开金陵市的念头，只不过，赵德阳走了，林北却没走……”

“这就是林北的杀人动机！”马浩然好像无法控制自己的情绪一般，竟然脱口低吼了起来！

马浩然这一嗓子吼出来之后，办公室里的所有人都用一种好奇的目光凝视着马浩然，因为，这是马浩然第一次露出这种失态的模样！

从最开始的“血腥玛丽”案，再到上一次的吸血谜案，马浩然很少会失态，无论面对什么样的悬案，他都会保持冷静和平淡，而这一次，马浩然如此意外地爆发出了情绪，的确值得众人惊讶！

“小马，你没事吧？”老李试探性地问道，“还有你说的杀人动机是怎么回事？你该不会是认为，林北就是杀死卢定山的凶手吧？”

“为什么不能是林北呢？”马浩然扭过头，望向老李，胸有成竹地扬起了嘴角，说道，“其实，我和队长一样，早在我们去市医院的太平间查看宁宇尸体的时候，就开始怀疑林北了。

“我和队长都是坚定的无神论者，所以，我们根本不相信所谓的阴魂复仇之说，而出现在案发现场的手环，只能有一种解释，那就是，林北监守自盗！

“就连林北自己也说过，太平间，没人愿意去那里，太晦气，更加不太可能会有人去那里偷东西，而且偷的还是死人专属的手环。

“那么，唯一可以轻而易举得到宁宇手环的人，也就只有林北了。

“只不过，我们那时候没有任何证据，也没有任何头绪，更不知道林北的杀人动机。

“但是，现在不一样了！

“林北有了杀人动机，我也完全解开了林北的杀人手法，而且，最重要的证据，现在应该还留在林北的身上！”

马浩然好像已经完全进入了推理状态，滔滔不绝地说了起来，与他之前的冷面当真是两种极端！

然而，办公室内的众人听了马浩然的这番话之外，全都面面相觑，脸上更是充斥着迷惑、不解、迟疑等表情，当然，除了郑祺之外。

“行了！”郑祺摆了摆手，将众人的思绪从马浩然带给他们的惊讶之中唤醒了过来，随后，郑祺直接开口说道，“老李，联系影帝和拳王，让他们把林北带回局里，这起死尸杀人的案子可以结案了！”

郑祺都开口了，老李自然不会拒绝，当即就联系了正在监视林北的影帝和拳王，只不过，整个过程，老李都有些茫然。

其实，茫然的不仅仅是老李，包括苏叶、冉潇和程稳露，似乎都没有完全猜透马浩然的心思。

半个小时之后，影帝和拳王将林北带回金陵市局，而郑祺和马浩然等人并没有在办公室之类的地方见林北，而是直接在审讯室和林北见的面！

金陵市局，审讯室内。

昏暗的灯光，将这间只有黑色和灰色的审讯室衬托得更加单调。

审讯室中仅有的一张长桌和三把椅子，分别被郑祺、马浩然，以及模样可怖的林北占据了，只不过，马浩然和郑祺的手边摆放着两杯热茶，而林北的手上则铐着一副锃亮的手铐！

金陵市局，重案组办公区域。

程稳露、老李、苏叶、影帝和拳王等一众重案组的成员全都围在了大型背投之前，此时的大家正在通过审讯室的监控设备，以及重案组的大型背投，观看着审讯室内的一切。

“队长和小马这么有信心？连手铐都给林北戴上了？”老李一边揉着下巴，一边盯着背投中戴着手铐的林北，咂舌道。

“老大如果认为林北是凶手，那就不会错，更何况，队长也没有否定老大的想法，这就说明，他们两个都已经解开了所有的谜题！”影帝倒是很有信心地说了一句。

“我也这么认为！”拳王附和了影帝一声。

众人你一言我一语地讨论起了审讯室内的三个人，可站在角落里的程稳露却没有参与大家的讨论，她只是盯着背投上的画面，若有所思地呢喃自语道：“我好像懂了！”

再说审讯室之内。

马浩然坐在林北的对面，目不转睛地盯着林北，而林北以同样的方式回应马浩然，唯一不同的是，马浩然面无表情，而林北则是目光森然，面露狞笑，那模样，像足了电影里的鬼！

至于郑祺，他倒是很悠闲，只是淡定地坐在椅子上，慢条斯理地品着茶，就好像这里的一切都与他无关。

诡异的寂静足足持续了十几分钟，三人似乎都没有先开口的打算。

沉默，仍在继续！

可是，当沉默持续到接近二十分钟的时候，林北先挺不住了。

“警官，你们把我带到警局，而且还铐上了手铐，不知道是因为什么呢？”林北似乎不想让沉默继续发酵，所以，他选择率先开口，打破沉默。

“林北，你应该比我更清楚，为什么会给你铐上手铐吧？”马浩然面无表情地盯着林北，说道。

林北没有说话，只是轻轻地摇了摇头。

“你不想承认吗？”对于林北的态度，马浩然一点都不意外，甚至，他的嘴角还扬起了一抹神秘莫测的弧度，“那我就一步一步地解开你所布置的死尸杀人之谜！”

“我所布置的？”林北瞪起了眼睛，很是惊讶地对马浩然说道，“这位警官，你该不会是想说，杀死卢定山的不是宁宇的冤魂，而是我吧？”

马浩然不语，只是轻轻地点了点头。

见到马浩然点头，林北立刻笑出了声音，只不过，他的笑声很诡异，甚至有一种惊悚的感觉！

“警官，我都已经说过了，卢定山是五大三粗的中年男人，又是包工头出身，我怎么可能有能力杀死他呢？”林北理所当然地说道。

听了林北的话，马浩然缓缓地抬起了手，并且对着林北竖起了四根手指：“林北，这是我第四次听见你说出这种话了，你年老体弱，没有能力杀死卢定山那种包工头出身的彪形大汉……你知道吗？其实，这也是本案的线索之一！”

这一次，换成林北不说话了，他眯起了双眼，那双混浊的眼瞳一眨不眨地盯着马浩然，那模样，再配合审讯室内昏暗的灯光，倒是真的很像鬼。

“你之所以总是将这个借口挂在嘴边，那是因为，这其实是一种心理暗示，既暗示你自己，你没有杀人的能力，也暗示我们警方，你不是凶手。

“这是一种来自你潜意识最深处的心理暗示，只不过，你并不知道，这种心理暗示，反倒给了我启示，因为，你越是三番五次强调的事情，便越是你在意的事情，而你越在意的事情，就越有可能是这件案子的突破口！

“诚然，你年纪大了，体弱多病，如果是面对面去杀卢定山，你真的办不到。

“但是，你若是从背后偷袭卢定山呢？

“这就与年纪大和体弱多病没什么太大的关系了！”

林北仍旧闭口不语，只不过，他盯着马浩然的目光却变得越来越阴森。

“你不说话没关系，我先将你杀人的过程，用语言这种表达方式重演一遍！”马浩然轻咳了一声，随即，便缓缓地说出了他的推理。

“首先，你是林晓楠的父亲，赵德阳的岳父，与卢定山之间，有着说不清道不明的恩怨，如果我猜得不错，林晓楠的车祸，很可能与卢定山有关，当然，不可能是卢定山策划的，极有可能，是林晓楠受不了刺激，导致精神不集中，这才会出现那起意外的车祸。

“而你，应该是将那起意外全部算到了卢定山的头上！

“这，也是你杀卢定山的动机！

“再说昨天晚上，卢定山与朋友在太平间内室的那扇窗户对面的美味烧烤大排档喝酒，而你，有意也好，无意也罢，总而言之，你通过那扇窗户看见了卢定山。

“男人在一起喝酒，一定会做的一件事是什么？

“谈女人！

“恰好，卢定山有很多女人。

“依照卢定山暴发户的气质，他一定会竭尽全力地吹嘘，他是多么地有能力，那么多女人都心甘情愿地跟着他之类的牛皮，而且，借着酒劲，卢定山说话的声音一定很大，因为，他一定想让其他人也了解到他傲人的资本。

“我想，正躲在太平间内室偷偷关注着卢定山的你，应该也能听得见。

“最重要的是，卢定山一定说过，今晚他会在蓝天小区的薛云家里过夜的事情，这也就使得你埋藏在内心深处的复仇火苗，慢慢地燃烧了起来。

“你决定等待，等待卢定山喝完酒之后，找一个合适的时机，尝试着杀死卢定山，为你女儿报仇！”

说完了上述的话语，马浩然突然站起了身，语气也不由得加重了几分，朝着默默无语的林北，低吼了起来。

“等到了午夜时分，你见酒局快要散了，便展开了行动。

“你先是打开了存放宁宇尸体的格子，取出了里面的手环，因为你这五年始终都没有放下对卢定山的仇恨，所以，你很关注卢定山的消息，自然而然，你也能很容易地打听到，宁宇就是十天之前，意外死于丽水湾工地的人，包括双方没有谈妥赔偿，故而继续将尸体存放在太平间，这些消息，我想，身为太平间守尸人的你，想要打听到，并不难，对吧？

“你将宁宇的手环藏在身上，又拿了一条麻绳，这才离开太平间，之后，随意找了一块石头随身携带，并且通过蓝天小区外围破损的围墙摸进了蓝天小区的内部。

“当你发现卢定山并没有让司机汪毅送他，而是独自走进小区之后，你知道，你的机会来了！

“为了完成所谓的死尸杀人的布局，你还悄悄地给警局打了一通诡异的电话，目的就是迷惑我们警方，用这种你认为很诡异、很惊悚的方式，来迷惑我们。

“其实，你的想法很对，我们只要稍加深入地分析，就会很容易将那通诡异的电话和死人的手环联想到一起，而我们，也的确这样做了。

“只不过，你算错了一件事情，那就是，我是无神论者，很坚定的无神论者！”

马浩然脸上的笑容越来越浓。

“至于你打电话的那张手机卡，我们查过，是黑卡，没有任何记录，你身上为什么会有这种卡，出于何种目的保存了这种电话卡，我不知道，也没兴趣知道，因为，这件事对于本案并没有任的影响。

“我们接着说这起死尸杀人案。

“你挂断了报警电话之后，便躲在阴暗的地方，等着卢定山自投罗网。

“当你见到了卢定山之后，你便悄悄地摸了过去，趁着卢定山不注意，从他的身后偷袭，用你事先准备好的石头，狠狠地砸在了卢定山头上！

“我猜测，卢定山当时应该是昏迷过去了，这样的话，你也就能顺利地勒死他了，而你所谓的年老、体弱和多病等借口，也就不成立了！

“这种程度的偷袭，就算你再弱一点，也能轻而易举地完成，尤其是面对一个喝了不少酒的人！

“我说的对吧，林北？”

林北仍旧闭口不语，而这一次，他不仅是目光阴森，脸色也开始有些发白了。

“将卢定山打晕之后，你就采取了下一步的行动。

“你面对着卢定山的头顶，然后弯下腰，用双手扣住了卢定山的腋下，整个身体向后倾斜下坠，同时，双脚向后，朝着倒退的方向发力，利用惯性以及顺劲拖走了卢定山的身体。

“不要和我说你年老没有那么大力气的借口，按照我说的这种动作，你完全有力量将卢定山从第一案发现场，也就是蓝天小区的马路边，拖到第二案发现场，也就是草坪上。

“而你这种拖行的动作，最大的弊端就是，双脚或者双腿，会有一定的概率触碰到卢定山的头部，而且，这种概率非常大！”

马浩然说完这句话，坐在他对面的林北突然瞪起了双眼，那双混浊的眼瞳之中，布满了惊恐、震撼、吃惊、不甘等无数种表情，就像是被踩到了尾巴的猫那般！

盯着林北，马浩然突然笑出了声音：“别急，现在还不是吃惊的时候！”

顿了顿，马浩然继续说道：“将卢定山拖到了草坪上之后，你拿出了绳子，勒死了卢定山……不要用你的借口反驳我，人在面对即将达成的夙愿，绝对会爆发出让人吃惊的力量和潜力，所以，在那种情况下的你，硬生生地勒死昏迷过去的卢定山，并不难。

“勒死卢定山之后，你将那块石头放在了卢定山的头部下面正对着伤口的位置，这样，就算是解释了卢定山头部伤口的来历，让我们认为，卢定山头部的伤口是摔倒之后碰巧撞到了石头上出现的。

“如果你将石头带走，那么，我们警方就会咬着卢定山头部的伤口去追查，这对你是很不利的情况。

“杀人之后，你将宁宇的手环扔到了卢定山的尸体旁边，因为那手环是你亲自为宁宇戴上的，所以，手环上只有你的指纹，并不会让我们产生怀疑。

“做完了这些，你将那条勒死卢定山的绳索收了起来，而且你应该注意到了，绳索上面蹭上了卢定山头部流出来的血液。

“当然，这种东西你绝对不能藏在身上或者是家里，因为，这太容易暴露你凶手的身份了，所以，你决定就近处理，直接扔到了垃圾桶里，反正第二天也会有人将垃圾桶里的垃圾处理掉。

“可是，天网恢恢，疏而不漏，报警的人正是环卫工人，而且，这些环卫工人特别赤诚，竟然自发地为我们警方搜索起了线索，最终，我们在蓝天小区外的某垃圾箱中，找到了你杀死卢定山的凶器。

“当然，那些热心的环卫工人并没有找到凶器之外的其他可疑物品，我指的是，血衣！

“我们的法医苏警官从卢定山的头部伤口处，发现了一块奇怪的印记，像是布料之类的东西印在血液上的痕迹。

“再加上，环卫工人们并没有发现血衣之类的可疑物品，我猜，凶手应该是只扔了凶器，而并没有扔衣物，甚至，凶手并不认为自己身上蹭到了死者的血迹。

“所以，我推测，凶手的裤子或者是上衣应该沾染了卢定山头部流出的血液……结合我之前的推理，你拖卢定山时候的动作，沾染了血液，而留下了血的印记的地方，应该是，裤子！”

马浩然说完这些，突然停了下来，只是眯着双眼，目光不由得向下一动，落到了林北那条漆黑的粗布长裤之上。

在马浩然的目光注视下，林北很不自然地动了动双腿，就好像想将他的双腿扭到另外一种角度，进而，避开马浩然的目光那般。

“林北，我的推理结束了，对还是不对不重要，重要的是，我现在想检查一下你的裤子，看看你这条裤子上的粗布纹理能不能和死者头上的血痕对上，或者，送去鉴定科化验一下，你的裤子上是不是有卢定山的血液。”

说完这番话，马浩然便将那张拍摄了卢定山伤口痕迹的照片扔到了桌上，也就是林北的眼皮子底下。

林北瞪起了混浊的双眼，死死地盯着那张照片，甚至连呼吸都忘记了，只是目瞪口呆地凝视着那张照片。

“卢定山，是我杀的！”林北重重地叹了一口气，只不过，他的语气中并没有任何的感情色彩，就像是一具死尸，他只是在用僵硬的语言，机械般的话语，不断地低声自语，“是他害死了我的女儿，是他毁了我们一家人的生活，我要为我的女儿报仇，我要亲手杀了他！”

林北，认罪了！

审讯室内的郑祺仍旧在自顾自地喝着老茶，由始至终，他都没有说过一句话。

而马浩然只是暗暗叹了口气，仿佛对于这个结果并不意外。

但是，在重案组的办公区域内的众人，就没有马浩然和郑祺这般淡定了。

当林北认罪的那一刹那，大家全都惊呼了起来！

“结束了？”

“就这么简单？”

“这杀人手法，还真是让我无言以对！”

众人的惊呼声，始终都围绕在林北的杀人手法与布局之上，当然，众人还是有些接受不了，将金陵市闹得满城风雨得死尸杀人案，竟然只是这般简单！

“杀人手法很简单，但其中有几个关键点和细节，比如，那块石头，还有凶手行凶之时，动手的先后顺序，还有拖行尸体的动作所引出的后续，以及，留在凶手身上的血的印记！”站在角落中的程稳露深深地看了一眼大屏幕中已经走出了审讯室的马浩然，不由得叹了一口气，用极低的声音，自言自语道：“我并没有注意到这些细节，更加没有发现这些细节！”

程稳露的声音很低，但是，被距离她最近的苏叶听见了。

只见苏叶的绝美俏脸之上仿佛冰山融化般，露出了一抹迷人的淡笑。

没多久，郑祺和马浩然走进了重案组的办公区域，当即，众人便扑向了马浩然，七嘴八舌地开始了后续追问。

“小马，你怎么就认定，林北穿着的那条黑裤子就是行凶的时候所穿的那条裤子？”

“还有，你怎么就偏偏盯上了林北？”

马浩然有些不太适应这种万众瞩目的场面，一时间倒是不知道该说些什么好了，这与他在审讯室中的表现，简直是天差地别。

还好，郑祺为马浩然打起了圆场。

“其实，小马之所以认定了林北所穿的那条裤子就是他行凶时穿的那条裤子，那是因为，当小马说出了那些推理，并且紧盯林北裤子的时候，林北有一个躲闪的动作，这动作也让小马更加确定，林北现在所穿的那条裤子有问题！”

郑祺这么一说，自然将众人的注意力吸引到了他的身上，趁着这个空隙，马浩然也如愿以偿地逃出了包围圈。

马浩然独自走到窗前，深吸了几口气，让内心平静下来之后，这才拿出了随身携带的笔记本，提笔疾飞，在泛黄的纸页上，写下这样一段话。

“死尸杀人案，凶手林北，能看得出来，这是一名很老实的人，只不过，老实人被逼到了绝境，绝对会爆发出意想不到的能量，这种能量，如果不是毁灭自己，那就是毁灭他人！

“在生活无法维持和无法维护的绝境中，林北，选择了放弃自己，放弃生活！”

刚刚写完这段话，忽地，一阵香风钻入了马浩然的鼻息，紧接着，一道充满了好奇的银铃之声也涌入了马浩然的耳中。

“写什么呢？”

马浩然没有收起笔记本，只是僵硬地转过头，一张面带微笑的绝美俏脸便映入了马浩然的眼中。来人，正是苏叶！

“一种习惯而已！”马浩然一边说着，一边将笔记本合上。

只不过，在马浩然合上笔记本之前，苏叶已经将那一页记载的内容看完了。

“你好像有很多故事！”苏叶恬然一笑，完全没有了最初的冰山形象，“如果有机会，可以给我讲讲你的故事吗？”

苏叶突如其来的提议，打了马浩然一个措手不及，而在生活中极其木讷的马浩然，完全不知道该如何回答苏叶的问题。

死尸杀人案结束的十天之后。

周末，苏叶再次向马浩然发出了邀请，地点还是上一次“勾魂邪猫”

案件中的西餐厅。

而这一次并没有苏天杰，只有马浩然和苏叶二人而已。

西餐厅的角落座位中，苏叶和马浩然相对而坐，二人身前的桌子上，皆摆了一杯水纹别致的咖啡。可是，二人似乎并没有想要喝咖啡的打算。

苏叶穿着一身大方优雅的深蓝色连衣裙，脚上踩着一双五厘米的黑色高跟鞋，这身打扮倒是将她本就白皙的皮肤衬托得更加剔透，尤其是那张化了淡妆的俏脸，更是明艳动人。脸颊如雪而不苍白，樱唇粉嫩而不妖娆，双瞳灵动而不狡黠。

苏叶由始至终都在盯着马浩然打量，仿佛想要将他看透那般。而坐在苏叶对面的马浩然，就有些不近人情了，这家伙同样是由始至终地目不转睛，只不过，他的视线是看向窗外，而不是凝视着苏叶。

随着时间的推移，咖啡冒出的腾腾热气，也开始逐渐变淡，直至彻底地消失无踪。

也就在这时候，苏叶轻咳一声，有些无可奈何地对马浩然说道："撇开推理的时候不谈，平时，你的话是不是太少了点？"

被苏叶这么一问，马浩然才收回投向窗外的目光，将目光定格到了苏叶的身上，当即，马浩然很诚实地说道："我不知道该说什么。"

苏叶很无语地抬起柔若无骨的纤纤玉手，捂着光洁的额头，摆出了一副无言以对的模样："记得上次死尸杀人案结束之后，我对你说过的话吗？"

"我想听一听你的故事！"苏叶将那双柔若无骨的纤纤玉手，十指交叉，平放在桌上，嘴角微微上翘，甜甜地笑道，"上一次在这里，我对你说了我的故事，这次该轮到你了吧？"

"我的故事……"马浩然的眼瞳在这一瞬间突然出现一抹黯淡的神色，只不过，这一抹黯淡很快便消失无踪，那双眼瞳又恢复到了往昔的冷漠与平静！

"你不想说吗？"苏叶试探性地问了一句。

马浩然并没有直接回答苏叶的问题，反倒若有所思地沉吟了片刻，这才缓缓开口说道："我的故事，其实很简单，也很单一……

“我的父母都是大学教授，只不过，十年前的那件事，成为我人生的转折……

“十年前，我和父亲遭遇了抢劫，准确地说，是父亲遭遇了抢劫，而我，本应该在不远处的转角等着父亲走过来，可是，我却没能等到父亲走过来……

“我躲在转角那边，目睹了父亲被杀害的全过程……父亲明明将身上的财物都交给了劫匪，可劫匪仍旧不肯放过父亲，手中的匕首一刀一刀地刺进了父亲的体内，红色的鲜血染红了地面，染红了天际，染红了我的视线所及之处！

“虽然没过多久，凶手就被警方抓住了，并且接受了法律的制裁，但我仍旧想不通，父亲已经将身上的财物都交给了劫匪，可劫匪为什么还要杀死父亲呢？

“从那时候开始，我便暗暗下定决心，要弄清楚世界上所有罪犯隐藏在内心深处的犯罪本源，也就是，原罪！

“我开始努力地读书，学习推理，研究案例，并且考上了金陵警校，阴差阳错，又被队长选中，进了重案组。

“可是，这么多年过去了，经历了这么多的案件，我仍旧没有弄清楚，十年前的劫匪内心的原罪，到底是什么！”

马浩然说完这番话，似乎感觉有些口干，便下意识地拿起了身前的咖啡，轻轻地抿了一口，丝滑的咖啡，通过咽喉流淌进了马浩然的胃里，可是，马浩然却并没有露出享受的模样，反倒轻轻地皱起了眉头，脱口而出道：“我还是喝不惯这东西，下一次，我请你喝茶吧，我比较喜欢我们国家的一些传统口味！”

“对不起，提起了你的伤心往事！”苏叶微微叹息了一声，她也没想到，自己随口问出的问题，竟然会引出马浩然死去的父亲，不过，苏叶话锋一转，很快就岔开了话题，继续对马浩然问道，“我好像找到了你不喜欢交际也不喜欢说话的原因了！”

“也许吧！”马浩然没有否认，但也没有承认，其实，马浩然骨子里流淌的就是那种喜欢安静的血液。

“我比较好奇，像你这种喜欢安静的另类，为什么会和沈家辉那种花花公子成为莫逆之交？还有王大全以及突然杳无音信的鲁兴国，你们四个可是完全不同的四种性格，竟然会相处得如此融洽，真的让我很意外！”

“其实，影帝也好，拳王也罢，甚至是大国，你都没有真正地了解到他们的内心深处！”马浩然一边说着，一边将雕花的咖啡杯放到了桌子上。

“有什么不了解的？我查过你们的资料！”苏叶撇了撇嘴，就像是邻家小妹那般，俏脸上还露出了一抹嫌弃的模样，说道，“王大全就是一头憨厚老实、没有主见的蛮牛。鲁兴国正义感爆棚，而且脾气火暴，眼里揉不得沙子，要是在古代，他就是侠客。而沈家辉，这家伙换女朋友的频率，简直超乎我的想象，直到遇见卢倩，这家伙才停止更换女朋友，也算是，他在渣男的路上迷途知返吧！”

“渣男……”马浩然耸了耸肩，脸上难得露出一抹轻松的笑意，“如果让影帝知道了你对他的评价，不知道他会出现什么样的反应……”

“谁会理他？”苏叶很嫌弃地白了马浩然一眼，就好像，她已经将马浩然当成了沈家辉似的。不过，下一刻，苏叶的脸色突然一正，就连声音也压低了几分，神秘兮兮地对马浩然说道，“说到你的几个室友，我想起了一件事情……

“鲁兴国最近突然神秘地失踪了，好像人间蒸发了一样。前几天，我闲来无事，倒是查过鲁兴国的最新资料，我发现，鲁兴国的档案，已经被他所属的部队删除了，甚至连我们警局全国联网的大数据库，都没了鲁兴国的所有资料，就好像他根本就没有在这个世界上出现过似的！”

“怎么会这样？”马浩然瞪大了双眼，就连腰杆都下意识地挺了起来。看来，苏叶所说的消息，真的太让马浩然震撼了！

可是，对于马浩然的反应，苏叶却有些失望……最开始，苏叶是想用这个问题来引出马浩然的追问。比如说，马浩然会问苏叶，你为什么会去查影帝、拳王和鲁兴国的资料？

当马浩然问出这个问题之后，苏叶就说出她早就准备好的答案。

只不过，看现在的情形，马浩然根本就没往那方面想，他的注意力全都集中在鲁兴国的问题上了！

苏叶又好气又好笑地瞪了马浩然一眼，最后双手一摊，很直白地回答道："我也不知道。不过，我爸曾经倒是和我提过，通常情况下，我们警方或者军方的某个人，档案被封存或者删除，最大的可能就是，被所属部门派出去执行非常严格而且必须保密的特殊任务！"

"你是说，大国被他所属的部队派出去执行机密任务了？"马浩然这才如释重负一般地舒了一口气，而他的身体又重新靠回到了椅子上。

"应该是这样……"苏叶的话还没说完，她的手机便毫无征兆地响了起来。

苏叶看了一眼手机上显示的号码，便直接按下了接听键，而且还是以外放的模式，接起了这通电话。

"小叶！"电话中传来了郑祺的声音，而且声音还颇为急促，"周末的假期结束了，我们有新案子了。现在，马上来新城区的靠山公寓小区！"

"又有新案子了？"苏叶不由得皱起了柳眉。

"这新案子还挺棘手的，尤其是根据死者的邻居们讲述，在昨天午夜时分，一道清晰而诡异的婴儿啼哭声，几乎响彻了死者所在的楼层！"

"婴儿的啼哭声？"苏叶错愕地抬起头，凝视着一脸正色的马浩然。

"等你到了现场，我再详细对你说吧！"郑祺说完这句话，便挂断了电话。郑祺挂断电话的下一瞬间，马浩然的手机也响了起来。

马浩然毫不犹豫地接通了电话，只不过，马浩然刚刚接通电话，就对着电话说道："队长，我知道了，马上就去靠山公寓小区！"

电话的另一边足足沉默了五秒钟的时间，之后爆发出一阵爽朗的笑声，声音是属于郑祺的："你和小叶在一起呢？那就先把约会这件事放一放，赶快来案发现场吧！"

虽然马浩然没有开启外放功能，但郑祺的大嗓门却让苏叶尽收耳中，当即，苏叶的俏脸便没来由地浮上了两朵红云，而马浩然那张冷漠的脸上，也出现了一丝不自然的神色……

郑祺说完这番话，马浩然便很果断地挂断了电话，仿佛为了避免尴尬继续发酵，他径直起身朝着西餐厅外走去了，而苏叶自然也选择了同样的方式，与马浩然一起离开了西餐厅。

马、苏二人拦了一辆出租车，便直奔靠山公寓小区而去，一路上，二人并没有任何的交流，也不知道是无话可说，还是不好意思接着聊天……

半个小时之后，出租车停在了靠山公寓小区的正门外，马浩然和苏叶二人便纷纷走下了出租车。

而在靠山公寓小区的正门内，郑祺叼着烟斜靠在小区的护栏上，一脸坏笑地盯着匆匆赶来的马浩然和苏叶。

郑祺的身后，影帝、拳王、老李、冉潇、程稳露等人，一字排开地站在那里，自然而然，众人的焦点是姗姗来迟的马浩然和苏叶……

“老大，你们两个怎么回事？悄悄地约会也不告诉我一声，我也好去给你们调节一下气氛！”影帝一边吹着口哨，一边忍不住坏笑起来。

马浩然没搭理影帝，他完全无视了其余人的怪异目光，他本就是这样的人，一些与案件无关的事情，他很少会在意，哪怕这件事和他自己有关，他也未必会去在意。

而苏叶，她本就是冰山美女，只是马浩然在不知不觉间打开了她的内心，所以，她在面对马浩然的时候才会有说有笑，就像是……乔烟！

马浩然和苏叶二人默契度很高，完全无视了众人异样的眼神，待到二人走进靠山公寓小区，来到郑祺身边之后，二人又来了一场默契度极高的配合……

“队长，说说案件吧！”

马浩然和苏叶几乎是异口同声地说出了这句话。

当即，又引得众人一阵坏笑，尤其是郑祺！

面无表情的马、苏二人，好像对这种善意的调侃完全免疫似的，二人面无表情，目光始终都定格在郑祺的身上，这也使得郑祺的笑声越来越尴尬，最后，郑祺不得不停止笑声……

“先说说案子吧！”郑祺装模作样地清了清嗓子，仿佛是在化解尴尬那般，“半个小时之前，我接到了吴局的电话，让我们重案组接手这件案子！

“死者名叫田迅，江北人，目前住在我们眼前的靠山公寓小区，是一名大学刚毕业的无业游民！

“案发现场我们还没去过，想等你们两个到了，再一起进去。不过，老李已经安排了其他同事开始排查现场，具体的情况，最好进入案发现场之后再说。”

言罢，郑祺摆了摆手，旋即便朝着靠山公寓小区的内部，迈出了步子，众人紧随其后，直奔案发现场而去。

马浩然一边跟在郑祺的身后，一边打量起了四周的环境……

所谓的靠山公寓小区，顾名思义，就是紧挨着一座大山建造的小区，而另一侧，则是金陵市最近几年新建的大学城。

靠山公寓小区的内部，高楼林立，而且颇为密集，只不过，这里的楼房都是那种小型的公寓，很多金陵市本地人在这里都有房产，目的自然是租给来金陵市工作的外地人，或者是一些年轻的大学生之类的人群，毕竟，这里房租便宜，交通又很方便，很适合这类的人群租房居住。

这里算是新城区的边缘地区，再往前就是郊区了。

马浩然等人跟着郑祺走过了两栋公寓楼之后，便鱼贯进入了第三栋公寓楼，并且陆续走进了电梯。

电梯开始缓缓上升，最后停在了十三楼，“叮”的一声脆响传出之后，电梯门被打开了，郑祺和马浩然等人，鱼贯走出了电梯。

这时候，映入马浩然眼中的，是一条十余米长的走廊，走廊两侧分布着三扇防盗门，也就是说，十三楼共有六户公寓房。

而这六户公寓房，靠东边中间的那户，防盗门是敞开的，门口还被拉起了警戒线，而且门外站着二男一女，这三人皆没有穿警服，当然，马浩然也从来没见过这三人。

毫无疑问，这三人应该是看热闹的，或者是邻居，或者是死者田迅的朋友。

不过，最关键的还是案发现场的房门口，一双踩着拖鞋的脚稍微探出了房门区域……

众人的视线自然被那双脚吸引了过去，那，应该就是死者的脚了！

可就在这时候，郑祺却突然出言，将众人的注意力从那双脚上引到了站在房门前的三人身上……

“这三位，是这层楼的住户，算上死者田迅，十三楼只有四间公寓房租了出去，剩下两间，暂时还空着。”郑祺抬手指了指站在门前的三人，为马浩然等人简单地介绍了一番，“那名穿着格子衬衫、个子矮小、体型偏瘦的年轻男人，就是这起命案的报警人，王东。”

“按照王东的讲述，他和死者田迅是大学同学，而且二人约好了今天一起去一家公司面试，只不过，王东早上出门的时候，就看见田迅所租的公寓房门是敞开的，而且，一双穿着拖鞋的脚，还探出了房门外，王东见状，立刻就朝着田迅家这边跑了过来，而后，他就见到了倒在血泊中、已经没了呼吸的田迅！

“吓了一大跳的王东，立刻报了警，新城区的警员很快出警，十分钟之内，就赶到了案发现场！

“王东身边那个高大的年轻人，也是他们的大学同学，叫岳大海，只不过，他已经有了工作，就在不远的电脑城。

“今天大清早，岳大海还没出门的时候，就听见了王东的叫喊声，自然而然，岳大海走出家门，看见了瘫坐在地上的王东以及躺在血泊中的田迅！

“田迅突然死亡，岳大海这才请了假，没有去上班，想帮忙处理一下田迅的身后事，毕竟，这几个年轻人都不是金陵市本地人，平时在一起，关系还不错，也就相互帮助一下了！

“最后的年轻女子，叫高月，也是大学刚毕业，目前无业，打算留在金陵市奋斗一番。同样，她也是因为王东的叫喊声，才会出现在这里的。只不过，高月应该是来看热闹的，根据我们掌握的资料显示，高月和田迅等三人，虽然同住一个楼层，但平时几乎不联系。”

郑祺为众人低声介绍完了围在门口的三人之后，便当先朝着案发现场探出门框的那双脚，走了过去。

第七章　渣男

众人纷纷跟上了郑祺的脚步，唯独马浩然一动不动地站在原地，双眼紧盯那三人……

其实，马浩然是在观察三人的表情和小动作，倒不是说马浩然怀疑这三人，只是最近这段时间所养成的习惯罢了。

先说报警人王东，只见他一脸担忧地朝着案发现场也就是死者田迅的公寓内张望，由于他的个子比较矮小，所以，他只能踮着脚朝里面张望。

而岳大海，相比于王东，则淡定了许多，他只是背靠着田迅公寓对面的那堵墙，双臂环抱在胸前，一脸冷漠地盯着田迅公寓的门口处，这倒是与郑祺所称的岳大海是来帮忙处理田迅身后事的情况，略微有些出入……从岳大海的表情，马浩然不难看出，岳大海对于田迅之死，好像并不是太在意，在这种前提下，他又是因为什么原因来帮忙处理田迅的身后事呢？二人之间的关系，似乎并没有表面上那般和善。

最后的高月就更夸张了，她那张普普通通、算不上漂亮、但也不算丑的脸庞上，丝毫没有任何的伤感或是悲伤情绪，相反，趁人不注意的时候，高月的嘴角还会微微扬起，露出一抹诡秘的冷笑。

三人的样子，尽收马浩然的眼中，而且，从三人的表情和小动作来看，死者田迅和这三个人，似乎还有一些不为人知的故事……

马浩然深深地看了王东三人一眼，这才一边缓缓迈出步子，走向案发现场，一边仰起头，四下打量起了十三层的穹顶……马浩然在找监控设备，最后的结果却让他失望，十三层的各个角落之中，都没有监控设备，就连电梯里都没有。

“这栋专供出租的公寓楼，公共配套设施真是太不完善了！”马浩然收回目光，不由得在心中暗叹了一声。

而这时候，马浩然已经走进了案发现场，也就是田迅所租的公寓之中了。

这间公寓房并不大，一厨一卫，一室一厅，面积也就五十平方米左右。

刚进门，是连通在一起的客厅和厨房，正对着进户门的是卫生间，卫生间左边是一堵死墙，右边则是卧室的进户门。

当然了，房内的陈设和布局，马浩然只是习惯性地扫了一眼而已，一眼扫过之后，马浩然的注意力自然集中在了田迅的尸体上……

田迅虽然死了，但那张惨白的脸，却依稀能够看出他生前的模样，属于很帅气、很阳光的那种人。

只不过，此时，帅气阳光的田迅已经变成了一具尸体，而且就平躺在了房门口，双脚还穿着拖鞋，稍微外探出了房门，身上还穿着睡衣。田迅身上的睡衣，并没有呈现凌乱的现象，相反，倒是很平整干净，除了左胸口，也就是心脏位置的那片血污之外……

在田迅尸体的左胸口，赫然插着一柄明晃晃的手术刀，而且刀体已经完全没入了田迅的身体之内，就连手术刀独特的狭长刀柄，也只有少部分留在了外面。

而在田迅的尸体下方，鲜血已经变成暗色，并且开始凝固，形成了一处小型血泊。

值得一提的是，田迅尸体的四周，拖鞋零零散散地分布在门口，好像被踢乱过似的。

马浩然盯着田迅的尸体，不知不觉间，便蹲下身子，近距离地察看起了田迅身上最明显的致命伤，也就是心脏处的那柄手术刀所造成的伤口。

由于死者田迅身穿睡衣，体内涌出的鲜血已经凝固，差不多将胸口的伤痕完全糊上，所以，马浩然只能蹲下来，拉近视线与伤口的距离，这样才能更清晰地观察致命伤……

马浩然越凑越近，忽地，一阵轻微的疼痛，通过马浩然的额头传导到了大脑神经，马浩然不由得低呼一声……

与马浩然的低呼声同时出现的，还有一道银铃般的惊呼声……

“哎哟！”

苏叶的声音传入了马浩然的耳中，同时，也将正在排查现场的众人的注意力吸引了过来……

只见，检查伤口的马浩然和正在验尸的苏叶，分别捂着各自的额头，表情复杂地看着对方……原来二人都太过专心，导致了二人皆忽略了对方，这才会出现二人头撞头的一幕。

“你们两个干什么呢？”郑祺似笑非笑地盯着马浩然和苏叶，那眼神别有一番味道。

马浩然和苏叶齐齐转头，看了郑祺一眼，不过，二人选择用同一种方式回应郑祺，那就是无视。

虽然马浩然和苏叶重新将注意力集中在了田迅的尸体上，可是，二人的神色仍旧有些尴尬。

为了避免尴尬继续发酵，苏叶果断地伸出了戴着手套的手掌，拿着医用剪刀，全神贯注地剪开了死者左胸口处的衣服，她的动作很缓慢，也很小心，就好像生怕会破坏尸体的每一分每一毫那般。

而马浩然，则是屏气凝神地盯着苏叶手上的动作，因为，他十分迫切地想要看清楚死者的伤口。

大概过了五分钟的光景，苏叶终于完成了她的初步工作，将死者左胸口处的睡衣剪开了，当即，一处血肉模糊的伤口便出现在了马浩然等人的眼前!

田迅左胸口处的致命伤很奇怪，虽然血污已经凝固，但马浩然等人还是能够清晰地看到，这道致命的伤口，明显要比手术刀造成伤害的范围大上一圈，入眼之处一片血肉模糊!

如此怪异的伤口，自然将众人的注意力全部吸引了过来。

不知不觉间，郑祺和老李等人，包括正在公寓房内排查指纹和痕迹的其余警员，也都纷纷地凑了过来，将尸体围了个水泄不通。

“这一刀，刺得很干脆，而且很深，最关键的是，正中心脏部位。而且，根据普通手术刀的长度来推算，这一刀绝对贯穿了死者的心脏，导致死者田迅没有任何反抗的空间和时间，在一瞬间毙命！”苏叶盯着那道奇怪的伤口，很有经验地分析起来。

“从伤口的痕迹和形状来分析，凶手杀死田迅之后，并没有在第一时间松开紧握刀柄的手，相反，凶手握着刀柄的那只手，应该更紧了几分，甚至还用力地在田迅的伤口处搅动了几下，这才会形成这种怪异的致命创口！”

言罢，苏叶便放下剪刀，抬手扒开了死者的眼皮，用小型聚光手电，对着死者那早就涣散了的瞳孔照了一阵，又捏了捏死者脖颈位置的皮肉，盯着血迹看了好一阵，这才继续开口说道：“死者的死亡时间，应该是在午夜十二点至凌晨一点之间！”

“又是午夜十二点？”影帝眨了眨眼睛，撇嘴说道，“我们最近遇见的案子，怎么都是发生在这个时辰？难道所有的凶手，都特别喜欢在传统的大凶之时子时行凶吗？”

没人理会影帝的话，因为，大家的注意力都集中在了尸体上。

“老李，安排人手，给外面的三个人录一下口供！”

“影帝，你去外面转一圈，看看能不能打探到什么消息，最好是和本案的案发时间段有关联的消息！”

郑祺一如既往地发布起了号令，老李和影帝也是二话不说，开始着手忙起了各自的任务。

待到老李和影帝走后，尤其是，老李把门外的三个人带走之后，郑祺才开始和其余人讨论起了与本案有关的事情……毕竟，那三个人暂时还不能确定与本案毫无关系，所以，郑祺不得不小心一点，防止案情外露。

“说说这件案子吧！”郑祺走出案发现场，来到了走廊中，情不自禁地摸出了一支香烟，为自己点上。

“队长！

“根据案发现场初步排查的结果显示，公寓内的指纹很乱，除了死者田迅之外，还有不下七个人的指纹，冉潇正在排查与指纹相对应的人。

“案发现场内的环境很干净，没有任何打斗和挣扎的痕迹，只是公寓房有些乱，但这种乱，并不是那种入室抢劫杀人的乱，而是那种独居者不经常收拾屋子的乱，包括死者田迅家中的一些现金，也并没有丢失。

“还有新城区分局转交过来的报告，上面提到过，新城区警员到达案发现场之后，曾经询问过报警人王东，根据王东的讲述，从他发现尸体的那一刻起，并没有人进入过案发现场，如果没有未知的意外发生，案发现场应该是完整的！”

程稳露有条不紊地讲述起了案发现场的基本情况。

“这么说，这件案子应该不是入室抢劫，甚至，真正的案发现场就在门口，而不是没有任何痕迹的公寓内！”郑祺深深地吸了一口烟，自言自语地说道，“那么，凶手杀人的目的，是……”

“队长！”郑祺的话还没说完，冉潇便怯生生地出言说道，“我查到了死者田迅的资料！”

“说！”郑祺大手一挥，说道。

“田迅，男，二十四岁，江北人，两个月前，毕业于金陵师范学院，底子很干净，没有在我们警方的资料库中留下任何的污点，只不过，他的私生活有些混乱……

“我在金陵师范大学的论坛以及校友网等社交系统，筛选了和田迅有关的一些资料，在大学期间，田迅凭借篮球队队长的身份和过人的球技，还有帅气阳光的模样，吸引了许多女同学的关注，而且，和田迅谈过恋爱的女同学，足有六个之多，最夸张的是，我查过那六名女同学，其中有四个人在医院挂了号，为田迅打过胎！

“大学毕业之后的这两个月，田迅处于单身状态，只不过，根据他的社交朋友圈，我发现他现在应该是在追求某个人，这应该与本案无关，我并没有太深入地调查。”

冉潇说完了他所调查的资料后，案发现场内的两名女同志，程稳露和苏叶几乎是异口同声地喊出了两个字……

“渣男！”

说完，程稳露和苏叶还相互对视了一眼，会心一笑。

“渣男……”拳王眨了眨眼睛，憨厚地笑了一声，“了解了这家伙的底细之后，我对影帝的好感倒是直线上升，虽然影帝花心了一点，喜欢拈花惹草，但影帝绝对是点到即止，大学四年，这家伙除了家和寝室之外，没有在第三个地方住过！”

“你怎么就知道影帝没有越界？”程稳露较劲似的反问了拳王一声。

“他自己说的！”拳王双手一摊，很诚实地说道。

“行了！”郑祺见情况不对，立刻打断了程稳露和拳王的争吵，“先讨论案子！”

说完这句话，郑祺便将目光落到了始终一言不发，蹲在尸体旁边的马浩然身上，“小马，你有什么发现？”

郑祺这么一问，众人自然而然地将注意力集中到了马浩然的身上。

而这时候，马浩然也微微地仰起了头，对郑祺说道：“我发现了几处疑点！

“首先，凶器的位置……

“手术刀的刀柄，并不是刺在死者心脏的正中间，而是略微地偏右一些，再加上凶器是直接刺入了死者心脏的位置，所以，我推断，凶手应该是与死者面对面站着，然后突然行凶，而且，凶手应该是左手持刀，不然的话，刀柄不可能略微地向右偏离！

“通过第一疑点，可以引出第二疑点，那就是，凶手既然能和死者面对面地站立，这就说明二人认识，而且关系还很熟，甚至熟到死者完全没有防备，更没想过凶手会杀他！

“案发现场当时的情景，应该是这样的……凶手来找死者，死者给凶手开了门，二人站在门口，有没有聊天我不知道，但门口绝对是凶手行凶的地方，因为，门口的拖鞋很凌乱，应该是凶手行凶之后，死者倒地的时候，身体将拖鞋弄乱的！”

“第三处疑点，还是凶器。手术刀这种东西，想弄到手，说来容易，但又有些难度，如果凶手是医护人员，那就能轻而易举地获得手术刀！

“根据目前的情况，我们应该暂时侧重于调查和医护人员有关的职业！

“第四处疑点，死者的私生活很乱，而且，在案发现场敞开门的前提下，财物并没有丢失，可以排除入室抢劫。杀人动机，只能是情杀和仇杀这二者之一，至于具体是哪一种，暂时无法判断！

“还有几处疑点，不过，我需要等到王东那三个人的口供完成之后，才能进一步地分析。”

马浩然一边说着，一边站起身，没有理会众人关注的目光，只是自顾自地在公寓内踱起了步子。

就在这时候，负责排查现场的一名警员，突然跑到了郑祺的身前，疑惑地对郑祺说道：“队长，现场排查完成，相关搜索也结束了，可是，我们却没有找到死者田迅的手机！”

“田迅的手机不见了？”郑祺闻言，直接将手中的香烟扔到了地上，狠狠地将其踩灭之后，声音陡然提高了几分，“继续找，仔细找！”

“是！”警员领命而去，公寓内又开始了新一轮的搜索，而这一次的搜索，远比上一次更加细致！

郑祺之所以会如此在意田迅的手机，那是因为在现代社会中，手机是一件很重要的工具，尤其是在发生了命案的时候，死者手机中的信息，对于警方来说，真的很重要，甚至有的时候，死者手机中的信息，还能帮助警方破获案件！

而在这起案件中，死者田迅的手机却突然不见了，这，又意味着什么？

案发现场内，没有人再开口说话，只有翻箱倒柜的声音不断地响起……

足足过了半晌，程稳露突然出言对郑祺说道：“队长，死者田迅的手机，如果真的不见了，那么，会不会被凶手拿走了？这是不是说明，手机中隐藏了极其重要的信息？”

“你的想法很有可能发生！”郑祺微微扬起嘴角，露出一抹玩世不恭的淡笑，“这凶手，心思还蛮缜密的，竟然知道拿走田迅的手机……而且，我们查了这么久，连一点蛛丝马迹都没有发现，这就足以说明，这起案件的凶手，不仅心思缜密，头脑也很灵活，是个棘手的角色！”

就在郑祺话音落地之际，老李突然跌跌撞撞地从其中一间公寓房中跑了出来，并且用那种近乎低吼的声音对郑祺喊道：“队长！”

案发现场内外，不论是郑祺、马浩然，还是程稳露，甚至是苏叶，注意力都被老李那惊慌失措的声音吸引了过来……

老李算是重案组的老警员了，而且工作年限比郑祺都要长，身经百战，经验丰富，那么，到底是什么竟然让老李产生如此惊慌的情绪呢？

“怎么回事？”郑祺盯着老李有些失神的脸颊，不由得皱起了剑眉。

“三人的口供录完了，只不过，有点匪夷所思……”老李似乎感觉到了他的失态，跑到郑祺面前之后，便定了定神，又清了清嗓子，尽量将自己心中的震撼压到最低，这才用相对缓和的语气，对郑祺，又对其余人说道，“这三个人的口供，绝大部分都没什么问题，昨天晚上十一点左右，三人都陆续地熟睡了过去，我要说的是，三人口供中的几个不同点，以及最诡异的相同点……”

老李说完，深深地吸了一口气，见众人全都将视线集中到了他的身上，这才正色说道：“先说不同点，三人之中的高月，这几天一直都没见过死者田迅，而岳大海和王东，在昨天晚上八点左右还和田迅一起吃过饭，九点左右，三人返回公寓，并且回到了各自的家中，一直到今天早上王东发现田迅的尸体，这段时间之内，三人没再见过面！

“根据岳大海讲述，田迅在吃饭的时候，并没有任何情绪上的异常，而且还不断地和王东，还有岳大海，吹嘘他多有魅力，多受欢迎之类的话，这一点可以证实，田迅不可能是自杀。因为，根据岳大海的口供呈现出的田迅，是一个还有追求，还有向往的人，这种人不可能自杀！

“而王东在录口供的时候说过，田迅很懂得交际，他应该没有仇人，尤其是这种想要杀他的仇人，可以排除仇杀的可能！

“最后的高月，这女孩的口供就有些耐人寻味了……”说到这里，老李还故意顿了顿，见众人纷纷来了兴致，这才缓缓说道，"高月和田迅三人都不太熟，但是，高月和田迅三人，却并非没有一点联系。根据高月讲述，她的高中好友韩露和田迅三人在同一所大学读书，而且，韩露还和田迅在大学时期谈过恋爱，并且为田迅打过胎！

"从韩露口中，高月听过很多有关田迅的消息，包括岳大海和王东，高月也有所耳闻！

"根据高月的讲述，田迅其实就是个渣男，不断地换女朋友，高月对田迅的印象很差，甚至对于田迅的死，高月还认为是罪有应得！

"而岳大海和王东，高月也说过，这两个人与田迅之间的关系并非我们看到的那样，而是很差！

"先说岳大海，他其实看田迅很不顺眼，尤其是田迅能交到那么多女朋友，简单地说，岳大海是眼红，也是嫉妒！

"而王东在大学期间曾经暗恋一名叫徐冰的女孩，将徐冰称为王东心目中的女神，也不为过。可是，徐冰却被田迅追到了手，二人相处半年之后分手了，同样，徐冰也为田迅打过胎！

"有了这件事，王东对田迅也是心存芥蒂，甚至是怨恨！"

老李说到这里，郑祺突然出言打断了老李对于三人口供的转述，"按照高月的这份口供来说，王东之前的表现，就有些耐人寻味了，甚至如果深究的话，王东还有杀人动机……而岳大海，这家伙同样也有杀人动机，嫉妒之火如果真的爆发，那会使人彻底疯狂，陷入无法控制的地步！"

"队长，如果按照你的说法，那高月也有杀人动机，只不过没有岳大海和王东那么强烈！"程稳露出言说道，"为好朋友韩露报仇！"

"要是这么说的话，曾经为田迅打过胎的女孩，都有杀人动机了！"老李插上一句话。

"当然！"郑祺点了点头，扭头对冉潇说道，"把为田迅打过胎的那四个女孩的资料查出来！"

"好！"冉潇应了郑祺一声，便开始闷头捣鼓起了笔记本电脑。

而另一边，老李则继续讲述高月三人的口供……

“这三人的口供，还有两处相同的地方。第一处是不在场证明，由于三人都是独居，而在昨天晚上案发时间段，几人又没有碰面，并且纷纷表示都熟睡了过去。这就说明，这三个人都没有不在场证明！

“而第二处相同点就很诡异了，也是我会失态的根本原因……”

众人听到这里，纷纷下意识地集中起了注意力，就连正在验尸的苏叶，以及查找资料的冉潇，都情不自禁地停下了手上的工作，将视线定格在了老李的身上……

可就在这时候，一道清脆的电梯铃声却突兀地响起，将全神贯注盯着老李的众人吓了一跳！

众人扭头一看，便见影帝双手插在口袋里，慢条斯理地从电梯中走了出来……

影帝走出电梯，一抬头就看见了众人对他怒目而视，满脸莫名其妙的影帝，下意识地伸手挠头，茫然地问道：“你们为什么用这种眼神看着我？”

“没什么！”程稳露咬牙切齿地盯着影帝，仿佛将影帝当成了渣男田迅，“只是因为看你不顺眼！”

“哦！”影帝一脸坏笑地盯着程稳露，“那你可以选择不看我，或者继续看我也行，反正，就算你看我不顺眼，也不能把我怎么样，因为你干不掉我！”

“你……”程稳露满脸怒容地指着影帝，可是，她却发现自己竟无言以对！

“行了，影帝，你先说一下你的工作进展，再听老李接着说口供的事！”郑祺见状，连忙挥手，打断了影帝和程稳露的争吵。

“我这边没有任何进展！”影帝无可奈何地耸了耸肩，双手一摊道，“公寓的物业很差，晚上连看门打更的人都没有，而且在这里居住的人，大多数是上班族，谁会无聊到半夜在楼下闲逛，所以，对午夜子时的可疑人物这方面，查无可查！”

“那就不查了，从别的地方寻找突破口！”郑祺大气地挥了挥手，随后，便递给老李一个眼神，示意老李继续说口供的事。

收到郑祺的眼神之后，老李清了清嗓子，压低了声音，表情凝重，似乎有些紧张，神神秘秘地说道："高月、王东、岳大海这三个人，虽然在案发时间段熟睡了过去，但是在午夜十二点的时候，其实都醒过，是被一道诡异的婴儿啼哭声吵醒的！"

"婴儿的啼哭声？"郑祺的眉头不由得紧锁起来。

不仅是郑祺，所有人此刻都用一种异样的目光凝视着老李，似乎大家有一肚子的问题想要提那般……

老李扫了一眼众人，大家脸上异样的表情，自然没能逃过老李的双眼，当即，老李便开口说道："王东等三人，对这道诡异的婴儿啼哭声印象很深刻，因为三人都是在睡梦之中被吵醒的，所以直到现在记忆犹新。而且，最关键的是，根据三人讲述，这道婴儿的啼哭声太诡异，太惊悚，太让人……刻骨铭心了！"

被老李这么一说，众人脸上的狐疑表情也越来越浓了，尤其是老李最后用的那个形容词刻骨铭心，更是引起了众人无限的遐想。

老李不是那种喜欢吊人胃口的人，当即便为众人详细地解释起了那道诡异的婴儿啼哭声："根据王东等三人的讲述，那道诡异的婴儿啼哭声很奇怪，那声音就好像并不是由人发出来的，也不像是正常的婴儿啼哭声，声调很怪异，可乍听之下，却又和婴儿的啼哭声没什么太大的出入，而且，在婴儿啼哭声出现的同时，隐约好像还有水流的声音，更是将这阵婴儿啼哭声衬托得诡异无比，尤其是在午夜十二点的时候响起，更会让三人产生一种毛骨悚然的感觉……

"高月还说，是之前，田迅让打掉的孩子来找他寻仇，让他偿还阴债来了！"

老李话音落地，马浩然和郑祺倒是没什么太大的表情变化，但其他人可就不一样了……

影帝和拳王下意识地对视了一眼，更夸张的是，影帝还将双臂环抱在了胸前，好像很冷似的，而程稳露也情不自禁地打了一个冷战，苏叶和冉潇，包括在公寓内执行搜索任务的一众警员们，更是直接停下了手上的工作。

众人的异样表情，并没有影响到马浩然的大脑运转，就在众人目瞪口呆、不断想象所谓的阴债的时候，马浩然却突然出声对老李问道："那道诡异的婴儿啼哭声，一共持续了多久？有音频吗？"

"三人并没有音频保留下来，而且，根据三人的口供，那道诡异的啼哭声，好像只出现了几声而已，时间很短，因为三人都睡着了，所以具体出现过几声，谁也说不出来……"老李双手一摊，道，"王东和岳大海说听见了两声，高月说她听见了三声！"

"那敲门声呢？"马浩然继续追问，"王东三人，有没有听见敲门声，敲响田迅公寓房门的敲门声？"

"我问过，三人都说没有听见过敲门声，而且，田迅的叫声、说话声，以及脚步声，也都没听见！"老李说完这些，便皱起眉头，旋即，老李立刻飞快地翻阅起手中的资料本，片刻后，这才猛地抬头，将视线从资料本上转移到了马浩然的身上，急道，"对了，王东这家伙说，他听见了婴儿的啼哭声之后，莫名其妙地害怕起来，整个人就都钻进了被子里，而高月和岳大海，虽然也害怕，没有打开房门去外面查看，但二人都说听见了另外一种声音，好像是什么东西坐到地上或者是倒在地上的闷响声，时间是十二点十几分的样子！"

"叫喊声、说话声、脚步声，都没有听见，可偏偏听见了类似倒地一般的闷响声……"郑祺突然出言，冷冷地笑了起来，"无声杀人事件？不过，这无声杀人，倒是让我更加确定，凶手和死者认识，而且很熟悉，熟到不能再熟的地步。只有这种人见面，才会出现这种无声沉默的场景！"

"队长说得没错，田迅身材高大，又是篮球队队长，身体素质肯定不会太差，如果真的是陌生人深更半夜来敲门行凶，田迅不可能不挣扎，更加不可能连发出声音的时机都没有，所以，作案的人就像队长说的那样，是熟人，熟到不能再熟的人！"马浩然面无表情地说道，"还有那道沉闷的倒地声，应该就是凶手行凶之后，死者田迅倒在地上所发出的声音！"

郑祺和马浩然陆续开口，其余人也只是将目光在二人的身上不断地游离着，根本插不上话，直到马浩然和郑祺结束了各自的话语，气氛也随之变得沉闷下来……

当然，这种让人窒息的压抑沉默并没有持续太久，便被冉潇打破了。

“队长，案发现场内的指纹，已经找出了对应的人，包括为田迅打过胎的四个女孩子的资料，我也查到了！”冉潇轻声细语，打破了沉默。

冉潇的声音虽小，但在这寂静无声的场合中，却是能够清晰地传入每一个人的耳中，当即，众人便将目光定格到了冉潇的身上，而这一次，郑祺没有多说什么，只是朝冉潇挥了挥手，示意冉潇继续说下去。

得到郑祺的允许之后，冉潇立刻开口说道：“在死者田迅的公寓内所提取出的指纹，除了死者田迅本人的之外，一共属于七个人，王东、岳大海、高月、韩露、徐冰、夏梦琪、邱瑶瑶！”

“更巧合的是……”冉潇一边说着，一边还做出了吞咽的动作，“徐冰、韩露、夏梦琪、邱瑶瑶这四个人，就是队长之前让我查的为田迅打过胎的四个人！”

冉潇此言一出，众人皆目瞪口呆地盯着他，惊愕之意溢于言表，就连郑祺和马浩然也都露出了不可思议的神色！

“也就是说，之前和田迅分手的四个女孩，竟然都来过田迅的公寓？”郑祺干涩地眨了眨眼睛，意味深长地说道，“看来，世界上巧合的事情，还是很多的！”

“队长，这也许不是巧合呢？”马浩然突然出言，将众人的注意力吸引到了他的身上，“如果凶手知道这些人都来过田迅的公寓，所以才决定杀人，也不是不可能，因为，如此之多的人都有杀人动机，而且又都在死者的公寓内出现过，这，不正是凶手不需要修饰和布置的天然障眼法吗？”

马浩然一语，仿佛点醒梦中人那般，众人听后也纷纷展开了各自的想象……

“凶手一定已经算到我们会查到这条线索，所以，凶手知道这些和田迅关系异常的人都曾经来过这里，这才决定进行杀人计划！”

“按照队长之前的分析，凶手一定是死者的熟人，而且能够找到这里，并且出现在死者面前而不让死者意外，这就说明凶手之前肯定也来过这里！”

“这也就是说，这七个人都有嫌疑，而且嫌疑最大的，应该是韩露、徐冰、夏梦琪和邱瑶瑶四人，对吧？”

“对了，还有一条线索，手术刀和医护人员。这七个人中，有谁是医护人员？”

当即，众人又将视线跳转到了冉潇的身上，因为，掌握这几人资料的，只有冉潇！

被众人死死地盯着，冉潇的脸上立刻出现了不自然的神色，他似乎很不习惯这种万众瞩目的感觉。

为了化解这种尴尬，冉潇很果断地选择，将其余几人的资料念出来……

“韩露，上海人，目前在金陵市一家小型私企上班，职位是会计，单身！

“邱瑶瑶，金陵市本地人，目前在自己家的海产品批发店铺帮忙，单身！”

“夏梦琪，东山人，毕业之后留在了金陵市工作，在一家律师事务所实习，而且，她也是单身！

“徐冰，金陵市本地人，没有工作，根据我掌握的资料，她目前正在全力备战不久之后的公务员考试，还有就是，她目前也是单身！

“这四名嫌疑人，没有一个人的职业和医护人员有关，而且，我还特意调查过四人的朋友圈。两个外地人，夏梦琪和韩露在金陵市的朋友圈很小，没有朋友从事和医护人员有关的职业。而徐冰和邱瑶瑶，虽然是本地人，朋友圈比较庞大，其中也的确有和医护人员有关联的朋友，但是，大多是不常联系的朋友，通过二人的社交平台或者朋友圈，她俩和那几名医护朋友，在最近一年之内，并没有过任何方式的互动！”

冉潇一口气说了这么多，言罢，缓了一口气，继续说道：“可是，队长，说到医护人员这个问题，那王东和岳大海可就有嫌疑了……

“先说王东，他有一个表姐，目前在金陵市属医院任职，是一名内科医生，还有岳大海，这家伙前阵子应该是谈了一个女朋友，朋友圈和社交平台上面，都是岳大海和那女孩吃饭、逛街、牵手的照片，最关键的是，疑似岳大海女朋友的人，也在医院工作，在金陵市妇婴医院任职护士。”

冉潇话音落地，众人的脸上纷纷露出了疑惑不解的复杂神色……

从表面上看，整件案子并不算太复杂，但其中牵扯的人的感情、关系网，却是错综复杂，丝毫不弱于以前的案子。

这，才是让众人疑惑不解的根源所在！

这时候，影帝揉了揉太阳穴，突然一脸嫌弃地开口说道：“我说，我们为什么非要纠结医护人员这个问题呢？不就是手术刀吗？我不认识医护人员，但我一样有很多渠道能弄到手术刀。同样，那些不是医护人员的嫌疑人，或者没有朋友在医院工作的嫌疑人，他们也一样有能力弄到手术刀。我认为，凶手之所以选择手术刀作为凶器，不外乎几种原因……

“手术刀锋利无比，而且用手术刀，可以将我们警方引到医护人员的身上，扰乱我们查案。还有，手术刀不大，便于携带隐藏，掏出来行凶的时候，又不容易被死者发现，进而避免产生挣扎或者声音。”

影帝说完，还摆了摆手，很臭屁地说道：“老大说过，很多事都不要想得那么复杂，就像我们之前破过的诡异案件一样！”

被影帝这么一说，众人脸上的疑惑不解之色，也纷纷变成了吃惊的神色，好像，没有人想过影帝能说出这番话似的！

“你小子，还不错。经过这么长时间的锻炼，你小子终于开窍了！”郑祺朝影帝赞许地点了点头，别有深意地对影帝说道，“虽然你在刑侦和推理方面的天赋弱了一些，但你的头脑却很聪明，鬼主意也最多，不错，不要浪费了你的能力！”

“队长，你这么夸我，我会膨胀的！”影帝咧嘴笑了一声，可他的脸上却丝毫没有任何不好意思的神色。

“你已经开始膨胀了！”程稳露嘲讽了影帝一句，似乎，她的攻击目标，已经从马浩然转移到了影帝身上，尤其是这件案子中的死者渣男田迅，更是让程稳露下意识地联想到影帝。

"好了，别吵了！"郑祺有些头疼地扫了程稳露和影帝一眼，这几个年轻人，就像是问题儿童似的，无时无刻不处于吃了火药的状态，这也让郑祺有些无奈，"查一下这把手术刀，看看能不能查出什么蛛丝马迹，还有电话……"

郑祺的话还没说完，老李便出言接话道："队长，详细的搜查报告出来了，死者的电话我们没有找到，可以确定已经丢失，或者被凶手拿走了，还有凶器上面，已经确认没有任何的指纹，案发现场内也没有发现值得我们注意的痕迹，可以推断，凶手很有可能根本就没有走进公寓内！"

"没找到手机吗？"郑祺的脸上并没有出现意外的神色，仿佛这个结果早就在他的计算之内似的，当即，郑祺便对冉潇说道："查一下田迅的手机号码，应该不难吧？查到之后，你能不能通过电话公司的网络，调取一下田迅手机最近一段时间的通话记录和短信内容？必要的情况下，动用警方的身份，要求那几家运营商配合我们，调取可疑通话的音频。"

"交给我吧！队长！"冉潇的嘴角立刻扬起一抹微笑，与他之前的怯懦形成了极其鲜明的对比，这一刻的冉潇无比自信！

说完，冉潇便进入工作状态中。

"你们对于本案都有什么看法？"郑祺扫了众人一眼，最后将目光落到了马浩然的身上。

不过，马浩然好像没有感觉到郑祺的目光那般，只是自顾自地低头沉思……

马浩然不说话，不代表别人不会开口……

郑祺话音落地，当即，程稳露便出言说道："队长，我们目前掌握的线索太少了，尤其是案发现场和尸体，几乎没有为我们提供任何实质性的线索，只有一些覆盖在案件表面的常规线索……"

"的确，没有指纹的凶器，没有痕迹的案发现场，七名都有杀人动机的嫌疑人，还有所谓的鬼婴讨阴债，错综复杂的人际关系网，以及隐藏在人内心最深处的情感和情绪，这些都是困扰着我们的难题，现在的确无法解答！"老李摇了摇头，垂头说道，"目前已知的线索，也只有队长和小马的推理，也就是凶手的杀人过程和手法，包括凶手左手持刀，和死者关系非同一般，导致死者毫无防备，仅有这些因素……”

老李的话还没说完，突然，马浩然猛地扬起了头，双目瞪大，低喝一声道：“还有几个地方，值得我们思索……

“死者的致命伤口，明显要大一些，这应该是凶手杀人之后，故意在死者的伤口上搅动所导致的，由此可见，凶手对死者有很深的恨意，但这种恨意，从心理学的角度出发去分析，很有可能是女人所为，尤其是为死者打过胎的四个人，要比王东等三人，更值得我们注意！

“虽然心理学很虚幻，但其中有许多值得我们引用借鉴的知识，就比如说这起案子，如果是男人行凶，有很大的可能，会在潜意识的控制下，再补上一刀，或者干脆割喉，这样更直接！

“但女人应该不想再刺第二刀，因为拔刀的时候会喷出血液，而且，再刺第二刀，也需要很大的勇气，绝大多数的女人在潜意识中并不具备这种勇气！

“可是，在心脏处搅一下，却是一个女人潜意识的表现，把恨意发泄出来的一种潜意识的表现方式！

“还有左手持刀这个疑点，也值得我们深思，因为凶手很有可能是左撇子！

“最重要的，还是婴儿的啼哭声，破解本案最关键的地方我认为，就是这道好似哭丧一般的婴儿啼哭声，如果能够解开鬼婴哭泣之谜，本案的真相也就会水落石出了！”

马浩然说完这番话，便不再言语。

只不过，马浩然的这番话却引来了程稳露和苏叶的白眼……

“你对于女人的心理学，研究得并不透彻，我可以很负责地告诉你，如果我是凶手，我就会在死者的脖子上来一刀！”程稳露很火暴地反驳起了马浩然。

“我也可以！”苏叶也很是时候的补了一句。

“我只是用正常的思维去判断伤口，当然，这并不代表王东和岳大海就可以不注意！”马浩然的脸上仍旧面无表情，而且，他也完全没有想要和程稳露以及苏叶争辩的意思，他更是不理解女人的小情绪，他就像是只会查案的机器人，其他的一切都被他自动屏蔽了！郑祺见程稳露和苏叶二女丝毫没有想要放过马浩然的意思，便连忙出言岔开了话题，道：“凶手很狡猾，而且布局也很精密，让这件看似很简单的案子变得扑朔迷离。不过，我赞同小马的话，只要解开了鬼婴哭丧之谜，这件案子就一定会水落石出！”

“水落石出，你说到这里，我想起来了……”苏叶蹲下身子，指着死者胸口位置的睡衣，说道，“我在这里发现了一小块干涸的水痕！”

“水痕？”郑祺和马浩然异口同声地喊了出来。

随后，众人纷纷将视线定格到了苏叶所指的位置，努力地辨认了好半天，才发现那所谓的水痕比拳头还要小很多，而且很浅，如果不仔细观察的话，还真不太容易看出来！

“一般情况下，如果不是整件衣服都浸泡在水中，而是只有一部分区域沾了水，那么，衣服干了之后，有很大概率会出现这种水皱的痕迹。”苏叶一边说着，一边站起身，并且摘下了手套，继续说道，“尸体没有什么太大的价值了，可以暂时放进警局的停尸间，等着家属来认领。”

苏叶话音落地，老李便接上了话：“队长，案发现场这边也没有什么搜索空间了！”

“队长，我这边需要一点时间，才能查出死者田迅的通话记录，以及音频等相关资料！”冉潇抬了抬头，将视线从笔记本电脑的显示器上移开，望向了郑祺。

扫了一眼众人，郑祺颇为无奈地耸了耸肩，挥手说道：“那就先把尸体带回局里，封了案发现场，公寓楼的三个人，还有那四名和田迅谈过恋爱的女孩，都给我盯紧了，由老李统一负责分组，收队吧！”

说完，郑祺便当先朝着电梯的方向迈出步子，其余人紧随其后，一行人浩浩荡荡地离开了公寓楼，走进了靠山公寓小区中。

郑祺这一群人，目标本就大，而且大多数身穿警服，当他们走出公寓楼之后，自然而然，就成了小区内所有人眼中的焦点，而群众也顺理成章地联想到了警察为什么会出现在这里，进而发生了一系列的讨论……

“警察怎么来了？”

“你还不知道？那栋楼里发生了命案，而且，我还听说在死者死亡之前，那层楼里曾经出现过诡异的婴儿啼哭声，就像是在为某人哭丧一样！”

“诡异的婴儿啼哭声？这么夸张？”

“那当然了！我一个朋友就住在十三楼，叫岳大海，这家伙亲口告诉我的。而且，我还听说了，死了的那个人，私生活有些混乱，不少女孩子都为他打过胎。据说，是还没来得及看一眼世界的鬼婴前来讨阴债！”

“我的天！这么恐怖？我还是赶紧搬走吧！”

几句交谈之后，人群也慌慌张张地散开了，就好像，大家都在躲晦气，害怕讨阴债的鬼婴会找上他们那般……

望着逃离的人群，郑祺不由得停下脚步，微微抬了抬手，指了指案发现场的那栋公寓，回头对马浩然和老李等人说道：“还真是好事不出门，恶事行千里，这才多长时间，鬼婴哭丧的案子就已经传遍小区了。我想，用不了多长时间，整个金陵市都会知道鬼婴哭丧的案子了，这一定会对民间造成极大的恐慌和非常不好的影响。所以，我们必须要加快速度破获此案！”

郑祺身后的众人，没人开口回答郑祺的话，因为，这件案子到目前为止，根本就没有太多有价值的线索，哪怕锁定了嫌疑人的范围，但警方也不敢肯定，凶手就是那七人中的某一人！

毫不夸张地说，这件鬼婴哭丧案和没有进展没什么区别，更别说尽快破案了。

故而，众人才没有回答郑祺的话，因为，大家根本就不知道该如何回答郑祺的话。

郑祺微微抬起的手僵在了半空，深邃的眸子一一扫过众人，忽地，郑祺咧嘴一笑，淡然说道：“你们没信心吗？”

“队长……”老李苦笑了一声，无奈地耸肩说道，“不是没信心，主要是因为这件案子目前几乎没有任何的进展，我们就算有心想尽快破案，但也使不出力气啊！”

郑祺瞪了老李一眼，压低声音说道：“就你话多！赶紧召集人手，给我把那七名嫌疑人盯紧了！”

“我这就去！”老李缩了缩脖子，便引着包括影帝、拳王和程稳露在内的一众警员，快步朝着警车的位置跑了过去。

待到老李等人离开之后，公寓楼下也只剩下郑祺、马浩然、苏叶和冉潇四人了。

“队长！”马浩然微锁剑眉，突然出声，不解地问向郑祺道，“水痕和怪异的鬼婴哭丧，这二者之间是不是有什么联系？”

之前的几件案子，郑祺虽然没有太过出彩的表现，但马浩然心里清楚，其实，郑祺在每一件案中都是先马浩然一步，解开了最后的真相，只不过郑祺故意把破案的机会留给马浩然罢了。

所以，马浩然才会有此一问，这也从侧面彰显出了这件案子的难度，以及完全没有任何头绪的马浩然心中的烦闷。

“我可不知道答案！”郑祺很干脆地双手一摊，毫不隐瞒地对马浩然说道，“你别把我当成神仙，这件案子可不像之前那几件案子，我现在也没有任何的头绪！”

听了郑祺的回答，马浩然的眼神之中不由得闪过了一抹失望的神色，不过，下一瞬间，这一抹失望便被坚决所取代了！

既然，这一次连郑祺都没有任何的头绪，那马浩然就只能全力以赴了。

“走吧！”郑祺摆了摆手，当先朝着警车的方向走去，并且说道，“先回警局！”

马浩然等一行四人坐上了警车，旋即，郑祺发动警车，快速地驶出了靠山公寓小区……

车内的气氛异常沉默，没有人开口说话，似乎，大家都被锁在了鬼婴哭丧案的牢笼之中……

一路无话，郑祺驾驶着警车，稳稳地停在了金陵市局的办公大楼。

将车停好之后，郑祺、马浩然、苏叶和冉潇四人，便快步走进了市局大楼，回到了重案组的办公区域……

由于重案组的成员大多跟随老李外出，执行监视跟踪的任务，所以，此时的重案组办公区域内仅剩下寥寥数名文职工作人员，这也导致了，重案组办公区域内的气氛异常宁静……

而郑祺等四人的归来，则打破了重案组办公区域内的宁静……

“队长！”一名梳着齐耳短发的小姑娘一见郑祺走了进来，便连忙站起来，脆声说道，“吴局刚刚来过，问你去哪了，我告诉吴局说队长你有新案子要处理，吴局就没再说什么，直接走了！”

“我知道了！”郑祺朝那短发小姑娘点了点头，随后，便快步走进了他的办公室。

马浩然、苏叶和冉潇三人见状，也跟了进去。

一进门，苏叶便迫不及待地开口问道：“队长，吴局找你肯定有事吧？要不，你去找他？”

“找他干什么？”郑祺大马金刀地坐到了椅子上，双脚搭在办公桌上，还惬意地为自己点燃了一支香烟，这才说道，“出了这么大的事，现在我去找老吴，免不了挨骂，我傻了吗？”

“那吴局找你……”

苏叶的话还没说完，就被郑祺挥手打断了……

“老吴要是有重要的事，就直接给我打电话了，肯定没什么大事，应该就是听说了这件案子，特意来骂我的！”郑祺毫不在意地摆了摆手，旋即，便不再理会苏叶，而是对冉潇问道，“你那边有结果了吗？”

“马上就好……”冉潇一边回答郑祺的问题，一边噼里啪啦地敲击着笔记本电脑上的键盘，过了一分钟左右的光景，冉潇突然长舒一口气，如释重负地说道，“好了！队长！”

“有什么发现？”郑祺立刻来了兴致，连搭在桌上的双脚都放了下来，整个人的身体不自觉地朝冉潇那边前倾起来。

不仅是郑祺，就连马浩然和苏叶，也都将注意力集中在了冉潇的身上，摆出一副侧耳倾听的架势……

“我利用通信公司的网络，查到了田迅昨天的通话记录，音频我也简单地用耳机先听了一遍，没什么特别的发现，不过，有几通电话却值得注意……”冉潇说完，便放下了办公室里的投影布，并且连接起了电脑，忙完这些之后，这才说道，“先说通话记录吧！”

冉潇话音落地，投影布上就出现了一排排的手机号码，每一串手机号码之后，还有通话人的姓名以及通话时间和通话时长。

马浩然全神贯注地盯着投影布，很快，他便发现了田迅手机的通话记录中存在的问题……

比如说，徐冰、韩露、夏梦琪和邱瑶瑶四女，都曾经在昨天的下午一点至四点之间，给田迅打过电话，通话时间还都在五分钟以上，这就说明，四女昨天都和田迅谈了很多！

除此之外，岳大海和王东也分别在晚饭时间段，给田迅的手机打过电话。

七名嫌疑人之中，除了高月之外，其余六人都在昨天的不同时间段联系过田迅！

马浩然盯着投影布，突然发现了一串可疑的电话号码，当即，马浩然抬手指向其中一串电话号码，这串电话号码，在田迅的通话记录中出现的次数最多，而且早、中、晚都有，通话时间也都在十几分钟左右！

“那个电话号码是谁的？和田迅在昨天一共有过五次通话的手机号码！”马浩然出言问向冉潇。

“我查过这手机号码的主人，叫向雯，目前处于无业状态，不过，向雯的家世可不简单，是向上集团的千金大小姐。而且，我听过田迅和向雯的通话内容，可以确定，田迅现在正在追求的人就是向雯，而且向雯似乎对田迅也很有意思！”冉潇解释道。

“向上集团？”郑祺狠狠摁灭了烟头，说道，“我听说过，金陵市百分之三十的快捷酒店，都是向上集团旗下的产业。看来，这田迅是打算飞上枝头变凤凰了！”

“渣男！”苏叶小声嘀咕了一句。

“现在不是谈渣男这个问题的时候！”郑祺摆了摆手，看了苏叶一眼，这才正色地问向冉潇，道，“能把田迅和向雯的通话音频外放出来吗？”

“好！”冉潇应了一声，随意地按了几下键盘，办公室内便立刻出现了一段声音。

“你晚上吃什么？”

“晚上我和邻居约好了一起吃饭，你也来吧，我带你认识认识我的朋友！”

“我就不去了，晚上我要和我爸出席一场酒会！”

简单的通话结束之后，就是长达十几分钟的打情骂俏，听得郑祺鸡皮疙瘩掉了一地，连忙叫停了这段音频。

接下来，冉潇又放出了向雯和田迅其他的通话音频，无一例外，全都是各种打情骂俏的话语，听得马浩然不断皱眉，苏叶连连撇嘴，就连冉潇都有些脸红了！

郑祺一拍桌子，直接叫停，因为连郑祺都听不下去了！

“田迅和向雯应该已经开始谈恋爱了，差不多可以肯定，向雯没有杀人动机！”郑祺深吸几口气，好像喝多了酒想吐一般，“就像我们遇见的‘血腥玛丽’案，热恋中的人不可能杀人，尤其是自己的男朋友！”

“那队长，听一听其他的几段音频吧？”冉潇一边操作起电脑，一边头也不抬地说道，“这几段音频，我觉得很有问题！”

“放出来！”郑祺言罢，又为自己点上了一支香烟。

冉潇没说话，只是不断敲击着键盘，没多久，办公室内就响起了另外一段音频……

“田迅，我们重新开始吧！”

“徐冰，你在说什么呢？我们已经结束了！”

“可我放不下你！”

“我早就放下你了！”

“你这个人渣！我要杀了你！”

“你想杀我？哈哈哈！你真是个疯女人！”

接下来，就是田迅无休止的谩骂以及徐冰不断的诅咒，二人的通话很不愉快，最后在徐冰愤怒的咆哮声中，田迅挂断了电话。

“这是徐冰和田迅的通话内容，徐冰三番五次地扬言，想要杀了田迅！”冉潇出言说道，“我觉得有些可疑！”

对于冉潇的分析，郑祺没有做出任何的表态，只是轻声说了一句：“听听其他几个人的通话音频！”

随后，冉潇又放出了韩露和夏梦琪与田迅的通话音频，无一例外，二人也和徐冰一样，先是想与田迅重新开始，并且劝阻田迅不要和向雯在一起。

不过，得到了田迅的拒绝和讽刺之后，韩露和夏梦琪也开始诅咒起了田迅，与之前徐冰的那段音频一样，都是歇斯底里的疯狂诅咒，而且，在这两段通话音频之中，夏梦琪和韩露也不止一次地说过，要杀死田迅，为自己也为被打掉的孩子报仇！

从这三段通话音频之中，郑祺和马浩然等人已经感受到了浓浓的杀机，如果说，这三个女人真的疯起来，杀了田迅，也并非不可能！

人在极度愤怒的时候，就会变得失去理智，人一旦失去理智，就会做出毫无下限的疯狂之事，自然也包括杀人！

音频结束了，但办公室内的几人却久久没有发出声音……

“渣男就是渣男！”苏叶从郑祺办公桌对面的椅子上站了起来，娇躯轻颤，俏脸阴沉，一甩衣袖，愤然走出了郑祺的办公室。

“她也属于那种控制不住情绪的人！”郑祺盯着办公室的门口，苏叶的身影已经完全消失了，不过，他却话中有话地扭头对马浩然坏笑一声，说道，“小马，你可得注意一点……”

郑祺的话才说了一半，就不自觉地停了下来，因为，他发现马浩然根本就没在听他的话！

只见，马浩然双目不眨地紧盯着冉潇，开口追问道：“冉潇，还有一段邱瑶瑶的音频呢？”

“邱瑶瑶和田迅的音频，倒是没什么特别的地方。”冉潇说完，便敲击了一下键盘，随后，办公室内也出现了另外一段音频。

“田迅，最近怎么样？”

“我很好！”

“在家吗？”

“当然在家了！”

“还没找到工作吧？”

“和你有什么关系？”

“和我的确没什么关系，下午有时间吗？出来喝杯咖啡怎么样？”

“没时间！再过一会我就要去健身了，晚上我还要和王东他们吃饭呢！”

“那算了！”

田迅和邱瑶瑶的通话音频，总的来说，气氛很平静，与之前的几段音频相比，当真是惊涛骇浪与风平浪静的两种极端。

最起码，邱瑶瑶由始至终都很平静，丝毫没有显露出怒意，也没有像韩露、徐冰和夏梦琪一样，疯狂地叫嚷着想要杀死田迅之类的话，反倒是田迅始终在冷嘲热讽邱瑶瑶，而且态度极其冰冷。

“这段音频……我觉得没什么太大价值，与之前的几段音频相比，这段音频就要平静许多，最起码没有说过那种类似想要杀死田迅的话！”冉潇耸了耸肩，继续说道，“这就是我认为比较可疑的几段音频，而且，田迅昨天也只和那几个人通过电话而已。”

“那手机短信呢？还有微信之类的记录，你挖出来了吗？”冉潇话音落地，郑祺便出言追问起来。

冉潇点了点头，说道：“田迅的手机，最近很多天都没发过短信，而且收到的短信，也都是一些广告推销之类的垃圾短信，毕竟现在有了微信等社交软件，短信这种老旧的方式，差不多已经被淘汰了！”

“还有微信的内容，我也挖了出来，没什么太特别的，只是和岳大海、王东约定了一下晚饭的时间，还有吃些什么东西，再有就是和向雯的打情骂俏了，没有任何有价值的线索，包括韩露、徐冰、夏梦琪和邱瑶瑶，也没有和田迅在微信上有任何的互动，包括案发时间段前后一小时之内，田迅的手机上，也没有接到任何的电话、短信以及微信，连向雯都没有和田迅有任何的联系！”

冉潇说完这番话，马浩然和郑祺几乎同时陷入沉思，办公室内也忽然变得安静起来……

过了十几分钟的光景，郑祺率先出言打破了沉默……

“短信和微信都没有任何实质性的线索，唯一勉强能被称为线索的线索，就是那几段充满杀机的通话音频……”郑祺微微皱眉，又抽出一支香烟为自己点上，深吸一口，这才长出一口气，说道，“那几段充满杀机的通话音频，只能算是杀人动机，对我们来说，根本不算什么实质性的线索！”

“不！”郑祺话音落地，马浩然突然开口说道，“我们还有其他线索，比如说，除了那三段充满杀机的通话音频之外，还有一段音频，就是邱瑶瑶的音频！

“我总觉得哪里不对劲，邱瑶瑶为什么会与另外三女有着截然相反的态度？

“邱瑶瑶的反常值得我们注意，虽然这并不能代表邱瑶瑶就是凶手，但我们却不能因此对邱瑶瑶放松警惕！”

马浩然说话的时候，表情很郑重，与他之前的冰冷，倒是形成了强烈的反差。

郑祺没说话，只是好奇地盯着马浩然，但冉潇却没能忍住，对马浩然轻声嘀咕道：“小马，我觉得你的说法不完全对，尤其是你没谈过恋爱……”

“这和谈恋爱有关系吗？”马浩然并没有生气，只是十分不解地问向冉潇。

“有关系！”冉潇很认真地朝马浩然点了点头，说道，“从感情的角度思考，邱瑶瑶的举动和表现，我们也可以理解成，她已经放下了这段感情，所以才会用那种态度去面对田迅。至于这个电话，邱瑶瑶为什么会打给田迅，也许是邱瑶瑶不死心，想最后确认一下田迅的心意！”

“不错！”郑祺很不正经地点了点头，随后，又扭过头，好奇地对冉潇问道，“你小子谈过恋爱？”

“我……谈过！”冉潇满脸涨得通红，甚至还有些娇羞地低下了头，那模样还真像是娇滴滴的大姑娘。

“厉害！”郑祺笑吟吟地朝着冉潇竖起了大拇指，那嘴角都快要扯到耳垂的位置了。

虽然郑祺和冉潇的交谈与本案无关，却使办公室内的压抑气氛缓解了不少，不论是郑祺、冉潇，还是马浩然，脸上都没有那么明显的愁云惨雾了……

“好了！”郑祺见气氛变得轻松了不少，便猛地一挥手，说道，“冉潇的话有几分道理，但小马的分析也不是完全没有可能，邱瑶瑶，仍旧是我们要重点关注的几人之一！”

对于郑祺的话，马浩然没有做出任何回答，他只是闭目沉思，而冉潇则怯生生地问道：“队长，我们接下来该怎么办？能查的资料，我们已经都掌握了，案发现场也没有留下任何的犯罪痕迹，我们目前所掌握的线索，也只有那么一点而已，距离破案还差很远！”

“七名嫌疑人，午夜时分的怪异婴儿啼哭声，尸体睡衣上的水痕，充满杀机的通话音频……”郑祺用力地将烟头摁进了烟灰缸里，好像是在喃喃自语，又好像是在对马浩然和冉潇说话，“我们掌握的线索太少了，只能勉强确定杀人动机和杀人手法，别说找到指认凶手的证据了，就连缩小嫌疑人的圈子都办不到……”

“冉潇！”郑祺突然低喝一声，将冉潇吓了一跳。

“队长，怎么了？”冉潇眨了眨眼睛，惊魂未定地问向郑祺。

“配合老李，把死者连同那七个人昨天的行踪，都问出来，必要的时候，可以把他们请到警局里来录口供，我们必须要掌握所有人的行踪，我不相信凶手会分身，也不相信凶手能够做到完美犯罪！”

“我知道了！”冉潇重重地点了点头，言罢，便抱着笔记本电脑，快步跑出了郑祺的办公室。

冉潇走后，办公室内便只剩下闭口沉思的马浩然，以及不断吸着烟的郑祺……

郑祺抬头，瞥了马浩然一眼，旋即便用手轻轻地敲击起了桌面，一阵沉闷的“嘭嘭”声，也立刻将马浩然的注意力吸引了过去。

“小马，你有什么看法？”见马浩然抬头望向自己，郑祺这才笑吟吟地出言问道。

不知道从什么时候开始，询问马浩然的想法，已经成为郑祺的一种习惯，也许，正是因为马浩然天马行空般的思维，让郑祺眼前一亮，仿佛看见了年轻时的自己一般……

“暂时没有什么新的线索！”马浩然微微摇头，语气平淡地说道，“这件案子，我们能查的，已经都查过了。现在仅有的线索，也只有七名嫌疑人、疑似婴儿的啼哭声、水痕以及通话音频……如果我们能将这些东西都串联到一起，说不定就会找到破解此案的关键所在了！”

听了马浩然的话，郑祺不由得一愣。

足足过了半晌，郑祺才开口说道：“你认为，将我们目前已知的四条线索串联到一起，就能揭开最后的谜底？”

马浩然没有说话，只是点了点头。

“可是，小马，这四条线索完全是风马牛不相及，又如何将它们串联到一起呢？”郑祺的脸上出现了狐疑的神色，似乎他并没有太理解马浩然话中的意思。

第八章　情债

“就是因为这四条线索完全没什么相通之处，我才要努力地将它们融合到一起，尝试寻找新的线索，创造出新的突破口，目前，我们也只能这么做了！”马浩然双手一摊，难能可贵地挤出了一丝苦笑，“这件案子本身已经进入查无可查的死胡同，也许，那几个人的行踪会给我们带来新的线索，但我想不会有太大的帮助，所以，我们也只能在查无可查的状况下，死马当作活马医了！”

“你说得也对！”郑祺笑了笑，又为自己点燃了一支香烟，“总不能让我将鬼婴哭丧这件事写进报告中吧？况且，我根本就不相信这是所谓的鬼婴索命！”

“我和你的想法一样，这只不过是一场借助鬼婴作为烟幕弹来进行的杀人事件罢了！”马浩然坚定地说道，“我相信，我们一定会查到蛛丝马迹，将凶手绳之以法的！”

“那就先等等看，说不定，老李和冉潇那边会给我们带来意想不到的收获呢？”郑祺说完，便靠在了椅子上，双脚还搭在了桌沿，开始自顾自地闭目养神。

马浩然见状，径直站起身，头也不回地走出了郑祺的办公室……他现在需要换一个环境来放空大脑，让思维更加跳跃，更加地天马行空。

这件案子，从案发之时到排查现场，再到返回市局，整个过程，马浩然等人其实都没有发现什么实质性的线索，马浩然隐约觉得，这件案子需要让脑洞彻底打开，将想象力发挥到极致，才有可能破获！

马浩然独自走到了落地窗前，仿佛与现实世界完全隔绝一般，面无表情地盯着下方车水马龙的街道。

十分钟，二十分钟，四十分钟，时间飞速地流逝着，直到一个小时之后，马浩然仍旧一动不动，始终保持着石雕一般站立的姿势……

忽地，一阵急促的电话铃声响了起来，直接摧毁了马浩然的狂想世界。

马浩然微微皱眉，旋即，他便摸出身上的手机，一看来电显示的号码，是乔烟打来的！

接通了电话之后，还不待马浩然说话，电话另一边便传来了一道悠然空灵的女声，乔烟开口问道："我听说，靠山公寓那边发生了命案，而且，医院的同事们说，死的是一个渣男，渣男临死之前，楼层里还有鬼婴的哭声出现过！马浩然，这该不会真的是一起鬼婴索命案吧？"

"鬼婴索命？"马浩然自顾自地摇起了头，用一种很无奈的口吻对电话另一边的乔烟说道，"世界上，根本就没有鬼！"

"那你的意思是，这是人为的凶杀？"乔烟再次发问。

"没错！"马浩然轻声回了乔烟一句，便继续说道，"如果这是一起鬼婴索命案，那索命的鬼婴为什么要用手术刀杀人？鬼，应该不会选择用手术刀杀人吧？"

听了马浩然的话，电话另一边的乔烟沉默了片刻之后，便煞有其事地说道："还真是这么回事！"

"你找我有事吗？"马浩然很煞风景地问了这么一句话。

如果影帝在这里，一定会对马浩然说"难怪你没有女朋友"这句话！

"没有！"乔烟气呼呼地对着电话喊了一句，随后，就很生气地挂断了电话。

马浩然举着已经结束通话的手机，一脸的莫名其妙，最夸张的是，马浩然这家伙还情不自禁地嘀咕了一声："没事为什么要给我打电话？"

如果影帝在这里，一定会用更加激烈的方式来嘲讽马浩然……

还好，影帝不在这里。

“嗒嗒嗒”……

就在乔烟挂断了和马浩然的通话之后，一阵轻微的脚步声从马浩然的身后悄然响起，只不过，马浩然好像完全没听见那般，仍旧沉浸在乔烟这通莫名其妙的电话中……

“小马！”郑祺走到了马浩然的身后，望着马浩然一动不动的背影，轻声叫喊了一句。

郑祺的声音立刻打断了马浩然的思绪，当即，马浩然便转过身，直面郑祺，道：“队长，怎么了？”

“冉潇和老李那边已经有消息传回来了，一起看看吧！”郑祺一扬头，又抬起手，用大拇指指了指办公室的方向，笑吟吟地对马浩然说道，“老李很果断地采用了就地录口供的方式，让几个小组的人同时行动，突然行动，直接在找到她们的地方，给韩露、徐冰、邱瑶瑶和夏梦琪四人录了口供，还有冉潇，他又扒了扒田迅，发现这家伙还有一点小秘密……”

“小秘密？”听了郑祺的话，马浩然的双眼立刻闪过一抹异样的神采，随后，便紧跟郑祺的脚步，返回了郑祺的办公室。

郑祺的办公室内，冉潇、老李和苏叶皆在。

“人齐了，可以开始了！”郑祺一边说着，一边绕过了堆满资料本的办公桌，坐回到了主位上，旋即，郑祺朝苏叶扬了扬手，示意由苏叶先开始。

苏叶自然看懂了郑祺的手势，只不过，她却并没有在第一时间开口，而是等到马浩然坐下之后，这才缓缓地开口，将她的新发现说了出来……

苏叶的小动作，倒是能够充分说明，马浩然在她心目中的位置，已经拔高到了一种前所未有的高度，不论是个人也好，公事也罢。

这一细节，众人并没有注意到，当然，除了郑祺！

郑祺一脸坏笑地看了苏叶一眼，不过，他却并没有戳穿苏叶的小心思，或者说，他还没来得及开口打趣，苏叶便先一步开口了……

“离开队长的办公室之后，我给几个在医院的朋友打过电话，询问过手术刀的问题，虽然我并没有发现什么实质性的线索，但我却发现了一处矛盾！

“根据我的朋友们讲述，医院的手术刀很多，就算丢了三把五把，也不会被发现，所以，我们的潜意识会认为，有必要继续追查手术刀和医护人员的线索！

“可是，我在医院工作的朋友又告诉我，这种手术刀想不通过医院的渠道搞到手，也很简单，最起码，在网上有很多家店铺就是卖手术刀等医疗器具的，而这一点又暗示我们，没必要追查医护人员这条线索！

“还有网络店铺的问题，想要彻底追查，也是查无可查，因为数量太过庞大，买家信息也太过杂乱，就算能找到最后的买家，那也需要耗费很长时间，而社会的舆论和压力，不允许我们浪费这么多的时间，所以，这条路基本上也是行不通的！

“总的来说，关于凶器的一切问题，已经追查到了根源，结果是……查无可查！”

说完，苏叶不由得叹了一口气。

“其实，关于凶器的问题，我们也不是毫无收获！”苏叶话音落地，郑祺便出言解释道，“最起码，我们从小叶所说的矛盾点，找到了一丝线索……凶手用手术刀来行凶，除了手术刀锋利、方便携带之外，也是想扰乱我们警方查案的方向，让我们将矛头指向医护人员，以及耗费时间和精力去追查网络店铺的问题！”

郑祺的话，马浩然几人深以为然。

虽然这件案子表面上看起来很简单，可实际上，布局却非常缜密，没有留下任何的蛛丝马迹。故意将凶器遗留在现场的凶手，其实完全有时间将凶器带走并且处理，凶手为什么没有选择将凶器带走，很大程度上，就是如郑祺所言那般，是想扰乱警方查案的方向！

“凶器这个问题，暂时不要去查了！”郑祺大手一挥，转头望向冉潇，说道，“你那边的新情况，也说一下吧！”

冉潇点了点头，便直接开口说道：“我刚才查了一下田迅更详细的资料，当我查到田迅的银行卡流水的时候，我发现田迅这段时间的花销，可不是一星半点的大，最近两个月，田迅竟然花了二十几万元！

“顺着这条线索，我继续追查，发现田迅的钱大多数花在了吃饭、唱歌等休闲场所，以及衣服、香水和饰品等消费品上！

“随后，我通过百货大楼的内部网络进行调查，发现田迅买的衣服和饰品，都是女人用的！

“我猜测，应该是田迅为了追求向雯而送给向雯的礼物，毕竟，向雯是千金大小姐，普通的礼物她也不会看上眼。

“我查过田迅的家庭背景，只是普通家庭，而田迅目前又是无业状态，根本没有经济来源，根据田迅的家庭情况和收入情况，根本无法支撑他最近一段时间的巨额花销，那么，田迅的钱是从哪来的？

“我继续追查，结果我发现了一个小秘密，田迅这家伙，在民间的借贷公司借了不少钱，而且利息高得吓人！

“在借贷公司的内部网络中，已经将田迅列入了危险人物的名单，应该是怕田迅无力偿还，准备采取措施了！”

冉潇洋洋洒洒地说了这么一大堆之后，很是时候的缓了一口气，见众人都将目光定格在了他的身上，他才继续说道：“我推测，田迅现在一定很缺钱，因为借贷公司的债务，他根本就无力偿还。还有，他应该是想尽快把向雯追到手，用一些哄骗手段来让向雯替他还债！”

听了冉潇的介绍，苏叶忍不住地低声咒骂了一句：“比渣男更渣！”

“渣男这个问题，可以先放一放，人都死了，说这些还有什么意义？”郑祺淡淡地瞥了苏叶一眼，又将话题带入“鬼婴哭丧”案中，“现在，我们又可以确认一条新的线索，死者很缺钱，这是死者目前体现出的最大弱点，也许会对我们的侦破工作有所帮助！”

郑祺话音落地，老李和冉潇连连称是，就连马浩然也下意识地点了点头，表示认同郑祺一针见血的分析。

“老李，该你了，说一说那四名嫌疑人的口供吧！”郑祺见众人对他的分析没有异议，便抬手指向了老李。

“好！”老李应了郑祺一声之后，拿起办公桌上的资料本，清了清嗓子，说道，“先说韩露的口供……根据韩露讲述，她从昨天早上九点到公司开始，就一直在工作，其间，虽然忙里偷闲给田迅打过电话，虽然她很恨田迅，但她并没有杀死田迅，因为，韩露所在的私企，最近有一些账目上的问题，所以，韩露最近几天一直都在加班，巧合的是，昨天晚上，韩露在公司加班，并没有回家，也没有离开公司！”

“她的不在场证明呢？”郑祺随口问了一句。

“没有！”老李很干脆地摇了摇头，继续按照资料本上记载的口供说道，“因为韩露昨天晚上是在公司的休息室里，一边休息一边加班，而且还是独自一人，所以没有不在场的证明！

“韩露所在的公司，我也调查过，距离靠山公寓不算太远，步行的话，大概要三十分钟，如果是在案发时间段坐车的话，七分钟之内就能到，毕竟，晚上的金陵市，交通很通畅。

“再说韩露所在的私企内部，虽然有监控设备，但公司后门的监控设备已经坏了，所以，韩露有作案时间、作案空间，以及作案动机！”

老李顿了顿，随后，便翻开了记事本的下一页，接着说起了第二个人的口供。

“第二份口供，是徐冰的！

“为了备战不久之后的公务员考试，徐冰选择搬进了她家的老房子，独自居住。这样的话，徐冰也没有充分的不在场证明。因为，根据徐冰讲述，她昨天一天都在家中看书，而且一直看到了凌晨四点才睡下，而徐冰目前居住的地方，是金陵市最老的一批住宅楼，监控设备之类的，根本不存在，而且住的人也比较少，大多数人搬了出去，想要在夜深人静的时候离开家，去杀人，再返回家中，整个过程，很难会有目击者！

“唯一让我在意的是，徐冰家的老房子，距离靠山公寓小区很远，最起码有四十五分钟到五十分钟的车程，这一段漫长的路，会经过无数个安装了监控设备的十字路口，如果徐冰真的是凶手，我们只要和交通部门合作，逐个排查各大路口的监控设备，就能得到结果了。

“至于避开监控设备的路口……”老李咧嘴一笑，道，“我在手机上看过徐冰家的老房子到案发现场的路线图，除非徐冰步行，刻意躲过监控设备，否则的话，徐冰绝对无处遁形！

“这也勉强算是，不算不在场证明的不在场证明了！”老李话音落地，郑祺便出言说道：“立刻联系交通部门，排查徐冰家的老房子到案发现场所有路线的监控设备，如果能解除徐冰的嫌疑，我们继续追查，也就方便了不少，如果一下子就查出了徐冰在说谎，那就更好办了……”

说完这番话，郑祺也咧开嘴轻笑起来，他的话虽然没说完，但办公室内的几人都能猜到下文……

如果在交通部门的监控设备中发现了徐冰的身影，那就证明徐冰说谎了，这件案子也就有了重大突破，甚至可以确定徐冰就是凶手！

当然，一切的结果，都要等到和交通部门确认过监控录像之后，才能知晓。

再说老李，给交通部门打了一个电话，请求交通部门配合查案之后，他又念起了第三个人的口供……

“再说邱瑶瑶……”老李停顿了片刻，扫了一眼资料本，这才接着开口说道，“邱瑶瑶目前也是独居，住在距离靠山公寓不远的香山小区。

“从香山小区到靠山公寓，步行需要二十几分钟，如果开车或者打车的话，十分钟之内绝对能到！

“根据邱瑶瑶的讲述，昨天白天，她身体有些不舒服，没有在店里帮忙，一直在香山小区的家中休息，直到中午，她独自外出。吃过午饭，漫无目的地闲逛了一段时间，大概下午四点的时候，回到了香山小区的家中。

“到了晚上，邱瑶瑶的身体好了许多，出于无聊，在晚上十点左右她离开了家，去了香山小区外的一家酒吧，喝了点闷酒，直到凌晨一点才离开酒吧，而且，邱瑶瑶是独自去的酒吧，再加上酒吧里面很乱，人也很多，所以，她也没有充分的不在场证明！

“我调查过那家酒吧，内部根本没有监控设备，只有正门和大厅等少数的地方，有监控设备。

“还有，冉潇查过那家酒吧的监控系统，也有所发现……”

说完这句话，老李停了下来，指了指冉潇，继续说道："先让冉潇把那段视频放出来吧！"

这边，老李话音落地，那边，冉潇便娴熟地操控起了电脑，没多久，郑祺办公室的投影布上，便出现了一段深夜视频……

通过投影布上显示的场景，郑祺和马浩然等人依稀能够看出，是在一处装饰新潮前卫的酒吧正门外，而此时，一名穿着牛仔短裤和吊带背心、脚踩高跟鞋的妙龄女郎，走进了监控设备的录制范围内，随即，那名黑发挽起、妆容精致的女子，拎着皮包，快步走进了酒吧内。

紧接着，投影布上的画面闪烁了一下，显示的场景也与之前有所出入……夜，更深了，闪烁的霓虹灯在黑夜的映衬下，更加刺眼！

只见投影布上又是那名穿着前卫的妙龄女郎，娇躯有些微晃地从酒吧里走了出来，几秒钟之后，那妙龄女郎的身影，便脱离了监控设备的录制范围了！

"第二段视频，是今天凌晨一点十分左右，酒吧监控设备录制下来的视频！"冉潇轻声介绍了一句。

"她就是邱瑶瑶！"冉潇话音落地，老李便出言解释道，"虽然视频中看不清邱瑶瑶的脸，但我监视过她，那时候，邱瑶瑶刚好在洗车，没有坐在车里，也没有进行任何的工作，所以，我就记下了她站立和走路时的身材体态。"

"当我看了酒吧的监控设备后，我一眼就认出了她！"

"通过这两段视频显示的内容，可以确定，邱瑶瑶昨天晚上的确去了酒吧，可是……"郑祺神秘一笑，道，"酒吧内部没有监控设备，邱瑶瑶完全可以进入酒吧，再离开酒吧，然后去行凶，行凶之后，再返回酒吧。整个过程，邱瑶瑶都有足够的时间去完成，所以，她并不能完全摆脱嫌疑！"

"队长分析得没错，我调查过，酒吧还有后门，那里是没有任何监控设备的，尤其是，这家酒吧有个规矩，女士出入场都不需要购票，可以随意进出，前后门都可以，这也给邱瑶瑶创造出了绝佳的犯案时机！"老李正色道。

老李说完，程稳露也立刻说出了她的想法："不管怎么说，邱瑶瑶算是这三人之中，唯一一个还算是有不在场证明的人，虽然她的不在场证明也很模糊……"

"不是三人之中，是四人之中……"老李看了程稳露一眼，继续说道，"第四个人，夏梦琪，也没有不在场证明！

"夏梦琪目前在一家律师事务所实习，而且，她也是独居，就住在靠山公寓中！"

听了老李的这番话，众人立刻瞪大了眼睛，甚至下意识地屏住了呼吸！

那四名嫌疑人之中，竟然还有一人居住在靠山公寓？

这对于郑祺等人来说，无疑是全新的发现！

"夏梦琪居住在死者田迅所在的公寓楼隔壁的那栋楼。"

"根据夏梦琪的讲述，她昨天白天都在上班，下班之后，自己简单地吃了一顿饭，就回到了家中，并且整夜都在整理最近事务所接到的案件资料，直到今天凌晨五点左右才睡下，睡了三小时，夏梦琪就去上班了！

"夏梦琪同样没有任何不在场证明或是证人，而且，夏梦琪距离死者最近，她犯案的空间是最大的！"

老李说完这番话，便合上了资料本，而郑祺和马浩然等人，则纷纷陷入了沉默之中……

本案一共有七名嫌疑人，但七人之中，夏梦琪四女的嫌疑，要比王东三人的嫌疑更大，而且，夏梦琪四女在案发时间段都没有充分的不在场证明和证人，又都有足够的杀人动机和犯案空间，只是四女的嫌疑有略微的轻重之分而已，但又不能完全确认某个人可以从嫌疑人的名单中被排除……

直白地说，郑祺和马浩然等人，根据四人的口供，以及目前所掌握的所有线索，依旧无法判断出凶手的身份，以及获得决定性的证据。

鬼婴哭丧案，又一次进入了查无可查的状况中。

而且，这一次，郑祺和马浩然等人，已经再也没有其他可以下手的方向了！

死一般的沉默，好似一片阴云，将所有人都笼罩起来……

沉默，足足持续了半晌，最终，一道清脆的叹息声打破了沉默……

“能查的都查了，可我们却仍旧没有任何实质性的进展和突破……”苏叶重重地叹了一口气，美目之中尽是茫然。

诚然，正如苏叶所言那般，对于鬼婴哭丧案，所有能排查的线索，能调查的人，甚至是能挖掘出的复杂关系网，重案组全员都已经竭尽全力去完成了，可最后的结果，仍旧只有那么几条看起来完全没有任何联系的线索，甚至连那几名嫌疑人，都无法进行筛选和排除……

苏叶一番话，让本就沉闷的气氛变得更加压抑，每个人的心头，都好像压上了一块千斤巨石那般，让人喘不上气，甚至无法呼吸！

“各位！”就在这时候，郑祺突然拍起了巴掌，将众人的注意力全都吸引到了他的身上之后，郑祺这才语调轻缓地对众人说道，“我觉得，这件案子并没有真正进入查无可查的状况，我们不是还有四处疑点吗？”

“队长，你说的是七名嫌疑人、午夜时分的怪异婴儿啼哭声、尸体睡衣上的水痕，以及充满杀机的通话音频这四处疑点吗？”老李茫然地说道，“可是，这四处疑点，我们同样是毫无头绪啊！”

“毫无头绪，那就接着查下去！”郑祺凛然一笑，双眼微眯，锐利的目光仿佛能够洞穿时空一般，他义正词严地说道，“我不相信鬼婴索命一说，更不相信完美犯罪，凶手一定会留下破绽，只不过我们还没发现而已！”

这边，郑祺话音刚刚落地，马浩然也站起了身，脊梁挺得笔直，面无表情地说道：“队长说得没错，凶手一定会留下破绽，而且我相信，凶手留下的破绽，就在这四处疑点之中！”

“那七名嫌疑人，我们已经没有办法再继续追查下去了，还有尸体睡衣上的水痕，我们也毫无头绪。至于那几段音频，只能帮助我们确认几名嫌疑人的杀人动机。最后的深夜鬼婴啼哭声，我们更是无法解释！”

程稳露缓缓摇头，叹了一口气，双眼之中尽是茫然，甚至还有 一种叫作“绝望”的情绪，正在悄悄地蔓延开来。

程稳露向来要强，之前的案子，哪怕再曲折，再扑朔迷离，她从来也没有露出过这种表情，由此可见，这件看似简单的鬼婴哭丧案，似乎真的已经查到尽头了！

“无法解释吗？”郑祺转过头，望着程稳露，突然咧嘴一笑道，“我倒是认为，你所说的最无法解释的鬼婴啼哭声，倒是最有破绽的地方！”

郑祺一语，立刻将众人的注意力全都吸引了过去，包括神色复杂的程稳露，以及面无表情的马浩然！

“队长，你的话是什么意思？”程稳露轻皱秀眉，她并没有完全理解郑祺话中的意思。

“这件案子，已经超出了普通谋杀案的范畴，所有的线索，看起来都很模糊，而与案件本身有关系的人物和事件，更是到了查无可查的地步。所以，想要破解所有的谜团，就需要我们将脑洞开放到极致……”郑祺微微地扬起了嘴角，露出一抹神秘的笑容，“而本案最值得敞开脑洞，燃烧脑细胞的地方，也是一切罪恶的起源，就是这鬼婴的啼哭声！”

郑祺越说越起劲，连声调都不由得提高了几分：“正是那道虚幻缥缈的鬼婴啼哭声，给本案蒙上了一层灵异面纱，更是闹得金陵市人心惶惶。所以，我们干脆就从这道啼哭声下手。要查，就直接从最根源的地方查起！”

“从鬼婴的啼哭声下手……敞开脑洞……燃烧脑细胞……”马浩然一边皱起了剑眉，一边抬手揉起了下巴，他的思维和注意力，再一次进入了只属于他自己的狂想世界中！

不仅是马浩然，所有人，包括几乎不参与推理的法医苏叶，都完全沉浸在了郑祺的话语中，仿佛大家都在尽力让自己的思维跳跃到极限的顶点……

“婴儿的啼哭声，该不会，凶手在行凶的时候真的抱着婴儿去吧？”苏叶瞪着美目，可下一瞬间，她又自嘲地摇起了头，“怎么可能呢？凶手抱着婴儿去行凶，这根本就是不可能发生的事情！”

“那这鬼婴的啼哭声，又是如何产生的？”老李揉着太阳穴，毫无头绪地嘀咕起来，“总不会是凶手自己模仿出来的婴儿啼哭声吧？这几名嫌疑人之中，难道还隐藏了模仿高手或者是口技高手不成？”

“也有可能是借助某种道具弄出来的声音。”腼腆的冉潇也加入讨论中，

“如果用电脑合成的话，我也能合成出婴儿的啼哭声，只不过，不知道会不会被听出来是电子音，或者再加上一些其他的手法来掩饰电子音，会不会就可以做出以假乱真的婴儿啼哭声了？”

“根据几名听过鬼婴啼哭声的嫌疑人形容，那声音非常诡异、惊悚，让人刻骨铭心，应该不会是合成的电子音吧？况且，嫌疑人中，有人就在电脑城工作，如果是电子音，应该会听出来吧？”程稳露好像是在呢喃自语，又好像是在对所有人说话，“而且，听过啼哭声的嫌疑人还说过，声音好像是人发出来的，又好像不是由人发出来的，声调很怪异，而且在诡异的啼哭声出现的时候，还出现了水流的声音……”

程稳露的话还没说完，马浩然突然挣脱了他的狂想世界，猛地抬起手，直接拍在了郑祺的办公桌上！

嘭！

一道沉闷的响声，陡然在郑祺的办公室内炸开，打断了程稳露的说话声。

全神贯注思索案情的众人，皆被马浩然突如其来的这么一下子吓了一跳！

当即，所有人都将视线集中在了马浩然的身上，只不过，被马浩然吓了一跳的众人，并没有露出愤怒或是不满的神色，每个人的脸上都写满了好奇……

“似人非人的怪异哭声！

“模仿婴儿啼哭声！

“流水的声音！

“尸体睡衣上的水痕！

“关键点，就是婴儿的啼哭声和水！”

马浩然状若癫狂地嘀咕起了这几句话，好像发现新大陆一样，双手按在了郑祺的办公桌上，身体前倾，全身都忍不住地轻颤起来！不过，马浩然微微扬起嘴角，所勾勒出的神秘、自信，以及僵硬的微笑，却是与他激动的情绪，形成了极其鲜明的对比！

众人一见马浩然的表情，纷纷面露喜色……经过这么长时间的相处，大家对马浩然也算是非常了解，当他露出这种反常的异样表情时，便代表他已经解开了所有的谜团！

可是，马浩然真的解开所有的谜团了吗？

就凭借这么几条不算线索的线索，就解开了所有的谜团？

这是所有人心中都抱有的疑问！

“小马，你想明白了？”郑祺将整个身体的重量都靠在了椅子上，一脸淡笑地凝视着眼前情绪异常的马浩然。

“我想明白了！”马浩然盯着郑祺，坚决地点了点头。

马浩然此言一出，满场哗然！

“小马，你这家伙真的解开了所有的谜团？就凭那几条线索和天马行空地乱想，就解开了所有谜团？”老李张大嘴巴，好像看怪物一样地看着马浩然，“我真想知道，你的脑子到底是什么做的！”

“你该不会是骗人吧？”程稳露满眼疑惑地盯着马浩然，虽然她的话语中充满了怀疑，但那双灵动的双眼，却流露出了期待的神色。

“说出来吧！”苏叶莞尔而笑，如释重负地舒了一口气。

其实，就连苏叶自己都不知道，究竟是从什么时候开始，她的态度已经从排斥马浩然转变成了无条件地相信他，尤其是在面对悬疑诡案的时候，这种莫名其妙的信任就越浓郁。

众人的话语对于此时的马浩然来说，完全就是左耳进右耳出。此刻，马浩然的心中只有鬼婴哭丧案。

“正如队长所言那般，解开这件案子，最关键的地方，就是鬼婴的哭声！”马浩然深深地吸了一口气，说道，“只要解开了这道谜题，那这件案子也就变成了最简单的凶杀案！”

被马浩然这么一说，众人更加好奇，纷纷出言催促起了马浩然……

“其实，这件案子之所以会让我们的侦查工作陷入僵局，最大的原因是杀死田迅的真凶用一环接一环的障眼法来迷惑我们……”说完这句话，马浩然冷笑起来，“现在，我就用我的推理逐步揭开鬼婴哭丧案的所有真相……”

马浩然的这番话，说得胸有成竹，而他嘴角上扬起的那一抹冷笑，更是为他这番言论增加了几分可信度。

最起码，对于几乎从来不会有任何表情的冷面男来说，冷笑也属于一种难能可贵的异常表现，或者说是一种源于极度自信的表现！

所有人皆全神贯注地盯着马浩然，准备聚精会神地聆听马浩然接下来要说的话。

当然，马浩然并没有让大家等太久，他缓步走到了办公室的墙边角落中，这个角度恰好可以满足马浩然扫视众人、仿佛掌握全局那般的要求……

“先说案发之时，靠山公寓小区发生命案的那栋公寓楼的十三层……

“午夜子时，夜深人静，一道诡异的婴儿啼哭声，摧毁了十三层的寂静，洞穿墙壁门窗，传入了所有住户的耳中，也包括死者田迅！

“当时的田迅，内心状态如何，我不知道。我只知道，诡异的婴儿啼哭声结束的不久之后，或者就在诡异的婴儿啼哭声正在进行时，凶手敲响了田迅的房门，凶手敲门的声音应该非常小，小到其他住户根本听不见，或者敲门声已经被诡异的婴儿啼哭声掩盖了下去。

“不论是哪种可能，对于本案都没有太大的影响。因为，凶手制造出诡异的婴儿啼哭声，主要的目的是想营造出鬼婴复仇的场景和言论，让我们警方将这件案子归纳为无法解释的悬案！

“诡异的婴儿啼哭声，是凶手制造出的第一处障眼法，也是最关键的突破口！

“接着说案发现场，凶手和田迅，相互之间应该非常熟悉，甚至我大胆地猜测，凶手和田迅很有可能已经事先约好了午夜子时见面，这样，田迅也就会顺理成章、毫无防备地打开门，甚至连那诡异的婴儿啼哭声，都没有让田迅产生任何的戒备！

“当田迅打开房门之后，他见到了凶手，而凶手就趁着田迅开门的那一瞬间，拿出了手术刀，直接刺入了田迅的心脏，并且搅动了几下，导致田迅当场毙命！

“手术刀，是第二处迷惑我们警方的障眼法，为的是想将我们警方的注意力，通过手术刀引到医护人员的身上！

“杀死田迅之后，凶手连屋都没进，便直接离开了案发现场，由于田迅死在了房门口，所以，凶手无法关闭田迅家的防盗门！

“这就是凶手行凶的全过程，手法非常简单，也非常直接！”

马浩然顿了顿，深吸一口气，扫了一眼满脸迷茫的众人，只不过，当马浩然的视线落到郑祺身上的时候，马浩然发现，郑祺的脸上并没有任何疑惑不解的神色，相反，郑祺倒是用一抹神秘的微笑来回应马浩然……

见到郑祺如此模样，马浩然自然是心知肚明……这位看起来玩世不恭的郑队长，似乎又先他一步揭开了谜底。

当然，马浩然不会在意这些，他只是深深地看了郑祺一眼，随后，便继续讲述起了他的推理……

“还有一点，凶手在离开案发现场之前，拿走了田迅的手机，这是凶手布下的第三处障眼法，目的就是想将我们警方的注意力，吸引到那部莫名其妙丢失的手机上！

“我们警方如果将注意力集中到田迅的手机上，必然会动用一切力量追查那部手机，就像我们之前所做的那样，通过电话公司调查田迅的通话记录、通话音频、短信和微信，这样，也就自然而然地引出了那几段充满杀机的音频……

“再之后，我们介入案件，排查死者与死者的三名邻居，又引出了死者生活作风的问题。进而，另外四名嫌疑人韩露、徐冰、夏梦琪和邱瑶瑶，进入了我们警方的视线之内。

“通过调查，我们几乎可以认定，田迅之死乃是情杀，而且韩露等四女的嫌疑非常大！

“自然而然，我们会开始调查韩露等四女，同样，得出的结论无法对本案产生任何突破和进展，因为韩露等四女都没有确切的不在场证明和证人！

“这样，所有的嫌疑人，就都有了杀人动机、犯案空间和时间！

“至此，本案进入了查无可查的尴尬境地中……”

马浩然说完这番话，嘴角轻挑，扬起了一抹僵硬的弧度，神神秘秘地说道：“查无可查，其实就是水落石出的开始，看似没有任何的突破口，实则，突破口已经出现了！”

“突破口？”程稳露盯着马浩然，一脸茫然地嘀咕了一声，“这件案子真的有突破口吗？”

“有突破口！”马浩然异常坚决地说着，言罢，他还缓缓地竖起了三根手指，说道，“第一处突破口，就是那几段充满杀机的音频，大家应该记得，四女之中，韩露、徐冰和夏梦琪的情绪都有些失控，喊着想要杀死田迅，而邱瑶瑶却非常淡定，和田迅聊起了闲话。其中有一个问题，是我非常在意的，也就是突破口。那就是，邱瑶瑶邀请田迅下午去喝咖啡，只不过，田迅以健身为理由拒绝了！

“巧合的是，邱瑶瑶在当天下午真的离开家，去外面闲逛起来，这就让我产生了怀疑……别忘了，田迅的手机中没有收到任何的短信或者是微信的约定，那么，田迅为什么会在深夜而且又是在那么诡异的气氛中，毫无防备地打开房门呢？

“因为，邱瑶瑶通过下午和田迅的通话，几乎确定了田迅的行踪，所以，她就提前出现在靠山公寓附近，等着田迅。

“直到邱瑶瑶见到田迅之后，和田迅口头约定了当天深夜的见面。这样的话，除了邱瑶瑶本人和已经死去的田迅之外，就没有人知道这个约定了。

“所以，田迅在案发之时，才会毫无防备地打开房门，因为他知道来人是谁……”

马浩然话音落地，办公室内的众人，除了郑祺之外，全部瞪大了双眼，一眨不眨地盯着马浩然……

“你该不会是想说，邱瑶瑶就是杀死田迅的凶手吧？”程稳露的脸上写满了不敢相信！

“不通过电话、短信和微信，唯一能够见到田迅并且和他约定深夜见面的人，只有可能是邱瑶瑶，而且，也只有熟人见面这一种解释，才会出现没有任何痕迹、挣扎、打斗以及声音的案发现场！”马浩然侃侃而谈，道，“况且，冉潇之前调查过，田迅现在很缺钱，如果邱瑶瑶以给他钱帮他还债的理由来约田迅，我想，田迅是绝对不会拒绝的！

“当时的田迅，应该会奇怪，邱瑶瑶为什么会和他约定在深夜见面，又为什么不将钱以直接转账的方式给他……不过，这些已经不重要了，只要能拿到钱，田迅不会在意这些细节的！”

马浩然说完这番话，众人立刻陷入了沉思……

片刻之后，老李率先打破沉默，出言说道：“小马的解释很合理，也很符合本案的情况。可是，单凭这些推理，就断定邱瑶瑶是凶手，似乎有些太过牵强了吧？”

马浩然没有正面回答老李的问题，而是继续说道：“昨天深夜，案发时间段，邱瑶瑶去了酒吧，可进入酒吧之后，邱瑶瑶就脱离了监控设备的范围之内。在这段时间，她完全可以通过酒吧的后门离开酒吧，利用去酒吧喝闷酒的借口作为掩饰来行凶！

“离开酒吧之后，邱瑶瑶去了靠山公寓，并且如我刚才阐述的那段杀死了田迅，之后，邱瑶瑶又返回了酒吧。不论是时间和空间，都来得及，也都符合逻辑！

“最后，邱瑶瑶通过酒吧的正门，假装喝多了酒，摇摇晃晃地走过监控设备的拍摄范围，她是想通过这份监控录像来为自己制造不在场证明。

“而且，邱瑶瑶应该是开着自己的车去靠山公寓行凶！

“我还认为，邱瑶瑶在行凶的过程中，应该穿着一身宽大的衣服，既方便藏手术刀，也方便将她那身短裤和吊带背心掩在外衣内，这样可以省去换衣服的时间，而且，这也是邱瑶瑶为什么会去酒吧，会选择那家酒吧，又为什么会穿得那么前卫新潮，并且今天为什么会洗车的根本原因！”

马浩然说完这番话，老李再次嘀咕起来：“这和洗车又有什么关系？”

“很有关系，因为，邱瑶瑶想洗掉一些犯罪痕迹……”

这一次，马浩然回答了老李的问题，但他并没有完全回答，而是只说了一半。而后，马浩然便继续阐述起了他的推理。

“我们接着说第二个突破口，水声以及水痕！

“如果单单去分析水声和水痕，就算想破头，我也无法想出结果，可是，如果将第二个突破口和第三个突破口联系到一起，那么，本案最关键的问题也就迎刃而解了！

“第三个突破口，就是凶手引以为傲的鬼婴之声！

“鬼婴的啼哭声和水声以及水痕联系到一起，会得出什么样的结论？

“大家想一下，是不是有一种生物，和水有着十分密切的联系，而且，这种生物还会发出类似婴儿的啼哭声……”

马浩然抛砖引玉地提出了他的问题，说完这些，他便不再多言，而是静静地站在墙角，环视着众人十分丰富并且还在不断变换的表情……

“是什么东西？”冉潇怯生生地问了一句，他是真的想不出，马浩然所说的生物到底是什么生物！

“娃娃鱼，又叫作大鲵！”马浩然微微一笑道。

娃娃鱼！

大鲵！

简单的几个字，好似一根银针，狠狠地刺进了众人的耳中，洞穿耳膜，直刺大脑最深处。

“没错！娃娃鱼！”苏叶猛地从座位上站了起来，失声惊呼道，“娃娃鱼的叫声，就像是婴儿的啼哭声，我曾经在陕汉山区听到过这种叫声。而且，娃娃鱼虽然可以在陆地上行动，但绝大多数的时间，还是生活在水里的！”

“这种生物现在已经被保护起来了，想要弄到手并不容易，但是，邱瑶瑶的职业是什么？开海产品批发店的！只要她肯花钱，肯花心思去研究这件事，那么，她就一定能搞到一条能够发出好似婴儿啼哭声的娃娃鱼！

“至于流水声，应该是邱瑶瑶将娃娃鱼装进了不透水的箱盆中，那应该是娃娃鱼活动身体而发出的声音，虽然声音不会太大，但在寂静无声的十三楼，却会变得很突兀。自然而然，十三楼的住户，或多或少地都会听到一些响动。

“还有尸体身上的水痕，我想，应该是邱瑶瑶在移动装水的箱盆时蹭到手上的，进而在邱瑶瑶行凶的过程中，留在了死者田迅的睡衣上……

“所有的谜题都解开了，队长，现在可以让监视邱瑶瑶的人，将她带回警局了。”

马浩然在说最后一句话的时候，已经不再理会呆若木鸡的众人，转而将视线定格在了面露微笑的郑祺身上。

“好！”郑祺朝马浩然点了点头，脸上堆满了欣慰的笑容。

“把人带回来，可以结案了！”郑祺拨通手机，只对着手机说了这么一句话，就挂断了电话。

直到郑祺挂断电话，沉浸在马浩然天马行空一般的推理中的众人，才幡然醒悟过来！

“小马，你这家伙的脑子，到底是什么做的？就凭那么几条线索，竟然真的破解了所有的谜题？”老李发出一阵爽朗的笑声，并且走到马浩然的身边，也不管马浩然愿不愿意，直接狠狠地拍起了马浩然的肩膀。

“你还真是在不断刷新着我对人类智商上限的认识！”苏叶长吐一口气，俏脸上也绽放出一抹如释重负的微笑，甚至，就连苏叶看马浩然的眼神都变得不一样了，就像是马浩然全身都散发着一种叫作“吸引力”的光芒……

正当众人为马浩然的极限推理而欢呼赞叹之际，程稳露却皱着秀眉，提出了她的疑问：“马浩然，你的推理的确很符合逻辑，也与本案所有的关键点相契合，但是证据呢？指认邱瑶瑶就是杀人凶手的证据呢？你总不能单凭娃娃鱼，就断定开海产品批发店的邱瑶瑶就是凶手吧？”

程稳露的质疑，也让所有人都将目光聚集到了马浩然的身上！

的确，如果没有切合实际的证据，那么，马浩然这番超越智商极限的推理，以及天马行空般的思维，在法律面前也就会变成全都不成立的空想！

“证据……”马浩然的脸上没有任何的表情波动，深邃的眼瞳更没有表露出任何的情绪，他就像是没有情感的推理机器人，只是冷漠地说道，“大鲵，是被保护起来的生物，那么，想要得到大鲵，绝对不是一件容易的事情。我们只要得到有关部门的配合，我相信绝对会查到切合实际的证据，邱瑶瑶绝对逃不掉法律的制裁！

“如果我们查到了邱瑶瑶和大鲵之间的联系，邱瑶瑶应该就无话可说了……

“我们只要让王东三人听一下娃娃鱼的叫声，就能确认，案发时的鬼婴啼哭声，其实就是娃娃鱼发出来的！

“而且，整个金陵市，除了邱瑶瑶外，没有人拥有大鲵这种被保护起来的生物，那么，凶手也只能是她了！”

马浩然言罢，便缓缓地闭上双眼，不再言语。

“有道理！”老李则煞有其事地朝马浩然点了点头，说完这句话，老李连忙跑出了办公室，离开之前，老李又丢下了这么一句话，“我这就去联系有关部门，一定要找到邱瑶瑶犯罪的证据！”

老李走后，办公室内再次陷入无尽的沉默中。

忽地，马浩然突然叹了一口气，好像是在呢喃自语，又好像是在对其他人说：“鬼婴哭丧，究竟是为谁而哭？为了渣男田迅，还是为了亲手将自己送上不归路的邱瑶瑶？”

马浩然的问题，在场的众人，没人能够回答他。因为，真正能回答马浩然的人，只有邱瑶瑶本人而已。

半个小时之后，影帝和拳王将邱瑶瑶带回了金陵市局。

在金陵市局的审讯室中，郑祺只是在邱瑶瑶面前将马浩然的推理说了一遍，邱瑶瑶就认罪了，在老李找到证据之前，“鬼婴哭丧”案就结束了……

其实，仔细想想，这也是在情理之中的结果……

邱瑶瑶，一个没有经历过大风大浪的大学毕业生，她不是惯犯，相反，她是一朵在温室里长大的花朵，这种人的心理防线本就脆弱，尤其是杀人之后，这种压力远不是这样的小女孩能够承受的！

郑祺说出邱瑶瑶行凶的全过程以及手法之后，邱瑶瑶的心理防线绝对会在第一时间崩塌，更何况，指认她的证据并不是没有，只是来得或早或晚而已。

在这种前提下，邱瑶瑶除了认罪，还有第二条路可以选择吗？

答案自然是……没有！

审讯室外。

马浩然面无表情地靠在墙上，手里还抓着那本泛黄的笔记本，似乎，他是在等某个人……

“吱呀”，审讯室的门被推开了。

郑祺率先走出了审讯室，他只是淡淡地看了马浩然一眼，没有多说什么，随手在马浩然的肩膀上拍了一下，便径直走向了长廊的深处。

随后，拳王和影帝一前一后地走出了审讯室，在二人之后，一名身材高挑、黑发挽起、容颜姣好的年轻女子，也缓步地走出了审讯室。

这时候，马浩然直起身体，略微移动脚步，便出现在了那年轻女子的身侧，轻声问道：“邱瑶瑶？”

那年轻女子没有说话，只是朝着马浩然轻轻点了点头，空洞而无神的眼瞳只是麻木地盯着马浩然，没有任何的感情色彩。

“田迅真的非死不可吗？”马浩然的声调没有任何波动，就像是一条直线，听不出喜怒。

听了马浩然的问题，邱瑶瑶的表情也随之一滞，空洞无神的眼瞳之中，突然闪过一抹狐疑，虽然这一抹狐疑只是一闪而过，但最起码，这一抹狐疑之色，让邱瑶瑶看起来不再是那么死气沉沉。

“渣男毁了我的一生，难道他不该死吗？”邱瑶瑶的语气很冰冷，有点像是行尸走肉那般。

说完这句话，邱瑶瑶便扭过头，不再理会马浩然。

一旁的影帝和拳王则朝着马浩然无奈地耸了耸肩，随后，二人便一前一后地带着邱瑶瑶，朝着郑祺的方向走去了。

直到邱瑶瑶的身影彻底消失在马浩然的视线之内，马浩然才回过神来。

当即，马浩然拿出笔，翻开了那本泛黄的笔记本，在上面写下了这样一段话：“鬼婴哭丧案，凶手心中所隐藏的原罪是因爱生恨……”

马浩然写完“因爱生恨”这四个字后，突然停了下来，而后，他便在这四个字的最后画上了一个大大的问号。似乎，他也没搞清楚，邱瑶瑶心中的原罪究竟是什么。

邱瑶瑶认罪的第二天，老李便找到了有关大鲵的线索。

事实如马浩然所料的一样，邱瑶瑶利用生意上的特殊关系，从陕汉地区用不正规的手段将一条大鲵运到了金陵市，这才会发生“鬼婴哭丧”案！

得知这件事之后，邱瑶瑶毫不隐瞒地说出了一切，那条大鲵目前就养在她独居的家中，还没来得及处理，她的杀人手法就被警方解开了。

包括邱瑶瑶在案发之后洗车，也是想通过这种手段，将车内的异味以及一些痕迹清理掉，而且在本案之中，邱瑶瑶还为警方设下了一处陷阱，只不过马浩然并没有去触碰，那就是手术刀所隐藏的另外一个秘密……

早在排查现场的时候，警方根据手术刀刺入死者心脏的痕迹，判断出凶手是左手持刀，而且很有可能是左撇子，其实，这只是邱瑶瑶设下的陷阱罢了，目的就是想嫁祸给真正的左撇子，也就是同样居住在靠山公寓区内、最具有犯罪时间和空间的夏梦琪！

当然，最后的结果是马浩然通过鬼婴的哭声，利用超乎常人的想象力，解开了整件案子的谜题，这才会跳过了左手持刀的问题，否则的话，这件案子绝对不会在那么短的时间内，就全盘解开所有的谜团的！

而后，根据邱瑶瑶提供的线索，警方在第一时间于邱瑶瑶的家中找到了那条大鲵，并将其放生。至此，在金陵市闹得沸沸扬扬的“鬼婴哭丧”案正式结束了！

“鬼婴哭丧”案结束，并不代表重案组会因此而松懈，仅仅是五天之后，重案组便接到了市局下达的新任务。

金陵市局，会议室。

郑祺站在巨大的投影布前，叼着正在燃烧的香烟，一脸淡笑地环视起了会议室内的众人……

马浩然、影帝、拳王、苏叶、老李、冉潇、程稳露，所有人在列，算上重案组其余成员，会议室内的人超过三十名。

“各位，又有新案子了！”郑祺一边说着，一边走到了巨大的落地窗前，随手拉上了窗帘，瞬间，会议室内的光线也立刻暗了下来，“冉潇，把资料整理好，给大家看看！”

“好！”冉潇应了郑祺一声，言罢，便抱着笔记本走到了投影布那里，噼里啪啦地敲击起了键盘。不多时，投影布上便出现了一行行的文字，以及几张照片。

会议室内的所有人，都将视线集中在了投影布上，全神贯注地观看着投影布上显示的资料，霎时之间，会议室内陡然变得鸦雀无声、落针可闻！

寂静终究会被打破，而此时，打破寂静的人自然是郑祺！

只见，郑祺很不拘小节地将香烟扔到了地上，用脚狠狠地踩灭之后，他便径直走到了投影布前，清了清嗓子，朗声为众人介绍起了案情：“昨天，在金陵市市郊的金陵河中，突然出现一具无名浮尸，这具浮尸所出现的位置，属于城郊村。所以，城郊村的同事们便在第一时间出警，赶到了案发地点进行排查！

“根据城郊村分局的同事们讲述，由于尸体被浸泡的时间太长，五官和身材都已经走了样，当地的同事们只能判断出，死者是一名男子，而且年纪在四十岁以上，初步判断是溺水而引发的窒息死亡，至于死者的身份、死亡时间，目前无法判断！

“而且，尸体周身没有任何伤痕，看起来像是一起自杀案件，只不过……

“城郊村分局的同事们发现了一件不同寻常的事情，尸体的手指甲中没有任何的残留物，比如水藻、泥沙之类的河底物残留痕迹，都没有！

“真正到了生死边缘，任何一个人都不可能不挣扎，哪怕是一心求死的人，也会下意识地挣扎几下，只要死者一挣扎，那手指甲中一定会出现泥沙或者水藻之类的残留物，毕竟，金陵河存在了上百年，河中的杂物数不胜数……

“可是，死者的手指甲中，却没有任何的杂物残留，这有些奇怪，甚至是诡异！

“难道说，这位死者在临死之前真的一下都没有挣扎过？我不相信会有这种人存在！

“人对于求生的意愿，远远超乎我们的认知范围，哪怕是一心求死的人，在生死边缘也会做出本能的求生反应！

“而这位死者并没有！

“城郊村分局的同事们觉得这件案子很奇怪，就上报给了市局，市局就直接将这件案子交给了我们重案组。”

说到这里，郑祺停下话语，抬手在投影布上指着其中一张照片，那是一具尸体，而且是一具已经被水浸泡到走了形的尸体，这具尸体浮肿得不成样子，连一些部位的衣服都被撑开了，而且尸体暴露在空气中的部位白得吓人，甚至比白纸还要白！

“这就是那具浮尸！”郑祺指着照片说道，“我们现在要做的就是先确认死者的身份，以及立刻赶到案发现场进行验尸，确认死者到底是自杀，还是另有隐情！”

郑祺话音落地，老李便站起身，自告奋勇地说道：“队长，我先安排去城郊村的事！”

“去吧！”郑祺一边朝老李点头，一边扭头望向了苏叶，说道，“小叶，你也去准备一下，城郊村分局没有法医，而且设备也比较落后，能派上用场的东西，最好都带上！”

“我知道了！”苏叶也站了起来，对郑祺轻言一声，便和老李一起走出了会议室。

待到老李和苏叶二人离去之后，郑祺便侧过身，对身后的冉潇说道：“金陵河岸附近村落的人，血样、指纹和详细资料等，应该都录进了大数据库吧？”

“金陵河岸附近共有三处村落，人口接近两万七千人，所有人的数据已经全部录入了大数据库中，只要有指纹或者血样，我就能查出死者的身份！”冉潇推了推眼镜，虽然声音很低，但话语中却充满了自信。

“死者的手掌已经浮肿得不成样子了，指纹根本无法提取，不过，死者的血样今天早上已经被城郊村分局的同事们送过来了，你去鉴定科找找吧！”郑祺摆了摆手，说道。

“好！”冉潇闻言，二话不说，就抱着笔记本电脑跑出了会议室。

三人相继离开会议室的插曲，并没有对本次会议产生任何的影响，郑祺好像什么也没发生过似的，继续开口说道：“确定死者的身份，并不是我们真正的目的，这次的城郊村，我们还是要去一趟的。最起码，我们要确认死者到底是自杀还是他杀，如果是自杀，我们可以马上结案，如果是他杀，那就用最快速度破案！”

“好了！”郑祺抬手一拍桌子，顿时将众人的思绪从投影布上拉回到了他的身上，“各位，你们有什么看法吗？”

郑祺的话音刚刚落地，影帝立刻站起身，朗声说道：“我觉得应该是凶杀案！”

“为什么？”郑祺自顾自地为自己点燃了一支香烟，笑吟吟地望着影帝。

“因为我赞同队长之前分析过的求生本能论！”影帝双手一摊，大大方方地说了起来，丝毫不在乎他的这番话有捧郑祺的嫌疑。

影帝言罢，会议室内的众人也纷纷出言附和起来，一时间，会议室变得热闹起来，大家讨论的焦点，自然是郑祺之前抛出的求生本能论！

郑祺听着四周热烈的讨论声，有些无奈地瞥了影帝一眼，他其实是想抛砖引玉，把大家对本案的看法给引出来，可事实上，会议室内的绝大多数人，对于浮尸案都没有主观的判断！

其实，这也不能怪大家，这件浮尸案，目前的确没有什么太过明显的线索，也没有可以延伸想象的空间……

就在这时候，出去没多久的冉潇，抱着笔记本电脑，快步地奔进了会议室内。

冉潇的出现，自然将众人的注意力拉到了他的身上，甚至还使得众人下意识地停止了讨论！

“队长！有新发现！”冉潇气喘吁吁地低声说了一句，虽然他的声音很低，但是，在寂静的会议室中，却显得那么突兀、那么刺耳！

“说！”郑祺大手一挥，果决地低喝了一声。

“我通过大数据库，排查了金陵河岸线附近所有村落，发现在最近一段时间，有一名叫王老九的单身汉，神秘失踪了好几天。鉴定科的血样我也通过大数据库，和王老九的血样做了对比，可以确定，那具浮尸就是城郊村渔民王老九的尸体！

“还有一处疑点，根据王老九的资料显示，今年四十岁的王老九，父母已故，未婚无子，属于一人吃饱、全家不饿的那种状态。而且，王老九打鱼的本事很大，每年都有一笔可观的收入，最近正准备用他这些年攒下来的积蓄，盖一间新房子，再娶个老婆！

“这些事在城郊村是人所共知的！

“在这样的背景下，王老九应该没有自杀的理由吧？”

说完这些话，冉潇也长长地舒了一口气。

然而，听了冉潇的话，郑祺不由得冷笑出声：“这么说来，这件浮尸案很有可能是……凶杀！”

按照冉潇的说法，对未来很有规划，也充满了憧憬的死者王老九，在这种前提下，根本不可能选择自杀！

如果不是自杀的话，那么，这件浮尸案，就有很大的可能，或者干脆就是凶杀案！

一时间，会议室内的众人皆闭口不语。

大家心里都清楚，如果这件浮尸案真的是凶杀案的话，那案件本身就绝对不像是表面上看起来这么简单了……

郑祺眯着双眼，环视起众人，嘴角上的弧度也越发浓郁：“行了，我们在这里凭空想象，根本起不到任何作用，倒不如立刻动身去城郊村查一查这件案子，弄清楚到底是怎么回事！”

郑祺言罢，猛地一挥手，众人便如潮水般退出了会议室，各自准备去往城郊村查案所用的器械和用品去了。

重案组的办事效率还是很高的，十几分钟后，以郑祺为首，马浩然、苏叶、影帝、拳王、冉潇、老李和程稳露等人，连同五名警员，已经在市局的停车场完成了集结。

众人带着各自准备好的器械和用品，井然有序地坐上了一辆警局专用的大巴，由老李负责驾驶，朝金陵城郊的方向前进。

大巴车上。

老李坐在驾驶位置，一边驾驶大巴，一边哼着小曲，神态轻松无比。

而冉潇则抱着从不离身的笔记本电脑，坐在了大巴的副驾驶位置，此时的他，与老李的神态，形成了鲜明的对比。

冉潇全神贯注地盯着电脑的显示屏，恍若与世隔绝的绝世宅男，已经将除了电脑之外的一切完全屏蔽了！

再看老李和冉潇后面分别坐在前两排的人，郑祺独自霸占两张座位，他的身后是程稳露和苏叶，而郑祺的右手边是马浩然，马浩然的身后是影帝和拳王，其余几名警员则坐到了第三排和第四排座位。

起初，大巴车内的众人，各有所思地望着车窗外不断倒退的街景，无比地安静。

直到大巴驶离金陵市区，进入环城高速路后，车内的气氛才略微有些活跃起来，当然，众人议论的焦点自然是这件浮尸案……

率先打破沉闷的人是冉潇，他之所以会主动打破沉闷，那是因为他通过网络查找到了最新的线索。

“队长，我这边又有新发现了！”坐在大巴车副驾驶的冉潇头也不回，只是将声调提高了几分，“我查清了王老九的身份之后，便将消息与城郊村分局的同事们共享了，得到线索的城郊村同事，立刻深入地调查起了王老九失踪之前的一些事情！

“由于王老九是独居，所以没有人能确定他到底是何时失踪的，但是，城郊村村口的小超市却向分局同事提供了线索！

“王老九这个名字的由来，是因为他非常喜欢饮酒，久而久之，也就从王老酒变成了王老九！

“王老九每天都会去小超市买上一瓶白酒，而王老九最后一次出现在小超市买酒，是五天之前。从那之后，王老九就再也没有去过小超市，而且，小超市的老板可以确定，王老九在这五天之内，并没有在村口附近出现过！”

“乡下的超市，大多是村民默认的聚会地点，也是消息最灵通的地方，如果超市老板这么说，那我们差不多就可以确定，王老九就是在五天之前失踪的！”郑祺咧嘴一笑，道，“我理解王老九这种人，这家伙是十足的酒鬼，一天不喝酒，浑身都不舒服，就像我不抽烟一样！”

说完这句话，郑祺就从身上摸出了一支香烟，也不管大巴车是否开了窗，便自顾自地点燃了。

郑祺的举动，倒也没有引起大家的反对，毕竟，众人已经习惯了郑祺吸烟的频率。

只不过，坐在郑祺后面座位上的苏叶，却轻轻地皱起了秀眉，似乎想说什么，但最后，苏叶还是没有说出口。

第九章　谣言

悠然地吞云吐雾一番之后，郑祺才对冉潇问道："还有其他线索吗？"

"有！"冉潇的声音从副驾驶的位置传了过来，"分局的同事们，早在我们出发之前，就已经开始在城郊村内走访调查了，根据王老九的邻居讲述，王老九在五天前的晚上，和渔民李满江在一起喝酒，二人喝了很多酒，差不多喝到晚上十点才散去。

"在乡下，大家睡觉的时间都很早，晚上九点之前，几乎家家都会熄灯，所以，王老九的邻居，对二人的酒局记忆很深，因为李满江从王老九家离开之后，吵到了王老九家的邻居。

"从那之后，王老九的邻居就没再见过王老九，还以为他出门了呢，反正王老九是单身独居，想去哪也不需要和谁说明，自由得很！"

郑祺略微沉思片刻，便随手将烟头丢在了地上，并且用脚踢灭："李满江……仔细调查一下，这家伙应该是王老九失踪之前最后见到他的人！"

"分局同事们已经开始调查李满江了，等我们到了城郊村，应该就会见到李满江本人了！"冉潇应了一声，便不再言语了。

郑祺结束了和冉潇的交谈之后，便扭头望向车内的其余人，说道："各位，你们有什么看法？"

冉潇刚才所说的那番话，车内众人全都清晰地听在耳中，所以，郑祺这一问倒不算突兀。

"如果分局同事们的调查结果属实，那么，渔民李满江就是最有嫌疑的人！”程稳露淡淡地说道。

对于程稳露的话，众人不断地点头，没有人出言反驳，因为程稳露说得很有道理，最后见到死者王老九的李满江，的确是最有嫌疑的人！

另一边，马浩然沉思片刻之后，突然开口说道："李满江的确很有嫌疑，只不过，我还有几个地方没有想清楚……"

"说说看，哪几个地方你没有想清楚？"听了马浩然的话，郑祺立刻来了兴致。

不仅是郑祺，车内的所有人，包括程稳露和苏叶，都下意识地将目光锁定在了马浩然的身上，就连负责驾车的老李，都情不自禁地通过后视镜看了马浩然一眼。

自从马浩然进入重案组之后，屡破奇案，他的能力已经得到了重案组全员乃至金陵市局上下的认可，尤其是不久之前的鬼婴哭丧案，马浩然完全是凭借天马行空的想象力，才解开了所有的谜题，将凶手绳之以法。对此，金陵市局上下所有人，皆是赞不绝口。而此时，他提出的疑问，自然也会得到大家的重视。

不过，对于众人这种热切关注的情绪，马浩然好像根本感觉不到那般，只是自顾自地说道："我想不通的第一个地方，凶手为什么要杀死王老九？仇杀？情杀？金钱？还是其他？

"第二个地方，凶手又是如何让王老九溺水窒息而亡的呢？

"我在市局里看见过王老九的尸体被水浸泡之后的照片，虽然身体浮肿，但我能看出，王老九生前应该是个体型强健的渔民，想要神不知鬼不觉地将王老九从家中弄到河边，恐怕不是那么容易的事情，尤其是在不发出一点响动的前提下，将王老九从家中弄出去，更是难上加难，而王老九的邻居，似乎并没有发觉王老九家中有任何的异常……除非，是王老九自己走出家中，甚至走到河边。可是，王老九又有什么理由这样做呢？

"第三个地方，王老九的尸体！

"一具完全没有任何伤痕的尸体，这本身就是一件很奇怪的事情，更何况，这件事还发生在身体强壮的王老九身上。难道，王老九在死亡的过程中，就真的没有一点挣扎吗？甚至连绳索捆绑的痕迹，分局的同事都没有发现，这就更加奇怪了！

“当然，我所说的疑点，都是建立在王老九被他杀的基础上！”

说完这三处疑点，马浩然便停了下来，只是自顾自地皱眉沉思，并没有去关注众人的神色。

马浩然停止说话之后，大巴车内又沉寂了好一会，而这一次，打破沉默的人是苏叶。

“也有可能是因为，王老九被人下了安眠药之类的药品，所以才会完全没有任何反抗，就被凶手扔下了河中，这才会出现全身上下没有任何伤痕和痕迹的情况。”苏叶一边思索，一边说着，这也导致苏叶说话的语速有些慢。

“如果真的是这样，那么，想要破获本案的关键就是验尸了！”苏叶话音落地，郑祺侧过头，看向坐在他身后的苏叶，笑吟吟地出声说道，“解剖尸体的仪器和工具，都在大巴车上吧？”

“都在车上！”苏叶缓缓地低了低白皙无瑕的下巴，理所应当地说道，“城郊村分局没有法医，而且本案目前唯一的线索又是尸体，我怎么可能会不带上工具和仪器呢？”

“王老九独居，没有什么亲戚，解剖验尸的程序也相对容易一些，到了城郊村，你就立刻开始解剖验尸吧！”郑祺回了苏叶一句，旋即，便自言自语起来，“说不定，验尸之后，我们不仅不会得到有价值的线索，很有可能还会得到更多的谜团……”

大巴车内的交谈很快就结束了，因为，众人并没有获得新的线索，再探讨下去，也只是徒增烦恼罢了！

寂静，再一次将大巴车笼罩起来……

无声的沉默仍在继续，但大巴车却是速度不减，两个小时之后，终于驶入了一处沿河而建的村落。

这村落的房屋排序很凌乱，忽高忽低，虽然看起来很不规则，但如果仔细观察的话，会发现，整个村落都是依附着这里的地势高低而建造，仿佛在影射，这里的人也是靠河吃河那般，还有村路，也是弯弯曲曲。

“这里就是城郊村了吧？”充当司机的老李，重重地吐出了一口气，接着说道，“队长，我们现在去哪？要不要先去城郊村分局，把车停在那里？”

郑祺没有回答老李的问题，而是朝冉潇喊了起来：“冉潇，死者王老九的尸体在哪儿？”

“在城郊村分局！”冉潇回过头望向郑祺。

“那就去城郊村分局！”郑祺点了点头，大手一挥道。

老李立刻会意，和冉潇询问了一下大概的路线之后，便驾车直奔城郊村分局而去！

冉潇根据导航提示的路线，很快便将老李驾驶着的大巴车，引到了村落边缘一处相对宽敞的院落内。

在院落中，一座二层小楼孤零零地耸立在地平线上，小楼的顶部，悬挂着饱经风霜但却依旧飘荡飞扬的红旗，红旗下的墙体上，“城郊村分局”这五个字，倒没那么显眼了。

老李将大巴停好之后，车内众人便陆续走了下去，与此同时，小楼内也立刻奔出了数名身穿警服的警员……

“老郑！”为首的警员国字脸，络腮胡，浓眉大眼，本应很严肃的脸上，此刻却堆满了笑容，就像是见到了许久未见的老朋友那般，一声喊话之后，便直接冲到了郑祺的面前，给郑祺来了一个大大的熊抱。

郑祺任由那名虎背熊腰的警员狠抱了一番，连一点反抗的意思都没有，只是怔怔地打量着那人，就仿佛，这人的出现很出乎郑祺的意料那般！

“穆震！你这家伙竟然在这里工作？”足足过了半晌，郑祺才憋出了这么一句话。

“受伤了，不能上前线，我就要求上面给我找一个工作环境相对轻松的地方工作了！”穆震松开了抱着郑祺的双手，笑吟吟地对郑祺说道，“虽然我是城郊村分局的头，但比你，可差远了！”

“你是真正的警察！”郑祺拍了拍穆震的肩膀，别有深意地说了这么一句话，“这件案子现在由我负责了，带我去看一下尸体！”

"走吧！"穆震耸了耸肩，颇为无奈地说道，"我也想尽快解决这件案子！"

说完这番话，郑祺和穆震便并肩走进了城郊村分局的小楼中，由始至终，二人都没有想要为其余人介绍对方的念头。

当然，众人也只是对穆震的身份和经历，略微地好奇过那么一瞬间而已，而后，大家的注意力就都集中在了即将见到的尸体上，毕竟，这具尸体是浮尸案目前唯一的线索和突破口！

穆震引着郑祺等人走进小楼之后，便直奔一楼最西侧而去。

当穆震把众人引到了一楼西侧的尽头之后，便抬手打开了最里面的房门，霎时间，一股极冷的空气，伴随着一股特殊的味道，直接涌了出来，扑向众人！

而且，房门之内的灯光很昏暗，仿佛隐藏着一头凶恶的猛兽，随时都有可能从房内冲出来似的……

这种感觉诡异极了！

"这里就是我们城郊村分局的停尸间了，虽然制冷设备不是特别好，但最起码能够保证尸体不会产生太大的变化，应该不会对你们的验尸造成影响。"穆震说完，便退到了门边，看起来，他并没有想要进去的意思。

郑祺倒没有想那么多，穆震话音落地，郑祺便当先一步，走进了停尸间，随后的苏叶和马浩然，还有拿着工具和器械的程稳露、冉潇与老李，也鱼贯地走了进去。

至于影帝和拳王，则很识趣地选择站在门外，因为他们不想去阴森的停尸间，更不想见到那具浮肿到极限的恐怖尸体，反正，二人在验尸这个环节也帮不上什么忙。

"拳王，我们去村里转转，说不定还能查到一些别的线索呢！"影帝附在拳王耳边，悄声说道。

拳王没说话，只是点了点头，表示赞同影帝的提议。

当即，二人便走出城郊村分局，进入了城郊村内……

再说停尸间内，郑祺等人一进入停尸间，便直接围到了摆放在停尸间正中，也是整个停尸间内唯一的一具尸体四周！

“这就是死者王老九吧？”郑祺指着床上那具全身浮肿到极限的尸体，又打量了一下空空如也、四处弥散着寒冷白气的停尸间，这才用确认的口吻说道，“应该就是王老九了，这里只有这一具尸体！”

没人回答郑祺的话，因为，大家早已经将注意力都集中在王老九的尸体上了！

“这尸体的浮肿程度，有点太夸张了吧？看起来，就像是个体重接近三百斤的大胖子！而且，这具臃肿的尸体，好像随时都有可能爆开似的，简直就是人形状的水气球，连五官都被撑开了，像是……怪物！”程稳露盯着王老九的尸体，忍不住捂住了嘴巴，别看她脾气火暴，但真正面对这种惨死的尸体，心中还是会有一些惊惧的。

程稳露刚刚说完，冉潇便将笔记本电脑反转过来，将屏幕对着郑祺等人，出言说道：“这是王老九生前的照片！”

听了冉潇的话，众人纷纷扭过头，望向了电脑的显示屏，只见电脑显示屏上，出现了一名身材魁梧的中年男人的照片，而这中年男人，浓眉大眼，皮肤黝黑，短发精悍，与床上躺着的那具尸体，当真不像是同一个人！

“根据大数据库中的记载，王老九身高一米八，体重接近一百九十斤，而我们眼前的这具尸体，外观已经完全走形，如果不是因为血样，我也不相信，这具尸体就是王老九的！”冉潇一边摇头，一边说了起来。

说完这番话，冉潇还满眼惊恐地瞥了一眼王老九的尸体，目光一触即闪，仿佛冉潇不敢也不想再看第二眼那般！

王老九的尸体的确有些恐怖……惨白而臃肿的尸体上，泛着瘆人的尸斑，被撑开的五官更像是电影中的变异人，程稳露称之为怪物，一点也不夸张！

面对这种怪物，程稳露和冉潇皆心存惊恐，可另外几人却不然……

郑祺和老李，干了这么多年的警察，什么样的尸体没见过？王老九的尸体，对于二人而言，还不足以触发到他们内心的恐惧！

马浩然虽然没有经历过太多的案件，也没有见过如此诡异的尸体，可是，他却有着一颗执着于推理的心！王老九的尸体，在马浩然眼中，只是一具能够帮助他找到新线索，甚至是解开整件案子的普通尸体罢了！

至于苏叶，身为一名专业的法医，她见过的尸体，甚至要比郑祺和老李都多，尤其是苏叶经常会看一些书籍，以及全世界各色案例的视频，这种程度的尸体，对于苏叶而言，也仅仅是一件有可能说出线索的工具而已！

苏叶头也不抬地为自己戴上了手套，全神贯注地盯着王老九的尸体，冷冰冰地说道："不管怎么说，我们已经确认了，这具尸体就是王老九的尸体，既然如此，那我就要开始工作了！"

言罢，苏叶便打开随身携带的手提箱，里面摆满了型号不同的各色刀具、大小不等的各类剪刀，甚至还有钩子和银针等不常用的工具。

苏叶随手从手提箱中捏出了一把薄如蝉翼的小型手术刀，娴熟地在手指间倒了一下手，这才抬起头，面无表情地扫视了一圈众人，不含任何感情地说道："我要开始解剖尸体了，受不了的人，最好先离开！"

没人回答苏叶，也没人离开停尸间……

忽地，苏叶扬起了嘴角，绝美的冰山俏脸上，勾勒出一抹神秘的冷笑。紧接着，苏叶不由分说，直接下刀，准确无误地在尸体的心口位置划了一刀……

"扑哧"！

一道极其诡异的声音，传遍了寂静的停尸间，霎时间，血水好似喷泉一样，沿着尸体被划开的地方，直接喷溅出来，而那具尸体的心脏部位，就好像被抽空了气体的气球，竟然以肉眼可见的速度，逐渐地瘪了下去……

"我先走了！"冉潇头也不抬，匆忙地奔出了停尸间。

"我也帮不上什么忙！"第二个离开的人是程稳露。

"小马，我们也出去吧！"郑祺望着一脸冷酷的苏叶，微微一笑道，"小叶是在赶我们走呢！"

马浩然看了一眼尸体，又看了一眼苏叶，最后，将目光定格在郑祺的身上，不解地问道："为什么？"

"刚刚接触死者的尸体，就直接开刀，这不符合验尸的步骤！"郑祺一边说着，一边转身朝着停尸间外迈出了步子，"我想，应该是我们人太多了，会打扰到小叶验尸，所以她才会先开刀，想吓走我们！"

话音落地，郑祺已经走到停尸间的门口了。

既然郑祺都这么说了，那马浩然也没有理由留在这里了，毕竟，马浩然等人目前能够挖出线索的唯一方向，就是这具尸体，谁都不想让苏叶在验尸的环节中出错。

当即，马浩然便和老李一前一后地跟着郑祺，鱼贯走出了停尸间。

待到众人走后，停尸间内便只剩下苏叶自己，而这时候，苏叶也收起了手中的刀，仿佛完全自我封闭的科学怪人似的，开始全神贯注地盯着尸体看了起来……

从头顶，到脖颈，再到胸膛和手臂，一直到双腿与脚部，每一个地方，苏叶看得都无比认真，还会时不时地在尸体上摸几下……

停尸间外。

影帝和拳王已经去了城郊村，而穆震也不知道去了哪里，就连刚刚奔出停尸间的程稳露和冉潇，好像都跑出了这栋楼。总而言之，停尸间外再无他人，只有刚刚离开停尸间的郑祺、马浩然和老李三人而已。

"队长！"反正现在也没什么实质性的线索和方向，老李干脆站在停尸间外，和郑祺闲聊起来，"你和穆震好像很熟的样子，你们早就认识了？"

老李提出的问题，也让马浩然忍不住地侧目，看得出，马浩然对穆震也很好奇。

再说郑祺，听了老李的问题之后，他轻轻地点了点头，自顾自地为自己点燃了一支香烟："我和穆震是同届的警校毕业生，而且这家伙在各方面都要优于我，自然而然，我不服他，各方面，我都喜欢和他比较，和他较劲，因为我想打败他，各方面都要打败他！

"说远了，我们接着说穆震！

“像穆震这种优秀的人才，当然会被选中执行重要的任务，而穆震接到的任务，就是卧底！

“穆震去了外省，开始了长达十年的卧底生涯……

“最后，穆震与当地警方配合，几乎凭借一己之力，剿灭了制造非常规药品最大的犯罪团伙！”

“缉毒！”老李惊呼起来，他的声音竟然都忍不住地颤抖起来！

虽然郑祺说得简单，但长达十年的卧底生涯，并且深入虎穴，每一分，每一秒，都与毒枭近距离地接触，这可不是常人能够完成的任务，就算不露出马脚，死在毒枭手里，但长年累月的卧底压力，也容易让人精神崩溃，甚至变成疯子！

“没错，就是缉毒！”郑祺微微叹了一口气，继续说道，“执行任务的过程中，穆震的内脏受伤了，不能进行剧烈的运动，什么快速奔跑、自由搏击，甚至连开枪的后坐力，他的身体都承受不住！

“我只知道，穆震被调派到了后方，没想到，他竟然会在城郊村！”

郑祺说完，他手中的香烟也燃烧到了最末端……

郑祺看了看手中燃烧殆尽的香烟，自顾自地走出了分局办公楼，深深地呼吸了一口新鲜空气，便将手中的烟头随手扔到了地上。

凝视着空旷的分局大院，郑祺似乎陷入了某种沉思，就连老李和马浩然走到他的身后，他都没有发现……

足足过了半晌，郑祺的思想，才离开了自己的幻想世界，回归到现实中的郑祺，扫了一眼空旷的大院，不由得问道：“人都哪儿去了？”

“大家已经进入城郊村，搜寻线索去了！”老李的声音从郑祺的身后响起，“我下车之后，就已经把大家的任务安排好了……对了，小程、小冉、影帝和拳王这四个家伙，我就不知道行踪了！”

郑祺回过身，递给了老李一个赞许的眼神，仿佛是在称赞老李的缜密与谨慎。

“我们也去看看吧！”郑祺招了招手，当先朝着大院外迈出步子，“小叶要进行解剖验尸，肯定需要很长一段时间，我们与其在这里苦等，倒不如先去村里探探路！”

“好！”老李应了郑祺一声，随后，便和马浩然一起紧跟着郑祺的脚步，走出了分局大院。

城郊村乡路繁多，曲折狭窄，而且大多皆土路，再加上这里地势不平，上下不均，路况可谓是极差，村内有接近三分之二的区域，都是汽车无法通行的！

郑祺、老李和马浩然三人，呈竖线状，走在难行的乡村土路上。

可是，三人一路走来，却几乎见不到村民，只是偶尔能见到一些妇女，或是各自在自家院落中劳作，或是三三两两地聚在某阴凉之处闲谈；还有一些孩童，以崎岖的地面为平台，雀跃玩耍，气氛一片祥和。

当然，前提是如果没有这件诡异的浮尸案……

“这城郊村的青壮男人都去哪了？”郑祺停下脚步，微微侧过身，狐疑地问向了身后的马浩然和老李。

马浩然好像没有听见郑祺的话那般，只是怔怔地望着前方不远处、围着一棵参天巨树嬉闹的几名孩童。

而老李则皱着眉头，认真地思索了几分钟，这才出言说道：“我想，村子里的青壮年应该都去金陵河那捕鱼了，这条金陵河通向东海，水产资源丰富，金陵市每年的海鲜产量，有接近半数是来自金陵河。至于年轻人，要么去外地读书，要么去外地拓展新事业……现在的孩子，可没有几个愿意待在村子里打鱼了。”

“有道理！”郑祺点了点头，表示赞同老李的分析。

就在郑祺话音落地之际，不远处，影帝和拳王的身影，跳入了郑祺、老李和马浩然三人的眼中，尤其是影帝，还颇为兴奋地朝郑祺等三人这边挥手……

“队长！有新发现！”影帝喊了一声，便和拳王快步朝郑祺三人这边跑了过来。

影帝的喊声，也立刻打断了孩童的嬉闹和妇女们的家常，在这一刻，所有人都将视线定格在了郑祺几人的身上！

待到影帝和拳王跑到郑祺等三人这边，五人正式会集到一起的时候，郑祺趁着影帝还没开口，便连忙摆手，示意影帝先不要说话。旋即，五人便沿着乡村小路快步离开了。

郑祺等五人穿过小路，又绕了一圈，直到五人返回城郊村分局的正门外，郑祺才停下脚步，低声问道："那地方人多口杂，不适合我们谈论和案子有关的事情，这里没事，说说看，你们有什么新发现？"

"是这样的……"影帝先是恍然大悟地点了点头，略微组织了一下语言，这才沉声说道，"我和拳王刚才去了村子另一边的小超市，和超市老板聊了很久，从超市老板那里，我查到了几件事情……"

听了影帝的话，郑祺、马浩然和老李不由得竖起了耳朵，全神贯注地等待着影帝的下文……

而影帝也不卖关子了，开门见山地说起了他的新发现，"第一件事，打从五天之前，王老九最后一次去超市买酒的第二天开始，李满江就没再去过超市！

"而且，村口的超市，是村民们捕鱼回来后，最喜欢去的地方，天黑之前，大家都习惯聚在那里谈天说地，从其他村民的口中，超市老板得知，李满江在四天之前，就没在村子里露过面，包括一起去金陵河捕鱼的渔民们，也都有四天没见到过李满江了！

"第二件事，李满江和王老九竟然是邻居，二人的院子只有一墙之隔，而且李满江和王老九一样，都是父母早亡，目前都是独居。只不过，王老九是老光棍，而李满江则是几年前离了婚，而且没有孩子，所以，无论是王老九的失踪，还是李满江的消失，都没有任何的证人，甚至可以说是神不知鬼不觉！

"第三件事，城郊村大多数的青壮年，都离开了这里，去了金陵市或者其他的大城市打工、创业，或者读书，所以，留在城郊村内的村民，人数其实并不多，而且留在村子里的人，超市老板都认识。根据超市老板讲述，从五天之前王老九失踪开始算起，五天之内，村口的超市都没有见到可疑的外村人出现！"

影帝洋洋洒洒地说了这么一大番话，说完，便深深地缓了几口气，继续说道："城郊村的入口有两处，超市那里和分局这里。这两个地方在城郊村的东西两端，而城郊村的南端是金陵河，北端是连绵大山……

"所以，无论是进入城郊村，还是离开城郊村，超市和分局都是必经之路，而且分局这边比较偏远，很少有人会走这条路。离开这里或者进入这里，大家差不多都会选择从超市那边走！"

说完这些，影帝便不再言语，只是和拳王一样，安静地站在原地，等着郑祺和马浩然的下一步指示。

思忖了半晌，郑祺突然开口说道："根据你打听到的消息来分析，李满江与王老九是邻居，而且最后一个见到王老九的人，很有可能就是李满江，只不过在二人喝完酒的第二天，李满江就神秘失踪了，至今没有消息。最关键的是，李满江和王老九一样，都是独居，他根本没有任何的不在场证人，想要犯案，有足够的时间和空间……

"根据超市老板的讲述，最近五天，几乎没有外村的人进入，那么，作案的人就只能是城郊村本地人。

"换言之，目前，最有可能杀死王老九的人，应该就是李满江！

"只不过，本案最大的嫌疑人李满江，却神秘地消失了……"

郑祺一边说着，一边揉着下巴，脸上也露出了思索的表情。

就在这时候，许久没有开口的马浩然却突然出声了："还有一点，金陵河！"

"金陵河？"老李轻声地呢喃了一句，旋即，便与郑祺等人一样，将目光定格到了马浩然的身上。

"没错，就是金陵河！"马浩然面无表情地说道，"王老九的尸体，是在金陵河中发现的。那么，金陵河勉强算是案发现场。这样的话，能够进入城郊村或者离开城郊村的路，就不仅仅只有超市和分局这边了，金陵河的水路一样可以！"

马浩然话音落地，影帝立刻恍然大悟地说道："老大说得不错！金陵河那边可是全开放式的河岸，只要将船停到河岸那边，就能走上岸来，直接进入城郊村的内部腹地！”

“我还有一个疑问！”马浩然没有理会影帝的话，只是自顾自地分析起案情，“王老九的尸体，是在金陵河中被发现的，通过刚才影帝和队长的分析，会不会是王老九自己主动离开了城郊村？

“王老九很有可能通过金陵河，自己离开了城郊村，然后凶手用了某种手段，导致王老九变成无法做出任何反抗的状态，之后，凶手再将其扔到了金陵河中，制造出自杀溺死的现场。如果是这样的话，那整条金陵河，都能算是案发现场了。说不定，王老九的尸体，就是从上游水域漂过来的呢？”

“老大的说法，也不是不可能！”影帝插了一句，“我和拳王离开城郊村分局之后，先去了金陵河，也就是发现尸体的那段水岸，然后才去的超市。

“城郊村附近的水域，水流并不是很湍急，但将王老九的尸体从上游推到下游，还是可以完成的。而且，程稳露现在已经开始沿着河岸向上走，去上游排查了。还有冉潇，他也去了李满江和王老九的家里，展开了新一轮的搜查。”

听了影帝的话，郑祺的脸上立刻闪过一抹惊讶，忍不住地出言笑道：“这几个小家伙，都成长了许多，竟然开始主动分配任务、调查案子了？”

“小家伙们不成长，我们又怎么敢安心退休呢？”老李哈哈大笑起来，笑过之后，便对郑祺问道，“队长，那我们现在应该干什么？是不是要全村乃至全城搜捕李满江？”

“当然！”郑祺冷冽一笑，盯着老李说道，“你去找穆震，让城郊村分局的同事们配合我们展开搜捕李满江的工作，市局那边你也通知一下，寻找李满江的下落，这家伙可是本案目前最大的嫌疑人！”

“我知道了！”老李应了郑祺一声，言罢，便快步跑进了城郊村分局的办公楼内。

就在老李跑进办公楼没多久，一道身穿白大褂的婀娜倩影，便从城郊村分局的办公楼中走了出来，众人定睛一看，正是苏叶！

苏叶出现在众人视线中的那一刹那，所有人都情不自禁地将目光定格在了她的身上，甚至连同郑祺和马浩然在内，众人还下意识地屏住了呼吸。

苏叶的出现，就代表王老九的验尸结束了，而如今关于这件浮尸案，除了已经失踪的李满江之外，最有价值的线索，就是王老九的尸体了！

苏叶莲步轻移，款款走到了郑祺等人身前，冰山一般的绝美俏脸上，没有一丝的表情波动，只不过，那双灵动的美目之中，不断闪过疑惑的神色。

一见苏叶如此模样，众人就更紧张了！

当即，郑祺忍不住地发问道："有什么发现吗？"

"发现倒是有，只不过，那些发现却让我很困惑！"苏叶呢喃一声，又长长地叹了一口气，"王老九的这具尸体，还真的是疑点重重。

"先说王老九的死亡时间……由于尸体在河水中浸泡的时间太长，对于我的推断工作，产生了极大的影响。所以，我只能大概地判断出，王老九应该是在四天之前，也就是他失踪的第二天，就已经死了！

"再说疑点……

"我可以确定，死者王老九的死因是溺水，他的鼻腔、咽喉，甚至是体内，都有河底的泥沙与海藻等残留物。第一处疑点是，我解剖了王老九的尸体，发现他的胃里几乎没有任何的食物残留，就像是很多天都没吃过东西似的，而且，在这种情况下，他的胃襞竟然还有损伤过的痕迹，如果王老九生前没有胃病的话，那尸体胃襞的损伤，就无法解释了！

"空空如也的胃部，没有任何的食物残留，可胃襞却有损伤的痕迹……

"第二处疑点是尸体的肋骨处有轻微的断裂！"苏叶侃侃而谈道，"通常，尸体的肋骨处若出现轻微的断裂痕迹，那就说明一定有人为王老九做过肺部复苏，只有用力而且频繁地挤压王老九的肺部和胃部那里，逼迫死者将体内的积水吐出来，才会出现这种肋骨轻微骨折的痕迹！

"也就是说，有人为王老九做过肺部复苏，只不过，我现在还无法确定，那肺部复苏到底是在王老九死前进行，还是死后进行……

"可我转念一想，王老九是溺死的，既然有人为他做过肺部复苏，为什么他还会溺死？也许是肺部复苏没有效果，王老九难逃死亡。可是，既然肺部复苏没效果，王老九已经死了，那为什么他的尸体会出现在金陵河中？难道是帮助王老九做肺部复苏的人，将王老九重新扔进了河里？这有些说不通，尤其是帮王老九做肺部复苏的那个人，到底是想救人，还是想杀人？

“第三处疑点，就是我们之前在市局的时候谈论过的问题，死者的周身真的没有任何的痕迹！”苏叶又叹了一口气，说道，“我仔细地查看过王老九的尸体，手指甲中没有任何河底杂物的残留，而且体外也的的确确没有任何的伤痕！

“如果王老九真的是被人杀死，那杀死王老九的人，究竟是用了什么手法，竟然能让王老九没有一丝挣扎痕迹地死去？

“还有为王老九做肺部复苏的人，在本案中又扮演了什么样的角色？

“最后，王老九到底被扔进河中几次？总不会第一次被扔进去之后，被人救了上来，为王老九做了肺部复苏，然后没救活，或者救活之后，又把王老九扔进河中了吧？”

苏叶茫然地摇着头，语气中尽是无奈地说道：“尸体给我们提供的线索只有这些，而且，每一条线索的背后，都能牵引出一道无法解答的谜题……”

说到这里，苏叶又情不自禁地叹了口气，有些力不从心地说道：“这件案子，远比我们之前遇到的案子，更加复杂，更加神秘。我不知道该从何查起了。”

苏叶这番话音落地，众人并没有出言回应她，仿佛大家都被苏叶的这番话，卷进一处充满了谜团的神秘世界中。

沉默在不断发酵，死一般的寂静，将分局正门前的几人，牢牢地包裹起来……

直到老李和穆震等一众人，风风火火地从分局办公楼中走出来之际，郑祺等人的思绪，才被拉回到了现实中。

再说老李和穆震等人，火急火燎地从办公楼内奔了出来，还没走到正门前，老李就扯着嗓子，惊呼道："队长，小程刚才给我打电话了，河岸那边出事了，渔民们全都停止了下河捕鱼的工作，目前，正在河岸那边准备大规模的祭河神仪式！"

"祭河神仪式？"郑祺听到这几个字眼，不由得皱起眉头，"村民们为什么要祭河神？"

"根据小程讲述，王老九的死，引起了村民的恐慌。因为王老九常年捕鱼，是全村公认水性最好的几人之一，他溺死在金陵河中，本就有些让人无法相信，尤其是王老九全身没有任何的伤痕以及其他痕迹，这就让村民们更恐慌了。村民们纷纷传说，王老九是被河神索了命。这也导致村里的渔民们不敢下河捕鱼了，因为，村民们觉得，他们似乎是在某件事情上触怒了河神！

"金陵河岸的村民们，靠河吃河，很多年之前，便以打鱼为生，这种方式一直延续到现在！

"而这里的村民自古就有祭河神的习俗。只不过，随着时代的进步和社会的发展，祭河神的习俗已经被遗忘了，这里很久都没有祭过河神了。所以，这次王老九的死，成了引爆村民恐慌的导火线，让村民们想起了祭河神这件事！

"而且，村民们办事的效率非常高，已经开始准备祭河神了！"

老李简单地将程稳露对他说的这件事，转述给了郑祺等人听。

听了老李的话之后，郑祺不禁皱起了眉头，对于这些牛鬼蛇神的迷信说法，郑祺其实是最反感的！

"我说村子里的人今天为什么会这么少，原来是在准备祭河神的仪式！"郑祺眯着双眼，声音也沉了下来。

郑祺话音落地，影帝便不解地出言说道："可我在河岸那边，也没发现太多的人……"

影帝的话还没说完，穆震便出言打断了他的话："村里有什么大事，村民们都会聚到村主任的家里商量，你们在村里和河岸那边，当然看不见人了！"

郑祺看了穆震一眼，没有搭话，旋即，郑祺便轻皱起眉头，略有不悦地问向老李：“难道村民们不认为这是自杀或者凶杀吗？”

“祭河神仪式都搞出来了，我想，村民们应该不相信自杀或者凶杀吧？”老李耸了耸肩，很无奈地说道，“更何况，之前我们调查过，王老九根本就没有自杀的倾向和理由，他对未来很有规划，怎么可能突然自杀？至于凶杀，我们根本找不到任何破案的线索，村民们又怎么可能会相信我们呢？相比之下，我觉得村民们更加愿意去相信所谓的河神！”

“河神……”郑祺扬起嘴角，露出一抹冷冽的笑容，“走，去河岸那边看看！”

随后，穆震引着郑祺等人，连同城郊村当地的警察，一众人浩浩荡荡地离开了分局，直奔金陵河岸而去！

一路无话，众人皆不约而同地选择了沉默，一直到众人走到河岸边，沉默，仍旧没有被打破……

再看金陵河岸，绵长曲折，地势空旷，数不尽的碎石，经过时间的累积和岁月的沉淀，代替了大地，成为支撑这里的平台。

一条大河，碧波粼粼，宽度超过三十米，好似卧龙一般，蜷在了地表，将大地裂成两段，极其壮观！

而此时，在金陵河岸上，上百名壮硕的村民，或是搬运着木桩木板，或是搭建高台，或是张红挂绿，忙得不亦乐乎。

而郑祺等人，只是站在河岸外围遥望忙碌的人群，许久，不曾有人说话。

半晌之后，老李率先出言打破了沉闷：“这里的村民倒是实干派，现在就开始搭台子，准备祭河神了？”

“城郊村的村民，百分之九十九是渔民出身，民风非常淳朴，办事效率自然也很高！”穆震解释道，“应该是村主任同意了祭河神的事情，所以，大家也就齐心协力，开始准备起了祭河神的相关事宜……按照现在的速度和进度，明天，祭河神的仪式差不多就可以开始了！”

穆震说完这番话之后，金陵市局来的重案组众人，纷纷选择继续保持沉默，因为，重案组众人经历了这么多的诡案之后，对于鬼神之说，已经产生了排斥。所以，重案组众人，对于祭河神这件事都很反感，就像郑祺那样。

而城郊村当地的警员，则一个个露出了敬畏的神色。没办法，这些警员，除了穆震是外派来的之外，其余人差不多都是城郊村土生土长的人，对于河神，他们的心中，其实也是保留着一丝敬畏的。

两方阵营的人，露出了两种截然不同的表情，虽然有些反差，但也无伤大雅，最起码，双方并没有因为祭河神这件事而发生不愉快……

可是，就在这时候，郑祺却突然发出了一道轻咦声："你们看，那是什么？"郑祺眯起双眼，朝着金陵河上游眺望起来，而且他还抬手朝那个方向指了起来。

当即，包括穆震和马浩然在内，无论是重案组的人，还是城郊村分局的人，都朝郑祺手指的方向，向上游望去……

距离郑祺等人所在的水域四五十米之外的上游水域中，漂浮着一条长方形的物体，最关键的是，这长方形的物体，好像还穿着衣服，从轮廓上看，还有些像……人。

漂浮在河面上的人！

能够在水中浮起来的人，如果不是真正的游泳高手，那就只能是……尸体。

每个人的心中，几乎都同时冒出了这个念头，只不过没有人捅破这层窗户纸罢了，大家只是目瞪口呆地凝视着上游缓缓漂下来的不明物体，一时间，一股无比诡异的气氛，犹如一座山岳，死死地压在了众人心头，压得众人喘不上气。

时间不断地流逝着，等到那不明物体漂到了距离这边水域不足二十米的位置时，那群在河岸边忙碌的村民，也发现了不明物体的存在！

自然而然，村民们下意识地停下了手上的工作，纷纷举目朝那不明物体定睛望去……

"是尸体！"

河岸边，也不知道是谁喊了这么一句话，顿时，河岸线上的百余人全部炸了锅，惊呼声、叫喊声络绎不绝，此起彼伏。

要知道，河岸线上的村民们，可都是顶着河神发怒的压力，在建造祭祀用的祭台，可偏偏就在这时候，金陵河中再现浮尸，这对于坚信河神存在的村民们来说，无疑是石破天惊的异变，众人又岂能不惊，岂能不怕？

当即，一些胆小的村民便开始四散逃离，场面一度很混乱。

不过，有阴必有阳，有胆小的，就必然会有胆大的。

那群胆子比较大的村民，纷纷朝尸体的方向跑了过去，想要近距离地一探究竟，毕竟，在金陵河中出现的尸体，很有可能就是与他们同住一个村的乡亲。

再说郑祺等人，这群经验丰富的警察，其实早在村民们发现那不明物体是尸体之前，就已经确认那的确是一具尸体，而此时，郑祺等人也甩开步子，用最快的速度朝浮尸的方向狂奔而去。

很快，那群村民和郑祺等人，便会聚到了一处，没过多久，一众人就已经跑到了浮尸的位置。

那具浮尸，上身穿一件纯黑色的半袖，露在外面的手臂已经被河水泡成了惨白色，更是浮肿到了接近正常人大腿粗细的程度！而浮尸的下身，则穿着一条军绿色的长裤，被河水浸泡之后，军绿色已经变成了墨绿色，还有浮尸脚上踩着的胶鞋，也湿漉无比。至于浮尸的整体，其浮肿的程度，倒比之前的王老九轻弱不少，最起码没有像王老九那般恐怖狰狞！看样子，这具浮尸应该在河水中浸泡很久了。

河岸边浮尸出现的位置，所有人都愣住了，只是呆若木鸡地凝视着那具仍在向下漂浮的尸体，仿佛都被这具突然出现的尸体给吓到了那般，不仅无力再说话，更是无法动弹分毫，气氛一度很沉闷。

“先把尸体捞上来！”郑祺冷喝一声，声浪撕碎了沉闷。

话音未落，郑祺便直接脱下外套，三步并作两步地朝浮尸那边狂奔过去。

不过，有一道身影，反应比郑祺还快，而且奔跑的速度也丝毫不弱于郑祺，二人几乎同时跑到了河边，又同时跳入了冰冷的河水中……此人，正是马浩然。

扑通！

两道落水声，好似惊雷一般，唤醒了所有人的思绪，而这时候，马浩然和郑祺二人，已经跃入了河中，开始朝浮尸的方向游动起来。

只不过，郑祺游泳的速度很快，而马浩然的动作却略显生涩，略微落后郑祺半个身位。

马浩然与郑祺，一前一后地游到了浮尸那里，二人也顾不上那么多，一左一右地抓住了浮尸的手臂或者肩膀，拼命地朝着河岸游了过去。

直到此时，河岸上的那群人才反应过来，一些胆子大的村民，以及会水的警员，也纷纷跳入了河中，接应郑祺和马浩然。最后，在大家齐心协力下，所有人，连同那具浮尸，都回到了河岸上。

脚踩地面的真实感，让几乎脱力的马浩然，精神顿时放松下来，当即，马浩然便直接瘫坐到由无数碎石铺成的河岸地面上。

这边，马浩然还没来得及喘口气，那边，苏叶便快步冲到了马浩然的身边，在奔跑的过程中，苏叶还脱掉了自己的白大褂，直接将白大褂披到了马浩然的身上。

“看你游泳的动作很生涩，你就不怕没把尸体捞上来，自己先溺水吗？金陵河的暗流可不比游泳馆，这可是真正的大河！”苏叶有些幽怨地埋怨了马浩然一句。

由始至终，苏叶都没有去关注那具浮尸，她的注意力始终都聚集在马浩然的身上，连苏叶自己都不知道这是为什么。

“我没想那么多！”马浩然很敷衍地回了苏叶一句，他甚至连看都没有去看苏叶一眼，只是探着身体，伸长了脖子，朝着被打捞上岸的浮尸眺望起来。

苏叶一见马浩然这模样，心中顿时生出一股无名火，这种被完全无视的感觉，苏叶还真就只在马浩然身上体验过。

正当苏叶准备发作之际，将浮尸团团围住的人群中，不知道是谁喊了一声："李满江！这具尸体是李满江的！"

李满江。

金陵河中漂浮的那具尸体，竟然是神秘失踪并且还是警方目前最怀疑的人，李满江！

那些不知道内情的村民，确认了尸体就是李满江后，立刻产生了一阵慌乱，而知道内情的警员们，则一个个阴沉着脸，好像讨债不成的债主那般，脸色当真是差到了极限。

"好像真的是李满江！"

"李满江怎么也死在了金陵河中？他的水性可不比王老九差！"

"而且和王老九一样，都是尸体漂浮在金陵河中才被发现的……"

"一定是河神！河神震怒了，这才接连索了王老九和李满江的命！"

浮尸出现，谣言四起。

河岸上的村民们，从窃窃私语演变成了大声议论，尤其是最后那段有关河神索命的说法，更是响彻河岸线。

听着四周关于河神索命的议论声，郑祺的脸也瞬间冷了下来。

"老李！把河岸这里封起来！小叶，去验尸！"郑祺一边说着，一边快步挤进了人群中，丝毫不在意身上那早已湿透的衣裤。

郑祺分开众人，自顾自地走到了那具浮尸身边，并且蹲下身体，全神贯注地打量着那具浮尸。

与此同时，坐在地上的马浩然，以及没有什么存在感的穆震，也都下意识地或起身，或迈步，总而言之，二人的最终目标，也是李满江的尸体。

马浩然和穆震，一左一右地蹲在了郑祺的身边，三人犹如石雕一般，紧盯着完全没了气息的浮尸。

"的确是李满江！"穆震率先开口，确认了浮尸的身份。

穆震在城郊村工作了很多年，对这里的村民，他差不多都认识，尤其是发生了王老九浮尸案之后，穆震对本案也是做足了功课，李满江的模样和特征，他自然刻进了脑子里，再加上李满江的这具浮尸，并没有像王老九一般，走形那么严重，所以，穆震能在第一时间就判断出浮尸的身份。

“李满江……”郑祺盯着李满江的尸体，好似梦呓一般地呢喃自语道，“最有嫌疑的人，竟然也死了，而且死亡的方式还与王老九一样……这件案子越来越有意思了。”

郑祺话音落地，披着苏叶白大褂的马浩然，则接上了郑祺的话，继续说道：“王老九和李满江相继死亡，而且都是死在同一种方式下，我想，这二人之间应该有着某种我们还没有掌握的联系。

“还有李满江之死，他的尸体就在我们眼前从上游漂浮下来，我们应该立刻搜查金陵河上游！

“最重要的，还是验尸工作。我想知道，李满江的尸体，是不是和王老九一样，充满了具有争议的疑点。”

马浩然提出这三处需要注意的方向之后，穆震的目光，也从李满江的尸体转移到了马浩然的身上，不过，他并没有发表任何的言论，而是自顾自地站起了身，面带微笑地对蹲在地上、背对着他的郑祺说道：“老郑，你有这种帮手在，这件案子恐怕不需要我插手了。”

郑祺闻言，微微侧过头，瞥了穆震一眼，好像有些较劲一般地说道：“这件案子是我们重案组的案子，你只要配合我们就可以了，至于破案，我想，我们会用最短的时间解决这件案子的！”

“你这家伙！”穆震望着郑祺，无可奈何的苦笑了一声，“我已经不是曾经的穆震了，你没必要再和我比较了，现在的你，早就远远地把我甩开了。”

说完这句话，穆震便转身走出了人群，他的背影有些孤寂，也有些落寞。

由始至终，马浩然都在凝视着穆震的背影，直到穆震的身影完全消失在视线之外，马浩然才从穆震带给他的孤寂和落寞的气氛中回过神来。

而这时候，老李已经和影帝，还有拳王，将河岸上的村民与尸体隔绝开了，而苏叶也蹲在了李满江的尸体旁边，仔仔细细地检查着李满江的尸体。

马浩然看了李满江的尸体一眼，又看了一眼全身心投入工作的苏叶，忽地，马浩然站起了身。

就在这时候，郑祺也站了起来。

二人几乎是同时站起身，并且迈出了步子，走出了老李等人分割出来的这片独立空间，并且不约而同地朝着上游狂奔而去。

郑祺和马浩然的突然离去，倒是没有对案发现场造成太大的影响，毕竟，不论是老李、苏叶，还是影帝和拳王，抑或是城郊村分局的警员们，大家都有各自的工作要做，而做好各自的工作，便是此时最重要的。

在第一时间近距离地接触到死者和案发现场，这对于侦破案件来说是十分关键的，每个人都不想放过这次机会，更加不想漏掉案发现场以及尸体上所隐藏的蛛丝马迹。

所以，没有人理会离去的马浩然和郑祺。

离开了喧闹混乱的案发现场，马浩然和郑祺二人快步狂奔，转眼之间，便已经朝着上游的方向，奔出了二三十米远。

等到四周变得安静了，郑祺一边奔跑，一边扭头对身边的马浩然问道："小马，你是不是怀疑，有人在上游做了手脚，故意让尸体从上游漂下来？"

"没错！"马浩然喘着粗气，回了郑祺一声，"队长应该也是想到了这一点，才会和我一起跑向上游，对吧？"

先是跳河打捞尸体，再是快速狂奔，体力本就不太好的马浩然，自然会气喘吁吁，尤其是与郑祺一对比之后，这种印象和反差就更强烈了。

"你的想法和我一样！"郑祺速度不减，气息均匀，"我现在只希望先我们一步去上游搜索的小程，能够发现一些实质性的线索……"

郑祺的话音才刚刚落地，在他和马浩然的河岸上方，便闪出了一道矫健的倩影……来人正是程稳露。

"队长！"程稳露见到郑祺和马浩然之后，先是一愣，旋即，她便下意识地停下了脚步，用一种难以抑制的兴奋语气，对二人低喝道，"我和同事们在河岸上游有新发现！"

听了程稳露的话之后，马浩然和郑祺的神色不由得为之一振！还不待郑祺发问，停下脚步的程稳露，便朝着下游的方向眺望起来，并且不解地出言问道："下游发生了什么事？"

"怎么回事？你在上游难道没看见刚才金陵河中的浮尸？"郑祺跑到程稳露的面前，狐疑地问向程稳露。

而程稳露则怔怔地摇起了头……她在上游搜索，但并没有见到刚才的浮尸。

此时，稍微落后郑祺一步的马浩然，也跑到了程稳露和郑祺二人的身边，马浩然也用狐疑的目光盯着程稳露，甚至还情不自禁地将郑祺刚才的问题重复了一遍。

由此可见，程稳露简单的摇头动作，对马浩然和郑祺二人所造成的冲击，是多么巨大。

"你们说的浮尸，我的确没看见，和我一起搜查的赵哥，还有老邬，也没看见你们所说的浮尸！"程稳露用异常坚决的口吻对马浩然和郑祺说道，不过，话锋一转，程稳露的语气就由坚决转变成了焦急，"你们还是先和我去上游看看吧，我们在上游有了重大发现！"

程稳露话中的"重大发现"四个字，倒是立刻将郑祺和马浩然的注意力吸引了过去，当即，郑祺便挥手示意程稳露带路！

程稳露没有任何犹豫，沿着河岸飞快地朝着上游跑了去，而郑祺和马浩然二人自然是紧随其后。

三人朝着上游奔跑了一段距离之后，河岸边突然变得弯曲起来，三人转过了这道弯之后，脚下的地面也从碎石变成了土壤，最关键的是，三人的眼前突然出现了一片茂密的树林，而这片树林的出现也挡住了三人前进的路。

程稳露没有任何的停顿，直接绕进了树林之中，马浩然和郑祺则停顿了片刻，随即，二人也跟着程稳露的脚步，进入了密林中。

一进入密林，马浩然便有意无意地朝着树林外眺望了起来。

在这片树木茂密、荒草丛生的密林之中，马浩然的视线被完全阻挡了，目光所及之处已经没有了恢宏的金陵河。

忽地，马浩然停下了脚步，一动不动地站在密林之中，探着脖子，努力地向着金陵河的方向眺望。

见马浩然如此，郑祺和程稳露也纷纷停下了脚步，只不过，程稳露是狐疑地盯着马浩然，而郑祺则是露出了自信的笑容。

“小马！”郑祺横迈了一步，站到了马浩然的身边，轻轻地拍了拍马浩然的肩膀，说道，“进入这片密林之后，我们和金陵河便被完全隔绝开了，所以，小程三人才没有看见河中的浮尸。”

“就是这样！”马浩然若有所思地回了郑祺一句，旋即，他便收回了目光，转而望向了脚下……

马浩然的脚下，荒草遍地，高矮不一，而此时，却有一片荒草，被踩至折断弯曲，隐隐地倒是形成了一条痕迹明显的羊肠小路。

当即，马浩然便指着那条痕迹明显的羊肠小路，随口问程稳露：“这条路是你们踩出来的？”

“没错。”程稳露不明所以，只是将她的经历简单地对马浩然和郑祺说了一番，“这片树林应该很少有人走进来，荒草已经铺满了地面，就像围墙一样，而且，除了我们走出的这条痕迹之路以外，几乎没有其他被走过的痕迹。”

“当然，并不排除没人来过，最起码，凶手和死者很有可能都来过这里！”程稳露又补充了一句，“如果是一个人或几个人分开走的话，同样踩不出我们脚下的路，毕竟，我是和赵哥还有邬哥一起走进来的。”

“我知道了。”马浩然点了点头，说道，“先去你说的有重大发现的地方吧。”

程稳露没有再说什么，只是自顾自地迈出了步子，引着郑祺和马浩然二人，继续朝着密林深处走去。

三人走了五六分钟的光景，马浩然的眼前突然变得豁然开朗，将金陵河分隔开来的树木少了许多，一部分金陵河的水域也出现在了马浩然的眼前，不过，马浩然只是略微扫了一眼再次出现的金陵河，注意力便被留守在这里的老赵和老邬的声音吸引了过去。

“队长！”五大三粗的老赵一见郑祺来了，便立刻喊了起来。

“队长，你来得正是时候，小程走后，我和老赵又有了新发现！”相对瘦弱，而且还戴着眼镜的老邬咧开了嘴，露出了神秘的微笑。

话音落地，老邬便从身后扯出了一张沾满了细碎树叶，以及树枝的大网。

老邬晃了晃手中的奇怪大网，笑着说道：“这是我在不远处的荒草中发现的，如果不仔细看的话，的确看不出来这是一张渔网，因为这张渔网的表面全都是树叶和树枝，只有把渔网翻过来，看见密集的网线之后，我才确定这的确是一张渔网。

“而且，如果再将这张奇怪的渔网铺到这里的话……”老邬说完这句话，便和老赵朝着两边齐齐闪身，将身后的空间让了出来。

最开始，马浩然和郑祺的注意力都集中在了老赵和老邬及那张奇怪的渔网之上，直到此时，马浩然和郑祺才发现，在老赵和老邬的身后竟然别有洞天。

那是一处长度约三米，宽度约两米的“凹”字形的区域。

而且，这处“凹”字形的区域中间缺少的那部分，已经被金陵河的河水填满了，最关键的是，在“凹”字形的内侧两端的位置，还有两根手腕粗细，已经被插进了河水中的树木枝干，最重要的是，在其中一根树枝上还挂着一张破损的渔网。

马浩然和郑祺怔怔地望着眼前这处“凹”字形区域，二人还没来得及说话，始终站在二人身边的程稳露开口了。

“这就是我所说的重大发现。”程稳露出言解释了一声。

而程稳露话音落地，老邬也开口补充了道：“如果将我手中这张奇怪的大网，铺到‘凹’字形的水面上方，这里就会变成树林的一部分，并且与树林融为一体，大致扫一眼，没有人会发现其中的秘密，尤其是能够看到这里的人，差不多都是坐在船上，下河捕鱼的渔民，又有哪个在船上会不专心捕鱼，而关注这里呢？”

“我和老邬试过了，这张网不仅可以完美地覆盖这片‘凹’字形的水域，在大网的边缘还有未干的水渍，很明显，这就是大网的边缘在水中浸泡过的铁证，也就是说，老邬的推测应该是正确的！”老赵豪爽地大笑了起来。

听着老邬和老赵的话语，马浩然和郑祺纷纷陷入沉思之中。

而此时，马浩然根据眼前的景象，再结合老赵和老邬的发现以及描述，不由得在大脑中勾勒出这样一幅画面。

凶手将李满江的尸体圈禁在“凹”字形的内侧，然后用树枝和渔网拦住死者的尸体，使得死者的尸体不被金陵河的水流冲走，始终都停留在“凹”字形的内侧。

再用那张表面上沾满了树叶和树枝的大网，将这片水域完全罩在其中，将这片水域伪造成树林的一部分，进而达到不被人发现的目的。

当这幅脑补的画面，在马浩然脑中一闪而过之后，很多问题也就顺理成章地迎刃而解了。

比如说，程稳露和老邬等三人之所以没有见到金陵河中漂浮的那具浮尸，是因为在三人进入树林之后，凶手因为听见了声音，或者其他原因，导致他发现了程稳露等三人的行踪，所以，凶手干脆割断了渔网，让浮尸顺着水流，从“凹”字形的内侧漂了出去，汇入到金陵河内。

而这片树林的树木又能完全遮挡住程稳露等人的视线，所以，程稳露等人才没有看见金陵河中漂浮着的那具尸体。

顺着这条线索，继续往下想。

凶手，或者某个人，是在程稳露等人进入树林之后，发现有人来了，便匆忙地割断了渔网，利用水流把尸体放出去，而后，那人便立刻离开了这里。

马浩然从进入树林开始，一直到他走到这处“凹”字形水域，再算上他在树林中思考的那段时间，前后只有十几分钟，而之前进入树林并且找到这里的程稳露三人，所用的时间，应该会比马浩然所用的时间更短一点，这也就说明，离开这里的那人并没有太多的时间来处理这里。

由于时间太过仓促，许多细节甚至都还没来得及处理，这里便暴露了，换而言之，这里一定有残留的线索，只不过还没有被挖掘出来而已。

一想到这里，马浩然的双眼顿时闪过了一抹精芒，斩钉截铁地低吼出声道：“这里才是真正的案发现场，而且，我相信，这里一定有残留的线索存在，毕竟，离开这里的那个人，也就是疑似凶手的那人，在割断渔网放出尸体之后，已经没有太多的时间来处理这里的细节了。”

被马浩然这么一喊，程稳露、老赵和老邬纷纷愣住了那么一瞬间，之后，三人立刻露出了恍然大悟的神色。

“我这就去追凶手！”老赵兴奋地叫嚷了一声。

“算了！”老赵刚迈出两步就被郑祺挥手拦了下来，便见郑祺一脸的气定神闲，淡淡地对老赵说道，“虽然疑似凶手的人没有时间处理案发现场，但那人绝对有足够的时间离开这里，现在去追已经晚了，倒不如仔细地搜一搜这里。”

“队长说的对！”老赵吼了一声，正准备开始工作，忽地，郑祺突然抬手按住了老赵的肩膀，说道：“别着急！”

“队长。”老赵挠了挠头，很不理解地嘀咕道：“找到了真正的案发现场，又怎么可能不着急排查这里呢？”

“这里不用你排查了，你马上去下游找穆震，让他配合我们调查村子里的人有谁没有参加建造祭河神的高台这项工作，我怀疑，凶手没有在下游搭建高台，因为，如果参与了这项工作，那凶手就没时间看护尸体，也没时间将尸体投入金陵河中了。”

听了郑祺的话，老赵立刻张大了嘴巴，不过，下一瞬间，老赵便一溜烟地朝着树林外跑了去，连和郑祺等人告别都没有。

第十章 人性

郑祺的推理很对，刚刚离开这里的那个人绝对没有时间去参加下游搭建高台的项目，这样的话，这件看似毫无破绽的河神索命案，也就真正露出了线索，而且还是致命的线索，可以借此锁定嫌疑人的范围！

“唯一值得怀疑的嫌疑人李满江的意外死亡，却牵扯出了这处真正的案发现场，更是有可能帮助我们锁定嫌疑人的范围。笼罩在这件案子上的阴云，已经开始散去了！”郑祺盯着表面平静无比却暗流涌动的金陵河，冷冽一笑。

郑祺言罢，老邬、程稳露便对这里展开了新一轮的搜索，甚至连郑祺和马浩然都加入了搜查线索的大军之中。

程稳露和老邬负责搜索“凹”字形的外围，而马浩然和郑祺则负责内部。

此时，马浩然和郑祺正蹲在“凹”字形内部那一横的位置，全神贯注地观察着水岸边上的杂草和泥土。

“队长，水岸边的泥土明显有被翻过的痕迹！”马浩然蹲在地上，指着丰沃的土壤说道，“水岸边的土壤高于河水，但我们脚下的土壤不仅潮湿，而且已经接近淤泥的形态了，这绝对是经常被河水浸泡的土壤，也就是说，我们所在的位置上最初的土壤已经被翻到了下面，或者，干脆就被扔进了金陵河里。凶手，是想掩盖什么吗？”

“一定是这样！”听了马浩然的话，郑祺坚决地点了点头，肯定地说道，“凶手应该是想毁灭一些证据，而且，凶手想毁灭的证据，应该已经进入了金陵河中，随波逐流，去了我们看不见也找不到的地方。”

马浩然没有开口，而是转移了目光，将视线定格到了水岸边的几棵荒草之上，他发现，那几棵荒草的叶子上皆出现了大小不一的叶斑和穿孔。

随后，马浩然又四下眺望，他发现，除了生长在他身边的这几棵荒草之外，其他地域上生长的荒草皆是翠绿一片、欣欣向荣之状。

马浩然微皱眉头，似乎是在思索什么，片刻后，他缓缓地站起了身，朝着正在外围搜索的程稳露和老邬看了去。

程稳露和老邬弓着身子在荒草之中穿梭，搜索得非常仔细，不过，看二人的状态应该是还没有找到什么线索，不然的话，二人早就喊郑祺和马浩然了。

就在这时，一阵杂乱的脚步声以及衣服和树枝荒草摩擦的“沙沙”声，突兀地传入了马浩然的耳中。

当即，马浩然便扭过头循着声音传来的方向望了去，只见荒草与密树的空隙之间，隐隐约约地闪出了两道熟悉的身影，马浩然定睛一看，正是影帝与拳王。

“队长，老大！高台搭建完成了，下游开始祭河神了！”影帝的声音洞穿了密林，传入了马浩然等四人的耳中。

远处的老邬和程稳露以及内部的郑祺和马浩然纷纷停下了各自手上的工作，将目光定格在了声音传来的方向，没多久，影帝和拳王的身影便映入了四人的眼帘之中。

“下游已经开始了吗？”郑祺盯着稍微有些狼狈的影帝和拳王，若有所思地低头嘀咕了一声，随后猛地抬起了头，对影帝和拳王说道，“你们两个留在这里，和老邬还有小程一起搜索案发现场，我和小马先去下游，见识一下所谓的祭河神！”

说完这句话，郑祺便头也不回地迈出了步子，朝着下游走去，而马浩然则是深深地看了一眼那几棵叶子上有叶斑和穿孔的杂草，这才朝郑祺追了去。

马浩然和郑祺差不多是一前一后走出了树林，还没转过金陵河的那道弯，二人的耳畔便同时出现了类似于唢呐等古老乐器的声音。

“呜呜呜！”

嘹亮的声音，婉转而尖锐。

“嘭嘭嘭！”

沉闷的鼓声，低沉而振奋。

这首由许多古老乐器交织而成的神秘旋律，犹如绕梁一般敲击着马浩然和郑祺的耳膜。

听着耳边的神秘乐曲，马浩然和郑祺不由得加快了脚步，转过了金陵河的那道弯。

赫然，一座围满了人的简易高台横在了金陵河边，与恢宏的金陵河遥相对应，而在高台与金陵河之间的那片区域，由布绸组成的数条红色龙狮被人们披在身上，亢奋起舞，气氛无比热烈。

马浩然和郑祺一动不动地站在上游，呆若木鸡地凝视着高台那边的舞龙舞狮，一时间竟然忘记继续行走了。

足足过了半晌，在锣鼓喧天的浩荡声浪之中，郑祺颇为感慨的声音才勉强杀出重围，传入了马浩然的耳中：“已经很久没有见到过这种传统文化氛围了。”

马浩然没有说话，只是深以为然地点了点头。

二人似乎已经沉浸在难得一见的舞龙舞狮之中了，只是这样一动不动地站在上游，观望欣赏着下游的祭河神仪式。

舞龙舞狮结束之后，人群中便走出了三名体型健硕、赤着上身的大汉，而那三名大汉的双手上还各自捧着一方托盘，摆的分别是猪头、大鱼，以及一只公鸡。

值得一提的是，猪头是血淋淋的，应该是刚刚割下来的，大鱼全身布满鳞片，只是一动不动，看起来就像是死了那般，而公鸡同样是分毫不动地躺在托盘上，马浩然和郑祺隐隐还能看见托盘上的鲜血。

“开始祭河神了。”

郑祺呢喃一声，随即，便朝着下游快速地奔跑了过去，马浩然见状，亦是毫不犹豫地跟了上去。

待到马浩然和郑祺跑到了高台附近的时候，那三名捧着托盘的壮汉已经将手中的托盘连同祭祀用品，一股脑儿地丢进了金陵河中，转瞬之间，那几样贡品便沉入了河底。

这时候，一名头发花白，拄着拐杖，身穿黑色大褂，看起来就像是旧社会中的老学究一样的老者缓步从人群中走了出来，他目不斜视，一直走到金陵河边，这才停下脚步，无比肃穆地盯着波澜不惊的金陵河。

而此时，马浩然和郑祺已经挤进了人群之中。

只不过，在人群中，马浩然和郑祺并没有发现重案组的人，城郊村分局的同事们也不在其中。

就在马浩然和郑祺四下张望寻找众人身影的时候，站在金陵河边的那名老者突然爆发出了与他的身体极不相符的声浪："城郊村全村村民，祭河神。"

老者的声音刚刚落地，围在高台四周的城郊村村民纷纷学着老者的模样，全神贯注，表情肃穆地扯着嗓子，狂吼了起来。

"祭河神！"

"祭河神！"

"祭河神！"

简单的三个字，城郊村一众村民足足吼了三遍，声浪震天，气氛狂热。

这一刻，金陵河的河水仿佛都因为这阵声浪而产生了波澜。

三遍过后，村民们的嘶吼声才停下来，只不过，本音虽停，回音却仍旧在继续。

足足过了半晌，直至回音彻底消失之后，那站在河边的老者才开始对着金陵河自言自语地小声念叨了起来，当然，马浩然和郑祺是听不清楚那老者究竟在念叨什么的。

老者在河边自言自语，而围在高台的一众民众却是解除了那种肃穆的状态，三三两两地窃窃私语了起来。

“祭了河神，希望不要再发生悲剧了！”

“王老九和李满江两个村里水性最好的人接连溺死在金陵河中，吓得我都不敢下河捕鱼了。”

“你怕河神索了你的命？”

“那当然了。李满江和王老九平日里也没做过什么伤天害理的事，而且，我记得那几个家伙在很久之前还在同一条船上，在长江干过打捞尸体的工作吧？这可是积阴德的事。连积阴德的李满江和王老九都被河神索了命，我当然怕了。”

“也对，你这家伙平日里就喜欢耍些小聪明来坑商贩，不是把死鱼和活鱼放一起卖，就是给人缺斤短两。”

听着四周的窃窃私语声，马浩然和郑祺不由得相互对视了一眼：李满江和王老九还在长江流域打捞过尸体？

而且二人还是同一条船上的？

那么这次的凶案会不会和打捞尸体有关？

毕竟太过巧合了，死的都是那条船上的人。

当即，马浩然和郑祺便不约而同地挤到了窃窃私语那几人的身边。

“这位大哥，你刚才说，李满江和王老九还在长江流域打捞过尸体？”郑祺笑嘻嘻地递给了一名皮肤黝黑的中年汉子一支香烟。

那中年汉子接过了郑祺的香烟，瞄了一眼烟尾的牌子，这才喜笑颜开地点了点头，说道：“金陵河是长江的一条分支，很多年前，李满江和王老九的确干过打捞尸体的事，毕竟这工作赚的要比捕鱼多，对了，还有小旺，他们三个人在一条船上工作。”

“小旺是谁？”郑祺不动声色地追问了一句。

如果，河神索命案真的和打捞尸体的那条船有关，那么，那名叫小旺的人也绝对有脱不了的干系，甚至可能是……第三名死者！

“小旺……”那中年汉子点燃了香烟，深吸了一口，这才继续说道，“小旺早就死了，听说是死在了长江之中，死不见尸，从那之后，李满江和王老九就不再去长江打捞尸体，而是老老实实回到了村里开始捕鱼了。”

“小旺……死了？”郑祺愣了片刻，继续追问道，“小旺是怎么死的？”

“这我就不清楚了！”中年汉子耸了耸肩，毫无防备地说道，“李满江和王老九根本不提这事，而小旺的老子陈老根，自从小旺死后，也像是变了一个人似的，大门不出二门不迈，根本不和村里人有任何交集，就像是活在另外一个世界似的。”

说完这番话，那中年汉子身边的人便拉了拉他的胳膊，说道：“走吧，村主任那边已经开始祭河神了。”

说完，中年汉子便被刚才说话的人给拉走了，一群人浩浩荡荡地走到了金陵河边，跟着为首的那名老者，也就是村主任，朝着金陵河跪拜了起来。

马浩然和郑祺相互对视了一眼，二人均从对方的眼中看到了疑惑的神色。

就在这时，郑祺的手机突然发出一道急促的铃声，打断了二人的眼神交流。

接通了电话之后，郑祺只是简单地说了几个“好”字，便挂断了电话，随后，郑祺对马浩然说道：“先回分局，有新线索了。”

马浩然点了点头，也不多问，便和郑祺一起迈着步子，朝着城郊村分局的方向狂奔而去。

一路无话，当马浩然和郑祺跑进了分局大院的时候，包括苏叶、老李和穆震在内，足足二十几号人，全都整齐划一地站在大院，似乎，大家在等什么人那般……

一见郑祺和马浩然走进大院，苏叶和老李二人齐齐从人群中走了出来。

郑祺狐疑地扫了苏叶、老李一眼，抬了抬手，道：“一个一个说，都有什么新发现？”

听了郑祺的话，老李和苏叶相互对视了一眼，最后，由苏叶率先开口说道：“我对李满江的尸体进行了仔细的检查和解剖，我发现，李满江的尸体，不论是内脏器官还是外部的表皮，都与第一名死者王老九如出一辙。”

“第二名死者李满江，死于溺水窒息，初步判断的死亡时间，是在两天前到三天前的这二十四小时之内。”

“尸体外部没有任何明显的伤痕，包括手指甲中，也没有海藻和泥沙等杂物，说明死者在溺水而死的过程中，没有任何的挣扎，这一点与第一名死者王老九一模一样。

“而李满江的尸体内，胃部同样有海藻和泥沙等杂物，但没有太多的食物残留，最起码，相比于王老九胃里的东西来说，那点食物残留应该算是很多了，而且，我已经把李满江胃里那极少量的食物残留提取了出来，准备拿回市局去做更进一步的化验。

“还有李满江的胃襞也同样有损伤的痕迹，甚至，就连李满江的肋骨处也有轻微的骨折，就像是同样被某人做过心肺复苏一样。”

听了苏叶的验尸报告，郑祺和马浩然，再次对望了一眼。

与马浩然只保持了一瞬间的眼神交流，郑祺扭过头望向苏叶，问道：“李满江和王老九的尸体，相同之处竟然如此之多，这到底是巧合，还是有人刻意而为之？”

苏叶茫然地摇了摇头，表示不知道。

其实，不仅是苏叶无法回答郑祺提出的问题，恐怕就连郑祺自己都找不到他想要的答案。

沉思了半晌，郑祺这才开口说道：“虽然王老九和李满江的尸体充满了无数的疑点，但现在，我们可以确定另外一件事情……王老九和李满江的死，手法和作案过程几乎完全一致，由此判断，应该是死于同一人之手。”

“而王老九的死亡时间距离我们太遥远，也太模糊，许多线索都无迹可查。

“但是，第二名死者李满江不同，他的死亡就发生在我们眼前，而且，我们也找到了李满江死亡的真正案发现场，这对我们接下来的侦破工作会有很大的帮助，所以，我认为，我们应该先着重调查李满江之死。”

“只要解开了李满江的死亡之谜，我想，王老九的案子也就迎刃而解了。”

郑祺言罢，众人纷纷点头赞同，就连穆震也在片刻的思考之后认可了郑祺制定的查案方向。

郑祺环视了众人一眼，最后，将目光落到了老李的身上，说道：“老李，说说你的新发现。”

老李点了点头，便开口说道：“队长让老赵查的事情已经有结果了。”

一听老李的话，郑祺立刻瞪起了双眼，还有与郑祺一起找到了真正案发现场的马浩然，那张亘古不变的冷漠脸上也闪过了惊讶和意外。

而郑祺，相比于马浩然的冷漠寡言，他却是毫不掩饰心中的情绪，出言惊呼道：“这么快就查到了？”

“祭河神是城郊村的大事，差不多每个人都会参与到其中，没有参加祭河神仪式的人很少，而且穆前辈也帮了很大的忙，整个城郊村分局的同事们都参与到了排查工作中，效率自然会提高不少。”老李很诚恳地说出了这番话，旋即，话锋一转，脸色也突然变得严肃了起来，“根据我们大家的排查结果，城郊村内，排除有不在场证明的一些人之后，只有三个人没有参与到祭河神的仪式中……

“第一个人叫陈老根，今年四十七岁，巧合的是，陈老根的家，就住在王老九家的隔壁。

“他目前独居，数年前丧子，之后，就不再与村里人来往，久而久之，村里人也差不多将他遗忘了，祭河神的仪式自然就没有找他。

“第二个人绰号黄二狗，三十六岁，他本名已经被村里人忘记了，因为是村里声名远播的地痞无赖，一旦盯上了谁，就会像疯狗一样咬住不放，与陈老根一样，也是独居。

“第三个人叫方大力，四十岁，嗜酒如命，比王老九更甚，只不过，这家伙好吃懒做，经常在本村或者去外村干一些偷鸡摸狗的勾当，已经被城郊村分局列入了黑名单中，和之前的两个人一样，也是独居。

“这三个人因为都没有不在场证明，已经被我们列为本案的嫌疑人，穆前辈直接下令，让城郊村分局的同事们分头去往三人的家中，准备先将三人传唤到分局录一份口供，探探虚实。”

“很好！”郑祺嘀咕了一声，也不知道他是在对老李说，还是在对穆震说。言罢，郑祺又转过了头，望向了人群中的冉潇，道，“你去查一件事情……”

说到这里，郑祺突然停了下来，因为他发现，冉潇身上的衣服已经不是来时候穿的那身衣服了，当即便打趣地问道：“你这小子，怎么换了身衣服？而且有些大啊，不是你的吧？”

冉潇朝前迈出了一步，有些不好意思地说道：“我去查看王老九和李满江的家时，这二人院外的路有些不好走，我身上的衣服鞋子都蹭上了泥，穆前辈就借了我一身他的衣服穿。”

冉潇挠了挠头，又不解地出言对郑祺问道：“队长，你让我查什么？”

“查一个叫陈小旺的人，以及几年前，李满江和王老九在长江上打捞尸体的相关事情。”郑祺说道。

“好！”冉潇领命，便匆匆跑进了分局的独楼之内。

冉潇走后，穆震也从人群中走了出来，快步走到了郑祺身前，低声问道：“你怎么知道捞尸队的事？”

“祭河神的时候，从村民口中听说的。”郑祺的声音也不大，只有穆震、马浩然、老李和苏叶能听见而已。

“你怀疑陈老根？”穆震也不啰唆，开门见山地问道。

“目前来看，身为王老九和李满江邻居，并且和二人还有说不清道不明的关系的陈老根，的确最值得怀疑！”郑祺倒是没有对穆震隐瞒他对本案的看法。

“我并不清楚当年那支捞尸队的详细情况，我只知道，陈小旺、李满江和王老九在某次打捞尸体的过程中发生了意外，陈小旺溺水而死，李满江和王老九金盆洗手，老老实实地回到了城郊村以打鱼为生……

“说实话，我也有些怀疑陈老根，但这件事毕竟过去了这么多年，就算真的有我们不知道的内情，那陈老根还会不清楚吗？如果陈小旺的死真的和王老九、李满江有关，陈老根会忍耐到现在吗？恐怕早就动手了吧？

“相反，三人之中，陈老根却是最没有杀人动机的人。

“黄二狗，据我所知，这家伙在几天之前找王老九和李满江借过钱，二人没有借给黄二狗，为了这事，黄二狗不止一次找过二人的麻烦，甚至还差点动手，而且，黄二狗还扬言要弄死李满江和王老九！

“李满江和王老九算是村子里打鱼本事最高超的几人之二，所以，二人经常满载而归，就在半个月之前，方大力偷过李满江和王老九的海产品，而且不止一次，三人发生了口角，但没动手，最后，我关了方大力七天。

“在城郊村关禁闭的这段日子，方大力不止一次地说过，等他出去，就让李满江和王老九好看，对了，方大力的报复心非常强，我相信，这家伙不会说空话，他出去一定会找李满江和王老九报仇的。”

穆震一口气说了这么多话，气息也变得极度不稳定，连连深吸了数口气，这才让不断起伏的胸膛略微平缓了一些。

听了穆震的话，郑祺、马浩然、老李和苏叶四人都陷入了各自的沉思之中。

过了一分多钟的时间，郑祺抽出了一支香烟，为自己点燃，一边深吸了一口，一边说道：“听了你的话，那方大力和黄二狗的确比陈老根更有嫌疑，但是，我们不能因此忽略了陈老根。”

“那就三个人一起查。”穆震斩钉截铁地说道，“在法律面前，任何罪犯都不可能逃脱，我们不会错抓任何好人，但我们也不会放过任何坏人！”

“没错！”郑祺凛然低喝一声，同时还狠狠地咬了咬烟嘴。

也就在这时，郑祺的电话铃声突然响了起来。

郑祺连忙从身上摸出了电话，扫了一眼电话上显示的号码便直接接通了电话。

只是对着电话“嗯”了几声，郑祺便将电话挂断了。

“是小程打来的，案发现场那边没有发现任何有价值的线索！”郑祺的语气并没有透露出失望的情绪，相反，还是一如既往的平静，就好像没有发现线索这件事也在他的算计之中那般。

“队长，那我们接下来该如何展开工作？要先审审陈老根、黄二狗和方大力三人吗？”老李出言问道。

“这三个家伙是一定要审的，不过，我更在意冉潇那边。”郑祺说完便将烟头扔到了地上。

郑祺刚刚将烟头踩灭，冉潇便抱着笔记本电脑从独楼中快步奔了出来。

望着去而复返的冉潇，郑祺的脸上立刻浮上了一抹意外之色，下意识地朝冉潇喊道：“有消息了？”

“有了。”冉潇毫不掩饰内心的激动，甚至连脚步都不由得加快了几分，直到冉潇气喘吁吁地跑到郑祺等人的身前，便迫不及待地说道，“队长，我查到捞尸队的资料了，这里面还真有我们不知道的内情。”

冉潇话音还未落地，郑祺便直接扬起了手，一巴掌拍到了冉潇的后背上。

郑祺这一下真用了不少力气，给冉潇拍一个踉跄，险些摔倒。

“干得漂亮！”郑祺嘿嘿直笑，丝毫不在乎他差点把冉潇推倒的事情，连忙追问道，“捞尸队中，有什么我们不知道的内情？”

冉潇晃了晃肩膀，似乎想以此来缓解后背上的疼痛，不过，效果应该不太明显，因为，冉潇仍旧不断地倒吸凉气，看来，郑祺这一下拍得冉潇是真疼。

“事情是这样的，捞尸队解散之前接的最后一单生意，是负责打捞一名古董商的尸体。”冉潇龇了龇牙，忍着疼痛，继续说道，“我们大家都知道，长江是我们民族文化的发源地之一，在长江水底隐藏着许多不为人知的秘密，甚至是远古时期的物件，那名古董商人不知道出于什么目的，弄了一套潜水设备，潜进了长江中，之后，就再也没上来。

“古董商落水十天之后，王老九、李满江和陈小旺组成的捞尸队就接了古董商亲属的生意，开始在古董商潜水的附近水域打捞古董商的尸体。

“王老九三人轮流潜水打捞，整整一天都没有任何的收获，本来打算到了晚上就收工，第二天白天再继续打捞，可陈小旺不同意，因为古董商亲属开的价格很诱人，而且打捞的时间越短，酬金就越多，陈小旺想多赚些钱，就没同意收工。

“而王老九和李满江见陈小旺如此坚持，也就没再提收工的事，因为二人也想多赚一些钱，不然也不会干捞尸的行当了。

“当时的陈小旺只有十几岁，正是年轻力壮、活力充沛、初生牛犊不怕虎的年纪，所以，夜晚打捞虽然有很大的风险，但陈小旺不怕，而且夜晚打捞的过程中，陈小旺还是捞尸队的主力，下河次数最多，时间最长。”

说到这里，冉潇顿了顿，缓了一口气，声调也下意识地压低了几分，“我查到的这些资料都只是铺垫，真正的关键就在那天晚上。”

“那天晚上，具体是什么时间，资料上查无可查，总而言之，就是在那天晚上，捞尸队三人终于把古董商的尸体打捞上来了。

“根据一些传闻，那古董商的尸体上还藏着一件好东西，但具体是什么，我就查不到了。

“再之后，陈小旺就莫名其妙地溺死在了长江里，而李满江和王老九则不再干捞尸的行当，回到了城郊村，老老实实地以打鱼为生了。

“事后，警方调查过王老九和李满江，而且还为了此案特意成立了专案组，只不过，最后调查出的结果是，陈小旺属于意外死亡。”

说完，冉潇这才重重地吐了一口气，说道：“这些资料，我们警方的资料库里都有，既然当年警方成立了专案组，那么，最后的调查结果就不会错，当然，如果陈老根认定，当年的陈小旺是被李满江和王老九暗害而死，那就的确有杀人动机了。”

“的确有这种可能。”郑祺一脸淡笑地点了点头。

“可是，队长，当年的事情，我还是坚信警方调查的结果，只不过，凶手如果利用那次意外来扰乱我们的查案方向，把陈老根推到我们警方的视线之内，那我们岂不是中了凶手的诡计？”老李思忖片刻，说道。

郑祺点了点头，表示认同老李的话，而后又出言说道：“这也是我们目前面临的困境之一，如果凶手真的设计让陈老根来背锅，我们也不得不防。”

“队长，还有一件事……”冉潇怯生生地插了一句，说道，“我们在关注陈老根的同时，也不能忽视了方大力和黄二狗，根据我查出的资料显示，酒鬼方大力就住在金陵河沿河一带，算是村里最边缘的地方了，本就人迹罕至，最关键的是，方大力居住的地方距离你们发现的案发现场非常近。

“还有黄二狗，也有足够的杀人动机，进入城郊村之后，我就去了李满江家和王老九家，我发现黄二狗始终都在二人的家门外闲晃，看起来好像想偷点什么似的。

“相比之下，陈老根所住的地方是距离河边小树林最远的。”

冉潇的话音落地，还不待郑祺等人出言讨论，分局正门外便传来了一阵阵的喧闹声。

“你们干什么？我又没犯罪，为什么把我带到警局来？”这是一道十分刺耳的男声，而且声音之中还充满了一股死猪不怕开水烫的味道。

当即，郑祺等人齐刷刷地转过了头，朝着分局正门的方向望了去，只见一名穿着牛仔裤、花衬衫，剃了个大光头，满脸横肉的汉子趾高气扬地叫嚣着。

“他就是黄二狗！”穆震朝黄二狗扬了扬下巴，冷冷地笑了起来，“这家伙最近脾气有些大，我得收拾收拾他！”

穆震说完，黄二狗的身后便晃晃荡荡地闪出了一个穿着很邋遢的中年人，头发都打结了，就像是很久没洗过一般，脸上也都有灰污，满身的酒气更是随着空气弥散，就连站在大院中的郑祺和马浩然等人都能闻到。

“他是方大力吧？”郑祺盯着那酒鬼，随口问了穆震一句。

穆震没说话，只是点点头，算是回应郑祺。

“我……告诉你们……把我带到……警局……要是查不出什么四五六……你们可得赔偿我……最好是赔偿……几瓶酒……”方大力的声音断断续续，连舌头都有些打结了，再加上那一身的酒气，很显然，他喝多了酒，而且绝对没少喝。

郑祺和马浩然的目光只是在方大力和黄二狗的身上扫了一眼，便径直落到了数名警员所组成的包围圈所围住的最后那人的身上。

那是一名穿着一身干净整洁的粗布麻衣，一脸冰霜的中年男子，他双眼混浊而空洞，脚步僵硬而机械，整个人，看起来就像是丢了魂一样，用“行尸走肉”这四个字来形容他再贴切不过了。

“那个不说话的人就是陈老根！”穆震轻声提醒了郑祺等人一声。

其实，就算穆震不说，大家对于陈老根的身份也都心知肚明。

“啪啪啪！”郑祺突然拍起了巴掌，将众人的注意力都吸引到了他的身上，甚至，就连黄二狗、方大力，以及冷漠无比的陈老根，都下意识地将目光定格到了郑祺的身上。

“既然人都到齐了，那我们就开始吧。”郑祺咧嘴大笑了一声，随后，便引着众人浩浩荡荡地迎上了黄二狗等三名嫌疑人。

“三位，一个小时之前，你们都在干什么？”郑祺并没有想要将三人隔离分别录口供的意思，就这么大大咧咧地在城郊村分局的大院之中直接开始了审讯。

“你是干什么的？”黄二狗撇嘴说了一声，言罢，便开始上下打量起了郑祺，嘴角上还挂着一抹不屑的冷笑。

“金陵市重案组组长，郑祺！”郑祺面带微笑地回答了黄二狗的问题。

“重案组的组长？”黄二狗愣了一下，眼瞳之中也悄然闪过了一抹畏惧。

黄二狗是个无赖地痞，对于警察，他天生就有一种惧怕感，尤其是声名远播的郑祺，哪怕城郊村是乡下，但也隶属金陵市，郑祺的名字，别说是金陵市了，就算是江南省，恐怕都没有几个人没听说过。

“没错，我是重案组的组长！”郑祺仍旧笑吟吟地盯着黄二狗，气定神闲地说道，“我回答了你的问题，现在，该你来回答我的问题了。”

“我在家睡觉呢！”黄二狗老实了不少，就连脸上的蔑笑都消失了。

“睡觉？穿着牛仔裤和衬衫睡觉吗？多不舒服啊！”郑祺扫了一眼黄二狗身上那件满是褶皱的衬衫，以及沾了不少泥土的牛仔裤，最后，落到了黄二狗脚下踩着的那双蹭了不少污泥的鞋子，不由得冷笑道，“你这家伙，到底是在睡觉，还是去了河边的树林？”

“我……我真的在睡觉！”黄二狗眼神躲闪，不敢直视郑祺。

“那你有证人吗？”郑祺再问。

黄二狗摇了摇头，老老实实地说道：“我家里只有我自己，邻居们又都去金陵河边祭河神了，所以，没有证人！”

郑祺深深地看了一眼黄二狗，又扭头问向方大力：“那你呢？”

“喝……酒……我在喝酒……嘿嘿……”方大力说完，就一屁股坐到了地上，也不管什么土沙灰尘，自顾自地摆出了自认为舒服的姿势，这才继续说道，“我也没证人……”

“那你又是在哪喝酒呢？”郑祺又问。

“当然是……在家喝酒了……”方大力懒懒的笑了一声。

“我听说，你家距离金陵河边的小树林很近，对吧？”郑祺的脸上依旧保持着微笑。

“小树林……很近……”

“那你最近去过小树林吗？”

“连野猫野狗都不去的地方……我怎么会去那种地方……又没有酒……”说完这句话，方大力便直接躺在了地上，双眼半睁半眯，好像下一刻就会睡着一样。

郑祺没说话，最后，他将目光落到了陈老根的身上……

郑祺的表情没有任何的变化，仍旧挂着和煦的微笑，但是他并没有开口问话，而是盯着陈老根，在他的身上上下仔细地打量了好一阵，从陈老根略微凌乱的头发一直看到脚下踩着的那双干干净净的布鞋，又沉默了良久，这才问道：“陈老根，你看起来挺冷漠的，但个人卫生倒是不错。”

陈老根没说话，只是冷冷地瞥了身边的方大力一眼，眼神中不仅充满了厌恶，更是情不自禁地朝着旁边挪动了一步，好像是想和邋遢的方大力拉开一些距离一般。

郑祺望着陈老根，微微扬起了嘴角，别有深意地笑了一声，这才出言问道：“他们两个刚才回答的问题，你也回答一次吧。”

“我在家里看书。”陈老根的声音有些沙哑。

“看书？看书好。”郑祺好像在和陈老根聊家常一样，“活到老，学到老，这才对！”

陈老根没答话，而其余人则是搞不清楚郑祺葫芦里到底卖的是什么药，自然也插不上嘴，只有马浩然若有所思地盯着陈老根，仿佛在思考什么。

忽地，马浩然朝前踏出了一步，一步过后，马浩然丝毫没有想要停下脚步的意思，径直走到了陈老根的身前，随后，在众人惊骇与不解的目光注视下，马浩然微微弯下了腰，近距离地接近陈老根的衣服，最夸张的是，马浩然还用力地吸了几口气，好像在闻陈老根身上的味道。

不远处的苏叶轻皱柳眉，不解地嘀咕了一声："他在干什么？"

"不知道！"站在苏叶身边的老李耸了耸肩，一副看好戏的样子，"这小子一直都是不按套路出牌的人，我要是能猜出他想干什么，早就升职当副组长了。"

就在苏叶和老李轻声细语交谈之际，马浩然突然直起了腰杆，双目如电直视陈老根，可下一瞬间，那双散发着锐利光芒的眼瞳又被茫然所取代了。

"你身上有螨虫尸体的味道，而且还掺杂了一些樟脑球的味道，这身衣服，你应该是新换上的，可是，你为什么要换身新衣服呢？现在是下午，并不是适合换衣服的时间，而你之所以这样做，是因为时间太充裕？还是因为时间太仓促？"

马浩然脸上的表情不断变幻着，时而茫然，时而恍惚，时而坚定，尤其是他说出的这番话，更是如同一团迷雾，将大院内的所有人都笼罩了起来，让人摸不着头脑。

说完这番话，马浩然便不再言语，只是一动不动地站在原地，双眼死死地盯着陈老根那张没有任何表情的脸，而另一边，陈老根的双眼也是一眨不眨地和马浩然对视着。

这两个人虽然在相互凝视着对方，但他们的眼瞳之中并没有任何的表情波动，就像是两具没有任何感情的死尸在相互凝视。

不远处，老李用胳膊肘轻轻地碰了碰苏叶，压低声音问道："叶子，什么叫螨虫尸体的味道？那是什么味道？"

"螨虫尸体的味道就是阳光的味道，你把衣服在太阳底下暴晒之后就会出现那种味道。"苏叶也是一脸茫然地说道，"陈老根的衣服上有阳光的味道，还有樟脑球的味道，这说明陈老根这身衣服是洗干净的衣服，可是，谁家又会不洗衣服呢？这又能代表什么呢？”

苏叶和老李的交谈并没有扩散太远，最起码，郑祺、马浩然和三名嫌疑人没有听见。

也就在这时，马浩然又突然开口了。

“尸体上的诸多疑点该如何解释？还有案发现场的泥土和叶子又是怎么回事？”马浩然一边说着，一边收回了定格在陈老根身上的目光，转而扫向了拘谨的黄二狗，以及迷迷糊糊即将昏睡过去的方大力，“只有一个人符合我的推理，可是，那些谜团我还没有解开，关键的证据也没找到。”

马浩然的话还没说完，一旁的方大力突然“哇”的一口，直接从嘴里吐出了一摊黏稠恶心的杂物，其中，还弥散着让人忍不住作呕的浓郁酒气。

方大力这一吐，不仅让陈老根又向旁边移了几步，就连黄二狗都一脸嫌弃地抬起了手，在鼻息之前扇了几下，顺便躲到了比陈老根还远的位置。

继陈老根和黄二狗之后，包括警员，以及郑祺，也纷纷躲了开来，甚至连远处的苏叶和老李等人都下意识地后退了几步，似乎大家想用拉开距离的方式来躲避异味的袭击。

所有人都在疏远方大力，唯独马浩然呆若木鸡地站在原地，怔怔地盯着方大力吐出来的那一摊污秽杂物，就好像完全丧失了嗅觉，根本闻不到那股让人难以忍受的异味一样。

“吐了……”马浩然猛地瞪起了双眼，一抹精光从眼中一闪而过，口中还低吼道，“对，吐了！”

马浩然这突如其来的一吼，倒是吓了众人一跳。

而城郊村分局的警员们因为不了解马浩然，他们只是用一种异样的眼神打量着马浩然，对，就是那种看神经病的眼神。

金陵市局重案组的几人却是不然，短暂的惊讶过后，这几人的脸上纷纷露出了狂喜与不解的复杂神色……这几个人知道，马浩然一旦进入这种几近癫狂的状态，那结果就只有一个，他知道谜底了。

而这一刻，不论是城郊村分局的警员，还是重案组全员，甚至是陈老根、黄二狗和方大力三名嫌疑人，都不约而同地将目光锁定在了马浩然的身上，尤其是方大力，似乎被马浩然这突如其来的一嗓子，吓得醒酒了一般。

“马浩然，你是不是发现了什么？”苏叶朝着马浩然这边喊了一声，虽然这句话是疑问句，语气却是肯定的语气。

马浩然没有回答苏叶的问题，他只是微微地扬起了嘴角，露出了一抹自信的冷笑，虽然他的笑容仍旧僵硬无比，就仿佛这种表情根本就不属于他一般。

“我知道了！”马浩然盯着陈老根，一字一顿道，“你最大的破绽就是时间，是时间帮助我找到了决定性的证据！”

马浩然此言一出，满场哗然。

毫无疑问，马浩然这番话说得已经很明确了，凶手就是陈老根！

而全场的另外一个焦点陈老根，在听了马浩然的话之后，却是轻轻地皱起了眉头。

没有理会众人的惊讶，以及陈老根不自然的表情，马浩然自言自语了起来：“河神索命，真的是河神索命吗？不！河神并不存在，存在的，只有杀人凶手！”

“而这起案件的始作俑者，就是你，陈老根！”马浩然抬手遥指陈老根，像极了电视里的人物。

“我？”陈老根再次发出了沙哑的声音，只不过，他的表情并没有任何的变化。

马浩然盯着陈老根，没有对他的疑问做出任何的回答，只是自顾自地说了起来：“第一起案件王老九之死和第二起案件李满江之死，都是你一手策划的，而且，你杀人的过程稍微复杂了那么一点点。”

“五天之前，王老九和李满江在你的隔壁，也就是王老九家里喝酒，二人散了之后，你利用邻里之间的便利条件给王老九传了信，至于是纸条还是其他方式，我暂时还不知道，总而言之，王老九发现了你的留言，并且连夜赶到了金陵河边的小树林那里。

“至于王老九为什么会去小树林赴约，我想，你一定是利用数年前捞尸队的事情来引诱王老九，不然的话，王老九也不可能那么心急地去见你。

“又或者，你想通过当年捞尸队的事情，假装想和王老九还有李满江和解，或者是其他，我想，王老九应该会按照你的要求去赴你的约了。

“至于你到底用了什么办法，将王老九和李满江引到树林中，我不知道，也不想知道。

“当然了，这些都是我的推测，而且是没有太多依据的推测，我接下来要说的，就是真正的推理了！”

马浩然略微停顿了片刻便继续说道：“王老九去了小树林，你应该没有偷袭王老九，相反，你还很客气地和王老九聊了起来，而且，你们还吃了东西，并且喝了酒，最重要的是，你在食物或者酒里放了一些东西。

“比如说，农药。

“你将农药放进了食物或者酒里，王老九吃了东西，又喝了酒，身体自然会出现不适的反应，甚至无法挣扎，无法反抗。

“而你，为了完善你的杀人计划，便对王老九进行了非人的折磨。

“你将王老九的头，按进了‘凹’字形的河水之中，逼着农药中毒毫无反抗能力的王老九灌了一肚子的河水，在他濒临死亡之际，将他拽上岸，进行心肺复苏，强迫王老九把胃里的东西都吐出来。

“我在河边发现了一处被翻新过的土壤，那里应该就是王老九呕吐的地方，你只不过是简单地将那些土壤连同王老九的呕吐物都弄进了金陵河中，让证据随着河水汇入长江，从此无影无踪。

“继续说案子吧。

“对于王老九的折磨，你不断地进行着循环和重复，直到王老九将胃里的食物和农药残留全都吐出来之后你才停下来，不然的话，王老九的肋骨也不会出现轻微的骨折现象，包括王老九的胃襞，因为食入了农药，所以才会出现损伤，这，就是最好的证据之一，而且，也很符合逻辑和尸体遗留下来的线索。

“还有，我在金陵河边的小树林中发现了一些生了叶斑，而且还有穿孔现象的叶子，这是打了农药之后植物最常见的反应，农药一事也可以确认了。

“当你强迫王老九将胃里的东西全部吐出来之后，你就将不省人事早就没了抵抗力的王老九扔进那处‘凹’字形的水域之中，直到王老九被溺死为止。

“这就是为什么王老九的尸体手指甲之中，没有任何海藻和泥沙，以及身体没有伤痕和挣扎痕迹的谜底，王老九不是不想挣扎，不想求生，而是无力挣扎，无力求生。

“王老九被溺死之后，他的胃里和呼吸道自然会出现少量的海藻和泥沙，因为，他真的是被溺死的，而并非死于农药中毒。

“没有任何挣扎痕迹的尸体，完全没有自杀可能的死者，这两点如果碰撞到一起，那么，就只能得出一个结论，河神索命。

“到这里，你伪造诡异溺死的杀人手法就完成了。”

马浩然这番天马行空般的推理听得众人目瞪口呆，仿佛完全沉浸在了马浩然用语言编织出的案发现场之中。

马浩然接着说道：“杀死王老九之后，你并没有直接将王老九的尸体投入金陵河中，而是用渔网和木桩将那处水域封了起来，使得王老九的尸体没办法顺着水流漂出那处水域。

“最后，你用我们在案发现场发现的那张沾满了树叶和树枝的渔网，将那处‘凹’字形的水域覆盖上，进而达到不被人发现的目的。

“这，就是你杀死王老九的全过程。

“当然，对李满江，你也是用了同样的杀人藏尸手法，而且，在杀死王老九的第二天，你就将李满江引到了小树林之中杀死了。

“直到最近，你将王老九的尸体放入了金陵河，由于王老九已经死了很多天了，所以，王老九的尸体才会一出现在金陵河中就变成了浮尸，只不过，你没想到当地警方会对这件无头案如此重视，更加没想到，金陵市局会成立专案小组，并且派重案组来城郊村调查此案，于是，你便急忙将李满江的尸体也投入了金陵河中，不巧的是，你在投放李满江尸体的时候，程稳露、老赵和老邬闯入了树林，而你没有充足的时间清理案发现场，这才会给我们留下了诸多把柄。”

马浩然胸有成竹地来回走动了起来，一边走，一边说道：“接着说时间。

“你仓皇地从小树林那里绕了远路跑回到家中，急忙换了一身新衣服，尤其是你的鞋子……”

被马浩然这么一说，众人全都将视线集中到陈老根那双干净无比的鞋子上了。

“你换衣服，我可以理解，或者，你完全可以说你有怪癖，有洁癖，这都说得通，但你换鞋子又是什么原因呢？鞋子整天在地上踩，脏一点很正常，就算再有洁癖的人，也不可能天天换鞋子吧？

“你之所以换鞋子，是因为你之前所穿的那双鞋子才刚刚离开河边的小树林，而且小树林里没有脚印，你一定是用鞋底蹭过土壤，所以，你之前所穿的那双鞋子应该很脏，而且还沾有小树林里面的土壤，甚至是绿植的残留，这一点，我无比确定。

“因为，从你离开小树林返回家中，再到被我们的同事带到警局，前前后后并没有过太久，所以，你根本就没有时间处理你的鞋子。

“那么，问题来了。

“陈老根，村里的人都知道，你是一个大门不出二门不迈的人，你在这个特殊的时间段去小树林里干什么呢？

“连住得离小树林最近的方大力都懒得去的地方，连野猫野狗都不会出没的地方，你一个将自己关在家里几乎不与村里人接触的人，又为什么会去那里？

“你能解释一下吗？”

马浩然话音落地，陈老根的脸色也立刻阴沉了下来。

而其余众人则是有一种拨开云雾见青天的感觉，恍然大悟之际，纷纷下意识地盯上了陈老根。

在无数双眼睛的注视之下，陈老根的脸色也逐渐地从阴沉转变成了最初的冷漠。

“你的推理很精彩，但是证据呢？”

陈老根的声音，比之前更沙哑了几分，也许是很久没有开口说话造成的，也可能是因为过度紧张而引发的！“证据……”马浩然扬起了嘴角，露出了一抹胸有成竹的微笑，“同样是时间。”

“祭河神的仪式你没有参加，因为你去了小树林处理李满江的尸体，而全村上下没有去参加祭河神仪式的人只有你、黄二狗和方大力三人而已。

“黄二狗的确是在家中睡觉，这一点，从他衣服上的褶皱就可以看出来，而黄二狗鞋子上的泥污应该是在李满江和王老九家边乱晃所留下的痕迹，我们的同事冉潇之前就因为去查看李满江和王老九的家而蹭上了污泥，所以才会换了一身衣服。

“而且，冉潇可以证明，他在两名死者家边见到了黄二狗，而那时候，你应该在河边的小树林才对。

“就算从那时候算起，黄二狗在我同事面前晃了晃，然后立刻跑到河边去处理尸体，从时间上看来不及，毕竟，两名死者的家里离河边很远。

“再说方大力。”马浩然一边说着，一边指向了方大力刚刚呕吐出来的那摊污垢之物，“方大力吐出来的东西已经开始被消化了，连一块完整的食物都看不出来。

“人的胃想要消化这些食物，需要一段时间，方大力总不会一边吃喝，一边去处理案发现场吧？

“如果是这样的话，他一定会在案发现场的土壤之中留下一些残屑，而我们的同事并没有发现任何和食物有关的残屑。

“再退一步，就算方大力是一边吃喝一边处理案发现场，那他是在处理案发现场之前就开始吃喝，还是到了案发现场才开始吃喝？

“如果是去案发现场之前就开始吃喝，他的感官神经会被麻痹，不可能那么精准地发现我们的同事接近小树林，更加不可能不留痕迹的快速逃走！

“如果是去了案发现场之后才开始吃喝，那方大力不可能吐出这种东西，而是会吐出没有被完全消化的食物，因为，胃部的消化时间不充足，方大力根本无法吐出这一摊东西。

“时间，是无法改变的铁证。”

马浩然洋洋洒洒地说了如此之多的话，说完之后，他也不由得急喘了几口气。

再说陈老根，他的脸色则又变成了那种阴沉的模样，而且，相比于之前更甚。

至于其他人，除了郑祺仍旧面带神秘微笑之外，所有人，包括穆震在内，都已经被马浩然天马行空般的推理惊得张大了嘴巴。

“年轻人。”陈老根再次开口了，只不过，这一次的陈老根脸上已经没有了之前的冷漠，取而代之的是不甘的冷笑，“你只是凭借诸多巧合才破解了我布置的杀人计划，如果没有方大力和黄二狗，你不可能找到所谓的时间证据！”

陈老根此言一出，便代表他认罪了，他无法反驳马浩然的推理和证据。

“陈老根，你不需要否认我的推理，因为，我还有其他的证据！”马浩然说完，忽然侧过了身，扭头望向了目瞪口呆的苏叶，这才继续对陈老根说道，“我们的法医苏警官从李满江的胃里取出了极少部分的食物残留，这种东西只要拿回市局化验，一定会化验出农药的残留。

“到时候，我们只要去你的家里搜一搜，应该能搜出你还没有来得及处理的凶器之一——农药。别忘了，这里是城郊村，靠河吃河，这里的人以打鱼为生，不种庄稼，又怎么会有农药呢？

“而且，我坚信，你家里那些来不及处理的鞋子和衣裤，也一定会为我们提供不同的证据来指认你！”

马浩然说完这番话，陈老根彻底哑口无言了。

因为，鞋子和衣裤等物品，陈老根的确没有时间去处理。

最终，陈老根再没有出言反驳马浩然的推理，只是重重地叹了一口气，又心满意足地扬起了头，望向了蔚蓝的天际，呢喃自语道：“小旺的仇，我已经报了，此生，无憾。”

“这就是你杀死王老九和李满江的动机吗？”马浩然沉声冷喝了起来。

“不然呢？”陈老根冷笑连连，收回了投向天际的目光，转而望向了马浩然，“我查过了，当年的捞尸队因为古董商的尸体而产生了争执，那两个家伙，为了钱财竟然将小旺溺死在长江之底，我为小旺报仇，不对吗？

“该死的李满江和王老九，竟然还说小旺是因为过度兴奋，以致脚底打滑，意外落水，又因为经过了一整夜的打捞没有了体力，直接就沉入了长江之底，连救他的机会都没有，真是可笑。”

“陈老根，你错了。”马浩然摇头，“你所说的这些事情只是道听途说而来，你同样不知道真正的内情，更加无法确定李满江和王老九就是杀死陈小旺的凶手，一切，都只是你的猜测而已。

“你只是一个根据莫须有的传言就杀死了两条人命的刽子手！

“无法承受丧子之痛，便将这份痛苦转移到了其他人的身上，陈老根，你的杀人动机太荒唐了。”

马浩然沉声喝骂了陈老根一番，骂完，马浩然就不再理会陈老根，径直转身走出了分局大院。

对于陈老根内心的原罪，马浩然有些无法接受，自从陈小旺死后，陈老根已经不算是人了，应该称呼他为恶魔，一个因为过度思念而产生怨念，进而扭曲了人格，丧失了人性的恶魔。

马浩然走出了分局大院，靠在墙上，静静地凝望着蔚蓝的天际。

“嗒嗒嗒……”

一阵轻微的脚步声从大院内传出，没多久，一阵香风涌现，而脚步声则停歇了下来。

“马浩然！”

苏叶清脆的声音钻入了马浩然的耳中，于是，马浩然转过了头，望向了俏生生站在他身边的苏叶。

“我的白大褂呢？”苏叶恬然一笑，微微地歪着头，一缕黑发顺着苏叶歪头的弧度垂了下来。

望着眼前的苏叶，马浩然不禁看呆了，甚至，还回忆起了当时在金陵河边上岸之后，苏叶为他披上白大褂的场景……

一时间，马浩然的心头竟然涌上了一股莫名的暖意，就像是小时候，母亲将衣服披在他身上的那种感觉，很暖，也很贴心，但是，又有一些不同，至于哪里不同，马浩然也说不上来。

对于这种奇妙的感觉，马浩然也只能体会到这里了。

“不知道被我丢到哪里了。”马浩然回过了神，很干脆地说出了实话。

“那你就赔我一件。”苏叶有些愠怒地娇嗔了一声。

第一次，冰山法医的俏脸上出现了这种小女人的神态。

“好吧！”马浩然点了点头，那张写满了冷漠的脸上同样也是第一次破天荒地出现了一抹红晕。

就在这时，远处，程稳露、影帝和拳王三人，有说有笑地朝着大院这边奔跑了过来。

三人的脚步声和说话声自然打断了马浩然和苏叶的尴尬，而且，马浩然和苏叶还从三人的表情和情绪，判断出了这三人已经知道结案的消息了。

随着程稳露三人与马浩然和苏叶的距离越来越近，五个人脸上的表情也越来越精彩，尤其是影帝，那一脸的贱笑，简直让人心里发毛。

最后，凶手陈老根被关进了城郊村分局的牢房，不久之后，他会被转移到金陵市监狱，法律也会对陈老根做出相应的审判和裁决，他注定无法成为漏网之鱼。

金陵市局，重案组办公区域。

影帝极其无聊地坐在自己的座位上，看了看左边认真翻书的程稳露，又扫了眼右边不断捏着握力器训练手部力量的拳王，最后，瞥了一眼对面趴在办公桌上专心致志整理文件的老李，忍不住打了一个哈欠，下一刻，他好像想起了一件有意思的事情，身体微微前倾，压低了声音，神秘兮兮地说道：

“你们有没有听说，两天前的深夜，金陵市的闹鬼传闻？”

影帝这番话，立刻将程稳露、拳王和老李的注意力吸引了过来，三人纷纷扭头望向影帝，老李的不屑一顾、程稳露的厌恶排斥，还有拳王的兴趣盎然，三人各不相同的表情倒是组成了一道风景线。

“怎么回事，金陵市闹鬼？”拳王很好奇地凑到了影帝身前，低声追问了起来。

影帝很得意地瞥了拳王一眼，虽然对于老李和程稳露的表情，影帝很不满意，但是，不管怎么说，他还是有一名忠实听众的。

当即，影帝便清了清嗓子，故意用那种低沉沙哑的声音说道：“我是听卢倩说的，她对这种灵异传闻始终都有着浓厚的兴趣。

“故事，发生在前天的深夜……

“深夜的金陵市非常地静，可是，一道毛骨悚然的惨叫声打破了夜的寂静。

“根据卢倩讲述，当时目睹了现场的目击者称，他在前天深夜于金陵市的汉中街和剑阁路的交会处见到了一条白色的影子，而且，那影子还长发披肩，诡异无比，目击者说是见鬼了，当场就吓得尖叫了起来，经过短暂的失神，等那目击者再回过神来，白色的鬼影已经消失不见了。

“那目击者被吓得不轻，玩命似的跑回了家中，之后大病一场。

“而这件事也在金陵市传开了，金陵市的市民将其称为……午夜游魂。”

拳王听得是全神贯注，直到影帝最后一个字音落地，他的脸上始终都保持着高度紧张，甚至是意犹未尽的神色，而老李和程稳露随着影帝所讲的故事的深入，也逐渐放下了手上的工作，被影帝带进了故事之中。

“午夜游魂？”程稳露呢喃自语了一声，道，“经过这些诡案的洗礼，我已经不相信世界上有鬼神存在了，一定是某个人的恶作剧罢了。”

“小程说得对，我也不相信！”老李附和了一声。

听了程稳露和老李的话之后，拳王张了张嘴想说话，但最后他还是选择沉默。

而另一边，影帝则是神秘一笑，道：“我们相不相信有鬼，已经不重要了，重要的是，金陵市的市民相信了，而且，有关午夜游魂的故事传播开之后，全市哗然，就在昨天深夜的时候，我还开车载着卢倩在金陵市的大街小巷转了一圈，我发现，金陵市的大街小巷，要么是空无一人，要么是成群结队的人，我想，应该是那些加班或者是有事夜间外出的人，都自发地成群结队出行了。”

影帝说完，程稳露和老李也都沉默了下来。

其实，影帝说得很对，重案组的人不相信午夜游魂，这不重要，重要的是，民众相信了，如果这件事继续发酵的话，很有可能会引起民众恐慌，这才是最关键的。

然而，就在众人保持沉默之际，不远处，一道不屑的声音随着空气飘入了影帝几人的耳中。

“你说的午夜游魂事件，我听说过，都是无稽之谈罢了，等过几天，大家就会把这事给忘了的。”

话音落地，郑祺的身影便出现在了影帝几人的眼前，而马浩然和苏叶也是一左一右地跟在了郑祺的身后。

影帝朝着郑祺耸了耸肩，没赞同，但也没反驳，随后，影帝的目光落到了郑祺身后的马浩然和苏叶身上，一脸坏笑地说道：“二位，现在已经开始成双成对地出入市局了吗？”

马浩然仍旧冷着一张脸，就好像根本就没听见影帝的话一般，反观苏叶，却是狠狠地瞪了影帝一眼，一双美目之中，闪过了一抹不自然的神色，最重要的是，苏叶竟然没有出言反驳影帝！影帝盯着苏叶，嘿嘿地坏笑了一声，正准备继续调侃苏叶和马浩然，就在这时，冉潇慌慌张张地跑了进来。“队长！”冉潇气喘吁吁地跑到了郑祺等人的身边，深吸了一口气，这才说道，“有新任务了。”

冉潇此言一出，众人也没有聊新闻和开玩笑的心情了，当即，所有人都将注意力集中到了冉潇的身上。

郑祺自顾自地抽出了一支香烟，点燃之后，深吸了一口，这才气定神闲地问道：“什么新任务？”

“市局刚刚接到了一起报案，报案人称，她老公在前天下了晚班之后就没回家，打电话没人接，公司又没再回去过，连乡下的老家都没出现过，平时常去的地方，以及经常联系的朋友那里，也都没有任何的踪迹和线索，就像是人间蒸发了一样。”冉潇急切地说道。

“普通的失踪案怎么会让我们重案组接手？”郑祺不以为意地说道。

“这不是普通的失踪案。”冉潇加重了语气，又降低了几分声音，“交通部门的同事们调查过前天晚上的道路监控，从失踪者的公司开始，一直到徐州路，都能通过道路监控设备看见失踪者骑着电动车的身影，而在徐州路的路口，失踪者的电动车好像出了问题，改为步行，一直到失踪者进入与徐州路交会的汉中街之后，监控设备就没了影像。

“按照失踪者回家的路线来分析，失踪者应该是走出汉中街进入剑阁路，再离开剑阁路进入北海街，这么一个路线，可是，交通部门的同事在北海街的道路监控之中，却没能发现失踪者的踪影。

“根据交通部门的同事讲述，北海街相关地段，整整一夜的监控录像中，都再没出现过失踪者的身影。”

说完这番话，冉潇急促地喘了几口气，并且拿出了一张道路示意图，最后，冉潇将手指放到了汉中街和剑阁路的交会处，对着郑祺等人说道：“失踪者失踪的具体位置，就在汉中街和剑阁路，而且，这两段路的交通岗并没有安装摄像头，所以……”

“汉中街和剑阁路的交会处。”冉潇的话还没说完便被郑祺出言打断了，忽地，郑祺冷笑了起来，“这失踪者失踪的位置，倒是和午夜游魂出现的位置一样，而且，时间也是午夜游魂出现的时间，难怪上面会把这件案子交给我们重案组！”

“对，事实的确如此。”冉潇长舒了一口气，说道，“午夜游魂这件事在民间掀起了很大的风浪，碰巧，又有人在巧合的时间巧合的地点失踪了，上面很重视这件案子，而且也不想让这件案子在民间造成太大的影响，所以，就将这件案子交给了屡破奇案的我们。”

“那就开始行动吧。”郑祺挥了挥手，朝着众人说道，“老李，你去失踪者家里录口供，顺便联络一下所有和失踪者有关系的人，尝试寻找失踪者，其余人跟我去汉中街和剑阁路排查。”

“是！”

众人齐声喊了起来，随后，大家便各自准备排查现场所用的工具。

老李则是带着老郧和老赵，先一步离开了重案组，没多久，郑祺等人也离开了重案组，驾驶警车直奔汉中街和剑阁路而去。

虽然午夜游魂的阴霾仍旧笼罩在金陵市，但那只是晚上，白天金陵市的大街小巷之中仍旧是车水马龙，川流不息。

也许，只有在光明的世界中，市民们才会忘却午夜游魂的阴影吧？

三辆警车风驰电掣般穿梭于金陵市的大街小巷，一路无话，半个小时后，三辆警车便停靠在了汉中街的路旁。

郑祺、苏叶、马浩然、程稳露、影帝和拳王等警员陆续走下了警车，并且围在了一起。

大白天的，这么多警察出现在了午夜游魂现身的地方，自然会引起民众们的注意，当即，议论声也随之爆发了。

“警察来了！”

“是不是来调查午夜游魂的事？”

“我听说，午夜游魂出现的那天晚上，这里有人失踪了！”

“真的假的？会不会是午夜游魂干的？”

“那我就不知道了。”

民众们的议论声，从最开始的窃窃私语一直发展到最后的声浪汹涌，甚至都将郑祺等警员的注意力吸引了过去。

第十一章　使命

郑祺有些无奈地看了一眼附近的民众，耸了耸肩，又点燃了一支香烟，这才对身边的众警员挥了挥手道，“大家分开调查，别聚在一起了，容易引起民众的恐慌和议论。”

“是！”

众人应了郑祺一声，便分头行动了起来。

不过，无论是接到报案，还是听见民众的议论，重案组的众人都没太将这件事放在心上，毕竟，经过了那么多诡案之后，无神论已经深深地刻在了众人的心中，自然而然，也导致众人之间的气氛很轻松，完全没有民众那种惶恐的情绪存在。

影帝自然是快步走到了拳王身边，勾肩搭背地就把拳王拽走了，而程稳露正准备走向马浩然，却意外地发现，苏叶已经站到马浩然的身边了……

“我和你一组。”苏叶微微歪着头，似笑非笑地对马浩然说道。

马浩然看了苏叶一眼，没有说话，只是轻轻点了点头，表示同意苏叶的提议。

不过，苏叶接下来的话颇让马浩然有些无奈。

“你上次说要赔偿我一件白大褂，还没履行承诺呢，正好，这里有卖医疗器械的店铺，去买给我。”苏叶眉眼含笑，轻声说道。

“我们在查案。”马浩然闻言，先是一愣，旋即便一板一眼地对苏叶说道，“要不，我赔给你钱，有时间你自己去买吧。”

马浩然话音落地，苏叶的微笑立刻僵硬在了俏脸上，下一刻，微笑消失了，取而代之的是怒气，便见苏叶恶狠狠地瞪了马浩然一眼，没好气地说道：“你的钱，你还是自己留着吧。”

说完，苏叶便转过了身朝着剑阁路的方向迈出了莲步。

马浩然见状，连忙叫住了苏叶，呆板地问道：“那你还要和我一组查案吗？”

“去剑阁路，不是去查案，还能逛街不成？”苏叶头也不回地朝着身后，也就是马浩然的方向摆了摆手，怨气十足地说道。

这次，马浩然没说话，只是很郑重地点了点头，随后便快步追上了苏叶，二人一起朝着剑阁路的方向走了去，只不过，二人之间的气氛却是有些微妙……

直到马浩然和苏叶的身影完全消失在了汉中街，郑祺才缓步走到了程稳露身边，用一种特别无奈也特别苦恼的语气，自言自语地嘀咕了一声，“小马这家伙，智商绝对是高人一等，但情商，真是惨不忍睹啊。”

“他是一根木头。”程稳露盯着剑阁路的方向，煞有介事地点了点头。

“我们也开始吧。”郑祺有些无聊地摆了摆手，“先大范围地搜查一下汉中街和剑阁路吧。”

郑祺的神色很轻松，他和其他人一样，并不认为这是一件大案。

或许，这只是无数种巧合碰撞到一起的普通失踪案罢了。

或许……

仅仅是或许而已……

剑阁路虽然不是繁华的主街，而且两旁的建筑也都是十几年前的旧楼，但这里的商业气息很是别具一格，许许多多极具特色的小店小铺大多集中在这里，有饰品店、服装店、母婴店、箱包皮具店等，所以，剑阁路的人流量也是非常的大，而此时，马浩然和苏叶便漫步于此间。

没有穿警服的马浩然和苏叶和普通的青年男女一样，行走于剑阁路之中，目光也是时不时地左顾右看，当然，普通的路人，目光只是游离在各家商铺的橱窗之间，而马浩然和苏叶，则是除了橱窗之外的任何地方都看。

忽地，苏叶停下了脚步，美目不经意地瞥了一眼路边一家生意很冷清的冷饮摊，赌气似的自言自语道，又像是对身边的马浩然说似的："我渴了。"

"我没有带水。"马浩然很自然地回了苏叶一句，甚至都没有经过任何的思考就说了出来，而且，马浩然在说话的过程中，连看都没看冷饮摊，目光只是不断地在笔直的剑阁路徘徊。

"你……"苏叶一时语塞，她怎么也想不到，马浩然竟然会给她这么一个出人意料的回答。

马浩然并没有去注意俏脸上满是怨气的苏叶，他只是站在原地，一边观察着剑阁路，一边自言自语地嘀咕道："剑阁路属于居民聚集地，光是楼房就有十几栋，住户更是数不胜数，虽然人有些杂、多，这条路却是笔直通畅，只有一处岔路口，而且，我观察过，那处岔路口还是狭窄的死胡同，按理来说，失踪者应该不会在这种环境下消失……"

"被人绑架了吧？"苏叶没好气地随口一说，"这里这么多旧楼，这么多住户，说不定其中某一间屋子，现在就关着被绑架的失踪者呢。"

听了苏叶的话，马浩然倒是煞有介事地点了点头，可随后，他又摇起了头："如果是绑架，那犯人的目的是什么？距离失踪者失踪已经过去两天的时间了，绑匪应该不会不联系失踪者的亲属吧？"

这一次，苏叶没搭理马浩然，而是目的很明确地朝着冷饮摊走了过去。

那冷饮摊，位于剑阁路唯一的岔路口入口处，至于那条岔路之内，里面则是整齐划一地排满了垃圾回收桶，这也是苏叶走到冷饮摊旁边，才发现的事情。

虽然垃圾桶距离岔路口的位置较远，但是，站在冷饮摊旁边，苏叶还是能够凭借敏锐的嗅觉，嗅到一丝丝难闻的异味。

难怪冷饮摊的生意不好，在这种环境下，如果不是和马浩然赌气，苏叶恐怕也不会选择站到这里了。

不由得，苏叶轻皱起了秀眉……

因为，弥散在空气中的异味，隐藏着一丝若有若无的极淡的尸臭味。

没错，就是尸臭味。

苏叶无比地确定，因为，这种味道对于苏叶来说，实在是太熟悉了。

“马浩然！”苏叶皱着眉头，朝着马浩然轻轻地招了招手，完全不理会冷饮摊老板炙热的目光，继续说道，“你过来。”

听了苏叶的叫喊，马浩然虽然不解，但还是按照苏叶所说走向了冷饮摊。

当马浩然走到苏叶身边的时候，连看都没去看那冷饮摊，一双眼睛只是直勾勾地盯着苏叶，眼中充满了疑问和不解。

苏叶没有解释什么，只是很自然地拉起了马浩然的衣袖，不由分说地便朝着冷饮摊后方堆满了垃圾箱的死胡同走了进去。

走了四五步之后，苏叶确认已经远离了那冷饮摊，纤纤玉手这才松开了马浩然的衣袖，转而低声对马浩然说道：“我闻到了淡淡的尸臭味，而那股尸臭味的来源，就是这条堆满了垃圾箱的死胡同。”

“尸臭味？”马浩然剑眉一挑，双眼立刻迸发出了一抹精芒，紧接着，马浩然二话不说直接冲向了那一排垃圾箱。

从第一个垃圾箱开始，马浩然完全不在乎自己没有戴手套的手掌会不会沾染到垃圾，只是不断地探出双手，在垃圾箱中翻找了起来！

苏叶怔怔地站在原地，凝视着毫不在意那些肮脏垃圾的马浩然，一时间竟然看呆了。

她依稀记得，当初，正是因为马浩然这股执着和热血，让她那自命不凡的弟弟苏天杰，服输了。

而且，也正是因为马浩然那时候的表现，让苏叶对他的印象产生了极大的改观。

最起码，在苏叶认识的人中，极少有人能够单纯地为了查案，而完全无视那些外界的因素和障碍。

就比如翻垃圾箱，毕竟，垃圾箱中有油污、废弃物、生活垃圾、剩菜剩饭，甚至还会有破碎的玻璃器皿存在，这些东西，既肮脏又危险，在现代社会中，那些衣冠楚楚的人是绝对不屑，也不会干这种事的。

而在苏叶的印象当中，只有两个人干过这种事，第一个是郑祺，第二个就是马浩然了。

这两个人属于同一类型，为了揭开谜底，为了破获案件，任何事他们都干得出来，别说是翻垃圾箱了。

不知不觉间，在苏叶的眼瞳之中，马浩然的身影竟然和郑祺重叠了起来……

而另一边，心无杂念翻着垃圾箱的马浩然并没有时间去注意苏叶的眼神和表情变化，他只是专心致志地从第一个垃圾箱翻到了第二个垃圾箱，紧接着是第三个垃圾箱，直到马浩然翻找到第五个垃圾箱的时候，才终于发现了异常。

只见马浩然从第五个垃圾箱中，翻出了一只相对普通塑料袋来说，大了不止一圈的黑色塑料袋，而且，塑料袋还被塞得满登登，甚至，从塑料袋中还飘出了一股难以形容的恶臭。

这种臭味，并非发霉发酵的那种垃圾味道，而是一种让人毛骨悚然，恨不得想把胆汁都吐出来的味道。

这种味道，一旦沾染到身上，就会留存很长一段时间，还是洗不掉的那种，而且，这种味道，无论用什么防护措施都无法隔绝！

没错，这就是尸臭的味道。

马浩然完全无视了满是泥污脏油的双手，只是皱着眉头，盯着手中的黑色塑料袋，用手略微地掂了掂之后，自言自语地嘀咕了一声："还挺重。"

与此同时，苏叶的思绪也被马浩然的声音给打断了。

回过神来的苏叶，干涩地眨了眨眼睛，皱起了鼻子，又下意识地用手在鼻息之前扇了扇，盯着马浩然手中的黑色塑料袋，坚定地说道："是尸臭味，就是从这只黑色塑料袋中散发出来的，而且，我敢肯定，是人的尸臭味！"

马浩然闻言，不疑有他，立刻将黑色塑料袋放到了地上，小心翼翼地解开了塑料袋口处的结……

黑色塑料袋中是一摊已经腐烂的肉。血已经变成了黑色，而且早就凝固了。肉已经完全溃烂，甚至，还有一些恶心的小虫在上面不断地蠕动爬行。无论是马浩然还是苏叶，都无法辨认塑料袋中的烂肉到底是人身上哪个部位的！盯着黑色塑料袋中的那一摊烂肉，马浩然只觉得胃里翻江倒海一般，一股无形的压力不断将他胃里残存的东西向上顶，甚至，连他的喉咙都情不自禁地动了几下……

这分明就是想吐，但是被强行压了回去的表现。没有打开塑料袋的时候，还好一些，可一旦打开了塑料袋，见到了里面的东西，那感觉可就不一样了……亲眼见到一摊恶心的烂肉，而且是属于人尸上不知道是哪个部位的烂肉，最关键的是，烂肉上面还有蛆虫在蠕动爬行，这种视觉冲击，光是用脑子想就觉得恶心，更不要说亲眼所见，以及如此近距离接触了。还有，口鼻嗅着烂肉散发的尸臭味，更是从嗅觉神经这方面无限配合视觉神经，营造出了这无比恶心的一幕。

“真挺恶心的！”苏叶紧皱柳眉，就连见惯了尸体的她都有些不适应眼前的场景，就更不要说马浩然了。

只不过，马浩然并没有选择退缩或者是离开，他强压下了想要吐出来的冲动，又扫了塑料袋里的那堆碎肉，这才抬起头望向苏叶，问道：“你能将这堆碎肉拼凑起来吗？或者，利用这堆碎肉，确定碎肉主人的身份？”

苏叶略微沉吟了片刻，这才出言回答马浩然：“我只能确定这是一堆人肉，至于你剩下的问题，我暂时还无法回答你。”

说完这句话，苏叶便摸出手机，拨通了郑祺的电话号码。

将这里的事情简短地和郑祺汇报了一番之后，苏叶就挂断了电话，没多久，郑祺、程稳露、影帝和拳王等重案组的成员，也赶到了发现碎肉的这处岔路口之中。

当众人见到了塑料袋里的碎肉之后，除了郑祺，所有人都快步跑出了岔路，直接开吐。

郑祺并没有太在意跑出岔路的众人，只是紧锁眉头，语气郑重地说道：“我怀疑这东西和失踪者有关，或者，干脆就是失踪者身上的肉。”

与之前的轻松相比，此时的气氛却是凝重了太多，而且，从郑祺的表情变化也能看得出来，他开始重视这件案子了。

“队长，我们先将这东西带回局里检查一番吧。”苏叶提议道。

“好！”郑祺点了点头，应了苏叶一声，又开口说道，“这是我们目前发现的唯一线索，不能放弃这条线索，还有汉中街和剑阁路……”

说到这里，郑祺停下了话语，转过头，朝着岔路口的众人喊道：“把重案组的所有人都给我调来，如果人手不够，就把市局其他部门暂时没有工作的人都给我借过来，我要把汉中街和剑阁路彻查一遍，任何角落都不能放过。”

“知道了，队长。”弓着腰站在岔路口的程稳露，背对着郑祺有气无力地回应了郑祺一句。

郑祺没有多说什么，只是和马浩然还有苏叶一起，将塑料袋再次封好，便匆匆忙忙地奔出了岔路，直奔停靠在汉中街边的警车而去。

进入汉中街，找到了警车之后，郑祺三人便一言不发地坐进了警车中。

郑祺驾驶的警车风驰电掣一般，穿梭在金陵市的大街小巷。

一路无话，没多久，警车便驶入了金陵市局的停车场，正当三人准备下车的时候，郑祺的手机却突然响了起来。

急促的手机铃声，倒是将郑祺三人的注意力全都吸引了过去。

而郑祺则是扫了一眼手机上显示的号码，便直接按下了接通键。

当即，电话的听筒之中便传来了老李的声音：“队长，我这边的线索已经收集好了，你现在在哪？”

“我在市局。”郑祺沉声说道。

似乎察觉到了郑祺的情绪有变化，电话另一边的老李略微停顿了片刻，这才出言问道：“队长，发生了什么事吗？”

“回来再说吧！”郑祺并不打算在电话里和老李说太多，因为，郑祺现在比较着急得到苏叶验尸的结果，不对，是验碎肉的结果。

郑祺说完这句话就想挂断电话，可是，一旁的苏叶眼疾手快，直接从心不在焉的郑祺手中抢过了电话，并且对电话另一头的老李喊道：“李哥，你去过失踪者的家里吗？”

“我现在就在失踪者的家里呢。”老李不解地问道，“小叶，怎么了？”

“你在失踪者的家里？那最好不过了。”苏叶长长地吐出了一口气，说道，“你从失踪者的家里弄一些失踪者的头发或者是皮屑之类的东西回来，我们在剑阁路发现了一袋子碎肉，队长怀疑是失踪者身上的肉，所以，我想对这一袋子碎肉进行DNA鉴定。”

听了苏叶的话，电话另一边的老李足足停顿了三秒钟，这才沉声喝道：“我知道了！”

说完，老李便快速挂断了电话，因为，他从苏叶的话音中已经意识到了案子的严重性。

结束了和老李的通话之后，苏叶便将电话递给了郑祺，而郑祺则是一言不发地接过了电话，又朝着马浩然和苏叶挥了挥手，三人拎着一袋子散发着难闻的尸臭味的碎肉，快步跑进了市局。

之后，苏叶直接去了解剖室，而郑祺和马浩然则回到了重案组，等着老李回来。

时间一分一秒地流逝着，二十分钟之后，重案组办公区域的走廊里便响起了一阵急促的脚步声，没多久，老李带着老邬和老赵，三人快步冲进了重案组办公区域，直奔郑祺的办公室而来。

办公室内。

郑祺坐在办公桌后面的转椅上，而马浩然则倚靠在门口。

老李三人冲进办公室之后，便直接跑到了郑祺的办公桌前，气喘吁吁的老李率先沉声道：“队长，我已经把小叶要的东西送到了解剖室，从小叶口中，我也知道了整件事情的经过，看来，这件案子可不是单纯的失踪案……”

还不待老李说完，郑祺便直接出言打断了他：“你说的不错，这件案子，很有可能是残忍的谋杀分尸案……先不说这个了，先说说你收集的情报吧。”

“好！”

老李倒是不废话，点了点头之后，正想讲述他的调查结果，这时，又一道轻微而急促的脚步声在办公室外响了起来。

“队长！”苏叶冰冷的声音从办公室外响了起来，话音尚未落地，苏叶已经跑进了办公室内。

对于苏叶的突然出现，办公室内的郑祺等人，脸上纷纷露出了惊讶的模样，似乎，大家都不认为，苏叶会这么快结束验尸……

“验尸结束了？”所有人都盯着苏叶，只有郑祺试探性地问了一声。

苏叶点点头，直接开门见山地说道：“那些碎肉留下的信息并不多，死亡时间也比较模糊，是在十一点三十分至第二天凌晨一点三十分这两个小时之间。

“我找了鉴定科的几名同事过来帮忙，所以进度快了不少，至于那一袋子碎肉，已经和李哥带回来的那些失踪者的毛发和皮屑进行了对比，可以确定，我们带回来的那一袋子碎肉与失踪者的DNA完全符合。

“我还尝试将那一袋子碎肉拼凑了一番，我发现，那是左手臂，连同整个左胸膛被剁碎了之后产生的碎肉。

“在碎肉之中，我还发现了被剁碎的心脏。

“这说明，失踪者已经死了，而且死后还被分尸了。”

失踪者已经死亡，并且被残忍地分尸，最后，碎肉被丢到了剑阁路的垃圾桶。

众人听了苏叶的验尸报告之后，皆有一种后脊发凉、头皮发麻的感觉。

这是有多大的仇？

手段竟然如此残忍。

陡然变得寂静无声的办公室内，一股诡异的气氛油然而生，好像心魔一样缠绕在每个人的心头，让众人在不知不觉间丧失了说话的能力。

死一般的沉寂足足持续了半晌，最后，还是由郑祺出言打破了沉寂：“小叶，你在碎肉之中有没有发现新的线索？”

苏叶摇了摇头，微微叹了一口气，说道：“碎肉中没有发现任何指纹，只能根据碎肉的伤痕，推断出凶手是用锐器划开了皮肉筋膜，然后用锯残忍地锯断了骨头。

“这些凶器太普通了，简直是随处可见，这倒是给我们的侦破工作增加了不小的难度！”郑祺皱着眉头，为自己点燃了一支香烟，深吸一口之后，这才缓缓吐言道，“对于这件分尸案，那些被发现的碎肉，并没有给我们带来任何的线索……”

说完，郑祺便转过了头，望向了老李，道：“你那边的情况，也说一下吧！”

郑祺一语，将众人的注意力全都拉到了老李的身上，而老李倒是干脆得很，没有任何迟疑地为众人讲述起了他的调查结果。

“失踪者名叫沈迪，在一家私企工作，担任会计。

“根据一名前天晚上一同和沈迪加班的同事所讲，沈迪和是他一起离开的公司大楼，那时候的时间是十一点二十分左右。

“午夜游魂的目击者陈先生，我也找到了，根据陈先生讲述，他是在午夜十一点五十分左右，于汉中街和剑阁路的交会处夜跑时，见到了那条长发披肩的白色影子，只不过，陈先生当时被吓坏了，所以他没有注意到那条白色影子到底是想去汉中街，还是想去剑阁路。

“但是，根据陈先生的描述，他见到午夜游魂的时候，午夜游魂身上的白衣服雪白刺眼，并没有血迹。

“随后，我又联系了交通部门的同事，他们说，道路监控的画面显示，沈迪的身影彻底消失在监控设备中，是在进入徐州路的时候，是十一点四十分左右，所以，沈迪的死亡时间，应该是十一点五十分之后，也就是目击者陈先生见到午夜游魂之后。

“之后，我去了沈迪的家中。

“沈迪的家就在北海街，他的妻子吴女士告诉我，他们一家就是普通家庭，根本没有什么仇家，而且沈迪也没有什么不良嗜好，平时都是下了班就回家，睡醒了就上班，什么仇杀情杀之类的，是绝对不可能发生在沈迪身上的！

“为此，我还特意走访了沈迪的几位邻居，邻居们对沈迪的评价也很好，所以，仇杀情杀之类的基本可以排除。”

说完这些，老李有些无奈地耸了耸肩，颇为丧气地说道：“队长，其实我也没有调查出太有价值的线索，所有的一切就像没有入口的迷宫一样，让我们连正确的切入点都找不到。”

老李说罢，会议室内再次陷入了沉闷之中。

被分尸的死者！

没有道路监控的案发现场！

完全搞不清楚杀人动机的杀人事件！

目睹了诡异的午夜游魂的目击者！

这一切，正如老李所说的那般，就像是没有入口的迷宫，重案组众人完全找不到案件的切入点。

郑祺点燃了一支香烟，有些郁闷地猛吸了几口，顿时，办公室内，一片云雾缭绕：“这件案子，说是一件经过周密策划的案子，倒是真像，但说是一件由无数巧合与意外组成的案子，也没毛病，完全让人摸不着头脑……”

郑祺的话还没说完，被他丢在办公桌上的电话突然发出了一道急促的铃声，程稳露的名字直接占据了手机的屏幕。

随手接通了电话，又按了一下扬声器键，郑祺这才吐出了一个字：“说！”

“队长，我们有新发现！”程稳露兴奋的声音通过手机的扬声器清晰地传入了每个人的耳中，“在汉中街，我们又发现了一袋子碎肉，而且，在汉中街另一个方向的武威路一座废弃厂房之中，找到了一颗人头和一条腿！”

“嗖”的一声，郑祺直接从椅子上霍然站起，沉声喝道：“封锁现场，我马上带人去武威路的废弃厂房。”

说完，郑祺便挂断了电话，不由分说地朝着办公室外奔了出去，众人也紧随其后，一同走出了办公室，离开了市局大楼，直奔停车场而去。

郑祺、马浩然和苏叶乘坐一辆警车，而老李和老邬还有老赵驾驶着另外一辆警车，两辆警车犹如飙车一般，疯狂地在金陵市的大街小巷中穿梭。

其中一辆警车内。

马浩然坐在副驾驶，全神贯注地盯着手中的手机。

坐在后座的苏叶很好奇地朝前探了探头，瞥了一眼马浩然的手机屏幕，上面竟然是一幅导航地图，而且，还是苏叶很熟悉的金陵市地图。

“队长知道武威路，你不用导航。”苏叶有些不解地提醒了马浩然一句。

“我没有导航。”马浩然头也不回，仍旧死死地盯着手机上显示的地图，“我在分析凶手的行凶路线和范围……”

一提及案子，马浩然的话匣子就被打开了：“徐州路左转是汉中街，汉中街直行是剑阁路，剑阁路右转是北海街，这条路线是死者回家的路线，也属于凶手犯罪的范围，而突然出现的武威路，却是在汉中街和剑阁路交会的地方右转，这就将凶手犯罪的范围扩大了不少，而且，武威路的废弃厂房中发现了人头和大腿，这说明，那里很有可能是凶手行凶的真正案发现场，汉中街和剑阁路只不过是凶手抛尸的地点而已。

“还有一个疑问，如果凶手想要碰见死者，那就必须在汉中街和剑阁路的交会处走向汉中街的方向，这样才能碰见死者。

“也就是说，当目击者陈先生碰见午夜游魂，也就是凶手的时候，凶手还没杀人，那么，凶手当时应该是正走向汉中街，之后才碰见了死者。

“可是，凶手又是用了什么方法，让死者乖乖跟着凶手从汉中街走到武威路呢？

“还有，凶手为什么要穿着一件白衣服，假扮鬼魂呢？这样是不是太显眼了一点？”

马浩然抛出的两个问题，苏叶无法回答，她只能怔怔地望着马浩然的后脑，虽然看不见马浩然的脸，但苏叶能感觉到马浩然此时的苦恼。

驾驶警车的郑祺思索了片刻，出言道：“凶手行凶的范围很大，而且谜团也很多，我们需要找到更多的线索才能一一解开，光凭借目前的线索，我们还无法解开这些谜题。”

马浩然没有说话，只是轻缓地点了点头，而苏叶更插不上话了。

一时间，车内的气氛倒是突然沉寂了下来……

就在沉寂逐渐发酵到一个令人压抑的顶点之际，警车也驶入了一处废弃厂院之中。

这处废弃的厂院占地面积并不算太大，而且荒草丛生，人迹罕至，只有一座满是锈迹的小型钢结构厂房孤零零地耸立在厂院的中央。

钢结构厂房之外，程稳露、影帝和拳王，以及十几名身穿警服的警员都在。

将警车停好，郑祺便和马浩然还有苏叶二人一起走下了警车，而后一步赶到废弃厂房的第二辆警车之中，也走下了老李三人。

众人很快会集到了一处，没有人说话，大家很默契地走进了废弃厂房。

厂房内光线有些昏暗，除了泥沙和灰尘之外，最显眼的就是废弃厂房正中央，那一摊已经发黑凝固的血迹，以及一颗圆形物体和一条长方形的物体，伴随着厂房内那股浓郁的尸臭味，与发霉的味道混合在一起的怪味，气氛陡然变得诡异起来。

“就在那里。”程稳露抬手指了指厂房正中央的圆形和长条形物体，沉声说道，“市局派来了不少同事帮忙，在人手足够的前提下，我们扩大了搜索范围，而且，凶手对死者进行分尸，势必会寻找一个无人的地方，以汉中街和剑阁路为中心点，武威路这里的废弃厂房就是分尸的绝佳场所，所以，我和影帝还有拳王就来了这里，这才会发现这些东西。”

程稳露说完这番话，众人也走到了厂房的正中央。

这里，有一摊已经凝固了的黑色血迹，血迹之上，赫然留存着一颗生了尸斑，皮肉也都开始腐烂，并且看不清楚样貌的人头，以及一条穿着西裤，脚下还踩着一只满是泥土的休闲鞋的大腿。

平心而论，这颗人头和这条大腿，比之前发现的那一袋子碎肉，冲击效果就要温柔许多了，最起码，没有人选择逃避，所有人都选择围在了人头和大腿的四周。

“老李，找死者的妻子吴女士核实一下，死者昨天穿的裤子和鞋子是不是和我们发现的一致。

“小叶，带几个人，把这颗头颅和这条大腿运回局里，给我仔细地验。

“老赵和老邬，带着大家彻查这座废弃厂院，不要放过任何一丝可疑的线索。

“小程，你所说的第二袋碎肉在哪？”

冷静地发布完数道命令之后，众人便立刻执行起了各自接到的任务，而郑祺的目光也自然而然地落到了程稳露的身上。

“第二袋碎肉，同事已经送回局里了。”程稳露回答道。

郑祺点了点头，便朝着马上就要走出废弃厂房的苏叶喊了起来，“小叶，连同第二袋碎肉一起验，最好能拼凑成完整的尸体，试着找出我们查不到的线索。”

“我知道了，队长！”苏叶侧过身，郑重地向郑祺点点头，这才离开这处废弃厂房。

此时，众人已经全部散去，各自执行起了任务，留在废弃厂房内的人，只有郑祺、马浩然、影帝、拳王和程稳露几人而已。

“真正的案发现场终于浮出水面了……”郑祺呢喃自语了一声，转而，便将目光落到了眉头轻皱的马浩然身上，好奇地出言问道，“小马，你在想什么？”

马浩然听了郑祺的话，并没有着急回答，而是沉思了几秒钟的时间，这才出言说道：“我在想，死者的鞋子那么脏，这可不像一名私企会计的打扮风格，唯一的解释，也只能是死者与凶手发生过争执，而死者鞋子上的土灰痕迹，就是在和凶手争执或者被凶手打倒的时候蹭上的。

“再往深一点去延伸思维，就会想到，死者和凶手来到这座废弃厂房之前，并没有丧失行动能力，有可能，死者是被凶手威逼恐吓，不得已才和凶手来到了这里，而到了这里，死者发现了可乘之机，想制住凶手，然后逃离这里，可结果，死者失败了。

“我从下车开始就一直在观察地面，我发现，这座废弃厂房的门前，并没有明显的拖痕和凌乱的脚印等可疑痕迹，这就说明，我刚才所说的话完全成立！”

紧接着，马浩然顿了顿，蹲在那摊已经凝固的黑色血迹旁边，抬手指着血迹边缘的位置，对众人说道：“还有这里……”

众人的目光循着马浩然手指的方向定睛望去，只见，黑色血迹的最外围有几道凌乱痕迹，就像是某种东西在满是灰尘的地面上，胡乱划出的痕迹似的。

“这里常年没有人使用，满地都是灰尘，最关键的是，这里的灰尘散落应该很平均，根本不可能会有这种明显的痕迹出现。

“所以我推测，这痕迹应该是凶手和死者在这里争执的时候遗留下来的，只不过，凶手很巧妙地利用了死者的血迹，将这处有着挣扎痕迹的地方掩盖了起来，换句话说，这里，就是凶手分尸碎肉的具体地点。

“由于当时是深夜，光线太过黑暗，凶手无法将这些痕迹全部掩盖起来，这才会留下这么一小片残留痕迹，而这个问题，也从侧面彰显出了凶手当时的紧张，甚至是惊惧，以及凶手并没有太充裕的时间来处理案发现场，如果时间充裕，凶手一定会察觉到这些痕迹，并且将其销毁。

“而且，这极有可能是凶手的第一次行凶！”

马浩然洋洋洒洒地说了这么一大番话，倒是引得众人纷纷侧目，眼中尽是震撼之色。

“老大，你可以啊。”影帝惊叹一声，道，“就凭这么一点痕迹，竟然推理出这么多东西？”

影帝话音落地，郑祺的轻笑声也随之而起：“别急，小马还没说完呢。”

马浩然闻言侧过了头，深深地看了一眼满脸淡笑的郑祺，略微停顿了几秒钟之后，便继续说道：“我推理出的最终结论有两个。”

马浩然竖起了两根手指，神色冷漠，声音平静地说道：“第一个结论，凶手的心理素质其实并不太好，因为凶手紧张、惊惧、慌乱，应该并不是惯犯，只不过，凶手的心理应该有些问题，不然不会选择最残忍的分尸手段，如果是我，干脆就一把火烧了这里，把所有的痕迹和尸体都烧光。

“第二个结论，既然凶手的时间并不充裕，那么，这处废弃的厂院就很值得我们仔细排查，我认为，这里绝对还有凶手来不及处理的残留线索。”

就在这时，厂房外老邬的声音突然传了进来：“队长，有新发现！”

老邬的声音还未消散，厂房内，除了郑祺之外的几人面面相觑，最终，将充满了惊骇的目光齐刷刷地定格在了马浩然的身上，恍若进入了石化状态，甚至连呼吸都忘记了……

而这时老邬也快步跑了进来，他见到众人这般模样，忍不住问了一声：“你们看什么呢？小马脸上有花不成？”

说完，老邬的目光也在马浩然的脸上不断游移了起来。

众人被老邬的声音拉回到了现实之中，不过，并没有人回答老邬的问题。

“还好你不是凶手……”程稳露皱着眉头，神色复杂地盯着马浩然，那双灵动的眼瞳之中悄无声息地闪过了一抹黯然之色。

其实，程稳露还有半句话没有说出来，那就是……

如果你是凶手，以你的智商，又有谁能抓到你呢？

“你说什么呢？”老邬丈二和尚摸不着头脑地嘀咕了一声。

“快说你的发现。”郑祺出言打断了程稳露和老邬之间的哑谜。

“对，说正事！”老邬一拍巴掌，连声说道，“队长，我们在厂房的后院又发现了一条大腿及裤子和鞋子，与之前那条大腿完全一致，而且，在那条大腿不远处的荒草中，我们还发现了被丢弃的钱包。”

“大腿和钱包……”郑祺若有所思地嘀咕了一声。

老邬立刻接上了话语，并且从身后变魔术似的变出了一只证物袋，里面就装着一个黑色的折叠钱包：“钱包在这里，而且我打开看过了，里面没有现金，银行卡也没了，只有一些无关紧要的收据。”

这边，老邬话音落地，那边，老赵也快步跑进了厂房。

“队长，我在荒草中发现了手机卡，但没找到手机。”老赵举着装有指甲盖大小的手机卡的证物袋，跑到了郑祺的面前。

“找到了手机卡，却没有找到手机……”郑祺抬起了手轻轻地揉了揉下巴，冷然一笑，道，“原来是这么回事，凶手杀死死者的动机，很简单，就是单纯的谋财害命。”

“钱包里的现金没了，银行卡也没了，只有一些没有价值的收据，就连死者的手机卡，都被凶手从手机里抠了出来，看来，凶手是想将手机卖了换取钱财，这的确符合谋财害命的特征！”程稳露沉声分析道，“再结合马浩然刚才的推理，凶手不是惯犯，而且心理有问题，那凶手，该不会是个缺钱的精神病吧？”

“不排除凶手是精神病患者的可能。”郑祺朝着老邬摆了摆手，说道，“查一下金陵市所有的精神病院。”

“是，队长！”老邬领命而去。

“老赵，你联系冉潇，让他和交通部门的同事配合一下，找到死者的电动车，仔细地检查一下。”郑祺又扭头对老赵说道，“死者被凶手盯上，很有可能是因为死者步行的缘故，如果死者骑电动车的话，恐怕就不会发生这种悲剧了，我现在想知道，死者的电动车到底是意外损坏，还是有人刻意为之。”

“明白！”老赵应了郑祺一声，也快步地跑出了厂房。

“这里也要继续查。”郑祺朝着已经跑出厂房的老赵和老邬，喊了一声。

“知道了，队长！”厂房外回应郑祺声音的是老邬。

待到老邬和老赵离开之后，郑祺这才挥了挥手，对马浩然等人说道：“这里交给老赵和老邬，我们先回市局，等小叶的验尸报告。”

言罢，郑祺便引着马浩然等人径直走出了废弃厂房，五人共乘一辆警车，快速驶离了这处废弃的厂院。

当郑祺和马浩然等人返回市局，已经是半个多小时之后的事情了。

空空如也的重案组办公区域，只有冉潇一人坐在办公座位上，默默地敲击着键盘。

忽地，键盘那有节奏的旋律声戛然而止，冉潇停下了手上的动作，因为，郑祺等人已经走了进来。

“队长！”见郑祺和马浩然等人走了进来，冉潇立刻从座位上站了起来，急声说道，“赵哥让我查的事情，我已经和交通部门的同事核实完毕了。”

“结果是什么？”郑祺一边说着，一边走向了他的办公室。

冉潇见状，也快步追到了郑祺的身后，与马浩然等人一同走进了郑祺的办公室。

顿时，办公室的空间变得局促了起来。

“交通部门的同事找到了沈迪的电动车，并且找了专人将电动车给拆解了，根据那边传回来的消息，说是电动车并没有被人动过手脚，只是因为时间太长了，有些电子元件到了寿命，突然罢工了，这才会坏到半路，导致沈迪放弃电动车，步行回家。”

郑祺刚刚掏出了香烟，正准备放进嘴里，但听了冉潇的这番话之后，他的手臂僵硬在了半空之中，意外地说道：“这么说，是自然因素？”

“是自然因素。”冉潇点了点头，说道。

“这可就不好办了。”郑祺一边摇头，一边将香烟送进了嘴里，自言自语地嘀咕道，“如果按照这个逻辑推理，那凶手行凶，很有可能就是碰巧选上了沈迪，而并非蓄意抢劫谋杀，这种随机犯罪模式，是最难锁定嫌疑人范围的模式。”

“啪！”

郑祺打着了手中的打火机，火苗喷涌而出，欢快雀跃，与办公室内的死气沉沉倒是形成了鲜明的对比。

片刻后，影帝朝着郑祺凑了过去，出言问道：“队长，凶手会不会是精神病加心理变态的杀人狂？”

“我不知道！”郑祺很干脆地摇了摇头。

“说到精神病，队长，邬哥让我帮忙查金陵市所有的精神病院，我也查出结果了。”冉潇说道。

“老邬这家伙把包袱甩给你了？”郑祺无奈地苦笑了起来，旋即便对冉潇一挥手，道，“说！”

“金陵市共有三家精神病院，我入侵了这三家精神病院的网络，发现有四名精神病患者在最近几天相继离开了这三家精神病院，其余的精神病患者，我通过精神病院的监控设备和我入侵网络所获取的照片以及资料一一对照过，都还在三家精神病院之中。”冉潇补充道，“我们要不要对那四名精神病患者展开调查？”

“调查精神病患者，那些人不会配合的。”郑祺摇了摇头，思索片刻，接着说道，“你负责和那些患者的家属联络，询问一下几人在案发时间段的不在场证明。”

“我这就去办。”冉潇说完，便直接跑出了办公室。

冉潇走后，郑祺朝着马浩然几人挥了挥手，淡笑道：“到吃饭时间了，小朋友们，我请你们吃饭。”

“算了！”

影帝和拳王同时苦笑，并且还异口同声，非常有默契地喊出了这么一句话。

“刚看完分尸的碎肉，我估计大家都吃不下饭！”程稳露一边摇头，一边补充了一句。

“那最好，我省钱了。”郑祺的脸上露出了一抹阴谋得逞的笑意，就仿佛他是故意提请吃饭这茬似的。

几人很无奈地看了郑祺一眼，也就在这时，苏叶和老李一起闯入了办公室之内。

“队长，裤子和鞋子的事情我查出结果了。”老李还没站稳身子，便急切地出言说道，“我询问了沈迪的妻子吴女士，并且将裤子和鞋子的照片给吴女士看了，吴女士非常确定，那就是沈迪失踪当天所穿的裤子和鞋子。

“综合各方面的线索，可以肯定，被分尸的死者定是沈迪无疑了。”老李十分肯定地说道。

“和我想的一样。”郑祺的脸上并没有露出任何意外的神色，随即望向苏叶，说道，“你有什么新发现？”

“新发现谈不上，谜团却是又增加了一些！”苏叶叹了口气，垂头说道，“我将先后找到的两袋子碎肉，以及废弃厂房发现的大腿和头颅拼接了一番。

“在汉中街发现的第二袋碎肉是死者的右手臂和右胸口，再加上头颅和两条腿，死者的上半身和下半身几乎已经完成了拼接，而死者腰部的残肢却是一片空白。

“队长，我们是否扩大搜索范围，继续寻找死者腰部的残肢？

“在案发现场附近的街区，单单没有发现腰部的残肢，我觉得，有些不对劲，会不会是凶手将抛尸地点选择在了更远更隐秘的地方？目的就是不想让我们找到死者的腰部残肢，很有可能，缺失的那部分残肢隐藏着重要的线索。”

苏叶一口气说完了这么多话，不由得喘了几口粗气。

郑祺揉着下巴，思索片刻，便开口说道：“你的分析也不是没有道理，那就通知伙计们扩大搜索范围，不要局限在徐州路、汉中街、北海街和武威路这四处地方，最好联系一下环卫工人们，请他们也帮帮忙。”

“我知道了。”苏叶刚想转身，忽地，她好像想起了某件事情，硬生生地将身体扭了回来，冰山俏脸上也随之露出了复杂的神色，“队长，我刚才来的时候遇见了吴局……”

“遇见了吴局？”郑祺眨了眨眼睛，嘴角扬起了一抹苦涩的笑容，“吴局是不是让你转告我，在最短的时间内，用最完美的方式解决这件案子？”

苏叶不否认地点了点头，双手一摊，很无奈地对郑祺说道：“队长，你不知道这件案子现在闹到了什么程度，整个金陵市，从大领导到普通市民，无一不在关注‘午夜游魂’这件案子，民间更是将这件案子传得沸沸扬扬，闹得人心惶惶，到了晚上，市民根本不敢外出，尤其是案发的那几条街区，简直是风声鹤唳。

“而且，吴局的话，并不是吴局亲口所说，我听吴局说，这是市里大领导特意传达给你的话，当然，这也是命令。

“三天之内，必须侦破此案，而且要完美地解决，漂亮地解决，将真相公之于众，还金陵市太平安宁。”

苏叶说到这里，那张吹弹可破的冰山俏脸上，也露出了十分为难且纠结的模样：“队长，三天之内破获这件‘午夜游魂’案，简直就是难如登天，我们现在连一点实质性的线索都没有掌握，别说锁定嫌疑人的范围了，就连嫌疑人是男是女，高矮胖瘦，我们全都不知道，最关键的是，我们现在除了精神病患者这条线索之外，已经没有其他线索了，这让我们怎么查？”

“查不了也得查！”听了苏叶的话之后，郑祺用力地咬了咬牙，沉声低喝道，“大领导说的对，这件案子在金陵市造成的影响太大了，如果三天之内无法破获这件案子，到时候，整个江南省，甚至是全国都会传开，这样的话，金陵市在各个方面将会面临前所未有的危机，我们哪怕是拼了命，也要在三日之内破案！”

郑祺此言一出，办公室内再次被压抑的死寂笼罩了起来……

郑祺说的是实情，但苏叶说的也是实话。

三日之内破案，谈何容易？

按照目前警方所掌握的线索来说，简直就是难如登天！

办公室内静得出奇，落针可闻，众人仿佛全都屏住了呼吸一般，只是眼观鼻，鼻观口，口观心，或站或坐，无人发言。

“行了！”郑祺扫了一眼众人，有些心烦地挥了挥手，道，“都去各忙各的吧！”

众人面面相觑，最后，大家陆续走出了办公室。

直到最后的苏叶离开办公室之后，马浩然仍旧是面无表情地站在墙边，犹如石雕一样，好像将他自己与全世界都隔绝开了那般。

“小马！”郑祺轻唤了一声，但马浩然仍旧保持原状，好像没听见郑祺的声音一般，无奈之下，郑祺只能提高声音，又喊了马浩然一声，“小马，想什么呢？”

这次，马浩然被郑祺的喊声唤醒了过来，当即抬起头望向了郑祺，语气中，难得出现了一丝轻颤：“我在想，这件案子，和当年我父亲的那件案子很相似，谋财之后害命，只不过，这件案子的凶手要更加残忍，也更加精明。”

郑祺闻言，只是轻皱剑眉，双目紧盯着马浩然，久久不曾开口。

足足过了半晌，郑祺重重叹了一口气，似有劝说的味道在其中那般，对马浩然轻声说道：“小马，我觉得，你应该先休息几天。”

“队长是怕我因为这件案子，想起当年的那件案子，进而影响办案的进度？”马浩然自然听出了郑祺的弦外之音。

而郑祺也不否认，只是大大方方地点了点头。

“队长，我不会因为这件案子和当年的那件案子相似而受到影响的。”马浩然直起了身体，一边说着，一边朝着办公室门口的方向走了去，直到一只脚迈出了办公室，他才微微地侧过身，转头对郑祺说道，“这是我好不容易等到的机会，队长，三天之内，我一定破案，而且，我要找到凶手内心的原罪。”

说完这番话，马浩然便决然地走出了郑祺的办公室……

“午夜游魂”案就像一团阴云，将整个金陵市都笼罩了起来，而这一次，不仅是重案组全员出动，整个金陵市局，包括金陵市交通总队在内的各方兄弟部门，也全力配合重案组调查此案，只不过，这件案子的进展仍是极其缓慢……

先是交通部门给予重案组大力支持，将案发之时，整个金陵市的道路监控录像全都翻找了一遍，结果却是让人沮丧的，除了那名目击者见到了“午夜游魂”之外，金陵市所有安装道路监控设备的影像之中，都没有出现过“午夜游魂”的身影，甚至连行为可疑的人都没有发现。

再之后是当天下午四点，扩大了搜索范围的老邬和老赵在位于汉中街和剑阁路交会地左转的通雍路，也就是和武威路保持直线位置的另外一条街区发现了第三袋碎肉，并且，老赵和老邬在第一时间将碎肉送回到了重案组。

接到了那袋子碎肉之后，苏叶在最短的时间之内确认了碎肉的主人身份正是沈迪，而且第三袋碎肉就是沈迪腰部的残肢。

这一消息极大地鼓舞了重案组众人的气势，可仅仅是两个小时之后，完成了拼尸工作的苏叶将结果公布以后，重案组众人的士气也跌落到了最低点。苏叶并没有在死者的腰部残肢之中发现任何有价值的线索，这第三袋碎肉，很有可能就是凶手为了抛尸而抛尸，并非为了隐藏某些实质性的线索。

屋漏偏逢连夜雨，就在苏叶公布了验尸报告的十几分钟之后，冉潇这边的调查也有了结果。那四名精神病患者都有超过三名的家属和邻居证明，案发时间段，甚至是案发前后的三个小时之内，不可能到过现场。

直到此时，“午夜游魂”案彻底进入了线索全断，没有任何侦破方向的窘迫之境。

深夜的金陵市，寂静无声。

受到了“午夜游魂”的影响，宽敞的街道上空无一人，哪怕是金陵市局大楼前的主干道都见不到一个人影……

市局大楼内。

虽然属于重案组的这片区域灯火通明，全员加班，但气氛和外面没什么差别，完全没有任何的嘈杂声音，有的，只有工作的声音。

重案组的每个人都在忙着分析数据，整理资料，重复而不间断地观看着交通部门传送过来的道路监控录像。

郑祺坐在办公室里，郁闷地抽着烟。

他已经很久没有遇见如此棘手的案件了，“午夜游魂”案的凶手，真的就像游魂一样，除了那名目击者之外，根本没人见过，就连交通部门的道路监控设备都没有拍到凶手的身影，最关键的是，唯一的那名目击者，还根本没看清楚“午夜游魂”的脸。

至于碎尸、钱包、案发现场、死者的家人和朋友、精神病患者的猜想，所有的线索，要么查无可查，要么完全不成立，案子已经彻底进入了死胡同之中。

吐出了最后一口烟，郑祺狠狠地将烟头按在了烟灰缸中，不知不觉，摆放在办公桌上的烟灰缸已经差不多盛满了。

“抽这么多烟了？”郑祺也很是意外地瞥了一眼满登登的烟灰缸，无奈地笑了笑，旋即，郑祺抬起了头，望向了挂在墙壁上的石英钟，时针指向了“十二”和“一”之间，而分针，则落在了“六”的位置上，他意外地自言自语道，“十二点三十分了？时间过得好快。”

自言自语过后，郑祺透过百叶窗的缝隙，不经意地扫了一眼办公室外的场景，所有人都在忙碌，而且每个人的脸上或多或少都挂着凝重的表情，气氛有些压抑。

正当郑祺准备收回目光之际，他突然发现了站在办公区域窗边的马浩然和苏叶，只不过，二人好像并没有聊天，而是就这么静静地并肩站立着。

郑祺的嘴角勾勒出一抹坏笑，之前的郁闷仿佛一扫而空，他随手拿起了办公桌上的烟灰缸，假借倒烟灰的理由，朝着窗边的马浩然和苏叶迈出了极轻的脚步。

再说窗边。

马浩然与苏叶并肩站立，在漆黑夜空的映衬下，落地窗的玻璃上也依稀倒映出了二人的身影。

“马浩然，能告诉我，你在想什么吗？”苏叶开口了，她的声音很低，低到只有马浩然能听清的程度。

而马浩然并没有回答苏叶的问题，仍旧平静地站在落地窗前，凝视着市局大楼下那条昏暗无人的街道。

摇曳的路灯好似烛火，只能勉强点亮一小片区域，漆黑仍在蔓延扩散，甚至，还给人一种黑暗在持续吞噬灯火的错觉，就像是“午夜游魂”案那般，不断蚕食着民众内心仅剩的勇气。

见马浩然没说话，苏叶微微叹了一口气，而她接下来的这句话，却是让马浩然不得不转头看向她：“我知道，你一定是通过‘午夜游魂’这件案子，想起了当年你父亲的那件案子，可是，你知道吗？马浩然，这两件案子只是有某些关键的相同点而已，实质上却并不一样，所以，你不应该给自己这么大的压力。”

苏叶所说的相同点只有两处，其一，劫财；其二，杀人。

只不过，苏叶担心说出这两处相同点会刺激到马浩然，所以，她才没有直说出来。

听了苏叶的话，马浩然僵硬而机械地转过了头。

那双眼瞳不知道从什么时候开始已经布满了红血丝，模样有些吓人，尤其是他的声音，自从之前离开了郑祺的办公室之后，马浩然就再没开口说过话，所以，此时马浩然的声音就像是两块铁在摩擦似的，沙哑而间断："谢谢你！"

马浩然知道，苏叶是在安慰他，而且他也从来没想过，苏叶会安慰他。

虽然马浩然嘴上说他不会受到这件案子的影响，内心却不然，毕竟，这是他隐藏在内心深处最脆弱，也是最执着的根源。

马浩然这句道谢的话，倒是让苏叶为之一愣，旋即，苏叶莞尔一笑，道："不论是当年的那件事，还是现在的'午夜游魂'案，其实都只是一件独立的案件罢了，曾经的你，可以抛开一切，不管不顾地追查那件事，那是因为，你只是一名没有任何责任和担当的学生。

"可现在，你是一名警察，在警察的眼中，只有证据和原罪，为了社会稳定，民众无忧，有些时候，我们甚至要忽略亲情与爱情，这就是警察与生俱来的责任，所以，你也应该在适当的时候，适当地舍弃一些私人因素，因为，你是警察！"

苏叶这番话引起了马浩然的深思，他轻皱眉头，目露疑惑，似在思忖。

几秒钟之后，马浩然突然笑了，而这一次，他的笑容并不像之前那般的僵硬，因为，这是他发自内心的笑容。

马浩然从来都没想到过，苏叶竟然会如此了解他，三言两语就将他从纠结的旋涡之中拉了出来。

没错，马浩然的确是因为'午夜游魂'案与当年他父亲的那件案子太过相似，进而乱了心神。

就好像是那种苦寻了很多年的因果，毫无征兆地突然出现在了马浩然的眼前，让他紧张、悸动、担忧，甚至还产生了压力，让他不敢去触碰那件有可能会解开因果的事。

而苏叶这番话，却是犹如醍醐灌顶一般，让马浩然豁然开朗，一切只因为马浩然是一名警察。

“我明白了！”马浩然脸上的表情也没有之前那么冷漠了，甚至他的微笑还充满了一股温柔的味道，紧接着，马浩然突然抬起了手，轻轻地按在了苏叶的香肩上，再次说道，“谢谢你！”

马浩然突如其来的举动，不仅大大出乎了苏叶的意料，更是让她直接僵在了原地。

此时，苏叶的内心世界是复杂的、错乱的，而且，还有一种悸动的感觉。

“二位，聊什么呢？这么激动？”郑祺的声音很不是时候地在马浩然和苏叶二人的身后响了起来，“小马，怎么手都搭在人家肩膀上了？”

马浩然和苏叶二人聊得太过专注，根本就没有注意到郑祺的接近。

不过，还好郑祺的声音很小，也幸亏重案组的其他成员都在专心致志地研究案情，这才没有引起众人的注意。

至于最好事的影帝，这家伙已经躲到某个角落睡觉去了。

突如其来的郑祺，打破了马浩然和苏叶之间的微妙气氛，当即，马浩然的手就好像触电一样，闪电般地从苏叶的香肩上收了回来，而苏叶也是俏脸微红，尴尬地轻咳了一声。

“没事，你们继续聊，就当我不存在。”郑祺端着一杯热气腾腾的香茶，嘴上说当他不存在，身体却情不自禁地靠到了墙上，摆出了一副根本没想要走的姿态。

“看见你，我突然不想聊了。”苏叶愠怒地说了一声，而且还瞪了郑祺一眼，那眼神充满了怨念。

言罢，苏叶便转身走到了资料架那边，拿出了一沓写满了文字的纸，随意找了一张办公桌，假模假式地翻读了起来。

当然，苏叶此时的内心并非像表面那般平静，相反，是莫名其妙地被掀起了一阵惊涛骇浪。

苏叶离开之后，马浩然也没有留在这里的打算了，他连看都没看郑祺一眼，径直走到了冉潇的办公桌前，要求冉潇将交通部门的道路监控影像再放一遍。

转眼之间，落地窗的位置就只剩下了独自端着茶杯、一脸坏笑的郑祺自己了。

盯着马浩然，郑祺脸上的坏笑更盛了，甚至，还有几分影帝的感觉。

“臭小子，我就不信你的内心会像你表面这么平静！”郑祺抿了一口茶水，轻声嘀咕了起来。

正如郑祺所言，正在观看监控录像的马浩然，内心的确极度不平静。

苏叶带给他的冲击已经超出了语言能够表述的范畴，确切地说，苏叶是第一个能够让马浩然产生异样感觉的女人，这种感觉，不仅乔烟无法让他感受到，甚至，与之前那种好像“母亲”般的感觉也有所不同了。

至于哪里不一样，马浩然其实也说不上来……

夜，昏暗，微凉。

所有人都沉浸在各自的工作之中。

不知不觉，东方已经露出了鱼肚白。

就在这时，一道尖锐刺耳的电话铃声粉碎了黎明之前的宁静。

这道电话铃声将所有人的视线都吸引了过来，而碰巧坐在电话旁边的苏叶，为了尽快结束刺耳的电话铃声，飞快地拿起了电话的听筒，之后，苏叶一言不发地举了接近十秒钟的听筒，又一言不发地将其放了下来。

毫无疑问，苏叶的异常举动，仿佛将一片阴霾蒙在了众人的心头，使得大家的表情又紧张了几分。

“广元路与萧山街的交会处发现了第二具被分尸的尸体！”苏叶的声音无比复杂，甚至还有一种压抑的味道在其中，“报警电话是一名环卫工人打来的，同样，第二具被分尸的尸体，残肢断臂也装在黑色的塑料袋里，只不过，这一次凶手并没有将其藏起来或者抛尸，而是光明正大地摆在了路边！”

苏叶的声音虽然不大，在寂静无声的重案组里，却是堪比惊雷。

苏叶的话音刚刚落地，忽地，从郑祺的办公室之中传出了一道巨响声。

“啪！”

坐在办公室里思考案情的郑祺拍案而起，三步并作两步地冲出了办公室，愤怒地咆哮了起来：“这凶手也太嚣张了，分明是在对警方挑衅！”

郑祺说的没错，杀了人，分了尸，然后还将尸体光明正大地摆在路边，就像是等着被人发现那般，这不是挑衅警方，又是什么？

被郑祺这么一说，重案组全员，每个人脸上的疲惫和困倦都一扫而空，取而代之的是无尽的愤怒。

警察的尊严，不容挑衅！

法律的底线，不容触碰！

“冉潇！”郑祺大吼了一声，声音中只剩下了愤怒，“联系交通部门，给我查广元路和萧山街的道路监控，其他人，跟我去案发现场！”

郑祺一声令下，重案组全员立刻行动了起来。

天还没大亮，十余辆警车便浩浩荡荡地驶出了市局停车场，在金陵市的街道中呼啸疾驰，直奔第二起分尸案的案发现场而去。

一路无话，二十分钟之后，十余辆警车便驶入了广元路与萧山街的交会地。

现场已经被辖区分局封锁了，十余名同样面带愤怒之色的民警与重案组完成了交接之后，便撤退了。

接手了案发现场之后，郑祺第一件要做的事，并不是去查看被分尸的尸体，而是寻找起了报警的那名环卫工人。

“老李，报警人呢？”郑祺狐疑地扫了一眼案发现场，除了重案组的人之外，并没有其他人在。

被郑祺点名，老李立刻快步跑到了郑祺身边：“队长，我正准备向你汇报这件事呢！报警人被吓到了，已经被辖区的同事们送到了医院，我已经让老赵去医院给报警人录口供去了。”

郑祺点了点头，又朝着老李摆了摆手：“小叶……”

话还没说完，郑祺就发现，苏叶已经穿上了白大褂，戴好了橡胶手套，此时正蹲在路边观察那三大袋子黑色塑料袋，而且，马浩然不知道从哪里也弄来了一副橡胶手套，依次将那三只黑色塑料袋解开。

郑祺看了一眼马浩然和苏叶，没再多说什么，转而，便挥手喊道："老李……"

同样，郑祺仅仅喊了一个名字，老李回应的声音就通过空气，传播到了郑祺的耳中："队长，我已经安排小程和老邬排查现场了，影帝和拳王也被我派到四周寻找目击者了。"

郑祺挥起来的手僵硬在了半空中，不过，下一瞬间，郑祺嘴角也扬起了莫名的笑意。根本不需要郑祺发布任何的命令，重案组全员都已经行动了起来，这说明，大家都憋着一口气，想要将这件案子完美侦破。

"这群家伙，第一次这么干劲十足。"郑祺摇了摇头，自顾自地轻笑了一声，突然之间，郑祺发现，最闲的人竟然是身为队长的他。

不过，郑祺倒是很淡然地接受了这个事实，独自走到了路边，毫无架子可言地坐到了马路牙子上，悠然地给自己点燃了一支香烟，惬意地望着忙碌的众人。

侦破工作在井然有序地进行着。

排查现场的工作快速展开，老李带着众警员将搜索范围扩大，广元路和萧山街，以及附近的几条街道，都被老李纳入了搜索范围之内，而苏叶则将被分尸的尸体带回了警局，至于影帝和拳王等人，尚未回来。

而马浩然，自从苏叶离开之后，他就来到了郑祺身边，学着郑祺的模样，与郑祺并肩坐到了地上，只不过，这两个人，一个闷头吸烟，一个闭口不语。

"小马，"不知道过了多久，郑祺将手中的烟头按灭，这才继续说道，"你对'午夜游魂'案的凶手，有什么看法吗？"

郑祺的问题很模糊，马浩然不由得思索了起来。

片刻后，马浩然说道："我不知道该如何形容这件案子的凶手，甚至，我们对凶手连一个大概的概念和轮廓都没有，我现在只能说，凶手绝对不是鬼魂，一定是人，而且，还是一个不太正常的人，因为，正常的罪犯是绝对不会主动挑衅警方的！”

马浩然说完这番话，老李和冉潇便齐齐出现在了二人的眼前。

“队长！”老李率先开口，并且拿出了一只证物袋，在郑祺和马浩然的眼前晃了晃，证物袋里有一只钱包，“我们在附近找到了一条极度偏僻的死胡同，那里没有居民，而且地上还有大面积已经干涸的黑色血迹，应该就是案发现场。

“而且，我们还在案发现场找到了这只钱包，里面有疑似死者的身份证，至于现金和银行卡之类的东西已经不见了。

“其他方面暂时没有任何的发现。

“案发现场，队长就没有再去的必要了，我已经派人继续排查了。

“凶手摆明了就是故意将案发现场暴露在我们的视线之内，还有上一次，凶手没将钱包里的身份证留下，而这一次却留了下来，并且还将死者的尸体光明正大地摆在了路边，无疑，这是凶手向警方挑衅的证明！”

“根据身份证去调查背景。”郑祺沉声说道。

“我已经让老邬去查了。”老李说道。

郑祺的脸色很阴沉，但他只是朝着老李摆了摆手，并没说话。

第十二章　笔记

见郑祺不语，老李也没再多言，而冉潇则是接上了话，说道："队长，我向交通部门询问过广元路和萧山街这片区域的监控设备，可交通部门给出的回答是，这片区域属于真空区域，暂时没有安装道路监控设备……"

"什么？"听了冉潇的话，郑祺猛地站起了身，"第二起命案的案发现场也没有监控设备？"

冉潇见郑祺发怒，噤若寒蝉，不敢再言语。

郑祺急促地喘了几口粗气，连连摆手说道："冉潇，继续和交通部门配合，将附近街区的道路监控录像传过来，老李，接着排查现场，有发现立刻通知我，我先回局里，等小叶的验尸报告。"

说完这句话，郑祺便朝着马浩然招了招手，二人一起坐上了一辆警车，然后便朝着市局的方向缓慢驶去。

驾驶着警车的郑祺倒是没有狠踩油门，似乎他并不想尽快返回市局。

其实，这也是郑祺无奈之举，各方面搜查都需要时间，尤其是苏叶的验尸和拼凑尸体的工作，更是需要大量的时间，所以，郑祺干脆也就不着急了，倒不如在安静的车内和马浩然聊聊案情。

况且，在郑祺的心中已经认定，他留在案发现场其实并没有太大的意义，因为，那里未必会有新的突破口。

"小马，我们遇到对手了。经过第一起命案的生涩，我们所要面对的凶手越来越成熟了，而且，凶手绝对是一名高智商罪犯。"郑祺面无表情地说道。

不论遇见什么样的悬案诡案，郑祺几乎都是面露微笑，泰然自若，但这一次，他暴怒过，沉默过，也纠结过。

“的确如此！”马浩然将身体靠在汽车座椅上，同样面无表情地与郑祺交谈了起来，“连续两次分尸案，凶手都选择在没有监控设备的地方行凶，这说明凶手的智商很高，能够看出哪里有道路监控设备，哪里没有道路监控设备，并且完美地找到了所有的监控盲点，如果让我来寻找道路监控设备的盲点，我未必会做得比凶手更好，毕竟，由于治安需要，会有一些摄像头被安放在隐秘的地方……

“而且，凶手心思缜密，计划也很周密，两处案发现场几乎没有任何的漏洞和破绽，这倒是与我们之前的巧合论判断有些矛盾，而凶手的举动，很显然在无形中给我们警方的侦破工作布下了障眼法。

“还有一点，我现在开始对凶手劫财的动机产生怀疑了。

“凶手真的是为了劫财而杀人吗？还是另有隐情？或者，干脆就是为了迷惑我们警方，才将死者的现金等物品拿走？

“我推测，案发现场不会有什么线索，而苏警官的验尸工作应该也不会有太大的价值，包括交通部门为我们提供的道路监控影像，同样不会找到任何的蛛丝马迹。

“一切就像是第一起分尸案一样，让我们无迹可查，甚至是，查无可查。”

马浩然一边说着，一边紧锁眉头，用力地揉着下巴。

听了马浩然的话，郑祺深以为然地点了点头，因为马浩然的分析与郑祺心中所想不谋而合。

只不过，郑祺并没有出言回应马浩然，因为，郑祺也不知道该如何回答马浩然，更不知道该如何形容“午夜游魂”案的幕后真凶。

警车内，气氛突然沉闷了下来。

马浩然没有再说话，而郑祺也没有开口的意思，二人似乎因为凶手这种近乎完美犯罪的杀人手法而产生了无尽的困扰。

最讽刺的是，凶手的杀人手法和杀人过程，简直就相当于是在光明正大地犯罪一样，这让马浩然和郑祺更加烦乱。

警车，缓慢地行驶在金陵市的长街中。

不知不觉，已经到了民众上班上学的时间了，大街小巷又充满了生机，与死寂的黑夜形成了截然不同的两种氛围……

金陵市局，重案组。

空无一人的重案组办公区域，只有马浩然和郑祺相对坐在两张椅子上，二人谁都没有开口说话的意思，就这样大眼瞪小眼地相互凝视着对方。

时间一分一秒地流逝着，丝毫没有停止的意思，而马浩然和郑祺的沉默却仍在继续。

忽地，一道急促的电话铃声从郑祺的身上响了起来，打破了二人之间的微妙沉默。

郑祺连忙摸出了电话，按了一下接听键，又按了一下免提键，这才对电话另一边的人说道："有什么发现吗？"

"队长！"电话中传出的声音是老李的，"我这边已经排查完毕了，遗憾的是，没有什么大发现，唯一的发现就是，死者的身份可以确认了，就是身份证的主人，何龙，男，在银行工作，是一名小主管，家住萧山街，我已经安排小程去何龙家调查更详细的资料，有结果之后，我再向队长汇报。

"影帝和拳王也回来了，二人同样没有找到目击者，案发现场附近的居民都没有听到可疑的声音。

"但是我认为，凶手绝对做不到无声杀人，一定是因为案发现场太过偏僻，而且，距离案发现场最近的居民都隔着两堵墙，听不见可疑的声音也是正常的！"

老李的声音有些颓废，似乎在为查不到任何线索而自责那般。

郑祺想了想，这才出言对电话另一边的老李安慰道："案发现场在大街上，找出可疑的指纹和痕迹的难度很大，而且最近又是'午夜游魂'案爆发的特殊时期，深夜街上当然不可能有人，找不到目击者也在意料之中。"

“还有，队长，不仅我这边没有收获，老赵那边也没什么收获……”老李叹了一口气，说道，“报警人的口供很简单，他是广元路和萧山街的环卫工人，他只是在打扫这两条街区交会处的时候，发现了路边的三只袋子，并且闻到了异样的臭味，报警人只是出于好奇就打开了其中一只袋子的一角，想看看里面是什么，结果，就发现了残肢，这才报了警。”

“我知道了。”郑祺语气平静，听不出喜怒，“留几个人在那里盯着，你们先回来吧！”

“好！”老李应了一声，旋即挂断了电话。

而这边，老李的电话刚挂断，那边，苏叶便急匆匆地走进了重案组，仿佛事情都赶到了一起似的，接连不断。

见苏叶走了进来，郑祺和马浩然下意识地站起了身，齐齐地朝着苏叶追问道：“验尸报告出来了？”

二人的声音简直是神同步，听得苏叶都为之错愕。

快速地眨了眨眼睛，苏叶便开门见山地说道：“拼尸的工作已经完成了，验尸报告也出来了。”

听了苏叶的话，马浩然和郑祺的脸上立刻浮上了专注的表情，聚精会神地听着苏叶的下文。

“第二名死者的死亡时间在昨天晚上十一点三十分至今天凌晨十二点三十分之间，由于尸体被肢解，无法准确地判断具体死因，我猜测，死者真正的死因只有两种可能，即失血过多，或者被锐器刺中要害当场死亡！

“死者尸体的拼凑工作，进展得很顺利，我们已经得到了一具全尸，只不过，这具尸体上并没有留下任何的线索，指纹、掌纹、毛发、皮肤碎屑等，都没有。

“凶手很狡猾，思维也很缜密，验尸这方面，应该是不会再有进展和突破了。

“唯一不算收获的收获就是，我对比了两名死者的尸体，发现这两名死者的体型都很瘦弱，也许，正是因为这样，凶手才会选择这两名死者下手，如果是拳王那种类型的人，我想，凶手也不敢对其下手了。”

说完这番话，苏叶有些垂头丧气地摇了摇头，一双美目之中还闪过了一抹愧疚，就好像，没有从尸体上找到线索，是苏叶自己的原因那般。

“你不用自责，并不是你没有能力，而是凶手太狡猾！”郑祺出言安慰起了苏叶，旋即，便自言自语地说道，“案发现场、尸体、报警人、目击者，这几条关键的线索都已经断了，现在，只能将希望寄托在冉潇和程稳露的身上了！”

郑祺话音落地，冉潇的身影便闯入了三人的视线。

“队长，恐怕我这边也要让你失望了！”毫无疑问，冉潇听见了郑祺最后的那句话，一进门便将笔记本电脑摆在了办公长桌上，“交通部门已经将昨天晚上到今天环卫工人发现尸体的这段时间，邻近广元路和萧山街的道路监控影像，都传到了我的电脑里，而且我也大致地扫了一遍，并没有发现任何形迹可疑的人！”

冉潇说完，又重重地叹了一口气。

“道路监控设备也没有任何线索吗？”郑祺皱起了眉头，语气也沉了下来。

第二起命案，最重要的几条路都已经被彻底堵死了，唯一剩下的程稳露那条路，郑祺其实已经不抱太大的希望了，死者的亲属应该无法提供有价值的线索。

换而言之，第二起命案，警方又一次被带入了查无可查的窘境！

一时间，重案组办公区域之内的四人全都选择了闭口不语，因为，在这时候真的没什么可说的了。

沉默持续了好长一段时间，最后，冉潇承受不住沉默所带来的压力，轻声嘀咕了一句：“如果这两起命案爆发的现场有监控设备就好了，哪怕让我们通过影像看见凶手的大致轮廓也行啊！”

“遗憾的是，两起命案的案发现场，包括邻近街区，都没有监控设备。”苏叶苦笑了一声，又不解地说道，“可是，我想不通一点……”

“说说看！”郑祺说道。

“两起命案发生的街区虽然没有道路监控设备，但邻近的街区是有监控设备的，怎么连邻近街区的监控设备都没有拍到凶手的身影呢？难道凶手就住在附近？可凶手总不会有很多个家吧？广元路和汉中街这两处区域相隔了接近二十分钟的车程，而且完全不在一个方向，那凶手又是用了什么手段，避开了监控设备而出现在案发现场呢？总不会是从天而降吧？”苏叶双手一摊，问出了这个困扰着她的问题。

然而，听了苏叶的话，马浩然和郑祺仿佛想到了什么，立刻相互对视了一眼。

紧接着，马浩然和郑祺就好像商量好了似的，又一次异口同声地喊了起来：“冉潇，能不能搞到交通部门在金陵全市的道路监控设备部署图？”

说完这句话，马浩然和郑祺先是错愕了那么一瞬间，随后，二人相视一笑，当然了，马浩然和郑祺这一抹莫名其妙的笑容，苏叶和冉潇自然是无法理解。

“交通部门有这种图纸，而且还有各个区域的放大部署图。”冉潇如实说道。

“马上拿过来。”郑祺沉声说道。

“等我几分钟。”冉潇说完，便不再言语，径直趴到了长桌上，开始捣鼓起了笔记本电脑。

在此期间，郑祺、马浩然和苏叶皆是围到了冉潇的身后，不眨眼地盯着电脑屏幕上显示的那些枯燥而凌乱的字符和乱码。

十几分钟之后，笔记本电脑的屏幕突然转变了画风，一张电子版的金陵市道路监控部署图出现在了电脑屏幕之上。

“我把它弄到投影布上，这样看会更直观一些。”冉潇一边说着，一边将重案组办公区域的那张巨大的投影布放了下来，并且随手拉上了窗帘，关了灯。

瞬息之间，巨大的投影布上便显示出了那张马浩然和郑祺都需要的部署图。

“这张图纸上，凡是有摄像头图标的区域和街道，都是安装了道路监控设备的地方。”冉潇站在了投影布的侧面，为马浩然和郑祺讲解起了部署图中的情况。

而马浩然和郑祺则是一言不发地走到了投影布之前，二人全神贯注地盯着投影布，目光不断在部署图的各个区域扫视着。

看了三四分钟的样子，马浩然和郑祺又同时从最近的桌子上拿起了笔和纸，提笔疾书，“沙沙”地写个不停。

好奇的苏叶和冉潇，也分别凑到了马浩然和郑祺的身边，盯着二人纸上记载的东西。然而看到的只是一系列的街道名称而已，并没有任何特别的地方。

就这样，马浩然和郑祺一边仔细地看着部署图，一边在纸上飞快地记录下了一个个隶属金陵市的街道名称，转眼之间，半个小时过去了，而马浩然和郑祺也完成了各自的工作。

“我们差不多也该反击了。”郑祺晃了晃脖子，嘴角还扬起了一抹神秘的微笑。

马浩然点了点头，也开口说道；“我们一直被凶手牵着鼻子走，这一次，我们一定要比凶手快一步。”

“来，小马，看看我们二人是不是想到一块去了！”郑祺笑吟吟地将他手中那张记载了十几个道路名称的纸张放到了桌子上，同时，还示意马浩然将他手中的纸也放上去。

而马浩然则是没有任何迟疑地将他手中的纸也放到了郑祺所写的那张纸旁边，旋即，马浩然、郑祺、苏叶和冉潇，便将那两张纸团团地围在了核心……

郑祺和马浩然所写的那两张纸分别记载了十二条街道的名字，而且，经过众人的一番比照之后发现，二人各自记载的那十二条街道的名字完全相同！

“我们的想法是一样的。”郑祺笑吟吟地望着马浩然，自信地说道，“那计划也可以开始了。”

“什么计划？”苏叶接上了话，狐疑地看了郑祺和马浩然一眼，便拿起了其中一张纸，走到了投影布之前，按照纸上记载的街道名字，在投影布上寻找了起来。

而马浩然和郑祺都没有回答苏叶的问题，仿佛二人想让苏叶自己找答案似的。

过了十几分钟的光景，苏叶终于收回了定格在投影布上的目光，只不过，她的语气仍旧充满了疑惑：“你们两个写了十二条街道的名字，而这十二条街道可以组成六组类似于广元路与萧山街的交会区域。

“而且，我看了投影布上的部署图，这六组交会区域和之前两起命案的案发现场一样，都没有道路监控设备。

“你们想干什么？”苏叶抬起了头，双瞳中依然充满疑惑，而且还不断地在马浩然和郑祺的身上游离着，似乎是在向二人询问最终的答案。

“很简单！”马浩然一边说着，一边竖起了三根手指，“凶手很狡猾，而且隐藏得很好，好到我们警方至今连凶手的身形和轮廓都没有掌握，所以，我和队长想为凶手设一个局，抛出诱饵，引凶手主动出现，只不过，我们的计划需要三个步骤，也需要一定的运气。

“第一步，结合两起命案的案发现场，我和队长发现了一个规律，凶手犯案的地点都选择在了交通部门道路监控的盲区，而这张部署图中，除了之前两起命案的案发现场之外，金陵市就只有那十二条街道所组成的六处区域是交通部门的监控盲区。

“而第二个步骤，就是再次缩小监控盲区的范围，比如你刚才提出的那个问题，就是我们再次缩小监控盲区的关键。”

苏叶似懂非懂地点了点头，又向马浩然追问道：“我刚才提出什么问题了？”

“凶手是如何避开监控设备进入案发现场的问题。”马浩然缓声说道，“你的问题还可以继续延伸，凶手又是在什么地方换好了假扮鬼魂的白衣和长发。

“我和队长按照你的思路，以及我们找出的六处监控盲区，继续深究，问题的矛头自然就指向了两处案发现场，以及六处监控盲区的附近。

“之前那两起命案现场，比如说汉中街和剑阁路，那里几乎被老旧的楼房包围，而这种老旧的楼群连小区都称不上，更加不可能有监控设备，同样，广元路与萧山街的交会处，四周依然是老旧楼群，并且同样不存在监控设备。

“而且我相信，凶手在行凶之前，一定也会关注这个问题。

“而我们现在要做的第二步，就是继续排查，在那六处监控盲区中，找到四周同样都是老旧楼群，而且还没有监控设备的区域。

“只有在这种地方，凶手才能逃过交通部门的道路监控部署，在悄无声息，并且不被人发现的前提下，完成换装。

“那里，应该就是凶手选定的第三起杀人现场。”

说完这些，马浩然缓了一口气，扫了一眼目瞪口呆的苏叶和冉潇，语气一变，话语中突然多出了几分复杂的味道：“而第三步，就是赌！”

“赌？”

苏叶和冉潇，异口同声地重复起了这个字。

“没错！”马浩然不再言语，而郑祺却是恰到好处地接上了话语，“赌凶手还会进行第三次杀人计划。

“从第二起命案，我们能够看出，凶手十分狂妄，而且还公然挑衅警方的威严，这种狂徒进行第三次杀人计划的概率很大，而我们要做的，就是提前锁定凶手的杀人地点，派出诱饵，引蛇出洞。”

最后一句话，郑祺几乎是用吼的语气喊出来的，由此可见，郑祺十分激动！

而另一边，苏叶和冉潇相互对视着，还快速地眨了眨眼睛，似乎是在消化郑祺和马浩然的计划……

就在这时，郑祺的电话再次响起。

情绪有些激动的郑祺连看都不看电话上显示的号码，便直接接通了电话，并且按下了免提键。

“队长！”电话中传出了程稳露的声音。

“说！”郑祺斩钉截铁地低喝了一声。

电话另一边的程稳露直接开门见山地说道：“我查了第二起命案的死者

何龙，我已经与他的亲属和朋友接触过了，从众人的口供中，我可以肯定地判断，何龙并没有什么仇家，也没什么不良嗜好，仇杀和情杀之类的杀人动机都可以排除了，与沈迪的那件案子一样，应该是谋财害命。”

“我知道了，让大家收队回来吧！”郑祺淡淡地回应了程稳露一声，便挂断了电话。

其实，程稳露的调查结果与郑祺的猜想并没有任何出入，如果凶手会在这些小问题上犯错误，那也就不能称之为高智商罪犯了。

郑祺挂断了程稳露的电话之后，冉潇便率先从引蛇出洞计划的震撼中清醒过来。

当即，冉潇便趴回到了笔记本电脑前，一边疯狂敲击着键盘，一边嘀咕道：“我这就把那六处盲区附近的规划图找出来，我先渗透进相关部门的网络，等我几分钟。”

冉潇说完这番话，敲击键盘的声音，也越来越狂暴，“噼里啪啦”的声音就像是爆炒豆子，很有节奏，犹如一首别样的交响曲。仅仅十几分钟，冉潇敲击键盘的声音就停了下来，也就在这时，投影布上的画面突然产生了变化，一幅布满了方块和各种线条的平面图出现在了投影布之上。

平面图刚刚出现，冉潇便从座位上站了起来，走到了投影布前，对郑祺几人解释道：“平面图中的方块形状代表楼房，而线条则是道路。”

“这是新兴街和洛阳路的交会处，属于队长和马浩然列出的六大盲区之一，而且，六大盲区之中只有这处区域四周的建筑是九十年代末的老旧建筑，这种建筑群根本不可能有小区监控，因为这里根本就不能称为小区，最关键的是，这处区域已经被规划到了拆迁的行列之中，居民早就陆续搬离了这里，按照队长和马浩然的分析，这里绝对是凶手第三次行凶的最佳地点。”

说到这里，冉潇的声音也降低了几个分贝：“当然，前提是凶手还会策划第三次杀人。”

“会的！”郑祺眯着双眼，盯着地图上显示的新兴街和洛阳路的交会区域，冷冷地笑了起来，“凶手绝对会再次公开挑衅警方的威严，如果这一次，我们警方依旧没有采取任何的行动，我猜，凶手可能就会真的收手了，所以，这应该是我们最后一次机会，行动，只能成功，不能失败！”

郑祺言罢，马浩然好像唱双簧似的，接着说道：“所以，作为这次关键行动的诱饵人选，我们也要慎重。苏警官之前说过，两起凶案的死者都是身材相对瘦弱的人，如果让拳王或队长这种人去充当诱饵，凭借凶手的智商和谨慎，恐怕不会轻易上钩，所以，诱饵的人选，我觉得，我是最合适的！”

马浩然此言一出，不论是郑祺，还是苏叶和冉潇，都不由得将目光，落到了他的身上。

冉潇倒是还好，他只是有些担忧地盯着马浩然，并没有发出任何的言论，但郑祺和苏叶就不淡定了，二人几乎是异口同声地喊出了“不行”这两个字！

喊过之后，苏叶就和郑祺对视了一眼，当然，一脸坏笑的郑祺，却是让苏叶的俏脸飞上了两朵红云，并且情不自禁地低下了头，不再与郑祺对视。

“小叶好像很关心小马的样子。”郑祺戏谑地瞥了苏叶一眼，坏笑道，“说说你的理由，为什么不同意小马去充当诱饵？”

“哼！”苏叶抬起头，狠狠地瞪了郑祺一眼，冷哼一声之后，便别过头去，不再看郑祺。

“我最中意的人选，是小程。”郑祺见苏叶不说话，便笑吟吟地说了起来，“小程是女孩子，很容易激起凶手攻击的兴趣，而小程，别看她外表柔弱，但身手却是相当了得，如果凶手真的攻击小程，那吃亏的绝对是凶手！”

“我倒是认为影帝比较适合充当诱饵。”苏叶听了郑祺的话，立刻转过头来，提出了不同的看法，“影帝看起来也不太强壮，而且那家伙的演技很好，让他去演诱饵，他绝对能够完成任务。”

“小程更合适一些。”

“影帝才是最佳人选。”

苏叶和郑祺为了诱饵人选这件事产生了争执，当然，二人最终的目的，都是不想让马浩然以身犯险，至于更深层次的潜台词，那就是只能意会不能言传了……

而马浩然好像感情绝缘体似的，完全不知道苏叶和郑祺这番争执的潜在目的是什么，他只是一本正经地说道："我认为，我是最佳人选，体型上，我和两名死者差不多，都相对瘦弱，很容易成为凶手选定的攻击目标，而且，我充当诱饵，还有另外一个计划……"

当马浩然说到这里的时候，郑祺等人全都竖起了耳朵，可马浩然，却很吊人胃口地选择闭口不语，这倒是引来了众人的白眼。

"就这样决定了！"马浩然从未如此坚决地确认一件事，甚至，连反驳的机会都不给众人，"从今天晚上开始，深夜十一点三十分到十二点三十分这段时间，我会独自一人去新兴街和洛阳路的交会处，假装路人来吸引凶手出现！

"而队长你们最好不要太靠近这里，最起码，也要相隔两条街区，如果离得太近，我怕凶手会有所察觉，毕竟，我们的对手也不是省油的灯，如果凶手发现我们已经洞悉了一切，那凶手很可能就会收手，甚至不再行动，那我们也就失去了最后的机会。

"而且，我猜测，凶手在四十八小时之内，只要有适合的目标，就绝对会再次出手。

"我们警方破案的最佳时间段就是四十八小时之内，凶手杀人的目的之一，应该是挑战警方威严，如果凶手抱着这种心态，那他就绝对会在四十八小时之内再次动手，只有这样，才能给予警方最大的挑衅和蔑视。"

马浩然说完，苏叶便准备开口再劝，这时候，郑祺不动声色地朝着苏叶挥了挥手，将苏叶的劝说硬生生地给压了回去。

郑祺深深地看了马浩然一眼："既然你有你的想法，那我就不再劝你了，你自己注意安全，至于细节方面，我们可以再讨论。"

说完这句话，郑祺便停了下来，淡淡地扫了苏叶和冉潇一眼之后，这才补充道："整个计划也只有我们四个人参与，一定不要让除了我们之外的第五个人知道，毕竟，人多口杂。”

“是，队长。”冉潇郑重地回答道。

“知道了。”苏叶则是有些不高兴地随口应了一声，那双灵动的美目充满幽怨地偷瞄着马浩然。

诱饵行动已经确定执行，剩下的就是一些细节上的问题了。

郑祺和马浩然四人趁着老李等人还没有返回重案组，也抓紧时间商量起了诱饵行动的细节。

郑祺提出了他的想法，马浩然独自去新兴街和洛阳路的交会区域吸引凶手出现，而郑祺、苏叶和冉潇三人则是躲在车内，与马浩然一同等候凶手的出现，并且，郑祺还提出将监听设备和定位设备都安放在马浩然身上的提议，尤其是监听设备，一定要带有录音的功能。

这要求对于科技达人冉潇来说，自然不是什么难事，分分钟就可以解决，当然，郑祺提出这个要求的深意，也只有马浩然和郑祺知道。

这次的诱饵行动，主要是为了引出躲在幕后的凶手，自然而然地，郑祺几人是绝对不会让马浩然受伤的，可是，这样的话，也就引出了另外一个问题。

如果马浩然能够顺利地引出“午夜游魂”，那么，安放在马浩然身上的监听设备自然会传出凶手和马浩然的对话，进而达到确定凶手已经出现的目的，而这时，躲在车里的郑祺三人就立刻行动，在最短的时间内赶到案发现场，将凶手擒住。

为什么是将凶手擒住，而不是抓捕归案，这就是郑祺要在马浩然身上安放带有录音功能的监听器的原因。

“午夜游魂”袭击马浩然，如果马浩然不死，那么，“午夜游魂”的罪，最大限度也只能是杀人未遂，而且还是针对马浩然而言，与之前沈迪和何龙的案子根本就不沾边。

这可不是郑祺想要的结果。大家之所以煞费苦心地执行诱饵行动，最初的目的，是想通过这次行动解决沈迪与何龙的分尸案。

为了确认“午夜游魂”就是之前那两起分尸案的真凶，郑祺只能依靠马浩然，在马浩然和“午夜游魂”见面的过程中，从“午夜游魂”嘴里套出实质性的证据，而这份口述的证据，就需要巧妙地利用“录音”这项功能来解决了。

毕竟，在之前的两起分尸案中，“午夜游魂”并没有留下任何的线索，如果没有这份“录音”的话，就算擒住了“午夜游魂”，也无法将“午夜游魂”和之前那两起分尸案联系到一起，在法律上，也无法定“午夜游魂”的罪，那么，这两件分尸案就还属于悬案。

而这，也是郑祺最终放弃程稳露和影帝充当诱饵的根本原因，因为，程稳露虽然身手过人，但脾气火暴，她未必能套出凶手的话。

再说影帝，他太圆滑，也太世故了，这种人虽然能扮演好“诱饵”这个角色，但“午夜游魂”也不是普通的罪犯，甚至，还有可能因为影帝过分的世故圆滑产生怀疑，这样的话，想要从“午夜游魂”的口中套出实质性的证据，可就有难度了。

所以，头脑过人、思维缜密的马浩然也就成了最佳人选。

而郑祺最后同意了马浩然充当诱饵的请求，其实还有另外一层深意，因为郑祺心里清楚，马浩然还有些私人问题想要询问“午夜游魂”。

苏叶了解马浩然，郑祺同样了解马浩然，只不过，郑祺与苏叶唯一的区别就在于，郑祺面对问题的时候仍旧能够保持冷静，但苏叶不行，一旦涉及马浩然的人身安全，苏叶就会自乱阵脚，这也是苏叶不理解郑祺为什么会同意马浩然充当诱饵的根本原因。

而这件事，其实也能从侧面彰显出苏叶对马浩然的特殊感觉，只不过，苏叶和马浩然都还没有正视这个问题而已。

经过了一番讨论，最终，诱饵行动的细节也全部敲定了。

恰好就在这时，老李等人也都陆续地返回了重案组。

对于诱饵行动，郑祺等四人都没有对大家透露分毫，就好像根本没有这件事一般，郑祺仍旧是老样子，给大家分派任务，比如说，继续调查案发现场，深挖死者的背景和人际关系，盯梢两名死者的亲属，以及继续排查案发现场，等等。

被蒙在鼓里的众人自然是完全无条件地服从郑祺的命令，全员行动，围绕着那两件分尸案展开了最细致的调查。

而真正的主角，马浩然、郑祺、苏叶和冉潇四人则各自忙起了不同的事情。

苏叶、马浩然和郑祺三人的工作，就是养精蓄锐，直白地说，就是找个没人的地方偷偷睡觉。

而冉潇则是去着手准备诱饵行动所需要的设备，只要这些设备准备妥当，冉潇也可以找个地方悄悄睡觉。

时间，快速流逝着。

转眼间，已经邻近深夜。

重案组全员都在井然有序地追查与“午夜游魂”案有关的一切人物和细节，当然，他们也发现了，整个白天，几乎都没见到郑祺、马浩然、苏叶和冉潇的身影。

只不过，所有人都没有在意这件事，毕竟现在是非常时期，所有人都认为，郑祺和马浩然等四人是去执行其他特殊的调查任务了。

与此同时，在夜色的掩护下，一辆很普通的越野车悄无声息地驶离了市局停车场。

这辆越野车除了前风挡玻璃之外，其余几块车玻璃都贴上了厚厚的黑膜，从外面根本无法看清楚车内的情况，就算是前风挡玻璃，如果不近距离观看的话，也很难看清楚车内的一切。

而这辆看起来既普通又神秘的越野车，便是此次诱饵行动的交通工具了。

越野车主驾驶座位上的人是穿了一身牛仔服的郑祺，值得一提的是，郑祺的腰间鼓鼓囊囊的，很明显，他的腰上藏着一支枪！

副驾驶座位上坐着的人是调试设备的冉潇，同样，冉潇只是穿着一身运动装，并没有穿警服。

而同样身穿休闲运动套装的苏叶和穿着一身笔挺西装的马浩然，则是安静地坐在后排座椅上，只不过，二人那一身截然不同的穿着打扮，显得有些格格不入。

郑祺三人之所以穿着随意，那是因为三人并不是诱饵，在衣着上，怎么舒服怎么穿就可以了。

但马浩然不同，他是诱饵，所以他要假扮成白领，最差也得是个穿西装的上班族，这也是借鉴之前两起分尸案的共同点而做出的针对性装扮！

后排座位上，苏叶微微侧过了头，用余光扫了马浩然一眼，仿佛为了缓解紧张气氛似的，轻声说道："你穿西装的模样还挺不错。"

"我没穿过西装，有些不太舒服。"马浩然摇了摇头，面无表情地说道。

苏叶还想说什么，但还没开口，坐在副驾驶的冉潇便回过了身，同时还伸出手，递给了马浩然一枚外表看起来很普通的长方形胸针，只不过，这枚胸针要比普通的胸针厚上一些……

"这是集定位、监听、录音和摄像为一体的最新科技产品。"冉潇朝着马浩然晃了晃他手中的手机，便接着为马浩然解释了起来，"这胸针可是我们金陵市局最新的高科技产品，我用了差不多一个白天的时间，将它改良了不少，尤其是收发信号的范围，直径五公里之内，我的手机都能接收到信号，它录下的声音和影像，包括你的位置，都会传导进我的手机里，你就将它戴在胸前，既不容易被发现，也能以最完美的角度拍摄到'午夜游魂'的影像。"

马浩然二话不说接过了冉潇递过来的胸针，按照冉潇的意思，将其扣死在了左胸口的位置。

"这胸针倒是和你这身西装蛮配套的。"苏叶淡淡一笑，道，"而且，我怎么不知道我们局里竟然还有这么高端的科技产品？简直就像是电影里的超级特工配备的。"

"我们两个人的领域不同，你自然不会关注这方面的事情了。"冉潇好像开朗了许多，虽然声音仍旧有些小，但最起码，他的话要比以前多了不少，"其实，我们国家的科技力量真的不比那些科技大国差，只是有很多东西，有关部门不想公开而已，就比如这胸针，除了有关的技术人员之外，郑队好像都不知道。”

“我的确不知道这东西的存在。”郑祺一边开车，一边耸了耸肩，语气也突然变得凝重了起来，紧接着，郑祺便沉声对三人说道，“我们到了。”

话音落地，越野车便停在了路边的一行汽车之中。

“这里是西川路，与新兴街和洛阳路的交会处隔了两条街，应该不会被发现，而且，一旦确认‘午夜游魂’出现，我们会在五分钟之内，走小路穿越那两条街，出现在行动地点。”郑祺说完，便回过了头，望向马浩然，正色道，“无论如何，你要撑住五分钟，不管能不能顺利地抓到‘午夜游魂’，你都要确保你的人身安全，这是命令，懂吗？”

马浩然没有回应郑祺所谓的命令，只是轻轻点了点头，旋即，扫了一眼为了这次诱饵行动特意搭配的腕表，上面显示的时间是十点三十分。

虽然越野车的车膜很黑，也很暗，但马浩然仍旧能够看见漆黑夜空中的那轮明月：“还有三十分钟，我要在十一点之前下车，步行走到新兴街和洛阳路那边，就像白天制订的计划那般，我尽量放慢脚步，引‘午夜游魂’出来。”

“我猜，‘午夜游魂’今夜一定会出现。”郑祺抽出了一支香烟，可下一刻，他又将香烟插回到了烟盒之中，“只有接连爆发命案，才能彻底摧毁警方的威严，像‘午夜游魂’这种狂妄的疯子，一定会这么干的。”

“我们会成功的。”马浩然无比平静地说了一声，旋即，他便闭上了双眼，在行动之前闭目养神，小歇一下。

瞬间，车内突然安静了下来，郑祺顺势熄灭了车火，让这辆越野车看起来和正常停靠在路边的无人车辆没有什么区别。

一分钟，五分钟，十分钟，三十分钟，终于，马浩然的行动时间到了。

马浩然好像有感觉一般，猛地睁开了双眼，连看都没看车内的三人，便快速地打开车门，走下了越野车，而后，他便独自一人朝着新兴街和洛阳路交会处的方向缓慢前行。

马浩然并不知道，越野车内的三人，目光始终都锁定在他的背影之上，尤其是坐在后排座位上的她。

幽暗的月光，将马浩然的影子拉得老长。

独自行走于空无一人的长街上，马浩然虽然表情冷漠，内心却是极不平静。

今夜，“午夜游魂”会不会出现？

“午夜游魂”能否顺利被逮捕？

那“午夜游魂”隐藏在内心的原罪，又是什么？

马浩然的内心不断闪过这些问题，当然，最重要的一个问题，是那“午夜游魂”的原罪，是否与当年的劫匪类似，或者相同？

一想到最后的那个问题，马浩然的双手便情不自禁地握成了拳头。

不知不觉，马浩然已经走到了新兴街的尽头，而他的四周已经被残破的老旧楼群团团包围了起来，而且那一栋栋旧楼的一扇扇窗户皆是昏暗无光，犹如隐藏在黑暗中的猛兽，而他，则像是身陷无尽黑暗中的独行者。

黑暗中的马浩然继续前行，再往前，就是和洛阳路交会的地方了，而那里，极有可能就是“午夜游魂”出没的地方。

不由得，一股紧张的感觉毫无征兆地袭遍了马浩然的全身。

他将自己呼吸的频率降到了最缓慢的程度，脚步尽量放慢，放缓，放轻，同时，马浩然也很自然地进入了状态，故意左顾右盼了起来，就好像，他真的在害怕，突然有东西从四周的楼群中窜出来那般。

不知不觉间，马浩然已经走到了真正的新兴街尽头了，距离前面通向洛阳路的转角仅有不足三米远了。

也就在这时，身为唯一路人的马浩然心跳突然加快了起来……

如果“午夜游魂”真的会在今夜出现，那么，前面通向洛阳路的转角就是“午夜游魂”最有可能出现的地方。

出于本能，马浩然的脚步又放慢了几分，与此同时，他的注意力也下意识地集中在了转角处的黑暗之中。

前进的脚步仍在继续，一步，两步，三步，当马浩然踏出第四步的时候，他已经走到了转角的位置了，只要第四步落地，转角另一边的黑暗便会毫无保留地呈现在他的眼前。

“嗒！”

极其轻微的脚步落地声，在这死一般沉寂的黑夜中骤然响起。

脚步声尚未消散，马浩然的身体已经转向了那处转角，而那片充满了未知，以及通向最终答案的神秘区域终于呈现在了马浩然的视线之内了！入眼之处并非一片漆黑，一条刺眼的白色身影突兀地出现在了马浩然的身前。

此时，那条白色身影离马浩然仅有不足一米的距离而已，甚至，借助暗淡的月光，马浩然都能清晰地看清楚，隐藏在遮面长发之后那双充满阴虐和冷笑的脸庞。

来了！

“午夜游魂”果然来了！

如果不是马浩然早有准备，还真说不准会被眼前的诡影吓瘫，或者干脆吓晕。

而在这电光石火的一瞬间，马浩然也想明白了，为什么第一起命案的目击者，在汉中街和剑阁路的交会处见到了“午夜游魂”，而最终，沈迪的尸体却是在武威路的废弃厂房内被分尸的原因了。

当时的沈迪一定是被突然出现的午夜游魂吓瘫了，甚至有很大的可能是被“午夜游魂”直接吓晕。

之后，“午夜游魂”用某种特殊的手法，既掩盖了拖痕，又将沈迪拖拽到了分尸现场。

包括第二起分尸案，在无声中进行，恐怕，何龙也应该是直接被吓晕了过去，这样，凶手才能顺利地进行下一步的分尸。

这是马浩然的第一反应，可是，马浩然的脑海中也只来得及闪过这唯一的念头，紧跟着，那条白影突然动了。

漆黑的长发，随着白影朝前的行动轨迹，而向着白影的后方荡了开来，进而，露出了半张狰狞的脸孔。

粗宽眉、三角眼、塌鼻梁、垂角嘴、满脸麻子，这就是映入马浩然眼瞳中的那张脸。很丑，丑到不忍直视。

马浩然甚至连反应的时间都没有，一股凉意便从小腹处传导至大脑深处，随后，便是一闪而过的剧痛，剧痛过后，马浩然的小腹甚至是整个上半身便只剩下了麻木。

“呜！”马浩然吃疼地低吼了一声。

然而，马浩然的低吼声才刚刚出现，那白影的另外一只手便猛地朝着马浩然的口鼻位置探了过来。

那是一只戴着橡胶手套而且还捧着一方手帕的手掌！

马浩然在毫无反抗的情况下，被“午夜游魂”捂住了口鼻，而此时的他，好像全身的力气都被抽空了一般，不仅提不起力气，更是无法作出任何的反抗。

再说那一身白衣的“午夜游魂”，以脚为轴心，突然转了个身，直接绕到了马浩然的身后，一边用手臂扼住马浩然的脖子，一边用手掌死死捂住马浩然的口鼻，双手齐齐发力，直接将马浩然的身体，朝着洛阳路的方向粗暴地拖拽了去。

而马浩然，由始至终，除了那声喊了一半的“呜”声之外，都没有发出过任何足够惊醒附近居民的声音。

体力疯狂地从马浩然的体内流逝，就连他的眼皮也越来越沉，一股前所未有的睡意，异常狂暴地袭击着马浩然的大脑……

几乎用尽了全身的力量，马浩然在被“午夜游魂”拖行的过程中，抬了抬手臂，摸向了麻木的小腹处。

然后，他的手掌，摸到了一把冰凉的刀柄。

“原来我中刀了，难怪会有这种麻木无力的感觉。”马浩然在心中茫然地自言自语了起来，“不过，‘午夜游魂’最终还是出现了，只是不知道队长能不能听见我的叫声。”

马浩然觉得自己越来越困倦，有一种想要大睡一觉的冲动。

可是，有这样一道声音，不断在马浩然的脑中嘶吼，咆哮，回荡：“不能睡……睡了……就再也醒不过来了……你还不知道‘午夜游魂’隐藏在内心最深处的原罪……到底是什么……”

马浩然内心的吼叫声不断地刺激着他的神经，迫使马浩然吊着一口气，努力让他目己的双眼不闭上，只不过，他的大脑和神经已经接近崩溃的边缘。

浑浑噩噩之间，马浩然只觉得他的身体突然停了下来，似乎“午夜游魂”已经停止了粗暴的拖拽动作。

随后，马浩然只觉得全身一震，仿佛五脏六腑都被震得移了位置一般，说不出是什么感觉，既酸麻，又有些微疼。

而且，马浩然的口鼻处还有一种轻松的感觉，莫名其妙地在他的感官神经之中出现了。

“我好像被扔到了地上……捂着我口鼻的手帕好像也被拿开了……”马浩然在心中自言自语地说了起来。

马浩然的双瞳已经被密密麻麻的星星彻底占据了，他看不清‘午夜游魂’的身影，看不清穹顶的月亮，只有一些大致的轮廓穿透了星星与星星之间的缝隙，传导进了他即将丧失的视觉神经之中。

“不行！我不能白白死在这里！”一道嘶吼声从马浩然的内心最深处炸响开来。

生死边缘，人类隐藏着身体中的巨大潜能在马浩然身上爆发了。

当然，所谓的爆发，并不是真正的爆发，只是让马浩然的五感短暂地复苏了一部分而已。

“你就是‘午夜游魂’吗？”马浩然动了动喉咙，发出了一道类似于铁块摩擦的声音，很难听。

“我就是……游魂……哈哈哈……”一道类似于公鸭嗓的声音，断断续续地传入了马浩然的耳中。

“我是你第三个要分尸的人，对吗？”最重要的几个问题，已经深深地刻进了马浩然的潜意识中，所以，他才会在这种情况下，流利地问出这些问题。

“你是第三个……以后还会有……你和前两个家伙……不太一样……”

“你为什么要这么做？”

“哈哈哈……我要报复……”

“呯！”

“你还没有赔我衣服……马浩然……快睁开眼睛……睁开眼睛我就告诉你我想对你说的秘密……”

这是马浩然在丧失意识的最后一刻听见的最后一句话。

当然，马浩然并不知道最后一句话是谁说的，只是断断续续地听见了这样一句莫名其妙的话语……

无尽的黑暗，缓缓褪去，沉睡的灵魂，悠悠醒来……

仿佛用尽全力一般，马浩然微微睁开了自己的眼皮，虽然只有一条小缝隙，但刺眼的光线没有任何阻碍地映入了他的眼瞳，冲进了他的视觉神经。

很刺眼。

这是马浩然的第一反应。

下一瞬间，他便很自然地又合上了眼皮。

身体很沉，而且除了眼皮之外，身体的其他部位竟无法动弹分毫，甚至连最熟悉的那种能够控制身体的感觉，都是断断续续地传导进大脑中枢……

我还没死。

这是马浩然的第二反应。

之后，马浩然便不断重复着抬眼皮和闭眼的动作，连他自己都不知道他究竟重复了多少次，直到他适应了四周的光线，终于，正式地睁开了双眼。

首先映入马浩然眼帘的是雪白的天花板，以及盛满了各种颜色的不知名液体的输液瓶。

“嘀！嘀！嘀！”

很有节奏的电子音，轻缓而有力。

随着马浩然视觉神经的恢复，他的听觉神经也向大脑中枢汇报起了这种声音。

“这里好像是医院。”马浩然在心中自言自语地嘀咕了起来。

随后，马浩然用尽全身力气，微微地动了动脖子，眼球也开始转动了起来，四下扫视了起来。

再次映入马浩然视线之内的，是一道坐在椅子上，弓着身体，以一种看起来极不舒服的姿势趴在马浩然床边熟睡的倩影。

是苏叶。

此时的苏叶看起来很疲倦，如瀑的长发有些凌乱地散落在病床的一侧，露出了半张素面朝天、毫无血色的苍白俏脸。

“她应该很久没睡过了，是为了照顾我吗？”苏叶那苍白的脸色，很容易让马浩然联想到这个结果，可当这一结果涌上心头之后，一股莫名的暖意也随之出现。

“咯咯咯……”马浩然想开口叫醒苏叶，可他却发出了这道沙哑、低沉、难听的字音，这是很久没有开口说过话而导致的结果，他的声带还没有完全恢复。

虽然马浩然发出的声音很轻，在寂静的病房里却显得无比突兀，自然而然地，苏叶被惊醒了。

苏叶睁开了双眼，美目之中布满了红血丝。

起初，苏叶看见了转醒的马浩然，俏脸不由一滞，经过了瞬间的沉默后，一抹狂喜彻底占据了苏叶那张疲惫却仍旧美到让人心醉的俏脸。

“你醒了！”苏叶声音轻颤，“我这就去找医生！”

说完这句话，苏叶便从椅子上霍然站起，只不过，突然惊醒，再快速地站起身，这一系列的动作导致了一种眩晕的感觉，降临在了苏叶身上，迫不得已，苏叶又重新坐回到了椅子上。

“‘午夜游魂’呢？”马浩然休息了片刻，他的语言能力也恢复了不少，虽然声音仍旧沙哑难听，但最起码，他能说出话来了。

而马浩然开口说出的第一件事，并不是关心苏叶，也不是关心自己，而是关心“午夜游魂”，是否被顺利地逮捕。

“凶手已经落网了！”苏叶展颜一笑，道，“冉潇给你的胸针，将凶手最后对你说过的话全都录了下来，铁证如山，凶手无法脱罪，‘午夜游魂’案，在你昏迷的三天之中已经正式结案了！”

“我能看一下当时的视频吗？”马浩然知道，冉潇给他的胸针具有录制视频和录音的功能，而他最想要知道的那件事，就在那段视频中。

“我就知道你醒过来之后，第一件事就是要看视频！”苏叶一边笑着，一边从身上摸出了手机，调试一番之后，苏叶便换了个姿势，将手机举到了马浩然的眼前。

手机显示的画面有些暗，那条白色的身影却是无比刺眼。

“你就是‘午夜游魂’吗？”

“我就是人们口中的‘午夜游魂’，杀人分尸的‘午夜游魂’，哈哈哈！”

“我是你第三个要分尸的人，对吗？”

“你是第三个倒霉的家伙，而且，以后还会有更多倒霉的家伙出现，不过，你和前两个家伙有些不太一样，至于哪里不一样，我说不出来。”

“你为什么要这么做？”

“哈哈哈！我要报复所有人！我要报复这个看脸的世界！我虽然很丑陋，但我能掌控人的生死！我想让谁死，谁就要死！我是‘午夜游魂’！”

那道难听而疯狂的公鸭嗓音，从苏叶的手机扬声器中传了出来，紧接着，便是一道清脆的枪声。

视频中，午夜游魂的腿上爆出了一团绚丽的血花，他双腿一软，身子一歪，直接倒在了地上。

下一瞬间，郑祺矫健的身影便出现在了视频之内，他异常敏捷地将“午夜游魂”按在了地上，并且亲手铐上了他。

而这时候，苏叶扑到了马浩然的身上，虽然四周的光线有些暗淡，但马浩然还是能看清楚，苏叶眼角闪动的泪花……

“你还没有赔我衣服呢。马浩然，你不能死，快睁开眼睛看着我，你睁开眼睛，我就告诉你我想对你说的秘密……”

视频播放到这里，苏叶立刻关闭了这段视频，有些忸怩地笑了一声，好像为了岔开话题似的，苏叶主动将问题引到了“午夜游魂”的身上。

“凶手名叫刘奇，毕业于江南省乃至整个南方地区最有名的几大学府之一，江南大学心理学专业，而且他还是一名心理学博士，名副其实的学霸，前途无量。

“毕业之后，他成了一名心理医生。

“只不过，因为长相丑陋的原因，哪怕刘奇再优秀，他的人生也是在嘲讽中度过的。

“在生活中，他的朋友，甚至是他的亲人，都厌恶他的长相，这也导致刘奇至今未婚，甚至没谈过恋爱。

“在工作中，哪怕在他担任心理医生的那段时间，一些患者也会因为他那张丑陋的脸，而选择更换医生。

“久而久之，没有任何业绩的刘奇，就被他所在的那家私人医院辞退了，而其他私人医院也不愿意聘用他。

“没了工作的刘奇，也就没了任何的收入，久而久之，刘奇心中的怨念越来越重，心理也越来越扭曲，甚至，队长怀疑，刘奇已经进入了人格分裂的阶段，这才会出现‘午夜游魂’这一角色。

“最终，人格分裂的刘奇伪装成‘午夜游魂’，开始杀人分尸，并且抢夺财物。”

说到这里，苏叶不由得摇起了头，有些惋惜地补充了一句：“刘奇的人生很悲哀，他输在样貌上，不过，他已经没机会悔改了，证据确凿，沈迪与何龙的案子，因为视频的存在，他已经认罪了，等待他的将会是法律的裁决。”

听了苏叶的话，马浩然不由得自语了起来：“因为刘奇的人生经历，所以他选择用这样的方式杀人，因为经济窘迫，所以他选择劫财……”

说完这番话，马浩然突然重重地叹了一口气，下一刻，他的嘴角上扬起了一抹如释重负的淡笑：“我身上的笔记本，还在吗？”

“在。”苏叶回答了马浩然一声，便起身去病房的衣柜里，翻出了那本他从不离身的泛黄笔记本。

“帮我在笔记本的最后一页写一段话吧。”马浩然轻声说道。

“好。”苏叶找出了一支笔，翻开笔记本，静静地等着马浩然接下来要说的话。

“写在‘午夜游魂’案结束之后。

“哪怕是相同的杀人动机，相同的杀人手法，相同的杀人过程，可是，内心最深处的原罪永远不会相同！

“每个人。

“都有属于自己的原罪。

“不相同。

“不重复。

“查无可查。

“也无迹可查。

“我认为，我已经找到了我想要的答案！

“其实，困扰了我这么多年的问题并没有答案。”

说完这些，马浩然便不再言语，仿佛，他在回忆当年那起改变了他一生的案子……

而苏叶则是默默地合上了笔记本，安静地坐回到了马浩然的身边。

忽地，马浩然扬起嘴角，勾勒出一抹释然的弧度，扭头望向了苏叶，好奇地问道：“我醒过来了，你想告诉我的秘密是什么？”

被马浩然这么一问，苏叶立刻低下了头，她的脸瞬间绯红，就像是娇艳欲滴的水果……

过了许久，苏叶终于鼓起了勇气，她抬起了头，直视马浩然的双眼，坚定地说，“我想，我爱上你了！”

这次，发愣的人变成了马浩然。

半晌之后，马浩然才复杂地嘀咕了一声：“那种感觉，是爱吗？”

马浩然口中的那种感觉，其实，就是他对苏叶的那种异样感觉，只不过，他无法确定这种感觉到底会衍生出什么样的感情罢了。

可就在这时候，一阵香风突然涌入了马浩然的鼻息，苏叶出人意料地吻在了马浩然的脸颊上。

一吻过后，苏叶很霸道地对马浩然说："我不允许你拒绝我的感情。"

"我没有拒绝你的感情，而且，也不会拒绝自己的感情。"马浩然的声音不再冷漠，似乎，他已经开始融化了，"我和你之间所产生的那种奇妙感觉，是在其他人身上不曾出现过的，乔烟也没有。"

"第四医院的美女医生？"苏叶瞪了马浩然一眼，似乎有些醋意。

马浩然自然察觉不到弥散在病房内的酸味，他只是一板一眼地说道："我和乔烟只是因为深山鬼楼案才相互认识的，严格地说，我们二人只能勉强算是朋友。"

"那就好！"苏叶露出了心满意足的微笑。

两个冷漠的人表达感情的方式竟然也是这样直接，当然，前提是，必须经过那一系列足以融化二人的事件才行。

三天之后，郑祺带着重案组全员浩浩荡荡的几十人来看马浩然，病房差点被挤爆。

影帝和拳王由始至终都在埋怨马浩然，这种以身犯险的事情，为什么不叫上他们。

埋怨过后，影帝很郑重地对马浩然说出了这样一番话："老大，谢谢你，让我找到了生命的真正价值和意义。"

而拳王则是用力地拍了拍影帝的肩膀，他也许不懂影帝这番话的含义，但他知道，影帝真的改变了。

人群中的程稳露有些不好意思地走上前来，朝着马浩然微微点头，诚挚地说道："在重案组的这段时间，你让我明白了'警察'两个字的真正含义，我要谢谢你，而且，我也一定会成为比爸爸更优秀的警察。"

"小程，你的实习期结束了，也该回江北省了。"郑祺将手搭在了程稳露的肩膀上，好像长辈一样谆谆教导道："你在重案组这段时间的表现的确很优秀，我为你骄傲，我想，你老爸也同样会为你骄傲的。"

大家你一言我一语，毫无顾忌地畅谈了起来，最后，苏叶以马浩然需要静养为理由，把所有人都轰走了。

又过了五天，郑祺单独来到了医院，同时，郑祺还带来了上面给予马浩然的奖励——马浩然转正入职，成为一名真正的人民警察。

一个月后，马浩然出院了，虽然他的刀伤还没有完全康复，但医院已经不适合他了，他需要的只是静养而已。

苏叶陪着马浩然离开了医院，又陪着马浩然回到了他的家中，并且，注视着马浩然将那本泛黄的笔记本封存在了家中。

马浩然已经不需要这本笔记本了……

（全书完）